Arthur Conan Doyle
Die Abenteuer von Sherlock Holmes

Arthur Conan Doyle

Die Abenteuer von Sherlock Holmes

Sämtliche Sherlock-Holmes-Erzählungen I

1988
Gustav Kiepenheuer Verlag
Leipzig und Weimar

Originaltitel: The Adventures of Sherlock Holmes
Übersetzt, herausgegeben und mit Anmerkungen versehen von Alice und Karl Heinz Berger

ISBN 3-378-00240-9

Vorwort

Sir Arthur Conan Doyle schrieb im Jahre 1918 an Vincent Starrett, einen der ersten aus der langen, bis heute noch nicht an ein Ende gelangten Reihe von ›Holmesologen‹, die es sich angelegen sein ließen und lassen, die ›Biographie‹ der Kunstfigur Sherlock Holmes zu erforschen: ›Es war sehr freundlich von Ihnen, daß Sie so eifrig über Holmes geschrieben haben. Meine eigenen Gefühle ihm gegenüber sind eher gemischt, denn ich empfinde, daß er einen guten Teil meines ernsthafteren Werkes verdunkelt hat. Aber das wird zweifellos im Lauf der Zeit ins Lot kommen — wenn nicht, macht es auch nichts.‹

Das, was da an Hoffnung anklingt, hat sich nicht erfüllt, das Schlimmste vielmehr ist eingetroffen: Sherlock Holmes hat seitdem das ›ernsthaftere Werk‹ Arthur Conan Doyles fast völlig ›verdunkelt‹ — wenn man schon nicht davon sprechen will, daß es im Lauf der Jahre von selbst verblaßt ist. Holmes aber lebt noch immer, als Paradebeispiel dafür, daß eine fiktive Gestalt weltweit Eigenexistenz und Eigengewicht gewinnen und ihren Schöpfer wie die sozialen Bezüge, in denen sie angesiedelt ist, fast völlig verdrängen kann. Bei bloßer Nennung des Namens stellen sich in einem solchen Fall über Zeit und Umstände hinausreichende Assoziationen ein, die sich sowohl auf das Äußere wie auf die seelische und geistige Organisation des gleichsam geflügelt gewordenen Heroen sowie auf die Sache, für die er steht, erstrecken. Die Literaturen der Welt kennen nicht viele Beispiele für einen derartigen Vorgang: Odysseus vielleicht, Parzival, Don Quijote, Don Juan, Romeo, Robinson, Faust, Oblomow ... Und dieser Reihe illusterer

Namen schließt sich der Detektiv Sherlock Holmes aus der Baker Street 221B an — übrigens ein Beleg dafür, daß es einer Absegnung durch Literarhistoriker-Meinung (die sich fast unisono gegen einen besonders hoch zu veranschlagenden literarischen Wert der Holmes-Stories ausgesprochen hat) nicht unbedingt bedarf, um in den olympischen Kreis der erdichteten Helden aufgenommen zu werden. Dem Publikum steht hier das Votum zu, und das Publikum hat entschieden, daß dem Detektiv Holmes — Mittelpunktsfigur in vier längeren, romanartigen Erzählungen und in sechsundfünfzig ursprünglich für ein Magazin geschriebenen Kurzgeschichten, die später, zu fünf Zyklen zusammengefaßt, auch in Buchform erschienen — der Rang eines Unsterblichen zuteil werde. Man muß nicht auf die oft eher kuriosen Anstrengungen der zahlreichen Sherlock-Holmes-Clubs oder die seriöseren, ganze Bibliotheken füllenden Bemühungen von Wissenschaftlern verweisen, unter denen sich erstaunlich viele Soziologen und Kriminologen finden, um dieses Phänomen des Über- und Weiterlebens zu erklären. Die Umsatzzahlen von Verlagen auf der ganzen Welt seit neunzig Jahren, die Übertragung der Geschichten in Dutzende Sprachen, die zahlreichen Theaterfassungen und Verfilmungen der Holmes-Abenteuer, die Versuche von Trivialschriftstellern, im Windschatten des Erfolgs mit Holmes-Imitationen ihr Glück zu machen, und nicht zuletzt die Vorbildwirkung der Figur des genialen Rechercheurs auf eine schwer übersehbare Schar von Autoren, die Detektive nach seinem Bild und Gleichnis schufen und noch schaffen: all das ist Indiz für die anscheinend nie versiegende Popularität einer Gestalt, deren Schöpfer — so berichtet Conan Doyle selbst — seinen Beruf aufgab, weil er in ihm nicht genug verdiente, um sich und seine Familie zu ernähren.

Holmes und auch John H. Watson — Freund und

Begleiter, Registrator und Barde der Abenteuer des Einmaligen, dazu ehrenwerter Doktor der Medizin wie Doyle selbst — sind indes in ihrer Wirkung nicht auf das Feld der Literatur beschränkt geblieben; sie haben nach der Eigengesetzlichkeit dieser Art von Geschöpfen Leben angenommen, was nicht nur die heute noch unter der — nicht existierenden — Adresse Baker Street 221B oder bei Scotland Yard eingehenden Bitten um Hilfe in kniffligen Fällen beweisen. Eine Londoner Ausstellung zeigte im Jahre 1951 neben Feuerwaffen, Violinen, Lupen, Meerschaumpfeifen, Schreibmaschinen, Morseapparaten aus der Wirkenszeit des imaginierten Detektivs das nach den Beschreibungen Watsons ›rekonstruierte‹ Arbeitszimmer des Hauses in der Baker Street, und innerhalb von drei Monaten zählte man 65000 Besucher, die sich die Begegnung mit dem ›authentischen‹ Sherlock Holmes nicht entgehen lassen wollten; am 8. Januar, dem errechneten ›Geburtsdatum‹ von Holmes, beging die BBC 1954 ein Zentenarium, bei dem der fiktive Rechercheur als reale historische Persönlichkeit behandelt wurde. Bedenkt man nur noch — da hier nicht alle Wirkungen aufgelistet werden können — die zwar nicht ganz ernst gemeinten, aber doch immerhin von ernst zu nehmenden Gelehrten aus Oxford und Cambridge seit der Zeit vor dem ersten Weltkrieg geführten Kontroversdebatten unter anderem darüber, ob Sherlock Holmes am Sidney Sussex College oder am Christ Church College geweilt habe, oder den Streit unter den Holmesologen um das Problem, wo das Haus 221B in der Baker Street eventuell seinen Platz gehabt haben könnte, so bekommt man einen Eindruck vom Umfang und von der Vielfalt des Lebens und Überlebens dieser Figur.

Sowenig nun aber Arthur Conan Doyle eine solche Wirkung vorausgesehen oder gar angestrebt haben mochte und sosehr er bedauerte, daß er mit diesem

Geschöpf die anderen Produkte seiner Muse in den Hintergrund gedrängt hatte: An uns ist es, den ›Mythos Sherlock Holmes‹, so weit und so gut es geht, zu erklären, aus der Vita des Autors, aus den gesellschaftlichen Umständen, in denen er lebte, aus der literarischen Tradition und dem geistigen Umfeld, die ihn prägten; man muß aber auch nachfragen, welche Merkmale und Eigenheiten der Gestalt des Detektivs selbst bewirkt haben, daß sie eine geradezu archetypische Erscheinung werden und ein Publikum aus den unterschiedlichsten sozialen Schichten über nahezu einhundert Jahre ansprechen, begeistern, fesseln konnte.

Der Schöpfer des Sherlock Holmes, Arthur Conan Doyle, geboren am 22. Mai 1859 — gestorben am 7. Juli 1930, entstammte einer Edinburgher Familie von schottisch-irischer Herkunft. Sein Großvater väterlicherseits und einer der Brüder des Vaters waren als Maler und Karikaturisten bekannt geworden; die Mutter, die für Arthur Conan Doyle eine weit wichtigere Bezugsperson blieb als der erfolglose, in einer mittleren Beamtenposition verharrende und früh invalide Vater, war entfernt mit Walter Scott verwandt und stolz darauf, ihre Familie bis auf das Königshaus der Plantagenets zurückverfolgen zu können. Trotz zeitweise erheblicher materieller Notlage wurde dem jungen Arthur eine gediegene Ausbildung zuteil; er besuchte eine Jesuitenschule und studierte, obwohl der Vater im selben Jahr in ein Pflegeheim gegeben werden mußte und die Lage der Familie sich dadurch noch prekärer gestaltete, seit Oktober 1876 mit Hilfe eines geringen Stipendiums und dem Erlös aus Hilfsarbeit in Arztpraxen Medizin an der Universität von Edinburgh. 1881 schloß er das Studium mit dem Baccalaureat ab und promovierte 1885 zum Doktor der Medizin, im selben Jahr, in dem er die früh verwitwete Mrs. Hawkins heiratete. Um diese Zeit betrieb er bereits eine — allerdings kaum den Lebensunterhalt abwerfende — Praxis, in die er seine Erfahrungen als Schiffsarzt auf einem Walfänger und später einem Handelsschiff einbrachte.

Seit Kindertagen zeigte er ein außergewöhnliches Interesse an Büchern, und schon früh schrieb er Erzählungen und Gedichte. Als Neunzehnjähriger konnte er einen ersten Erfolg verbuchen: in ›Chambers Journal‹ erschien die Abenteuer-Geschichte ›Das Geheimnis des Tales von Sassassa‹ (›The Mystery of Sassassa Valley‹), und ein Jahr später druckte ›London Society‹ eine zweite Erzählung ab, ›Die Geschichte des Amerikaners‹ (›The American's Tale‹), zwei heute vergessene Versuche, in der Manier des bewunderten Bret Harte zu schreiben, der neben Charles Lamb und Edgar Allan Poe und dem Historiker und Essayisten Thomas Babington Macauly zu seinen Lieblingsautoren zählte. Die frühe aktive Beschäftigung mit der Literatur scheint zu einem nicht geringen Teil der Notwendigkeit, Geld verdienen zu müssen, entsprungen zu sein; denn das magere Budget der Studentenjahre und der nicht viel üppigere Ertrag, den die Arztpraxis dann später abwarf (in den ersten drei Jahren verdiente er laut Ausweis seiner Tagebücher insgesamt nur 704 Pfund), bedurfte dringend der Aufbesserung. Allerdings trug ihm die Schriftstellerei in den Anfängen auch nicht allzuviel ein: ›Die Erzählung des Habakuk Josephson‹ (›Habakuk Josephson's Statement‹, 1883) verkaufte er für 29 Pfund an das ›Cornhill Magazine‹ und mußte überdies nach der Veröffentlichung das Urteil eines Londoner Kritikers über sich ergehen lassen, Thackeray, der Gründer der Zeitschrift, würde sich im Grabe umdrehen, wenn er diese Geschichte läse. Für ›Späte Rache‹ (›A Study in Scarlet‹, 1887) erhielt er nach einigen Ablehnungen durch Verleger schließlich sogar nur 25 Pfund. Aber Doyle schrieb unverdrossen, vor allem in dem Bewußtsein, den englischen historischen Roman fortzuführen, der durch Walter Scott einen ersten Höhepunkt erreicht und durch Robert Louis Stevenson neue Impulse erhalten hatte, und er hielt die Arbeiten, die in dieser Tradition standen, stets für seine besten.

Aus der Überfülle der Doyleschen Produktion auf diesem Gebiet seien nur angeführt: ›Micah Clarke‹ (1888), eine Erzählung nach dem Muster von Charles Reade, ›Die weiße Gesellschaft‹ (›The White Company‹, 1889), ein Roman, der die Zeit Edwards III. als Trägerin echter englischer Tugenden idealisiert; ›Der große Schatten‹ (›The Great Shadow‹, 1892, dramatisiert unter dem Titel ›A Story of Waterloo‹), ›Die Abenteuer des Brigadiers Gerard‹ (›The Exploits of Brigadier Gerard‹, 1894/95), ›Rodney Stone‹ (1896) und ›Uncle Bernac‹ (1897) verarbeiten Stoffe aus der napoleonischen Ära, wobei Doyle mit der Figur des Brigadiers Gerard eine humorvolle Charakterstudie gelungen ist; ›Die Flüchtlinge‹ (›The Refugees‹, 1891) ist ein Roman, der in der Manier des älteren Dumas Hugenotten-Schicksale vorstellt. ›Tief im Herzen‹, schrieb Doyle an seine Mutter, als er ‚The White Company' abgeschlossen hatte, ›wußte ich, daß das Buch leben und daß es unsere nationalen Traditionen erstrahlen lassen würde.‹

Um das Jahr 1890 hatten sich die Wertmaßstäbe seiner politisch-moralischen Lebensauffassung voll herausgebildet. Doyle stellte sich als ›konservativer Demokrat‹ oder als ›aufgeklärter Konservativer‹ dar, als ein Mann jedenfalls, der Ordnung und Stabilität über alles schätzte und sich damit in Einklang mit der britischen Bourgeoisie befand, die in der zu Ende gehenden viktorianischen Ära ihre allmählich schwächer werdende wirtschaftliche und politische Vormachtstellung in der Welt durch Betonung überkommener Wertvorstellungen zu festigen suchte. Mit Mißtrauen, oft mit offener

Ablehnung begegnete er allem, was dazu angetan schien, den für ihn und Gleichgesinnte ein für allemal vorgezeichneten ruhigen Gang der Geschichte, das Gleichgewicht im Innern des Landes wie in der Weltpolitik zu stören, mochte es sich nun um die Suffragetten-Bewegung handeln, die er verabscheute und gegen die er sich heftig aussprach (obgleich er Vorsitzender einer Vereinigung war, die sich für die Reform des alten, die Frauen benachteiligenden und demütigenden Scheidungsrechts einsetzte), um die Autonomie-Bestrebung der Iren, in der er lange Zeit nichts anderes sah als einen Versuch, Englands Stellung in der Welt zu erschüttern (was ihn indes nicht hinderte, 1916 für die Begnadigung des zum Tode verurteilten Roger Casement zu plädieren, eines Führers der Home-Rule-Bewegung, der mit den Deutschen im Bunde stand und durch den Dubliner Oster-Aufstand die britische Kriegsmacht schwächen wollte), um den Kampf der Buren gegen die Vormachtstellung des Empire in Südafrika oder um die ohnehin zaghaften Versuche der Labour Party, die soziale Struktur des Landes zu ändern. Die äußerst strenge Erziehung durch Jesuiten bis zum siebzehnten Lebensjahr scheint die schon durch das Elternhaus fundierte konservative Haltung verfestigt zu haben, und wenn er sich auch unter dem Eindruck seiner naturwissenschaftlichen Studien noch an der Universität — übrigens zum Entsetzen der Verwandten — von der Kirche lossagte und sie nicht mehr als normensetzende geistige Instanz anerkannte, so läßt doch seine Einstellung zum Problem des ›Dienens an der Allgemeinheit‹ und der ›Pflichterfüllung‹, das in seinen Tagebüchern um 1890 eine entscheidende Rolle spielt, den Schluß zu, daß der jesuitische Rigorismus tiefe Spuren in seinem Denken hinterlassen hat.

Von dorther ist auch sein Begriff des ›Gentleman‹ weitgehend bestimmt, den er zeitlebens als das erstrebenswerte Ideal ansah. Der ›Gentleman‹ in seiner Vorstellung hatte nichts gemein mit der Perfektionierung und dem Lobpreis des Müßiggangs und des Eigenwertbewußtseins, wie ihn George Brummell, das Urbild aller Snobs, im ersten Drittel des Jahrhunderts vorgelebt hatte. Für Doyle, der ein gegen sich selbst harter und disziplinierter Arbeiter war, verkörpert dieses Ideal vielmehr das Vorbildliche, das verpflichtet. So, zum Beispiel, zu Patriotismus, den er in überreichem Maß hervorbrachte und der besonders in dem Pamphlet ›Die Ursache und die Führung des Krieges in Südafrika‹ (›The Cause and the Conduct of the War in South Africa‹) erkennbar wird, einer Schrift zur Verteidigung der englischen Kriegsführung gegen die Buren, die Doyle auf eigene Kosten und in mehreren Sprachen drucken und in Europa vertreiben ließ, um der antibritischen Stimmung entgegenzuwirken (daß er um dieses ›Verdienstes‹ willen geadelt wurde, bedarf genauso der Erwähnung wie der Umstand, daß er den Titel ausschlagen wollte und ihn erst auf Drängen seiner Mutter annahm). Er hatte es als seine patriotische Pflicht angesehen, sich nach dem offenen Ausbruch der Feindseligkeiten zwischen den burischen Kolonialisten und dem britischen Imperium der Armee zur Verfügung zu stellen — genauso wie er zu Beginn des 1. Weltkriegs nicht zögerte, sich — fünfundfünfzigjährig — zum Truppendienst zu melden und, als er nicht akzeptiert wurde, bei der Organisierung der Zivilverteidigung des Landes half. Als Pflicht des ›Gentleman‹ aber sah er es auch an, Bedürftige zu unterstützen und, wie das öffentliche, über Englands Grenzen hinaus Aufsehen erregende Engagement für unschuldig Verurteilte in zwei Fällen und seine Schrift gegen die barbarischen Kolonialmethoden der Belgier im Kongo zeigt, um die Durchsetzung des Rechts und der Menschlichkeit zu kämpfen.

Zu Doyles Konservatismus, der ihn sogar zweimal — allerdings erfolglos — veranlaßte, für einen Parlamentssitz in den Reihen der Tories zu kandidieren, und zu seinem unbedingten Patriotismus gesellte sich als dritte, sein Denken und Handeln weithin bestimmende Komponente der Spiritismus, über den zu seinen Lebzeiten schon viel gemutmaßt worden und der eine Quelle des Rätselns und der Exegese der Biographen geblieben ist. Fest steht, daß Conan Doyle nach dem Ende des 1. Weltkrieges ein eifriger, oft eifernder Anhänger eines banalen Glaubens an eine unmittelbare Weiterexistenz nach dem Tod und an die Kommunikationsmöglichkeit mit Verstorbenen war, daß er diesen Aberglauben auf Vortragstourneen durch Europa, Amerika, Südafrika und Australien propagierte, daß er eine der größten Sammlungen spiritistischer Schriften besaß, die es auf der Welt gab, und daß er einen bedeutenden Teil seiner dann reichlich fließenden Honorare an die Verbreitung des Spiritismus setzte. Sein letztes Lebensjahrzehnt opferte er fast gänzlich der Beschäftigung mit dem Okkultismus, und es mutet fast symbolisch an, daß er, schon vom Tode gezeichnet, eine Delegation zum Innenministerium begleitete, die für die Abschaffung eines die Tätigkeit von Medien unter Strafe stellenden Gesetzes aus der Zeit Jakobs I. petitionierte. Ob nun der Verlust seines Sohnes Kingsley und seines Bruders Innes durch den Krieg Doyles Entwicklung in diese Richtung auslöste oder ob die Neigung zu Klopfgeistern und Botschaften aus dem Jenseits sich bereits in den Universitätsjahren entwickelte — möglicherweise als Nebenprodukt seiner radikalen Abwendung vom Katholizismus, die ihn im Spiritismus einen Ersatz suchen ließ — und durch die Erschütterungen, die er im Krieg erfuhr, nur aktiviert wurde, mag dahingestellt sein. Erstaunlich bleibt, daß Doyle eine schier fanatische und intolerante Anhänglichkeit an einen primitiven Aberglauben zeigte, da er doch bekannt dafür war, daß er sich — zwar unsystematisch, doch intensiv — mit den Forschungen und Ergebnissen der verschiedensten Wissenschaftszweige (von der Geschichte bis zur Geologie, von der Archäologie bis zur Astronomie) beschäftigte und von einer geradezu gläubigen Verehrung der Wissenschaften als Träger des menschlichen Fortschritts besessen war.

Jedoch hat der Spiritismus in den vor und nach dem 1. Weltkrieg erschienenen belletristischen Schriften keine Spuren hinterlassen, nicht in seinen historischen Romanen und Erzählungen; nicht in seinen der Science Fiction zuneigenden Romanen um den phantasiebegabten und abenteuerlustigen Professor Challenger (unter anderen ›Der Giftgürtel‹ [›The Poison Belt‹] 1913, und ›Die verlorene Welt‹ [›The Lost World‹] 1921); nicht in seinen vom eigenen Erleben angeregten Büchern (›Der Kapitän der ‚Polarstern', [›The Captain of the ‚Pole Star'‹] 1888; ›Unter der roten Lampe‹, [›Round the Red Lamp‹] 1894; ›Die Briefe des Stark Munro‹, [›The Stark Munro Letters‹] 1895; ›Ein Duett‹, [›A Duet‹] 1899); und auch nicht in den Romanen und Erzählungen um Sherlock Holmes.

Sherlock Holmes stellte sich 1887 in dem Roman ›Späte Rache‹ (›A Study in Scarlet‹), der in ›Beeton's Xmas Annual‹ erschien, zum ersten Mal dem Publikum vor, erregte jedoch mit seinem Auftritt kaum Aufsehen. Zwar war der Verleger des in Philadelphia herausgegebenen ›Lippincott's Magazine‹ auf den Autor aufmerksam geworden und bestellte bei ihm einen weiteren, nicht zu umfangreichen Roman mit Sherlock Holmes als Helden, der dann im Februar 1890 unter dem Titel ›Das Zeichen der Vier‹ (›The Sign of Four‹) veröffentlicht wurde, doch blieb auch dieser zweite Auftritt von Holmes auf der literarischen Szene ohne Folgen. Die Leser hatten noch nicht das rechte Verständnis für den

Amateur-Detektiv aus der Baker Street und seinen Freund und Bewunderer Dr. John H. Watson, durch dessen Bericht sie die Lösung zweier komplizierter Kriminalfälle miterlebten. Sie wußten noch nicht die immense Deduktionsfähigkeit und den Mut und die Gewandtheit des Mannes zu schätzen, der die Gerechtigkeit in die eigenen Hände nahm, wenn die Polizei Findigkeit und Entschlossenheit nicht in genügendem Maß aufbrachte; sie fanden noch nicht ihr Vergnügen an den Marotten des Genies an Scharfsinn, das sich in großen Dosen Morphium und Kokain verabreichte, um sich die Langeweile des Alltags erträglich zu machen.

Und so mußte der Autor weiterhin seiner bürgerlichen Profession nachgehen, um seine Familie schlecht und recht ernähren zu können. 1890 reiste er nach Berlin, wo er einer Demonstration am Institut Robert Kochs beiwohnte; anschließend weilte er für drei Monate in Wien, um neue Methoden der Augenheilkunde zu studieren, und ließ sich dann, voller Hoffnung, als Spezialist mehr Zulauf an Patienten registrieren zu können, als Arzt in London nieder. Doch auch jetzt wollte der Erfolg sich nicht einstellen. ›Meine Praxis bestand aus einem Wartezimmer und einem Konsultationszimmer‹, schrieb Conan Doyle in Erinnerung an diese Wochen, ›ich wartete im Konsultationszimmer, und niemand wartete im Wartezimmer.‹ So beschloß er im August 1891, den Arztberuf aufzugeben und hinfort nur noch von der Feder zu leben — ein mutiger Schritt.

Im Monat zuvor war in der von George Newness soeben gegründeten Zeitschrift ›The Strand Magazine‹ die erste von sechs kurzen Geschichten um Sherlock Holmes erschienen: ›Ein Skandal in Bohemia‹ (›A Scandal in Bohemia‹); sie hatte dem Autor 35 Pfund eingetragen, ein bescheidenes Honorar, verglichen mit den Summen, die er in späteren Jahren für seine Magazin-Stories und deren Dramatisierungen bezog. Jetzt wurde das Publikum aufmerksam, sorgte für reißenden Absatz der Zeitschrift, was wiederum den Verleger veranlaßte, Conan Doyle um ein weiteres halbes Dutzend Geschichten für das erhöhte Honorar von 50 Pfund pro Story zu bitten (1892 erschienen dann die ersten zwölf Erzählungen auch als Buch unter dem Titel ›Die Abenteuer von Sherlock Holmes‹ (›The Adventures of Sherlock Holmes‹). Ein Jahr später, als Newness eine neue Serie von Holmes-Abenteuern bestellte, erhöhte Doyle seine Forderung auf 1000 Pfund. in der Annahme, wie er in einem Brief an seine Mutter schrieb, damit das Drängen des Verlegers nach einer Art von Magazingeschichten gehörig gedämpft zu haben, die so gar nicht mit seinen Ambitionen, mit Scott und Stevenson in eine Reihe gestellt zu werden, harmonierte. Jedoch Newness akzeptierte diese Summe sofort, und so entstand eine zweite Folge, diesmal von elf Geschichten um den Meisterdetektiv, die nach der Veröffentlichung im ›Strand Magazine‹ 1893 auch gebunden auf den Markt kam: ›Die Memoiren von Sherlock Holmes‹ (›The Memoires of Sherlock Holmes‹). Mit der letzten Geschichte unter dem Titel ›Sein letzter Fall‹ (›The Final Problem‹), in der Holmes bei der Verfolgung des genialen und damit dem Detektiv fast ebenbürtigen Verbrechers Professor Moriarty die Wasserfälle von Reichenbach, die Doyle bei einer Reise in die Schweiz besucht hatte, hinunterstürzt und den Tod erleidet, wollte sich der Autor sein lästig gewordenes Geschöpf endgültig vom Hals schaffen, um sich ganz dem widmen zu können, zu dem er sich berufen fühlte.

Doch es kam anders. Das Publikum reagierte äußerst heftig auf den ›Tod‹ eines Mannes, dessen Scharfsinn und Klugheit ihm ans Herz gewachsen waren. Es wird von jungen Leuten berichtet, die am Piccadilly Circus in Trauerkleidung demonstrierten; Conan Doyle erhielt eine Flut von Protestbriefen und ungezählte Schreiben, in denen er gebeten wurde, seinen Helden wiederaufleben zu lassen. Verleger und Agenten drängten auf Fortsetzung der Serie und boten phantastische Honorare an. Auf einer Lese- und Vortragsreise durch die USA im Jahre 1894 schlug ihm, dem Schöpfer des auch in Amerika mit Begeisterung aufgenommenen Meisterdetektivs, eine Welle der Sympathie und Verehrung entgegen, die ihn bewegen sollte, Holmes und Watson aufs neue in Aktion zu zeigen. Doch Conan Doyle blieb unnachgiebig gegenüber allem Drängen. An einen Freund schrieb er: ›Ich könnte ihn nicht wiederbeleben, selbst wenn ich wollte, wenigstens nicht auf Jahre hinaus, denn ich habe ihn in solcher Überdosis genossen, daß es mir mit ihm so ergeht wie mit der ‚pâté de foie gras‘, von der ich einmal zuviel gegessen habe, so daß mir bis heute übel wird, wenn ich nur den Namen höre.‹

Und in der Tat dauerte es fast zehn Jahre, bis die Idiosynkrasie gegen seine Figur so weit abgebaut war, daß er sich wieder mit ihr befassen konnte. Es ist zu vermuten, daß auch finanzielle Erwägungen beigetragen haben, die Abneigung zu überwinden; denn Doyles Frau war an einem Lungenleiden unheilbar erkrankt und bedurfte langer und kostspieliger Aufenthalte im milden Klima Südeuropas und Nordafrikas (sie starb 1906, und Conan Doyle heiratete ein Jahr später zum zweiten Mal).

Von August 1901 bis April 1902 ließ er, gleichsam als Vorankündigung der Auferstehung seines Helden, in ›The Strand Magazine‹ den mit Motiven und Methoden der Grusel-Story operierenden Roman ›Der Hund von Baskerville‹ (›The Hound of the Baskervilles‹) erscheinen, den er als die Aufzeichnung eines frühen Abenteuers Sherlock Holmes' ausgab, diesem dritten seiner Holmes-Romane folgte dann 1915 der vierte und letzte unter dem Titel ›Das Tal des Grauens‹ (›The Valley of

Fear‹). In der Oktober-Ausgabe des Jahres 1903 wurde ›Das leere Haus‹ (›The Empty House‹) abgedruckt, die Geschichte, in der Holmes wieder auftaucht und seinem Freund Watson lapidar erklärt, er sei bei seinem Sturz in die Wasserfälle von Reichenbach nicht zu Tode gekommen, sondern habe sich retten können und sei anschließend in der Welt umhergereist.

Von nun an begleitete Sherlock Holmes wieder Doyles Leben, ließ seine Popularität und sein Konto ins Unermeßliche steigen, drängte sich immer wieder in die Produktion der Bücher, die Doyle für viel wichtiger als die kriminalistischen Episoden hielt.

Bis zur April-Ausgabe des ›Strand Magazine‹ im Jahre 1927 wurden noch dreiunddreißig Geschichten veröffentlicht, die zudem in drei Buchausgaben erschienen: ›Die Wiederkehr von Sherlock Holmes‹ (›The Return of Sherlock Holmes‹, 1905), ›Der letzte Streich von Sherlock Holmes‹ (›His Last Bow‹, 1917) und ›Das Notizbuch von Sherlock Holmes‹ (›The Case Book of Sherlock Holmes‹, 1927). In dieser Nummer des ›Strand Magazine‹ verabschiedet sich Conan Doyle von seinen Lesern, dankt ihnen für ihre Ausdauer und gibt der Hoffnung Ausdruck, daß die Gestalt des Sherlock Holmes sie ein wenig von den Sorgen des Lebens habe ablenken können.

Der Kriminalfall als Gegenstand der Unterhaltung, als Möglichkeit, sich von den Sorgen des Lebens ablenken zu lassen? Es hat nie an Stimmen gefehlt, die den ›Krimi‹ von moralischen Positionen aus attackierten, die sein Ziel, durch das Verbrechen und seine Aufklärung Spannung und Vergnügen zu erzeugen, als makaber denunzierten, die ihm einen literarischen Eigenwert absprechen zu können glaubten. Ihnen gegenüber steht die große und, wie es scheint, ständig wachsende Schar der Liebhaber dieses Genres, aus der sich immer wieder Befürworter finden, die auf die lange und große Tradition der Kriminal-Literatur hinweisen, die bis zu den griechischen Mythen und zur Bibel zurückzuverfolgen sei. Oder kann man etwa nicht das Mord- und Inzestgeschehen um König Ödipus dem Stoff und seiner analytischen Struktur nach einem heutigen Kriminalroman an die Seite stellen? Oder der junge Prophet Daniel aus dem Alten Testament, ist er nicht der erste Detektiv der Weltliteratur? Immerhin überführt er durch geschicktes Verhören die beiden ›lüsternen Greise‹, die sich der schönen Susanna im Bad mit unsittlichen Anträgen näherten und sie, als sie sich standhaft zeigte, als Ehebrecherin verleumdeten und vor Gericht stellten; immerhin weist er bei anderer Gelegenheit durch ›Spurensicherung‹ und ›Spurenauswertung‹, um Termini der modernen Kriminologie zu verwenden, den Priestern des Bel nach, daß sie selber und nicht der Götze die Schüsseln mit den Speisen und die Weinkrüge leerten, die von Anbetern dargebracht worden waren. Der Prophet als Detektiv: das klingt beeindruckend. Aber es bleibt im Grunde nur ein müßiges Spiel, das mit solcher Genealogie zum höheren Ruhm des ›Krimis‹ getrieben wird, indem man etwa auf den antiken Muttermörder Orest als Ahnen verweist oder sich mit Dostojewskis Raskolnikow aus dem Roman ›Schuld und Sühne‹ schmückt, den übrigens Thomas Mann in Verkennung des Genres ›den größten Kriminalroman der Weltliteratur‹ genannt hat. In beiden Fällen wird das Verbrechen unter einem jeweils anderen Aspekt und mit einem jeweils anderen Ziel dargestellt als durch die belletristischen Erzeugnisse, die hierzuland als Kriminalroman oder Kriminalerzählung, in der anglo-amerikanischen Welt als ›crime story‹ oder ›detective story‹ und in Frankreich allgemein als ›roman policier‹ firmieren. Die Verbrechergestalten der Antike — der Vatermörder (Zeus, Ödipus), der Muttermörder (Orest), die Gattenmörderin (Klytämnestra), die Kindesmörderin (Medea), der Brudermörder (Kain, Polyneikes) — sind dichterische Topoi, in denen sich die Auflösung gentiler Bande spiegelt oder soziale Umbruchsituationen durch normenwidrige oder auch neue Normen setzende Gewalt signalisiert werden. Das muß verstanden werden, wenn das vorgestellte Geschehen mehr vermitteln soll als die simple Erkenntnis, daß im Klassenstaat das Verbrechen seit eh und je existiert und interessiert hat — womit nichts gewonnen wäre, auch nichts in bezug auf eine mögliche Ahnenreihe des ›Krimis‹.

Genauso ist zu beachten, daß das seit dem 18. Jahrhundert in der bürgerlichen Literatur sich verstärkt artikulierende Interesse an den psychologischen und sozialen Wurzeln des Verbrechens und am Verbrecher als einem Außenseiter der Gesellschaft die Kriminal- und Detektivliteratur im heutigen Verständnis nicht wesentlich berührt. Die Eingangsworte Schillers zu seiner Fragment gebliebenen Erzählung ›Der Verbrecher aus verlorener Ehre‹, daß nämlich kein Kapitel in der Geschichte der Menschen ›unterrichtender für Herz und Geist‹ sei ›als die Annalen seiner Verirrungen‹, weisen in eine andere Richtung. Das Verbrechen und der Verbrecher erfuhren mit der Durchsetzung bürgerlichen Denkens und bürgerlicher Normen gegen das mittelalterliche, theologisch ausgerichtete Verständnis des Verbrechens als Beleidigung Gottes und des Verbrechers als Sünder eine Säkularisierung, die in dem Maß die Anteilnahme am Schicksal des Verbrechers steigen ließ, wie der mündig gewordene Mensch generell ins Zentrum der Betrachtung rückte. (Alexander Popes ›Versuch vom Menschen‹ [›Essay on Man‹] aus dem Jahre 1733 umschreibt diese Haltung am prägnantesten mit dem Kernsatz: ›Die eigentliche Bemühung der Menschheit gilt dem Menschen‹ — ›The proper study of mankind is man‹). Von hier aus bestimmt sich auch die Rolle des

Verbrechens und des Verbrechers in der Belletristik: Sie dienen der Selbst- und Gesellschaftserfahrung, sind eben ›unterrichtend für Herz und Geist‹ — eine Zielsetzung, auf die auch die Sammlung berühmter Kriminalfälle durch François Gayot de Pitaval zurückzuführen ist, die seit 1733 unter dem Titel ›Causes célèbres et intéressantes‹ erschienen und die deutsch bezeichnenderweise als ›Merkwürdige Rechtsfälle als ein Beitrag zur Geschichte der Menschheit‹ mit einer Vorrede von Schiller in Auswahl (1792—1795) herausgegeben wurde.

Der Verbrecher aber nimmt in den heute landläufigen Kriminalromanen und -geschichten nicht die zentrale Position ein. Er tritt an den Rand des Geschehens, wie übrigens auch sein Opfer, das oft nicht einmal auftritt oder doch nur kurz als handelndes Subjekt vorgestellt wird, dessen kompositorische Funktion darauf beschränkt ist, auslösendes Moment für die Recherche zu sein, und dessen Psyche und vorangegangene Existenz vor allem insofern von Bedeutung sind, als sie Hinweise auf das Motiv geben, das dem Verbrechen zugrunde liegt, und damit zur Lösung des ›Falls‹ beitragen können. Das Verbrechen ist aus der Sphäre einer persönlichen oder gesellschaftlichen Katastrophe in die Qualität einer weitgehend wertneutralen, lediglich zu klärenden Angelegenheit übergeführt worden; der Verbrecher verkörpert nicht mehr den miserablen oder mitleidverdienenden oder sympathiefordernden Outsider, sondern vor allem, wenn nicht ausschließlich, die Instanz, die ein Geheimnis (eben daß er der Verbrecher ist) in ihrem Besitz hält und die im übrigen alles Interesse daran hat, daß dieses Geheimnis nicht gelüftet wird. Er ist gewissermaßen die Sphinx, die dem ›detective‹, dem Aufklärer, die Aufgabe stellt. Der Detektiv aber erweist sich als der eigentliche Held des Spiels, als der Mann, der — sei es in Gestalt des Vertreters der gesellschaftlichen Macht, deren Norm gebrochen wurde, oder des

Privatmanns, der sich aus eigenem Antrieb oder nach Auftrag der Recherche annimmt — sich daran macht, das Geheimnis zu enträtseln. Und sein Ruhm leuchtet um so heller, und die Anteilnahme des Lesers ist um so intensiver, desto besser das Geheimnis gehütet und desto aussichtsloser sich zu Beginn der Versuch ausnimmt, Klarheit zu erlangen.

Als Vater dieses Grundschemas gilt mit Recht Edgar Allan Poe, der mit der Erzählung ›Der Doppelmord in der Rue Morgue‹ (›The Murders in the Rue Morgue‹, 1841) die erste und bis heute beispielgebende Probe für diese Art von Literatur gegeben hat. Er stellte dieser ersten von drei Erzählungen, die sich mit Kriminalfällen befassen, ein bemerkenswertes Motto aus der ›Urnenbestattung‹ des englischen Philosophen Thomas Browne voran: ›Welches Lied die Sirenen sangen oder welchen Namen Achilles annahm, als er sich unter Weibern verborgen hielt, sind zwar schwierige Rätsel, doch nicht jeder Mutmaßung unzugänglich.‹ Unter dieser Devise läßt er seinen Detektiv, den Monsieur C. Auguste Dupin — den ersten wirklichen Detektiv der Weltliteratur, trotz des biblischen Daniel und manch anderer scharfsinniger Figuren aus den Literaturen der Völker von China bis Frankreich und England —, an die Aufklärung eines geheimnisvollen Mordes an zwei Frauen gehen. Dessen Aktivität beschränkt sich nun im wesentlichen darauf, die Umstände, in denen man die Leichen in der Rue Morgue vorfand, und die unklaren Berichte von Leuten aus der Nachbarschaft so der analysierenden und schlußfolgernden Ratio und einer ans Wunderbare grenzenden Beobachtungsgabe zu unterziehen, daß mit fast mathematischer Sicherheit die im verborgenen liegenden Geschehnisse ans Licht kommen müssen. ›... erst in Dingen‹, konstatiert Poe in der Einleitung der Erzählung, in der er sich über die Gewinnchancen eines tüchtigen Whist- oder Damespielers ausläßt, ›die über die Grenzen der bloßen Regel hinausgehen, erweist sich die Geschicklichkeit des Analytikers. Er macht stillschweigend eine Menge von Beobachtungen und zieht daraus seine Schlüsse. Auch seine Mitspieler tun es vielleicht, aber der Unterschied in der Tragweite der erlangten Kenntnis liegt nicht so sehr in der Richtigkeit seiner Schlüsse als in der Schärfe der Beobachtung.‹

Diese Erzählung stellt gewissermaßen die Detektivgeschichte in nuce dar, und in wie vielen Gestalten sich auch seitdem der Rechercheur in der Literatur gezeigt hat, in wie viele rare und seltsame Attitüden er sich auch geworfen haben, mit welchen Eigenheiten er auch aufgetreten sein mag: Die Verwandtschaft mit Monsieur Dupin läßt sich kaum verleugnen. Seine Methode der ›ratiocination‹, der Erschließung eines Tatbestandes durch genaue Beobachtung und logisches Folgern, ist seitdem zur Schablone für einen Zweig der Literatur geworden, der über die Jahrzehnte hinweg stetig an Beliebtheit gewonnen hat, nicht zuletzt, weil der Leser, wie Brecht treffend formuliert, Vergnügen daraus ziehen kann, wie er zu vernünftigen Urteilen gebracht wird, indem man ihn zwingt, seine Vorurteile aufzugeben.

Der ›Meisterschüler‹ Poes ist Arthur Conan Doyle. Er hat dieses Meister-Schüler-Verhältnis nicht geleugnet, und auf seiner letzten Reise in die USA äußerte er nach einem Besuch in Fordham bei New York, wo Poe seine letzten Jahre verbracht hatte: ›Wenn jeder, der seine Eingebungen Poe verdankt, den zehnten Teil seines Profits hergeben müßte, so könnte diesem ein Monument errichtet werden, das größer wäre als die Pyramiden, und ich zum Beispiel wäre einer von den Erbauern.‹ Indes lebt sein Sherlock Holmes nicht ausschließlich aus dem Erbe Poes, wenngleich er mit Monsieur Dupin frappierende Ähnlichkeiten aufweist: Wie dieser ist er

Pfeifenraucher und manchmal, wenn er nicht eine Fährte verfolgt, in träumerischer, fast brütender Stimmung; wie dieser spricht er kaum über seinen ›Fall‹, solange er an ihm arbeitet, bricht er in anderer Leute Gedankengänge ein und führt sie zu Ende und hält er nicht allzu viel von beamteten Rechercheuren; wie diesem ist ihm ein Erzähler beigegeben, vor dessen simplem ›gesundem Menschenverstand‹ sich seine immense Analysierfähigkeit desto strahlender abhebt; wie dieser hegt er die streng positivistische Überzeugung, durch richtiges — und das heißt immer: deduktives — Angehen eines Problems auf jeden Fall zu seiner Lösung zu gelangen, und das geradezu klassisch gewordene und in der Nachfolge von Dutzenden Autoren befolgte Wort des Sherlock Holmes hätte auch Monsieur Dupin in den Mund gelegt werden können: ›Es ist eine meiner alten Maximen: Was übrigbleibt, wenn man das Unmögliche ausgeschlossen hat, muß die Wahrheit sein, so unwahrscheinlich sie sich auch ausnehmen mag‹ (›Die Beryll-Krone‹).

Conan Doyle war ein eifriger Leser, auch von Autoren, deren Romane und Erzählungen keinen Anspruch auf hohen literarischen Wert erheben konnten. So weisen zum Beispiel seine Tagebücher von 1885 und 1886 aus, daß er sich in diesen Jahren fast ausschließlich der Lektüre von Detektivgeschichten hingab, die in der Nachfolge Poes in England, Frankreich und Amerika in Mode gekommen waren, und in einem Interview mit der ›Westminster Gazette‹ antwortete er am 13. 12. 1900 auf die Frage, wie er dazu gekommen sei, ›Späte Rache‹ zu schreiben und damit Sherlock Holmes in die Literatur einzuführen: ›Damals, um das Jahr 1886, hatte ich einige Detektivgeschichten gelesen und stieß mich an dem Unsinn, den sie verzapften — um es mild auszudrükken —, weil die Autoren bei der Auflösung des Geheimnisses sich immer von irgendwelchen Zufällen abhängig machten. Ich nahm daran Anstoß, weil mir das als ein nicht faires Spiel vorkam; denn der Detektiv sollte seinen Erfolg etwas verdanken, das seinen eigenen Überlegungen entsprang und nicht einfach zufälligen Umständen, die sich im wirklichen Leben ohnehin nicht ergeben.‹

Unter den Autoren, deren Bücher er damals las, finden sich neben den Verfassern von eher dem Irrationalen als der sachlichen Aufklärung haarsträubender Verbrechen dienenden englischen Schauergeschichten, den ›gothic novels‹, auch Wilkie Collins, dessen dickleibige ›Sensationsromane‹, wie diese Gattung damals genannt wurde, ›Die Dame in Weiß‹ (›The Woman in White‹, 1860), ›Armandale‹ (1864) und ›Der Mondstein‹ (›The Moonstone‹, 1868) über England hinaus Furore machten, Anna Katherine Green, die mit ›Der Fall Leavenworth‹ (›The Leavenworth Case‹, 1878) den Anstoß für eine geradezu explosive Entwicklung der Kriminalliteratur in den USA gegeben hatte, und der Amerikaner John Russell Coryell, der Schöpfer des Detektivs Nick Carter, des ersten erfolgreichen Serienhelden des Genres. Und Doyle las natürlich die Romane von Émile Gaboriau, dem erfolgreichsten Kriminalroman-Verfasser, dessen Werke weltweite Verbreitung fanden und auch von Gebildeten gelesen wurden. (Mommsen und Tschechow waren zum Beispiel Verehrer Gaboriaus). In den detektivischen Abenteuern um den Privatier Père Tabaret und den Polizisten Lecoq, der Vidoq, dem Begründer der ›Police de sûreté‹ nachgestaltet war, verband Gaboriau die von Poe übernommene Methode der ›ratiocination‹ mit den damals gängigen polizeilichen Aufklärungspraktiken, über die er als langjähriger Reporter und dank guter Verbindungen zur Pariser Polizei wie kein zweiter Bescheid wußte, und der nach dem Muster von Dumas fils und anderer Boulevardschriftsteller geschneiderten Darstellung des gesellschaftlichen Lebens der ›belle époque‹. So entstand, als Ergänzung zur Kriminal-*Erzählung* Poes, die in einer lupenreinen Denkwelt angesiedelt ist, der Kriminal-*Roman*, der durch Einbeziehung sozialer und psychologischer Komponenten, durch Aufnahme von sentimentalen und amourösen Episoden ein — wie auch immer gefärbtes — Abbild der Gesellschaft mitlieferte. Conan Doyle hat Gaboriau geschätzt, sich jedoch schon beim ersten Auftreten seines Sherlock Holmes in ›Späte Rache‹ von ihm zu distanzieren gesucht, wahrscheinlich, um nicht als Epigone des weltbekannten Franzosen angesehen zu werden: Holmes erklärt Watson gegenüber, er ziehe Dupin allemal Lecoq vor (›Lecoq war ein Stümper. Dupin war besser‹, schrieb Doyle lapidar in einer Skizze zu dem Roman). Und in der Tat ist Holmes eher Dupin verwandt als Lecoq oder Père Tabaret, die — und das macht einen großen Teil des Reizes aus, der von ihnen ausgeht — nicht immer ›den geraden Weg zur Wahrheit‹ einschlagen und deren Neigung zu Irrtümern und Fehlschlüssen dem Poe-Schüler Doyle fatal vorkommen mußte. Immerhin kann jedoch fast mit Sicherheit angenommen werden, daß die kriminologische Kleinarbeit, der sich Holmes trotz aller Genialität im Schlußfolgern geduldig hingibt, durch Gaboriaus Romane zumindest angeregt worden ist. Denn nach dessen erstem Beitrag zum Genre, ›Der Fall Lerouge‹ (›L'affaire Lerouge‹, 1866), der mit detaillierten Schilderungen polizeilicher Untersuchungsmethoden aufwartet, hätte ein Anknüpfen an die eher romantischen und mehr oder weniger vom Zufall bestimmten Wege der Aufklärung, wie sie von Collins und Mrs. Green bevorzugt wurden, einen Rückfall auch hinter die Kriminaltechnik der Zeit bedeutet, die vor allem durch das anthropometrische System Bertillons zur Identifizierung von Verbrechern und die Anfänge der Daktyloskopie einen bemerkenswerten Aufschwung erlebte.

Es ist seit den Anfängen der ›Holmesologie‹ eine beliebte und stets aufs neue aufgeworfene Frage, welche realen Persönlichkeiten neben den literarischen Vorbildern das Modell für den Meisterdetektiv und seinen Begleiter Watson abgegeben haben könnten. Doyle selbst hat auf Dr. Joseph Bell hingewiesen, einen Chirurgen am Edinburgher Hospital, den er in seinen Studienjahren kennengelernt hatte. Dieser Dr. Bell war bekannt für seine scharfen Beobachtungen und Schlußfolgerungen, mit denen er seine Patienten, deren Berufe er erriet, verblüffte. Und in der Tat erinnern seine Methoden, mit denen er zum Beispiel einen Mann als Pflasterer dadurch identifizierte, daß nur eines seiner Hosenbeine an der Innenseite des Knies abgeschabt war, oder einen kurz zuvor aus der Armee entlassenen Soldaten dadurch, daß dieser den Hut beim Betreten des Zimmers nicht abnahm, sehr stark an die Sherlock Holmes', der es sich in mehreren Fällen angelegen sein läßt, anhand von Gegenständen — einem Hut oder einem Pincenez — die Eigenheiten ihrer Besitzer zu rekonstruieren, und der Watson immer wieder damit in Erstaunen versetzt, daß er dessen Gedanken oder Absichten oder vorausgegangene Handlungen an kaum auffallenden Kleinigkeiten abliest. Doch damit endet bereits die Verwandtschaft von Holmes mit dem Edinburgher Arzt, und dieser hat denn auch zu Recht Doyles Verweis auf ihn mit der Bemerkung beantwortet, der Schriftsteller schulde ihm in bezug auf Charakter und Konstruktion seines Helden weniger, als er annehme. Als weiteres mögliches Vorbild wurde George Budd ermittelt, ein Mediziner, den Doyle im letzten Studienjahr kennenlernte und mit dem er sich nach Beendigung des Studiums für kurze Zeit in einer Arztpraxis assoziierte. Budd war ein sportlicher Mann, dazu unternehmungslustig, flink im Auffassen von Ideen und im Erkennen und Analysieren von Situationen und hätte auch mit seiner Zähigkeit und Energie, die er in allem, was er unternahm, an den Tag legte, Pate bei der Holmes-Figur gestanden haben können. Doch bleibt solche Spekulation wie alle, die von ›Holmesologen‹ angestellt worden sind, unfruchtbar, weil aufs Anekdotische beschränkt. Mit Sicherheit ist nur festzustellen, daß Doyle den Namen seines Detektivs dem 1894 gestorbenen amerikanischen Lyriker und Essayisten Oliver Wendell Holmes verdankt, den er sehr verehrte. Der Vorname ›Sherlock‹ ist möglicherweise eine Anspielung auf den Ort Sherlockstown in dem Teil Irlands, aus dem Doyles Vorfahren stammten.

Ähnlich müßig sind die Vermutungen über die Herkunft der Figur Watsons, des Arztes, der längere Zeit Militärdienst in Asien geleistet hat, ehe er sich zum Praktizieren in London niederläßt. Hier schwanken die Annahmen, wer Vorbild gewesen sein könnte, vor allem zwischen Doyles Berufskollegen James Watson, der gleich ihm um 1890 Mitglied der ›Literary and Scientific Society‹ in Portsmouth war, und Major Wood, einem guten Freund Doyles, der sein Sekretär wurde und den er wegen seines offenen, geradlinigen Charakters sehr schätzte. Auch die Vermutung, daß Conan Doyle mit Dr. Watson ein Selbstporträt angefertigt habe (immerhin blieben auch ihm zu der Zeit, als er die Figur aus der Taufe hob, die Patienten aus, und spielte er, wie Watson, gern Billard), führt vom Wesentlichen weg. Zudem ist wenig wahrscheinlich, daß ein Autor sich in einer Figur in sein Werk einführt, die beim Leser oft nachsichtiges Lächeln hervorruft.

Wichtig ist weniger die ›Herkunft‹ Watsons als sein Sitz in der literarischen und sozialen Realität der Geschichten. Und in bezug darauf ist das Bestreben Doyles unverkennbar, Holmes in Watson einen Menschen an die Seite zu stellen, der das geistige Mittelmaß nicht übersteigt, dadurch Holmes um so kräftiger in seiner

Außergewöhnlichkeit konturiert und gleichzeitig dem Durchschnittsleser die Möglichkeit bietet, sich über den Arzt, Helfer und Biographen dem schier übermenschlichen Detektiv zu nähern. Hier kommt Watson eine Brückenfunktion zu.

Führt es auch nicht weit, nach ›Vorbildern‹ von Holmes und Watson zu suchen, so ist es doch legitim, danach zu forschen, wie sie mit dem Autor verwandt sind. Bei Watson bietet sich sofort neben dessen Beruf auch die schriftstellerische Neigung an, derentwegen er von Holmes wiederholt gescholten wird, weil auf diese Weise die bedeutenden Ideen und ihre merkwürdigen Ausführungen im trüben Strom der Belletristik zu versinken drohen. Holmes hingegen ist auf weniger vordergründige und komplexere Art seinem Schöpfer ähnlich. Doyle hat offensichtlich versucht, in ihm sein Ideal vom Gentleman literarisch zu verwirklichen, das Ideal von dem im Interesse der Allgemeinheit handelnden, dem Gedanken des Erhaltens und Verbesserns von Bestehendem eher als der Veränderung zugeneigten Menschen, der es als seine vornehmste Pflicht ansieht — und aus ihr einen Beruf macht —, Ratlosen beizustehen und Notleidenden zu helfen. Dieser Helfer und Beschützer, der gleichzeitig von staatlichen oder munizipalen Instanzen unabhängig, also Herr seiner Entschlüsse und frei ist, seine Fähigkeiten und seine Vorstellungen vom Recht dort wirksam werden zu lassen, wo er es für richtig hält, fand zu Ende des vorigen Jahrhunderts eine seiner idealen literarischen Verkörperungen im Detektivberuf, von dem Robert Louis Stevenson in seiner Erzählung ›Der Dynamitverbrecher‹ (›The Dynamiter‹) schrieb, es sei die einzige Beschäftigung für einen Gentleman. Den solchermaßen verbürgerlichten Kavalier setzte Doyle deutlich vom landläufigen Typ des Polizisten ab, vor allem indem er diesen — wohl der gängigen Meinung folgend — als beschränkt, plump und vorurteilsbesessen vorstellte, und stattete ihn mit allem aus, was ihm zu einem allseitig entwickelten Menschen zu gehören schien und was er an sich selber zu entwickeln suchte. Das betrifft vor allem sein Bestreben, sich mit vielen Bereichen der Wissenschaft vertraut zu machen, und dies nicht nur auf theoretischer Ebene, sondern vornehmlich in der Anwendung des Wissens, das ihn in die Lage versetzte — wie es in der Erzählung ›Die fünf Apfelsinenkerne‹ heißt — aus einem einzigen Knochen auf das ganze Tier zu schließen. Als Pendant dazu kam eine schweifende gleichwohl disziplinierte Phantasie, die jederzeit vom Denken in die Pflicht genommen werden konnte. Systematik als Voraussetzung für die Anwendbarkeit des vielfältigen Wissens und die Archivierung von Kenntnissen als Hilfsmittel — letzteres besonders wird von Freunden und Biographen als charakteristisch auch für des Autors Arbeitsweise hervorgehoben — runden das Bild vom ›Geistesriesen‹ Sherlock Holmes ab, von dem Watson in ›Die Liga der rothaarigen Männer‹ ehrfürchtig und auch ein wenig erschrocken sagt, sein Wissen sei nicht mit dem anderer Menschen zu vergleichen.

Hinzu tritt absolute körperliche Fitness, um auch in prekären Situationen bestehen zu können — auch sie ein Charakteristikum des Gentleman in Doyles Verständnis und ein Ziel, das er bis ins Alter anstrebte (in jüngeren Jahren war er berühmt als Kricket-Spieler und als Boxer, und er wurde — wie auch sein Holmes — nicht müde, den Amateursport als eine wichtige Kraftquelle der Nation zu preisen, was ihm die ehrenvolle Funktion eintrug, die britische Mannschaft zu den für 1916 in Berlin geplanten und dann dem Krieg zum Opfer gefallenen Olympischen Spielen anzuführen). Weiterhin wurden Holmes aufs äußerste geschärfte Sinne beigegeben, was ihn beim Verfolgen einer Spur manchmal wie ein instinktgesteuertes Wesen erscheinen läßt, und natürlich Verständnis und Interesse gegenüber der Kunst, die sich in gelegentlichen Urteilen zur Literatur und Malerei, besonders aber in aktivem und passivem Genuß von Musik ausdrückt. Achtung vor dem Gesetz, das er übrigens einigemal übertritt, wenn es darum geht, durch einen Einbruch in den Besitz von Beweismitteln zu kommen, ist für Holmes selbstverständlich; dennoch wird ihm das Auseinanderklaffen von Gesetz und Recht manchmal bewußt, und wenngleich er Watson kategorisch erklärt: ›Ich gebrauche meinen Kopf, nicht mein Herz‹ (›Der berühmte Klient‹), folgt er in einigen Fällen eher dem Zug des Herzens und rettet aus christlichen Erwägungen den Schuldigen vor dem Gesetz.

Der Gefahr, daß angesichts dieser untadeligen Erscheinung eines Gentleman, durch das Idealtypische, fast Erzengelhafte das Desinteresse des Lesers an der Person Sherlock Holmes' hervorgerufen werden könnte, begegnet Doyle mit Geschick, indem er ihn mit einigen Extravaganzen ausstattet, die ihn gelegentlich in die Nähe der Bohème rücken. Holmes hebt sich von der bürgerlichen Durchschnittsexistenz deutlich ab: Er arbeitet unregelmäßig, verträumt ganze Tage, bewahrt seinen Pfeifentabak in einem persischen Pantoffel auf, seine Zigarren in der Kohlenschütte etc., er ist oft bis zur Grobheit unkommunikativ, auch seinem Freund Watson gegenüber, und gibt sich häufig — und das wird von Watson stets mißbilligend angemerkt — dem Genuß von Rauschgiften hin. Das ver›menschlicht‹ ihn, genauso wie der Umstand, daß er gutem Essen zugeneigt ist und daß er, der sich für seine Arbeit grundsätzlich bezahlen läßt, gelegentlich von einem Reichen mehr Honorar nimmt, während er sich Armen gegenüber als großzügig erweist und auf Bezahlung verzichtet. Seine Unbeweibtheit und schier misogyne Einstellung hingegen (Watson weiß nur von einer Frau, die er wirklich bewundert: Irene Adler aus ›Ein Skandal in Bohemia‹), die auf des

Lesers Unverständnis stoßen oder einen Schatten auf den Charakter werfen könnten, liegt am Genre und am Wesen seines Helden, dessen einsame Größe und Einmaligkeit keine feste Bindung, auch keine dauernde amouröse, zuläßt. ›Eine Liebesgeschichte schwächt den Kriminalroman fast immer‹, stellte Raymond Chandler 1949 in den ›Gelegentlichen Notizen über den Kriminalroman‹ lapidar fest, und er konstatiert in Betracht der langen Reihe der Detektive seit Dupin, Lecoq und Sherlock Holmes: ›Ein wirklich guter Detektiv heiratet niemals.‹

So hatte denn die Literatur in der Gestalt des Sherlock Holmes einen Ritter ohne Furcht und mit nur geringem Anlaß zum Tadel, dafür aber mit um so größeren Geistesgaben gewonnen, der in allen Ländern auf ein stetig wachsendes Publikum stieß.

London mit seinen Quartieren und Straßen, seinen Kirchen, Kneipen und Theatern, seinen Bahnhöfen und seinem Hafen ist Sherlock Holmes' eigentliche Welt, auch wenn er sich oft zur Lösung der ihm übertragenen Fälle ins Umland begeben und sich mit den Verhältnissen von ländlichen Bürgern und Edelleuten sowie deren Bediensteten befassen muß, und als der Mittelpunkt dieser Stadt erscheint in Watsons Erzählungen das Haus in der Baker Street 212B. Dieses London wird topographisch exakt so dargestellt, daß man nach den Beschreibungen geradezu einen Stadtplan anfertigen könnte. Und Holmes, weit entfernt davon, sich nur auf seine Intuition und seine Analysierkunst zu verlassen, nutzt denn auch bei seinen Recherchen die Möglichkeiten, die dieses London bietet, und erweitert und stützt so die ihm gegebenen Fähigkeiten: Er bedient sich des Telegraphen, der zahlreichen Mietdroschken, der innerstädtischen Verkehrsmittel, der Archive, der Register, der Möglichkeit, private Zeitungsannoncen aufgeben zu können. Jedoch vermitteln die in dem Zeitraum zwischen 1875 und 1914 angesiedelten Geschichten kein ebenso exaktes Bild von der sozialen Struktur der Stadt, die nicht mehr, wie noch zu Zeiten Charles Dickens', eine Ansammlung von vergleichsweise isolierten Pfarrbezirken und Vororten mit fast noch patriarchalisch geordnetem Leben war, sondern sich durch immerwährenden Zustrom proletarisierter Landbewohner zu einer riesigen, schwer überschaubaren und schwer regierbaren Metropole entwickelt hatte. Ein Drittel ihrer im Jahre 1891 bereits auf 4300000 Menschen angewachsenen Bevölkerung lebte um die Jahrhundertwende im Zustand absoluter Armut, was unter anderem ein ständiges Steigen der aus Not begangenen Eigentumsdelikte mit sich brachte; fast eine Million Menschen war arbeitslos; die durch die sogenannte Forster Act von 1870 eingeleitete allgemeine Schulpflicht setzte sich in den Vierteln der Verelendeten nur sehr langsam durch. Andererseits wurden durch wiederholte wirtschaftliche Depressionen und Krisen soziale Unruhen, wie der ›Blutige Sonntag‹ im November des Jahres 1887, provoziert; Streiks und ein rapides Wachsen der Gewerkschaften in den beginnenden neunziger Jahren, dem 1900 die Gründung der Labour Party folgte (die bei den Unterhauswahlen im Jahre 1906 schon 29 Sitze erringen konnte), signalisierten, daß sich die Arbeiterschaft ihres Interesses und ihrer Kraft bewußt wurde.

Von diesem London erfährt man allerdings so gut wie nichts in den sechsundfünfzig Erzählungen und den vier Romanen um Sherlock Holmes; sie lassen vielmehr den Eindruck von einer in sich gefestigten und prosperierenden Stadt entstehen, der allenfalls von einer weitverzweigten Unterwelt des professionellen Verbrechens, von niedrig-, aber auch höhergestellten Gelegenheitstätern aus Besitzgier oder Leidenschaft, manchmal auch von den Aktivitäten ausländischer Geheimbünde wie der Carbonari oder des Ku-Klux-Klan Störung droht. Holmes' London kennt keine Bedrohung der Ordnung durch Verelendung oder durch Arbeitslosigkeit, ja, Arbeiter spielen so gut wie keine Rolle. Als die Niedrigsten auf der sozialen Stufenleiter erscheinen die kleinen Händler, die unteren Angestellten in Banken, Büros und Läden, die schlechtbezahlten Stenotypistinnen, die Kindermädchen und andere Dienstboten — Leute, für die die Welt grundsätzlich heil ist, wenn sie auch in einem speziellen Fall in Unordnung gebracht wurde. Und Holmes ist aufgeboten, diese punktuelle Unordnung mit seinen unvergleichlichen Methoden zu beheben, und er erweist sich damit als das Geschöpf eines Autors, dessen konservative Geisteshaltung einherging mit der Überzeugung, daß es den Wissenschaften, vor allem den angewandten Naturwissenschaften, gelingen werde, Korrekturbedürftiges ins Lot zu bringen. Er ist literarisches Produkt eines Positivismus, der in der Akkumulation, der Ordnung und der rechten Anwendung von Wissen das Heil für die Menschheit sah und der mit ihm ein Exempel dafür schuf, daß die Unordnung keine Chance besitzt, wenn sie aufgedeckt und ihr zur richtigen Zeit mit den richtigen Mitteln entgegengetreten wird. Wieder und wieder triumphiert er mit Hilfe der Logik und dem Einsatz wissenschaftlicher Methoden, von denen einige — so die Sicherung von Spuren, die Analyse von Tabakaschen, die Feststellung von Giften, die Identifizierung von Handschriften und die Dechiffrierung von Codes, die Bestimmung von Waffen und der Art ihres Gebrauchs nach der Form und der Lage von Wunden — seitdem in die kriminalistische Praxis eingegangen sind; und er triumphiert über Kräfte, die durch normwidrige Taten die prästabilierte Harmonie des bürgerlichen Lebens — und das heißt vor allem: ihre Moral und ihre Besitzverhältnisse — in Gefahr bringen.

Die weitere Entwicklung der Kriminal-Literatur in Europa und Amerika folgte in ihrer inzwischen dem Vergessen anheimgefallenen Masse von Autoren und Werken, aber auch mit ihren herausragenden, heute noch gelesenen Vertretern diesem von Conan Doyle vorgegebenen Grundschema. Man operierte — und operiert — immer wieder mit dem scharfsinnigen, hirnlich perfekt funktionierenden Rechercheur, der in einer nur auf das jeweilige Verbrechen zugeschnittenen, die gravierenden sozialen Belange weitgehend oder ganz ausklammernden Welt agiert und die bürgerliche Gesellschaft als Nährboden der Kriminalität ignoriert. Agatha Christie und Dorothy L. Sayers mit ihren Detektiven Hercule Poirot und Lord Peter Wimsey als den berühmtesten Nachfolgern der Holmes-Figur seien hier nur angeführt. Erst die Organisierung und Syndikalisierung des Verbrechens in großem Stil brachte um das Jahr 1930 in den USA einen neuen Typ der Kriminal-Literatur hervor, die ›hard boiled story‹, in der das Kriminelle nicht mehr als das außergewöhnliche, den Bruch mit dem moralischen Kodex und allgemein akzeptierter Übereinkunft herbeiführende Ereignis angesehen, sondern als mit der sozialen Realität Amerikas eng verflochtene, als ein notwendiger Teil dieser auch in ihren legalen Bereichen von der Wolfsmoral beherrschten Wirklichkeit gewertet wird. Vor allem Dashiell Hammett und Raymond Chandler repräsentierten die neue Art zu schreiben mit Erzählungen und Romanen, die sich zwar meist in den genrebedingten Voraussetzungen und den Konstruktionselementen nicht wesentlich von ihren Vorgängern aus dem 19. Jahrhundert unterschieden, jedoch den naiven Optimismus, durch die Aufklärung von Verbrechen die Welt wieder in Ordnung bringen zu können, aufgegeben hatten. Entsprechend wandelte sich die Gestalt des Detektivs, die in ihren bekanntesten Ausprägungen —

Sam Spade und Philip Marlowe — nicht mehr den rundum gebildeten, genial analysierenden und im Fall der Not auch schlaggewaltigen Gentleman verkörpert, sondern den die allgemeine Unmoral der Gesellschaft durchschauenden Mann, der, selber fast auf der Stufe des Parias stehend und von Verbrechern wie von der Polizei gejagt, der herrschenden Ordnung mit Skepsis und Verachtung begegnet.

Die Geschichten um Sherlock Holmes haben trotz mancher Unvollkommenheit und Einseitigkeit in der Spiegelung der sozialen Realität, die bei näherer Betrachtung der Abenteuer deutlich werden, trotz mancher Konstruktionsfehler, die Kollegen ihres Autors — meist zu eigenem höherem Ruhm — an ihnen zu entdecken glaubten, auch mancher Schematismen in der Führung der Haupt-, vor allem aber der Nebenfiguren, nichts von ihrem Reiz verloren. Ja es scheint, als hätten die Jahrzehnte das Vergnügen an ihnen noch erhöht, indem der Leser mit einer vergangenen Welt der angeblichen Sicherheit, Wertbeständigkeit und — trotz der sinistren Verbrechen — Ausgeglichenheit bekannt gemacht wird, die er nun aus zeitlicher Distanz und mit freundlich-kritischem Blick mustern kann. Gewiß, dem Freund der Kriminal-Literatur wurde seitdem Aufregenderes geboten, sicherlich auch Verzwickteres und Aufschlußreicheres aus diesem Genre. Doch umgibt den Mann aus der Baker Street wie keinen anderen seiner recherchierenden ›Kollegen‹ die Aura des ungebrochen Originellen, auch der Nostalgie, die allein uns schon dazu bringen kann, dem im historischen Kostüm auftretenden Helden unseren Applaus nicht zu versagen.

Berlin, im Januar 1982 *Die Herausgeber*

Ein Skandal in Bohemia

I

Für Sherlock Holmes ist sie *die* Frau geblieben. Selten habe ich gehört, daß er sie unter irgendeiner anderen Bezeichnung erwähnte. In seinen Augen beherrscht sie ihr ganzes Geschlecht und stellt es in den Schatten. Dabei war es nicht so, als hätte er etwas wie Liebe für Irene Adler empfunden. Alle Gefühle, und dieses im besonderen, waren seinem kühlen, präzisen, aber bewundernswert ausgewogenen Verstand zuwider. Er war nach meiner Meinung die perfekteste Denk- und Beobachtungsmaschine, die die Welt je gesehen hat; aber als Liebhaber wäre er fehl am Platz gewesen. Er sprach nie von den sanfteren Leidenschaften als mit Spott und Hohn. Sie waren für ihn, den Beobachter, eine ausgezeichnete Sache, die sich hervorragend eignete, den Schleier über den Motiven und Taten der Menschen zu lüften. Aber zuzulassen, daß sie sich in sein vornehmes und wohlgeformtes Wesen mischten, bedeutete für ihn, den geübten Denker, einen verwirrenden Faktor einzuführen, der Zweifel an den Ergebnissen seines Denkens nach sich gezogen hätte. Sand in einem hochempfindlichen Gerät oder ein Sprung im Glas einer seiner äußerst starken Lupen wäre nicht störender gewesen als eine heftige Empfindung in einer Natur, wie die seine es war. Und so gab es nur eine Frau für ihn, und das war die verstorbene Irene Adler, zweifelhaften und fragwürdigen Angedenkens.

Ich hatte Holmes in der letzten Zeit wenig zu Gesicht bekommen. Meine Heirat hatte uns auseinandergebracht. Mein vollständiges Glück und die aufs Heim beschränkten Interessen, die rings um einen Mann sprießen, der zum ersten Mal Herr eines eigenen Hauswesens ist, nahmen all meine Aufmerksamkeit in Anspruch, während Holmes, der jede Form der Geselligkeit aus den Tiefen seiner Bohème-Seele verabscheute, in unserer Wohnung in der Baker Street blieb, vergraben in seinen alten Büchern, und Woche um Woche von Kokain zu Ehrgeiz wechselte, von der Betäubung durch die Droge zu der wilden Tatkraft, die seine ureigene Natur war. Er fühlte sich noch wie je vom Studium des Verbrechens aufs äußerste angezogen und widmete seine unerhörten Fähigkeiten und seine außergewöhnliche Beobachtungsgabe dem Verfolgen der Spuren und der Klärung der Geheimnisse, die von der Polizei als hoffnungslos aufgegeben worden waren. Von Zeit zu Zeit hörte ich irgendeinen vagen Bericht über sein Tun: von seiner Berufung nach Odessa im Fall des Trepow-Mords, von der Klärung der einmaligen Tragödie der Brüder Atkinson in Trincomalee durch ihn und schließlich von der Aufgabe, die er so behutsam und erfolgreich im Auftrag der königlichen Familie von Holland löste. Außer diesen Zeichen für seine Aktivität, die ich wie alle Leser den Tageszeitungen entnahm, wußte ich wenig von meinem früheren Freund und Gefährten.

Eines Abends — es war der 20. März 1888 — kam ich von einem Besuch bei einem Patienten zurück (denn ich hatte meinen Praxisbetrieb wieder aufgenommen), und mein Weg führte mich durch die Baker Street. Als ich an der mir wohlbekannten Tür vorüberging, die in meiner Erinnerung immer mit meiner Bräutigamszeit und den dunklen Vorfällen, die ich in ›Späte Rache‹ wiedergab, verbunden sein wird, ergriff mich der drängende Wunsch, Holmes wiederzusehen und in Erfahrung zu bringen, wie er seine außergewöhnlichen Fähigkeiten einsetzte. Seine Zimmer waren hell erleuchtet, und als ich emporsah, erblickte ich seine große dünne Gestalt zweimal als dunklen Umriß hinter der Gardine. Er hastete unaufhörlich hin und her, den Kopf auf die Brust gesenkt und die Arme auf dem Rücken verschränkt. Mir, der ich jede seiner Stimmungen und Gewohnheiten kannte, erzählten seine Haltung und das Benehmen ihre eigene Geschichte. Er war wieder an der Arbeit. Er war aus seinen Drogenträumen erwacht und verspürte nun Heißhunger auf einen neuen Fall. Ich zog die Glocke und wurde nach oben gewiesen, in das Zimmer, das ich früher selber mit bewohnt hatte.

Sein Benehmen war nicht überschwenglich. Das gab es bei ihm selten; aber ich glaube, er war froh, mich zu sehen. Er sprach kaum ein Wort, wies mir aber mit freundlichem Blick einen Sessel, warf mir seine Zigarrenkiste zu und deutete auf seinen Alkoholvorrat und einen Syphon in der Ecke. Er stand vorm Feuer und musterte mich in seiner prüfenden Art.

»Die Ehe bekommt Ihnen«, bemerkte er. »Mir scheint, Watson, Sie haben seit dem letztenmal siebeneinhalb Pfund zugelegt.«

»Sieben«, antwortete ich.

»Wirklich, ich hätte ein bißchen höher geschätzt. Nur ein ganz kleines bißchen, glaube ich, Watson. Und Sie praktizieren wieder, wie ich feststellen kann. Sie haben mir nichts davon gesagt, daß Sie wieder im Geschirr gehen.«

»Woher wissen Sie es denn?«

»Ich sehe es, ich schlußfolgere es. Woher wüßte ich sonst, daß Sie vor kurzem erst sehr naß geworden sind und daß Sie ein äußerst ungeschicktes und nachlässiges Dienstmädchen haben.«

»Mein lieber Holmes«, sagte ich, »das ist zuviel. Sie wären sicherlich verbrannt worden, hätten Sie ein paar Jahrhunderte früher gelebt. Es stimmt, daß ich am Donnerstag einen Spaziergang über Land gemacht habe und in einem schrecklichen Zustand nach Hause gekommen bin; aber da ich die Kleider gewechselt habe, kann ich mir nicht vorstellen, wie Sie darauf schließen. Und was Mary Jane angeht: Sie ist unverbesserlich, und meine Frau hat ihr gekündigt. Aber wieder weiß ich nicht, wie Sie das herausbekommen haben.«

Er lachte in sich hinein und rieb sich die langen nervösen Hände.

»Nichts ist einfacher als das«, sagte er. »Meine Augen sagen mir, daß auf der Innenseite Ihres linken Schuhs dort, wo das Licht des Feuers ihn streift, sieben fast parallele Schnitte eingekerbt sind. Offensichtlich sind die Schnitte von jemandem verursacht worden, der sehr unvorsichtig den Sohlenrand abgekratzt hat, um getrockneten Schlamm zu entfernen. Daher, mein Lieber, meine zweifache Schlußfolgerung, daß Sie erstens in schlechtes Wetter geraten sind und daß Sie zweitens ein besonders bösartiges, schuhzerschneidendes Exemplar aus der Londoner Dienerschaft hatten. Und was Ihre Praxis angeht: Wenn ein Herr ins Zimmer kommt und nach Jodoform riecht, einen schwarzen Fleck vom Silbernitrat am rechten Zeigefinger hat und seitlich am Hut eine Beule, die verrät, wo er sein Stethoskop untergebracht hat, müßte ich wirklich dumm sein, wenn ich ihn nicht als ein praktizierendes Mitglied der ärztlichen Zunft ansprechen würde.«

Ich mußte über die Leichtigkeit lachen, mit der er den Prozeß seiner Schlußfolgerung erklärte. »Wenn Sie das Ergebnis Ihrer Beobachtungen vortragen«, bemerkte ich, »so bin ich jedesmal im ersten Augenblick verblüfft. Aber wenn Sie mich dann den Gang Ihrer Beweisführung hören lassen, dann erscheint mir alles so lächerlich einfach, daß ich selber hätte darauf kommen können. Und doch glaube ich, daß meine Augen so gut sind wie die Ihren.«

»Ganz recht«, antwortete er, zündete sich eine Zigarette an und warf sich in einen Sessel. »Sie sehen, aber

Sie beobachten nicht. Der Unterschied liegt klar zutage. Zum Beispiel haben Sie doch häufig die Stufen gesehen, die von der Halle herauf in dieses Zimmer führen.«

»Ja, häufig.«

»Wie oft?«

»Nun, einige hundert Male.«

»Wie viele sind es denn?«

»Wie viele? Ich weiß es nicht.«

»Das ist es! Sie haben nicht beobachtet. Und doch haben Sie gesehen. Darauf kommt es an. Nun, ich weiß, daß es siebzehn Stufen sind, weil ich gesehen *und* beobachtet habe. Übrigens: Da Sie sich für solche kleinen Probleme erwärmen und da Sie so freundlich waren, über eine oder zwei meiner unbedeutenden Erfahrungen zu berichten, könnten Sie sich möglicherweise hierfür interessieren.«

Er reichte mir ein Blatt schweren, rosafarbenen Briefpapiers, das offen auf dem Tisch gelegen hatte. »Es ist mit der letzten Post gekommen«, sagte er. »Lesen Sie laut.«

Der Brief war undatiert, hatte weder Unterschrift noch Adresse

›Heute abend Viertel vor acht‹, stand da, ›wird ein Herr bei Ihnen vorsprechen, der in einer Sache von äußerster Wichtigkeit Ihren Rat einholen möchte. Ihre neulich einem der Königshäuser Europas geleisteten Dienste haben erwiesen, daß man Ihnen bedenkenlos Angelegenheiten anvertrauen kann, deren Wichtigkeit nicht hoch genug anzusetzen ist. Dieser Ihr Ruf wurde uns von allen Seiten bestätigt. Seien Sie zu der angegebenen Zeit in Ihrem Zimmer und nehmen Sie keinen Anstoß daran, wenn Ihr Besucher eine Maske trägt.‹

»Das ist wahrlich geheimnisvoll«, bemerkte ich. »Was, glauben Sie, mag das bedeuten?»

»Ich habe noch keine Prämissen. Es ist ein schwerer Fehler, wenn man theoretisiert, ohne Prämissen zu haben. Unmerklich fängt man dann nämlich an, Tatsachen zurechtzubiegen, sie Theorien anzupassen, statt die Theorien nach Tatsachen zu bilden. Aber zum Brief. Was schließen Sie aus ihm?«

Sorgsam prüfte ich die Schrift und das Papier, auf dem sie stand.

»Der Mann, der das geschrieben hat, ist vermutlich wohlhabend«, bemerkte ich, bestrebt, das Vorgehen meines Freundes nachzuahmen. »Papier der Art kann man nicht unter einer halben Krone je Bogen kaufen. Es ist eigentümlich stark und steif.«

»Eigentümlich — das ist das treffende Wort«, sagte Holmes. »Es ist ganz bestimmt kein englisches Papier. Halten Sie es gegen das Licht.«

Das tat ich und sah ein großes E mit einem kleinen G, ein P und ein großes G mit einem kleinen T in die Struktur des Papiers eingelassen.

»Was halten Sie davon?« fragte Holmes.

»Zweifellos der Name des Herstellers, oder doch sein Firmenzeichen.«

»Nichts dergleichen. Das G mit dem kleinen T steht für Gesellschaft, das deutsche Wort für ›Company‹. Es ist die gebräuchliche Abkürzung unseres ›Co.‹ P steht natürlich für ›Papier‹. Nun zum ›Eg‹. Sehen wir in unser geographisches Lexikon vom Kontinent.« Er nahm einen schweren braunen Band aus dem Regal. »Eglow, Eglonitz — hier haben wir es, Eger. Das liegt im deutschsprachigen Gebiet — in Böhmen, nicht weit von Karlsbad. ›Bemerkenswert als Schauplatz der Ermordung Wallensteins und wegen der zahlreichen Glasfabriken und Papiermühlen.‹ Haha, mein Junge, was meinen Sie dazu?« Seine Augen funkelten, und er ließ aus seiner Zigarette eine große blaue Triumphwolke aufsteigen.

»Das Papier ist in Bohemia hergestellt worden«, sagte ich.

»Genau. Und der Mann, der den Brief geschrieben hat, ist Deutscher. Ist Ihnen der eigentümliche Satzbau aufgefallen ... ›Dieser Ihr Ruf wurde uns von allen Seiten bestätigt...‹. Ein Franzose oder ein Russe kann das nicht geschrieben haben. Nur der Deutsche geht so unhöflich mit seinen Verben um. So bleibt lediglich übrig, herauszufinden, was dieser Deutsche will, der auf böhmischem Papier schreibt und es vorzieht, eine Maske zu tragen, statt sein Gesicht zu zeigen. Und hier kommt er, wenn ich nicht irre, um alle unsere Zweifel zu zerstreuen.«

Während er noch sprach, war das harte Geräusch von Pferdehufen und ein Mahlen von Rädern gegen den Bordstein zu hören. Darauf folgte ein heftiger Zug an der Hausglocke. Holmes pfiff.

»Ein Gespann, wie es sich anhört«, sagte er. »Ja«, fuhr er fort, nachdem er einen Blick aus dem Fenster geworfen hatte, »ein kleiner netter Brougham und zwei prächtige Pferde. Jedes einhundertundfünfzig Guineas wert. Wenn schon nichts anderes, dann steckt Geld in der Geschichte, Watson.«

»Ich glaube, ich gehe besser, Holmes.«

»Aber nicht doch, Doktor. Bleiben Sie, wo Sie sind. Ohne meinen Boswell bin ich verloren. Und die Sache verspricht interessant zu werden. Es wäre ein Jammer, sie zu verpassen.«

»Aber Ihr Klient...«

»Kümmern Sie sich nicht um ihn. Möglicherweise brauche ich Ihre Hilfe, und er vielleicht auch. Da kommt er schon. Setzen Sie sich in den Sessel dort und schenken Sie uns Ihre ganze Aufmerksamkeit.«

Ein langsamer, schwerer Schritt, den wir schon von der Treppe und vom Korridor gehört hatten, hielt unmittelbar vor der Tür. Es folgte lautes, herrisches Klopfen.

»Herein!« sagte Holmes.

Ein Mann, der kaum weniger als sechs Fuß und sechs Inches groß war und die Brust und die Gliedmaßen eines Herkules besaß, betrat das Zimmer. Seine Kleidung war prunkvoll, von einer Pracht, die man in England bereits für etwas ansieht, das schlechtem Geschmack sehr nahe kommt. Die Vorderteile und die Manschetten seiner zweireihigen Jacke waren breit mit Astrachanpelz besetzt, und der über die Schultern geworfene tiefblaue, mit flammendfarbener Seide gefütterte Umhang wurde am Hals mit einer Brosche zusammengehalten, die aus einem einzigen feurigen Beryll bestand. Stiefel, die bis zur halben Wade reichten und am oberen Rand mit dichtem braunem Pelz eingefaßt waren, vervollständigten den Eindruck barbarischen Reichtums, den die ganze Erscheinung aufdrängte. Der Besucher trug in der Hand einen breitrandigen Hut und über dem oberen Teil des Gesichts bis auf die Backenknochen eine schwarze Maske, die er vermutlich soeben erst aufgesetzt hatte, denn er nestelte noch beim Eintreten an ihr herum. Dem unteren Teil des Gesichts nach zu schließen, schien er ein Mann von starkem Charakter, mit einer dicken hängenden Unterlippe und einem langen kräftigen Kinn, das eine Entschlossenheit andeutete, die an Eigensinn grenzte.

»Haben Sie meinen Brief erhalten?« fragte er mit einer tiefen rauhen Stimme in stark ausgeprägtem deutschem Akzent. »Ich habe Sie wissen lassen, daß ich Sie besuchen würde.« Er sah zwischen Holmes und mir hin und her, unsicher, wen er ansprechen sollte.

»Bitte, nehmen Sie Platz«, sagte Holmes. »Das ist mein Freund und Kollege Dr. Watson, der manchmal so freundlich ist, mir bei meinen Fällen zu helfen. Mit wem habe ich die Ehre?«

»Sie können mich als Grafen von Kramm anreden, einen Adligen aus Bohemia. Ich halte diesen Herrn, Ihren Freund, für einen Mann von Ehre und Diskretion, dem ich in einer Angelegenheit von äußerster Wichtigkeit vertrauen kann. Anders würde ich es vorziehen, mit Ihnen allein zu tun zu haben.«

Ich erhob mich, um zu gehen, aber Holmes faßte mich am Handgelenk und schob mich in den Sessel zurück.

»Entweder mit beiden oder mit keinem«, sagte er. »Vor diesem Herrn können Sie alles äußern, was Sie mir sagen wollen.«

Der Graf zuckte die breiten Schultern. »Dann muß ich damit beginnen«, sagte er, »Sie beide auf zwei Jahre zu absolutem Stillschweigen zu verpflichten; nach Ablauf dieser Zeit wird die Angelegenheit unwichtig geworden sein. Für jetzt ist es nicht zuviel gesagt, wenn ich behaupte, sie hat ein solches Gewicht, daß sie Einfluß auf die europäische Geschichte nehmen könnte.«

»Ich bin einverstanden«, sagte Holmes.

»Ich auch.«

»Sie werden die Maske entschuldigen«, fuhr unser Besucher fort. »Die erlauchte Person, die mich beauftragt hat, wünscht, daß ihr Agent Ihnen unbekannt bleibt, und ich kann Ihnen auch gleich gestehen, daß der Titel, unter dem ich mich vorstellte, nicht ganz der ist, den ich trage.«

»Das habe ich erwartet«, sagte Holmes trocken.

»Die Umstände sind sehr delikat, und keine Vorsichtsmaßregel darf außer acht gelassen werden, damit nicht womöglich ein unerhörter Skandal entsteht, der zu einer ernstlichen Kompromittierung einer der ersten Herrscherfamilien Europas führen könnte. Um es klar zu sagen: Die Sache betrifft das berühmte Haus von Ormstein, der Erbkönige von Bohemia.«

»Auch das habe ich erwartet«, murmelte Holmes, ließ sich in seinen Sessel nieder und schloß die Augen.

Unser Besucher blickte in offensichtlichem Staunen auf die schlaff dasitzende Gestalt des Mannes, der ihm zweifellos als der schärfste Denker und tatkräftigste

Agent von ganz Europa beschrieben worden war. Holmes schlug die Augen wieder auf und sah seinen hünenhaften Klienten ungeduldig an. »Wenn Eure Majestät sich herablassen würden, Ihren Fall vorzutragen«, bemerkte er, »wäre ich besser in der Lage, Rat zu erteilen.«

Der Mann sprang vom Stuhl und durchmaß das Zimmer in unkontrollierter Erregung. Dann, mit einer Geste der Verzweiflung, riß er sich die Maske vom Gesicht und warf sie zu Boden. »Sie haben recht«, rief er, »ich bin der König. Warum sollte ich versuchen, es zu verbergen?«

»Ja, warum eigentlich?« murmelte Holmes. »Eure Majestät hatten noch kein Wort gesprochen, als mir schon bewußt war, daß ich es mit Wilhelm Gottsreich Sigismond von Ormstein, Großherzog von Cassel-Falstein und erblichem König von Bohemia zu tun habe.«

»Aber Sie werden wohl verstehen«, sagte unser seltsamer Besucher, setzte sich wieder und strich mit der Hand über die hohe weiße Stirn, »Sie werden verstehen, daß ich nicht gewohnt bin, solche Geschäfte persönlich zu erledigen. Aber dieses ist so heikel, daß ich es keinem Mittelsmann anvertrauen konnte, ohne mich in seine Macht zu begeben. Ich bin inkognito von Prag gekommen, um mich mit Ihnen zu beraten.«

»Dann, bitte, beraten Sie sich«, sagte Holmes und schloß wieder die Augen.

»Die Tatsachen sind kurz die: Vor ungefähr fünf Jahren, während einer längeren Reise nach Warschau, lernte ich die bekannte Abenteurerin Irene Adler kennen. Der Name wird Ihnen zweifellos etwas sagen.«

»Bitte, Doktor, sehen Sie in meinem Verzeichnis nach«, murmelte Holmes, ohne die Augen zu öffnen. Seit vielen Jahren besaß er ein umfangreiches Dokumentationssystem für alle Artikel, die Menschen und Dinge betrafen, so daß es schwierig war, einen Gegenstand oder eine Person zu nennen, über die er sich nicht sofort zu informieren vermochte. In diesem Fall fand ich das Gewünschte zwischen der Biographie eines Rabbi und der eines Stabsoffiziers, welcher eine Monographie über Tiefseefische geschrieben hatte.

»Mal sehen«, sagte Holmes. »Hm! Geboren in New Jersey, 1858. Altistin — hm. La Scala, hm! Primadonna an der kaiserlichen Oper zu Warschau — ja! Von der Opernbühne zurückgezogen — ha! Lebt in London — so, so! Eure Majestät haben sich also, wie ich es verstehe, mit dieser jungen Person eingelassen, haben ihr einige kompromittierende Briefe geschrieben und sind nun begierig, diese Briefe zurückzubekommen.«

»Genau so. Aber wie...«

»Gab es eine heimliche Heirat?«

»Keine.«

»Gesetzliche Papiere oder Urkunden?«

»Keine.«

»Dann verstehe ich Eure Majestät nicht. Wenn die junge Person die Briefe für Erpressungen oder Ähnliches verwendet, wie sollte sie ihre Echtheit beweisen können?«

»Aber es gibt da doch die Handschrift.«

»Pah, pah! Fälschung.«

»Und mein privates Briefpapier.«

»Gestohlen.«

»Und mein Siegel.«

»Nachgemacht.«

»Meine Fotografie.«

»Gekauft.«

»Wir sind beide auf der Fotografie.«

»Oh! Das ist sehr schlimm! Eure Majestät haben wirklich eine Unbedachtsamkeit begangen.«

»Ich war von Sinnen — verrückt.«

»Sie haben sich ernstlich kompromittiert.«

»Ich war damals noch Kronprinz. Ich war jung. Ich bin jetzt erst dreißig.«

»Wir müssen das Bild zurückbekommen.«

»Wir haben es versucht, es ist fehlgeschlagen.«

»Eure Majestät müssen zahlen. Es muß gekauft werden.«

»Sie will nicht verkaufen.«

»Dann muß es gestohlen werden.«

»Fünfmal ist das versucht worden. Zweimal haben Einbrecher, die ich bezahlte, ihr Haus durchsucht. Einmal haben wir ihr Gepäck auseinandergenommen, als sie auf Reisen war. Zweimal wurde ihr aufgelauert. Ohne Erfolg.«

»Nicht der geringste?«

»Nichts.«

Holmes lachte. »Das ist wirklich ein nettes kleines Problem«, sagte er.

»Aber für mich ein sehr ernstes«, entgegnete der König vorwurfsvoll.

»In der Tat sehr ernst. Und was hat sie mit der Fotografie vor?«

»Sie will mich ruinieren.«

»Aber wie?«

»Ich stehe vor der Hochzeit.«

»Das hörte ich.«

»Mit Clotilde Lothmann von Saxe-Meningen, der zweiten Tochter des Königs von Scandinavia. Sie werden vielleicht von den strengen Prinzipien der Familie erfahren haben. Sie selber ist die Feinfühligkeit in Person. Der Schatten eines Zweifels an meinem Vorleben würde die Verbindung enden lassen.«

»Und Irene Adler?«

»Droht, ihnen die Fotografie zu schicken. Und sie wird es tun. Ich weiß, daß sie es tun wird. Sie kennen sie nicht, sie hat eine Seele von Stahl. Sie hat das schönste Frauengesicht und den entschlossensten Manneswillen.

Wenn ich eine andere Frau heiraten sollte, es gäbe nichts, das sie unversucht lassen würde — nichts.«

»Sind Sie sicher, daß sie das Bild noch nicht abgesandt hat?«

»Ich bin sicher.«

»Und warum?«

»Weil sie gesagt hat, sie würde es an dem Tage schicken, an dem meine Verlobung öffentlich verkündet wird. Das geschieht am nächsten Montag.«

»Oh, dann bleiben uns drei Tage«, sagte Holmes mit einem Gähnen. »Das trifft sich glücklich, weil ich momentan noch zwei, drei wichtige Sachen habe, um die ich mich kümmern muß. Eure Majestät werden doch wohl vorerst in London bleiben?«

»Gewiß. Sie können mich im ›Langham‹ erreichen, unter dem Namen des Grafen von Kramm.«

»Dann werde ich Ihnen Nachricht geben, um Sie ins Bild zu setzen, wie wir vorankommen.«

»Bitte, tun Sie das. Ich bin voller Unruhe.«

»Und wie steht es mit dem Geld?«

»Sie haben *carte blanche.*«

»Absolut?«

»Ich würde eine Provinz meines Königreiches geben, um an die Fotografie heran zu kommen.«

»Und was ist mit den laufenden Ausgaben?«

Der König zog einen schweren Beutel aus Sämischleder unter dem Umhang hervor und legte ihn auf den Tisch.

»Hier sind dreihundert Pfund in Gold und siebenhundert in Banknoten«, sagte er.

Holmes kritzelte eine Quittung auf ein Blatt seines Notizbuchs und gab sie ihm.

»Und die Adresse von Demoiselle?« fragte er.

»Briony Lodge, Serpentine Avenue, St. John's Wood.«

Holmes schrieb es auf. »Noch eine Frage«, sagte er. »Hat die Fotografie Kabinettformat?«

»Ja.«

»Dann also gute Nacht, Eure Majestät. Ich bin sicher, daß wir bald einige gute Nachrichten für Sie haben werden. Und gute Nacht, Watson«, fügte er hinzu, als die Räder des königlichen Brougham die Straße hinunterrollten. »Wenn Sie so gut sein wollten, morgen nachmittag um drei Uhr vorbeizukommen, würde ich mich gern über diese Kleinigkeit mit Ihnen unterhalten.«

II

Punkt drei Uhr war ich in der Baker Street, aber Holmes war noch nicht zu Hause. Die Wirtin teilte mir mit, daß er die Wohnung kurz nach acht Uhr morgens verlassen habe. Ich setzte mich ans Feuer, in der festen Absicht, auf ihn zu warten, wie lange er auch ausbleiben mochte.

Ich war an seinen Nachforschungen bereits höchst interessiert; denn obwohl dieser Fall sich nicht so düster ausnahm wie die beiden Verbrechen, über die ich an anderer Stelle bereits berichtete, besaß er auf seine Weise und durch die hohe Stellung des Klienten einen eigenen Charakter. Abgesehen aber von den Besonderheiten dieses Falles, in dem mein Freund gegenwärtig ermittelte, war es das meisterliche Erfassen einer Situation und die Strenge und Prägnanz seiner Schlüsse, was es mir zu einem Vergnügen machte, sein Arbeitssystem zu studieren und seinen lebendigen, einfühlsamen Methoden zu folgen, mit denen er die verzwicktesten Rätsel löste. Ich war an seinen beständigen Erfolg so gewöhnt, daß mir die Möglichkeit eines Mißerfolgs überhaupt nicht in den Kopf kommen wollte.

Es war kurz vor vier Uhr, als dann die Tür aufging

und ein betrunken aussehender Stallknecht mit wirrem Haar und langen Koteletten, gerötetem Gesicht und schlampiger Kleidung ins Zimmer trat. Obwohl ich die erstaunlichen Verkleidungskünste meines Freundes kannte, mußte ich dreimal hinschauen, ehe ich bestimmt wußte, daß er es war. Mit einem Kopfnicken verschwand er im Schlafzimmer, und fünf Minuten später kam er wie gewohnt in Tweedjacke ganz respektabel wieder zum Vorschein. Er steckte die Hände in die Taschen, streckte vorm Kamin die Beine aus und lachte einige Minuten lang aus vollem Herzen.

»Wirklich«, rief er, dann blieb ihm die Luft weg, und wieder lachte er, bis er hilflos und schlaff im Sessel lehnte.

»Was gibt's denn?«

»Es ist zu komisch. Ich bin sicher, Sie erraten nicht, wie ich meinen Morgen zugebracht habe und was ich dabei erreichte.«

»Ich kann es mir nicht vorstellen. Ich nehme an, daß Sie die Gewohnheiten und vielleicht das Haus von Miss Irene Adler studiert haben.«

»Ganz recht. Aber was dann folgte, war ziemlich ungewöhnlich. Ich werde es Ihnen erzählen. Ich verließ das Haus nach acht Uhr in der Maske eines stellungslosen Stallknechts. Unter Pferdepflegern herrscht ein wundervolles Einvernehmen und ein fester Zusammenhalt. Ist man einer von ihnen, bekommt man alles zu erfahren, was wichtig ist. ›Briony Lodge‹ hatte ich bald gefunden. Es ist ein Schmuckstück von Villa, zweistöckig, hat hinten heraus einen Garten, die Vorderfront liegt direkt an der Straße. An der Tür ein Chubbschloß. Rechter Hand ein großer Salon, gut möbliert, hohe Fenster, die fast bis auf den Fußboden reichen und mit diesen albernen englischen Sicherungen versehen sind, die ein Kind öffnen könnte. An der Rückseite des Hauses gab es nichts Bemerkenswertes, außer daß man an das

Korridorfenster vom Dach der Remise herankommt. Ich ging um das Haus herum und betrachtete es von allen Seiten, dabei fiel mir aber nichts Interessantes mehr auf.

Dann schlenderte ich die Straße hinunter und fand, wie ich erwartet hatte, daß in der Gasse, die längs der einen Gartenmauer verläuft, Stallungen liegen. Ich half den Stallknechten beim Striegeln der Pferde und erhielt zum Lohn zwei Pence, ein Glas Halb-und-Halb, für zwei Pfeifen Shag und über Miss Adler so viele Auskünfte, wie ich nur wünschen konnte, ganz zu schweigen von den Informationen über ein halbes Dutzend Leute in der Nachbarschaft, an denen ich nicht im mindesten Interesse gezeigt hatte, deren Lebensläufe ich mir aber dennoch anhören mußte.«

»Und was ist mit Irene Adler?« fragte ich.

»Oh, sie hat allen Männern der Gegend den Kopf verdreht. Sie ist das Feinste, das auf diesem Planeten eine Haube trägt. So sagen alle Pferdeburschen von der Serpentine Avenue. Sie lebt ruhig, singt auf Konzerten, fährt jeden Tag um fünf Uhr aus und kehrt Punkt sieben Uhr zum Dinner zurück. Sonst geht sie selten fort, außer zum Singen. Hat nur einen männlichen Besucher, aber der kommt oft. Er ist dunkelhaarig, vornehm und sieht leidenschaftlich aus; versäumt an keinem Tag, einmal vorzusprechen, kommt oft zweimal. Es ist ein gewisser Mr. Godfrey Norton vom Inner Temple. Da sehen Sie die Vorzüge, wenn man Lohnkutscher zu Vertrauten hat. Sie haben den Mann dutzendemal von den Serpentineschen Stallungen nach Hause gefahren und wissen alles über ihn. Als ich erfahren hatte, was sie mir erzählen konnten, bin ich noch einmal vor ›Briony Lodge‹ auf und ab gegangen, um meinen Schlachtplan zu überdenken.

Dieser Godfrey Norton ist augenscheinlich ein wichtiger Faktor in unserer Rechnung. Er ist Rechtsanwalt.

Das klingt gar nicht gut. Welcherart sind die Beziehungen zwischen ihnen, und was ist der Grund für seine häufigen Besuche? Ist sie seine Klientin, seine Freundin oder seine Geliebte? Ist sie ersteres, dann hat sie ihm wahrscheinlich die Fotografie zur Aufbewahrung übergeben. Ist sie letzteres, so braucht man das kaum anzunehmen. Von der Antwort auf diese Frage hing es ab, ob ich meine Arbeit bei ›Briony Lodge‹ fortsetzen oder meine Aufmerksamkeit den Zimmern des Herrn im Temple zuwenden soll. Eine kitzlige Entscheidung. Jedenfalls weitete es das Feld meiner Untersuchungen aus. Ich fürchte, daß ich Sie mit diesen Einzelheiten langweile, aber ich mußte Sie mit meinen kleinen Schwierigkeiten bekannt machen, damit Sie die Situation verstehen.«

»Ich folge Ihnen«, antwortete ich.

»Ich wog noch diese Fragen in meinem Hirn gegeneinander ab, als ein Hansom vor ›Briony Lodge‹ hielt und ein Herr heraussprang. Es war ein bemerkenswert vornehmer Mann — dunkelhaarig, Adlernase, mit Schnurrbart —, offensichtlich der, von dem ich gehört hatte. Er war in großer Eile, rief dem Kutscher zu, er solle warten, und stürzte mit dem Gehabe des Mannes, der dort ganz zu Hause ist, an dem Dienstmädchen, das die Tür geöffnet hatte, vorüber.

Er blieb eine halbe Stunde im Haus, und ich konnte ihn durch die Fenster des Salons sehen, wie er hin und her ging, aufgeregt redete und mit den Armen fuchtelte. Von ihr sah ich nichts. Als er wieder herauskam, wirkte er noch eiliger als vorher. Er trat an den Wagen und warf einen Blick auf seine goldene Uhr. ›Fahren Sie wie der Teufel‹, rief er, ›erst zu Gross und Hankey in der Regent Street und dann zur Kirche St. Monica in der Edgware Road. Eine halbe Guinea, wenn Sie es in zwanzig Minuten schaffen.‹

Der Wagen fuhr los, und ich fragte mich noch, ob es

nicht besser sei, ihm zu folgen, als ein kleiner Landauer die Seitengasse heraufkam, der Kutscher in nur halb zugeknöpftem Mantel, mit verrutschter Krawatte, und am Pferdegeschirr standen alle Schnallen offen. Er hatte noch nicht gehalten, da schoß die Dame aus der Tür und stieg ein. Ich konnte in diesem Moment nur einen Blick auf sie werfen, sah aber, daß sie eine reizvolle Frau ist, mit einem Gesicht, für das ein Mann schon sein Leben hingeben könnte.

›Zur Kirche St. Monica, John‹, rief sie, ›einen halben Sovereign, wenn Sie in zwanzig Minuten da sind.‹

Das war zu gelungen, ich hätte es nicht verpassen mögen, Watson. Ich erwog noch, ob ich hinterherlaufen oder hinten auf ihren Wagen aufspringen sollte, als eine Mietkutsche durch die Straße kam. Der Kutscher sah zweimal hin bei einem so schäbigen Fahrgast wie mir, aber ich war eingestiegen, ehe er Einwände machen konnte. ›Zur Kirche St. Monica‹, sagte ich, ›einen halben Sovereign, wenn Sie in zwanzig Minuten da sind.‹

Es war fünf nach halb zwölf, und ich hatte begriffen, was in der Luft lag.

Mein Wägelchen fuhr schnell, ich glaube, ich bin nie schneller kutschiert worden, aber die anderen waren vor mir da: Ihre Wagen mit den dampfenden Pferden standen schon vorm Hauptportal, als ich ankam. Ich bezahlte den Mann und lief in die Kirche. Dort war niemand außer den zweien, denen ich gefolgt war, und einem Geistlichen im Ornat. Sie hatten einen Wortwechsel. Alle drei standen vorm Altar. Ich schlenderte durch das Seitenschiff wie ein Müßiggänger, der einen Sprung in eine Kirche getan hat. Zu meiner Überraschung drehten sich die drei plötzlich nach mir um, und Godfrey Norton lief so schnell er konnte auf mich zu.

›Gott sei Dank‹, rief er, ›Sie kommen wie gerufen! Schnell! Schnell!‹

›Was gibt's denn?‹ fragte ich.

›Los, Mann! Nur noch drei Minuten, sonst ist es nicht mehr gesetzlich.‹

Halb schleppte er mich zum Altar, und ehe ich noch etwas begriffen hatte, murmelte ich Antworten, die mir ins Ohr geflüstert wurden, war Zeuge in einer mir fremden Angelegenheit und half Irene Adler, Jungfrau, mit Godfrey Norton, Junggeselle, zu verbinden. Im Nu war alles vorüber, und links von mir bedankte sich der Herr, rechts die Dame, während der Geistliche in der Mitte mich anstrahlte. Es war die albernste Situation meines Lebens, und der Gedanke daran hat mich eben noch einmal zum Lachen gebracht. Anscheinend war an ihrer Trauung etwas nicht legal, und der Geistliche wollte sie partout nicht ohne einen Zeugen, welcherart immer, verheiraten, und mein glückliches Auftauchen hatte den Bräutigam davor bewahrt, die Straßen auf der Suche nach einem Trauzeugen zu durchstreifen. Die Braut gab mir einen Sovereign, und ich habe die Absicht, ihn als Souvenir an der Uhrkette zu tragen.«

»Das ist eine unerwartete Wendung«, sagte ich. »Und was geschah dann?«

»Nun, ich fand meine Pläne ernstlich bedroht. Es sah aus, als wollte das Paar gleich danach verreisen, und so schienen mir prompte und energische Maßnahmen von meiner Seite notwendig. Aber an der Kirchentür trennten sie sich, er fuhr zurück zum Temple und sie zu ihrem Haus. ›Ich werde in den Park kommen, wie gewöhnlich um fünf‹, sagte sie, als sie sich von ihm trennte. Mehr hörte ich nicht. Sie fuhren in verschiedenen Richtungen davon, und ich ging, meine eigenen Vorkehrungen zu treffen.«

»Die sind?«

»Ein bißchen kaltes Rindfleisch und ein Glas Bier«, antwortete er und läutete. »Ich bin zu beschäftigt gewesen, um ans Essen zu denken, und ich werde heute abend noch mehr tun müssen. Übrigens, Doktor, brauche ich Ihre Mitarbeit.«

»Es wird mir ein Vergnügen sein.«

»Es macht Ihnen nichts aus, das Gesetz zu brechen?«

»Nicht im mindesten.«

»Oder Gefahr zu laufen, verhaftet zu werden?«

»Nicht, wenn es um eine gute Sache geht.«

»Oh, die Sache ist hervorragend!«

»Dann bin ich Ihr Mann.«

»Ich war sicher, daß ich mich auf Sie verlassen kann.«

»Aber was soll ich tun?«

»Wenn Mrs. Turner das Tablett gebracht hat, werde ich es Ihnen erklären.«

»Ich bin gezwungen«, sagte er, indem er sich hungrig dem einfachen Mahl zuwandte, das die Vermieterin hergerichtet hatte, »die Sache mit Ihnen durchzusprechen, während ich esse, denn ich habe nicht viel Zeit. Es ist jetzt fast fünf. In zwei Stunden müssen wir am Schauplatz sein. Miss oder vielmehr Madame Irene kommt um sieben Uhr von ihrer Ausfahrt zurück. Um die Zeit müssen wir vor ›Briony Lodge‹ sein, um sie nicht zu verpassen.«

»Und was dann?«

»Das, bitte, überlassen Sie mir. Ich habe bereits alles arrangiert. Nur auf einem bestehe ich. Sie dürfen sich nicht einmischen, gleich, was geschehen mag. Verstehen Sie mich?«

»Ich soll also neutral bleiben?«

»Sie sollen nichts, überhaupt nichts tun. Voraussichtlich wird es einige kleine Unannehmlichkeiten geben. Mischen Sie sich nicht ein. Es wird darauf hinauslaufen, daß man mich ins Haus bringt. Vier oder fünf Minuten danach wird das Fenster des Salons aufgehen. Sie haben sich nah bei dem offenen Fenster aufzuhalten.«

»Gut.«

»Sie müssen mich beobachten, Sie werden mich sehen können.«

»Gut.«

»Und wenn ich die Hand hebe — so —, dann werfen Sie in das Zimmer, was ich Ihnen zu diesem Zweck geben werde, und dabei rufen Sie ›Feuer‹. Konnten Sie mir folgen?«

»Völlig.«

»Es ist nichts Schreckliches«, sagte er und holte eine lange zigarrenförmige Rolle aus der Tasche. »Eine gewöhnliche Rauchrakete, an jedem Ende mit einer Kapsel versehen, woran man sie zünden kann. Damit ist Ihre Aufgabe beendet. Wenn Sie ›Feuer‹ schreien, wird der Ruf von ziemlich vielen Leuten aufgenommen werden. Sie können dann ans Ende der Straße gehen, und zehn Minuten später werde ich bei Ihnen sein. Habe ich mich klar ausgedrückt?«

»Ich soll neutral bleiben, mich nah am Fenster halten, Sie beobachten und auf Ihr Signal dieses Ding werfen, dann Feuer schreien und Sie an der Straßenecke erwarten.«

»Präzis.«

»Sie können sich ganz auf mich verlassen.«

»Das ist vorzüglich. Ich glaube, jetzt ist es Zeit, daß ich mich auf die neue Rolle vorbereite.«

Er verschwand im Schlafzimmer und kam nach wenigen Minuten in der Maske eines liebenswürdigen, einfältigen Nonkonformisten-Geistlichen zurück. Der breite schwarze Hut, die ausgebeulten Hosen, das weiße Beffchen, das einnehmende Lächeln — überhaupt die ganze Erscheinung war von der Art wohlmeinender Neugier, wie sie allein Mr. John Hare hervorbringen konnte. Es handelte sich nicht darum, daß Holmes nur sein Kostüm gewechselt hätte. Sein Ausdruck, seine Gebärden, ja seine Seele schienen sich mit der Annahme jeder neuen Rolle zu verändern. Die Bühne hatte einen hervorragenden Schauspieler, wie die Wissenschaft einen scharfen Denker eingebüßt, als er Spezialist für Verbrechen wurde.

Viertel nach sechs verließen wir die Baker Street, und es fehlten noch zehn Minuten an der vollen Stunde, als wir die Serpentine Avenue erreichten. Es war schon neblig, die Lampen waren gerade angezündet worden, und wir schritten in Erwartung seiner Bewohnerin vor ›Briony Lodge‹ auf und ab. Das Haus sah genauso aus, wie ich es mir nach Sherlock Holmes' bündiger Beschreibung vorgestellt hatte, aber der Ort schien mir weniger einsam zu sein als erwartet. Im Gegenteil, für eine kleine Straße in ruhiger Gegend war sie merkwürdig belebt. In einer Ecke stand eine Gruppe schäbig gekleideter Männer, die rauchten und lachten, dann sah ich einen Scherenschleifer mit seinem Rad, zwei Soldaten, die mit einem Kindermädchen schäkerten, und einige gut gekleidete junge Leute, die, Zigarren im Mund, auf dem Gehweg flanierten.

»Sehen Sie«, bemerkte Holmes, als wir vor dem Haus hin und her wanderten, »die Heirat vereinfacht das Ganze eher. Die Fotografie wird jetzt zu einer zweischneidigen Waffe. Es steht so, daß sie nun ebensoviel dagegen haben müßte, daß Godfrey Norton das Bild sieht, wie unser Klient dagegen ist, daß es der Prinzessin vor Augen kommt. Bleibt die Frage: Wo haben wir die Fotografie zu suchen?«

»Ja, wo?«

»Es ist sehr unwahrscheinlich, daß sie das Bild mit sich herumträgt. Es hat Kabinettformat, ist also zu groß, als daß es leicht in den Kleidern einer Frau verborgen werden könnte. Sie weiß, daß es der König fertigbringt, ihr auflauern und sie durchsuchen zu lassen. Zweimal wurde das schon versucht. Wir dürfen annehmen, daß sie es nicht mit sich herumträgt.«

»Wo ist es dann?«

»Bei ihrem Bankier oder bei ihrem Rechtsanwalt, diese beiden Möglichkeiten gibt es. Aber ich neige dazu, sie beide zu verwerfen. Frauen sind von Natur geheimniskrämerisch, und sie haben gern ihre Geheimnisse. Warum sollte sie das Bild jemand anderem gegeben haben? Auf die eigene Wachsamkeit kann sie sich verlassen, aber sie weiß nicht, welch ein indirekter oder politischer Einfluß auf einen Geschäftsmann ausgeübt werden kann. Außerdem, erinnern Sie sich, war sie entschlossen, es in wenigen Tagen gegen unseren Klienten zu gebrauchen. Es muß irgendwo sein, wo sie es leicht erreicht. Es muß sich in ihrem Haus befinden.«

»Aber das ist zweimal durchsucht worden.«

»Pah! Die Leute wußten nicht, wie man sucht.«

»Und wie wollen Sie suchen?«

»Ich werde nicht suchen.«

»Was dann?«

»Ich werde sie dazu bringen, mir das Bild zu zeigen.«

»Aber sie wird sich weigern.«

»Das wird sie nicht können. Aber ich höre Räderrumpeln. Das ist ihr Wagen. Befolgen Sie jetzt meine Anordnungen aufs I-Tüpfelchen.«

Während er sprach, bogen die Seitenlichter eines Wagens um die Straßenecke. Sie gehörten zu einem schmucken kleinen Landauer, der vor die Tür von ›Briony Lodge‹ ratterte. Er hielt, und einer von den an der Ecke lungernden Männern sprang hinzu, die Tür zu öffnen, in der Hoffnung, ein paar Münzen zu verdienen, aber er wurde von einem anderen Lungerer, der in gleicher Absicht herbeieilte, beiseite gestoßen. Ein wilder Streit brach los, den die beiden Soldaten, die für den ersten Bummler Partei ergriffen, und der Scherenschleifer, der sich genauso heiß für die andere Seite einsetzte, noch verschlimmerten.

Der erste Schlag fiel, und im Nu befand sich die aus

dem Wagen gestiegene Dame inmitten eines kleinen Knäuels erhitzter kämpfender Männer, die mit Fäusten und Stöcken wüst aufeinander einhieben. Holmes warf sich hinein, um die Dame zu beschützen; aber gerade als er sie erreicht hatte, schrie er auf und fiel zu Boden, und Blut rann ihm in Strömen übers Gesicht. In dem Moment nahmen die Soldaten die Beine in die Hand und flohen in die eine und die Lungerer in die andere Richtung, während eine Anzahl besser gekleideter Leute, die der Rauferei ohne sich einzumischen zugesehen hatten, herandrängte, um der Dame zu helfen und dem Verwundeten beizustehen. Irene Adler, wie ich sie weiter nennen will, lief die Vortreppe hinauf; aber oben auf dem Absatz blieb sie stehen, ihre herrliche Gestalt zeichnete sich ab gegen die Lichter der Halle. Sie blickte zurück auf die Straße.

»Ist der arme Herr sehr verletzt?« fragte sie.

»Er ist tot!« schrien verschiedene Stimmen.

»Nein, nein«, rief einer, »es ist noch Leben in ihm, aber er wird sterben, ehe er das Hospital erreicht.«

»Er ist ein tapferer Mann«, sagte eine Frau. »Wenn er nicht gewesen wäre, hätten sie die Tasche und die Uhr der Dame erbeutet. Das war eine Bande, und brutal noch dazu. Ah, jetzt atmet er.«

»Er kann nicht auf der Straße liegen. Dürfen wir ihn hineinbringen, Madam?«

»Gewiß. Tragen Sie ihn in den Salon. Da steht eine bequeme Couch. Bitte, hier hinein.«

Langsam und feierlich wurde Holmes ins Haus getragen und in das große Zimmer gelegt; ich konnte die Vorgänge von meinem Posten am Fenster verfolgen. Die Lampen wurden angezündet, aber die Jalousie blieb oben, so daß ich Holmes auf der Couch sah. Ich weiß nicht, ob ihn Gewissensbisse plagten, weil er eine solche Rolle spielte, aber ich weiß, daß ich mich nie mehr geschämt habe als in diesem Augenblick, da ich die

Anmut und Freundlichkeit erblickte, mit der das herrliche Geschöpf, gegen das ich mit im Komplott war, den verletzten Mann pflegte. Und doch wäre es schwärzester Verrat an Holmes gewesen, hätte ich mich jetzt aus der Rolle gestohlen, die er mir anvertraut hatte. Ich verhärtete mein Herz und zog die Rauchrakete aus dem Ulster. Schließlich, dachte ich, verletzen wir sie ja nicht. Wir hinderten sie nur, jemanden anders zu verletzen.

Holmes hatte sich aufgesetzt, und ich sah, wie er sich bewegte, als ob er nach Luft ränge. Ein Dienstmädchen lief durch den Raum und stieß das Fenster auf. Im selben Moment sah ich ihn die Hand heben, und auf das Signal hin warf ich die Rakete ins Zimmer und schrie »Feuer!« Das Wort war kaum aus dem Mund, als die ganze Zuschauermenge, ob gut oder schlecht gekleidete Leute, Herren oder Pferdeknechte und Dienstboten, in einen allgemeinen Schrei »Feuer!« einstimmte. Dicke Rauchwolken füllten das Zimmer und wälzten sich zum Fenster hinaus; ich sah die Umrisse eilender Gestalten und hörte einen Augenblick später Holmes' Stimme aus dem Hausinnern, die allen versicherte, es sei ein falscher Alarm. Ich schlüpfte durch die schreiende Menge und ging zur Straßenecke, und zehn Minuten später fühlte ich zu meiner Freude den Arm des Freundes in dem meinen und konnte mich von der Szene des Aufruhrs hinwegbegeben. Er ging einige Minuten schnell und schweigend neben mir her, bis wir in eine der ruhigen Straßen eingebogen waren, die zur Edgeware Road führte.

»Das haben Sie sehr gut gemacht, Doktor«, bemerkte er. »Es hätte nicht besser gehen können. Alles ist in Ordnung.«

»Sie haben die Fotografie!«

»Ich weiß, wo sie ist.«

»Und wie haben Sie das herausbekommen?«

»Sie hat es mir gezeigt. Ich sagte Ihnen doch, daß sie es tun würde.«

»Ich tappe noch im Dunkeln.«

»Ich möchte kein Geheimnis daraus machen«, sagte er lachend. »Die Sache war ganz einfach. Sie haben natürlich gesehen, daß alle auf der Straße zum Komplott gehörten. Sie waren für den Abend engagiert.«

»Soviel habe ich angenommen.«

»Als der Tumult ausbrach, hatte ich ein bißchen flüssige rote Farbe in der Hand. Ich stürzte vor, fiel, schlug die Hand vors Gesicht und wurde so Gegenstand des Mitleids. Das ist ein alter Trick.«

»Auch das konnte ich ahnen.«

»Dann trug man mich hinein. Sie war verpflichtet, mich aufzunehmen. Was sollte sie sonst tun? Und geradewegs in ihren Salon, in den Raum, auf den ich es abgesehen hatte. Das Bild mußte entweder hier sein oder in ihrem Schlafzimmer; ich war entschlossen, es herauszubekommen. Man legte mich auf eine Couch, ich schnappte nach Luft, wodurch man veranlaßt wurde, das Fenster zu öffnen. Und da war die Gelegenheit für Sie.«

»Wie konnte Ihnen das helfen?«

»Es war das Allerwichtigste! Wenn eine Frau denkt, ihr Haus steht in Flammen, trägt ihr Instinkt sie sofort zu dem Gegenstand, den sie am meisten schätzt. Das ist ein ganz überwältigender Impuls, und er war für mich mehr als einmal von Vorteil. Im Fall des Unterschiebungsskandals von Darlington war er mir nützlich, auch in der Angelegenheit von Arnsworth Castle. Eine Mutter packt ihr Kind, eine unverheiratete Frau ergreift ihr Schmuckkästchen. Nun war mir klar, daß unsere Dame nichts Wertvolleres im Haus hatte als das, wonach wir suchen. Sie würde also hinstürzen, um es in Sicherheit zu bringen. Der Feueralarm war bewundernswert gelungen. Der Rauch und das Geschrei hätten ausgereicht, um Nerven von Stahl zu erschüttern. Sie reagierte herrlich. Die Fotografie befindet sich in einem Gelaß hinter einem beweglichen Paneel gerade über dem Klingelzug. Im Nu war sie dort, und ich konnte einen Blick auf das Bild werfen, wie sie es halb herauszog. Als ich ihr zurief, es sei ein falscher Alarm, schob sie es zurück, besah sich die Rakete, lief aus dem Zimmer, und seitdem habe ich sie nicht mehr gesehen. Ich erhob mich, entschuldigte mich und entwich aus dem Haus. Ich zögerte, ob ich versuchen sollte, die Fotografie sofort sicherzustellen; aber der Kutscher war hereingekommen, und da er mich musternd ansah, schien es mir geraten, zu warten. Eine kleine Übereiltheit kann alles verderben.«

»Und jetzt?« fragte ich.

»Unser Auftrag ist faktisch beendet. Ich werde morgen zusammen mit dem König bei ihr vorsprechen, und mit Ihnen, wenn Ihnen daran liegt. Man wird uns in den Salon führen, damit wir dort auf die Dame warten; aber es ist wahrscheinlich, daß sie, wenn sie kommt, weder uns noch die Fotografie vorfinden wird. Es könnte eine Genugtuung für Seine Majestät sein, das Bild persönlich wiederzuerlangen.«

»Und wann werden wir vorsprechen?«

»Um acht Uhr morgens. Sie wird noch nicht auf sein, so daß wir freie Bahn haben. Wir müssen auch deshalb schnell sein, weil die Heirat vielleicht ihr Leben und ihre Gewohnheiten verändert hat. Jetzt muß ich ohne Verzögerung dem König telegraphieren.«

Wir waren in der Baker Street angekommen und standen vor der Haustür. Holmes suchte noch in seinen Taschen nach dem Schlüssel, als jemand vorüberkam und sagte: »Gute Nacht, Mr. Sherlock Holmes.«

Zu dieser Zeit waren verschiedene Leute auf der Straße, aber der Gruß schien von einem schlanken, jungen Mann gekommen zu sein, der einen Ulster trug und schnell weitergegangen war.

»Ich habe die Stimme schon einmal gehört«, sagte Holmes und starrte die schlechtbeleuchtete Straße hinunter. »Ich frage mich, wer das, verflixt noch mal, gewesen sein kann?«

III

In dieser Nacht schlief ich in der Baker Street, und wir saßen noch bei Toast und Kaffee, als der König von Bohemia ins Zimmer stürzte.

»Sie haben das Bild wirklich?« rief er, packte Sherlock Holmes an den Schultern und sah ihm erwartungsvoll ins Gesicht.

»Noch nicht ganz.«

»Aber Sie haben Hoffnung?«

»Ich habe Hoffnung.«

»Dann kommen Sie, ich vergehe vor Ungeduld.«

»Wir brauchen eine Droschke.«

»Nein, mein Brougham wartet.«

»Das vereinfacht die Sache.«

Wir gingen hinunter und fuhren noch einmal nach ›Briony Lodge‹.

»Irene Adler ist verheiratet«, bemerkte Holmes.

»Verheiratet! Seit wann?«

»Seit gestern.«

»Aber mit wem?«

»Mit einem englischen Rechtsanwalt namens Norton.«

»Aber sie kann ihn doch nicht lieben.«

»Ich hoffe doch, daß sie ihn liebt.«

»Warum hoffen Sie das?«

»Weil es Eurer Majestät alle Furcht vor zukünftiger Belästigung nehmen würde. Wenn die Dame ihren

Gatten liebt, liebt sie Eure Majestät nicht, und dann gibt es keinen Grund, aus dem sie sich in Eurer Majestät Pläne einmischen sollte.«

»Das ist wahr, und doch...! Ja, wirklich! ich wünschte, sie wäre mir ebenbürtig! Was für eine Königin hätte sie abgegeben!« Er verfiel in ein schwermütiges Schweigen, das er beibehielt, bis wir in der Serpentine Avenue vorfuhren.

Die Tür von ›Briony Lodge‹ war offen, und eine ältere Frau stand auf den Stufen. Sie beobachtete uns mit hämischen Blicken, als wir aus dem Brougham stiegen.

»Mr. Sherlock Holmes?« fragte sie.

»Ich bin Mr. Holmes«, antwortete mein Gefährte und sah sie fragend und ziemlich erstaunt an.

»Tatsächlich! Meine Herrin hat mir gesagt, daß Sie wahrscheinlich kommen würden. Sie ist heute morgen mit ihrem Gatten nach dem Kontinent abgereist, mit dem Zug fünf Uhr fünfzehn von Charing Cross.«

»Was!« Sherlock Holmes taumelte zurück, blaß vor Ärger und Überraschung. »Heißt das, sie hat England verlassen?«

»Um nie zurückzukehren.«

»Und die Fotografie?« fragte der König heiser. »Alles ist verloren!«

»Wir werden sehen.« Holmes schob sich an der Dienerin vorbei und stürzte in den Salon, gefolgt vom König und mir. Die Möbel waren in wüster Unordnung, die Regale leer, die Schubladen standen offen, als ob die Dame sie vor ihrer Flucht in aller Eile geplündert hätte. Holmes schoß auf den Klingelzug zu, schob eine kleine Klappe auf, steckte die Hand in eine Höhlung und zog eine Fotografie und einen Brief hervor. Das Bild zeigte Irene Adler im Abendkleid, auf dem Brief stand: ›An Mr. Sherlock Holmes, Esq., persönlich auszuhändigen.‹

Mein Freund riß den Brief auf, und wir drei lasen ihn. Er trug das Datum von zwölf Uhr der vergangenen Nacht und hatte folgenden Wortlaut:

›*Mein lieber Mr. Sherlock Holmes,*

Das haben Sie wirklich sehr gut gemacht. Sie haben mich völlig überzeugt. Bis nach dem Feueralarm hegte ich keinen Verdacht. Aber dann, als ich dahintergekommen war, wie ich mich getäuscht hatte, begann ich nachzudenken. Man hatte mich vor Monaten schon vor Ihnen gewarnt. Man hatte mir erzählt, wenn der König einen Agenten anstellt, dann wären Sie es mit Sicherheit. Und man hatte mir Ihre Adresse gegeben. Und dennoch haben Sie mich dazu gebracht, zu entdecken, was Sie wissen wollten. Sogar noch nachdem ich Verdacht geschöpft hatte, war es mir kaum möglich, von einem so liebenswürdigen alten Geistlichen Schlechtes zu denken. Aber, wie Sie wissen, habe auch ich eine Schauspielausbildung genossen. Männliche Verkleidung bedeutet für mich nichts Neues. Ich habe mich oft der Freiheit, die sie verleiht, bedient. Ich beauftragte John, den Kutscher, Sie zu beobachten, lief die Treppe hinauf, warf mich in meinen, wie ich es nenne, Straßenanzug, und kam zurück, als Sie gerade weggingen.

Nun, ich bin Ihnen bis zu Ihrer Haustür gefolgt und wußte nun sicher, daß ich wirklich Gegenstand des Interesses des berühmten Sherlock Holmes war. Dann wünschte ich Ihnen ziemlich unvorsichtig eine gute Nacht und ging weiter zum Temple, um meinen Gatten zu treffen. Wir beide fanden, die beste Lösung sei Flucht, da wir ja von einem so schrecklichen Gegenspieler verfolgt werden; darum finden Sie das Nest leer, wenn Sie morgen vorsprechen. Was die Fotografie angeht, so mag Ihr Klient ruhig schlafen. Ich liebe einen besseren Mann als ihn und werde geliebt. Der König mag tun, was er will, ohne daran von jemandem, dem er grausam Unrecht getan hat, gehindert zu werden. Ich behalte das Bild nur, um mich zu sichern und eine Waffe zu haben, die mich immer schützen wird vor allen Schritten, die er in Zukunft unternehmen mag. Ich hinterlasse eine Fotografie, an deren Besitz ihm vielleicht liegt, und verbleibe, lieber Mr. Sherlock Holmes, als Ihre aufrichtige

Irene Norton, née Adler.‹

»Was für eine Frau, oh, was für eine Frau!« rief der König von Bohemia, nachdem wir drei die Epistel gelesen hatten. »Habe ich Ihnen nicht erzählt, wie rasch und energisch sie ist? Würde sie nicht eine bewundernswürdige Königin abgegeben haben? Ist es nicht ein Jammer, daß sie nicht meines Ranges ist?«

»Nach dem, was ich von der Dame erlebt habe, scheint sie wirklich von einem ganz anderen Rang als Eure Majestät zu sein«, sagte Sherlock Holmes kühl. »Es tut mir leid, daß ich die Sache Eurer Majestät nicht zu einem erfolgreicheren Schluß habe bringen können.«

»Im Gegenteil, mein lieber Herr«, rief der König. »Es hätte nicht erfolgreicher ausgehen können. Ich weiß, daß ihr Wort unerschütterlich ist. Die Fotografie ist jetzt so sicher, als wäre sie im Feuer.«

»Ich bin froh, Eure Majestät so reden zu hören.«

»Ich stehe zutiefst in Ihrer Schuld. Bitte, sagen Sie mir, auf welche Weise ich Sie belohnen kann. Dieser Ring...«

Er zog einen Schlangenring mit einem Smaragd vom Finger und hielt ihn auf der ausgestreckten Hand hin.

»Eure Majestät besitzen etwas, das ich sogar noch höher schätze«, sagte Holmes.

»Sie brauchen es nur zu nennen.«

»Diese Fotografie!«

Der König starrte ihn höchst erstaunt an.

»Irenes Fotografie!« rief er. »Gewiß, wenn Sie sie wünschen«.

»Ich danke Eurer Majestät. Dann gibt es in der Sache wohl nichts mehr zu tun. Ich habe die Ehre, Ihnen einen sehr schönen guten Morgen zu wünschen.« Er verbeugte sich und wandte sich um, ohne die Hand zu beachten, die der König ihm hinstreckte, und machte sich in meiner Begleitung auf den Weg zu seiner Wohnung.

So also war das, als ein großer Skandal das Königreich Bohemia bedrohte und die besten Pläne des Mr. Sherlock Holmes durch den Scharfsinn einer Frau vereitelt wurden. Er hatte sich immer über die Schläue der Frauen lustig gemacht, aber seitdem habe ich dergleichen nicht mehr von ihm gehört. Und wenn er Irene Adler erwähnt oder sich auf ihre Fotografie bezieht, dann geschieht es stets unter dem ehrenvollen Titel: *die* Frau.

Die Liga der rothaarigen Männer

Im Herbst des letzten Jahres schaute ich eines Tages bei meinem Freund Sherlock Holmes herein und traf ihn, wie er sich lebhaft mit einem ziemlich beleibten älteren Herrn mit blühender Gesichtsfarbe und brandrotem Haar unterhielt. Ich wollte mich mit einer Entschuldigung entfernen, aber Holmes zog mich ins Zimmer und schloß die Tür hinter mir.

»Sie hätten zu keiner besseren Zeit kommen können, mein lieber Watson«, sagte er herzlich.

»Ich befürchtete, Sie hätten zu tun.«

»Das habe ich. Sehr viel sogar.«

»Ich kann ja im Nebenzimmer warten.«

»Keinesfalls. Dieser Gentleman, Mr. Wilson, ist mein Partner und war mein Helfer in vielen der Fälle, die ich erfolgreich zum Abschluß gebracht habe, und ich zweifle nicht, daß er mir auch in Ihrer Angelegenheit außerordentlich nützlich sein wird.«

Der stämmige Herr erhob sich halb aus dem Sessel, senkte grüßend den Kopf und warf mir einen schnellen fragenden Blick aus seinen kleinen, im Fett fast versunkenen Augen zu.

»Setzen Sie sich aufs Sofa«, sagte Holmes, ließ sich wieder in seinen Lehnstuhl zurücksinken und legte, wie es seine Gewohnheit in kritischen Augenblicken war, die Fingerspitzen gegeneinander. »Ich weiß, mein lieber Watson, daß Sie mit mir die Vorliebe für alles Bizarre und außerhalb der Konvention und täglichen Routine Liegende teilen. Sie haben Ihren Gefallen daran in der Begeisterung gezeigt, mit der Sie sich veranlaßt fühlten, so viele meiner kleinen Abenteuer aufzuzeichnen und sie, wenn ich so sagen darf, auch noch auszuschmücken.«

»Ihre Fälle haben mich immer stark interessiert«, stellte ich fest.

»Sie werden sich erinnern: Gestern, als wir in das sehr simple Problem einstiegen, welches Miss Mary Sutherland uns aufgab, sprach ich davon, daß wir wegen ausgefallener Wirkungen und außergewöhnlicher Zusammenhänge ins Leben selber gehen müssen, das stets kühner ist als alle Anstrengung der Phantasie.«

»Eine Behauptung, die ich so frei war zu bezweifeln.«

»Das taten Sie, Doktor, aber dennoch müssen Sie sich zu meiner Ansicht bekehren, sonst werde ich Tatsache um Tatsache auf Sie häufen, bis Ihre Meinung darunter zusammenbricht und Ihnen nichts übrigbleibt, als mir recht zu geben. Nun aber zu Mr. Jabez Wilson, der mich heute früh aufgesucht und begonnen hat, mir eine Geschichte zu erzählen, die so eigenartig zu werden verspricht wie seit langem nichts mehr. Ich habe mitunter bereits angemerkt, daß die befremdlichsten, wirklich einmaligen Dinge oft nicht mit den größeren, sondern mit den kleineren Verbrechen zusammenhängen, bei denen manchmal sogar Platz für Zweifel bleibt, ob überhaupt ein Verbrechen begangen wurde. Bis jetzt ist es mir unmöglich, zu entscheiden, ob diese Sache ein Fall von Verbrechen ist oder nicht, aber die Ereignisse sind mit Sicherheit die sonderbarsten, die mir je zu Ohren gekommen sind. Vielleicht, Mr. Wilson, haben Sie die Freundlichkeit, Ihre Geschichte noch einmal zu beginnen. Ich bitte Sie darum nicht nur, weil mein Freund Dr. Watson den Anfang nicht gehört hat, sondern auch, weil die Eigenart der Geschichte mich begierig macht, jede mögliche Einzelheit aus Ihrem Munde zu erfahren. In der Regel kann ich mich, wenn ich den Lauf der Ereignisse in Andeutungen kenne, leicht orientieren, da mir Tausende ähnliche Begebenheiten einfallen. Jetzt jedoch muß ich zugeben, daß die Fakten nach meiner Überzeugung einmalig sind.«

Der stattliche Klient drückte geschmeichelt die Brust heraus und zog eine schmutzige, zerknitterte Zeitung aus der Innentasche seines Mantels. Als er mit vorgerecktem Kopf auf den Inseratenteil der über die Knie gebreiteten Zeitung niederblickte, sah ich mir den Mann genau an und bemühte mich, nach Art meines Freundes die Besonderheiten zu erkennen, die sein Äußeres anbot.

Die Musterung brachte mir nicht viel ein. Unser Besucher sah wie ein durchschnittlicher englischer Handelsmann aus: feist, wichtigtuerisch, bedächtig. Er trug ziemlich ausgebeulte, graukarierte Hosen, einen nicht sehr sauberen schwarzen Gehrock, der nicht zugeknöpft war, und eine mausgraue Weste mit einer schweren Prinz-Albert-Kette aus Messing, an der als Schmuck ein viereckiges Metallstück hing. Ein abgegriffener Zylinder und ein verschossener brauner Mantel mit zerknittertem Samtkragen lagen neben ihm auf dem Stuhl. Alles in allem gab es nichts Bemerkenswertes an dem Mann, außer seinem brandroten Schopf und der Miene äußersten Verdrusses und Mißbehagens.

Sherlock Holmes erkannte mit schnellem Auge mein Unterfangen, und lächelnd schüttelte er den Kopf, als er meine fragenden Blicke auffing. »Außer den offensichtlichen Tatsachen, daß er einige Zeit manuell gearbeitet hat, daß er schnupft, Freimaurer ist, sich in China aufgehalten hat und kürzlich ziemlich viel geschrieben haben muß, kann ich nichts ableiten.«

Mr. Jabez Wilson fuhr aus dem Sessel; der Zeigefinger blieb auf der Zeitung, aber die Augen blickten nun auf meinen Gefährten.

»Wie, in Gottes Namen, können Sie das alles wissen, Mr. Holmes?« fragte er. »Woher wissen Sie zum Beispiel, daß ich manuell gearbeitet habe? Das ist so wahr wie's

Evangelium. Ich habe als Schiffszimmermann angefangen.«

»Ihre Hände verraten das, mein lieber Herr. Ihre Rechte ist etwas größer als die Linke. Sie haben damit gearbeitet, so sind die Muskeln stärker entwickelt.«

»Gut. Aber was ist mit dem Tabakschnupfen und der Freimaurerei?«

»Ich möchte Ihre Intelligenz nicht beleidigen, indem ich Ihnen das erkläre. Zumal Sie entgegen den strengen Gesetzen Ihres Bundes die Nadel mit Bogen und Windrose offen tragen.«

»Natürlich, das hab ich vergessen. Aber was ist mit dem Schreiben?«

»Was kann man schon schließen, wenn der rechte Ärmel fünf Zoll hoch glänzt und der linke einen abgeriebenen Fleck nahe am Ellbogen hat, an der Stelle, wo Sie den Arm auf das Pult aufstützen.«

»Also gut, aber China?«

»Die Tätowierung, der Fisch über Ihrem linken Handgelenk, kann nur in China angefertigt worden sein. Ich habe mich ein wenig mit Tätowierungen beschäftigt und sogar zur Literatur des Gegenstandes beigetragen. Die Art, wie die Schuppen des Fisches mit einem Anflug von Rosa eingefärbt sind, ist ganz bezeichnend für China. Und wenn ich überdies die viereckige chinesische Münze an Ihrer Uhrkette sehe, wird die Sache noch einfacher.«

Mr. Jabez Wilson lachte schwerfällig. »Bloß, da war ich nie«, sagte er. »Erst dachte ich, Sie sind ein ganz Schlauer, aber jetzt sehe ich, daß gar nichts dahintersteckt.«

»Ich fange an zu glauben, Watson«, sagte Holmes, »daß ich mit meiner Erklärung einen Fehler gemacht habe. ›Omne ignotum pro magnifico‹, Sie verstehen, und mein bißchen Ansehen geht zu Bruch, wenn ich so offen bin. — Finden Sie die Anzeige nicht, Mr. Wilson?«

»Doch, jetzt habe ich sie.« Der Mann pflanzte einen dicken roten Finger mitten in die Kolumne. »Hier ist es, womit alles angefangen hat. Lesen Sie selbst, Sir.«

Ich nahm die Zeitung und las das folgende:

»An die Liga der rothaarigen Männer

Dem Vermächtnis des verstorbenen Ezekiah Hopkins aus Lebanon, Penn., USA, entsprechend, ist jetzt wieder eine Stelle für ein Mitglied in der Liga frei; das Gehalt beträgt vier Pfund pro Woche bei nur leichtem Dienst. Alle rothaarigen Männer, die an Leib und Seele gesund und über einundzwanzig Jahre alt sind, können sich bewerben. Erscheinen Sie persönlich am Montag um elf Uhr bei Duncan Ross im Büro der Liga, Pope's Court 7, Fleet Street.«

»Was um alles in der Welt bedeutet das?« stieß ich nach zweimaligem Lesen der ungewöhnlichen Anzeige hervor.

Holmes kicherte und ringelte sich wie ein Wurm in seinem Sessel, wie immer, wenn er guter Laune war. »Nicht wahr, das geht ein bißchen vom ausgetretenen Weg ab?« sagte er. »Und nun, Mr. Wilson, fangen Sie an und erzählen Sie uns von sich, Ihren Lebensumständen und dem Einfluß, den die Annonce auf Ihr Schicksal genommen hat. Sie, Doktor, sagen erst einmal, was das für eine Zeitung ist, und an welchem Tag sie erschienen ist.«

»Es ist der ›Morning Chronicle‹ vom 27. April 1890. Gerade zwei Monate alt.«

»Sehr gut. Und nun Sie, Mr. Wilson.«

»Na, es ist genauso, wie ich es Ihnen erzählte, Mr. Sherlock Holmes«, sagte Jabez Wilson und wischte sich die Stirn.

»Ich habe eine kleine Pfandleihe am Coburg Square nahe der City. Es ist keine besonders große Angelegenheit, und in den letzten Jahren hat sie gerade soviel abgeworfen, wie ich zum Leben brauche. Früher konnte ich mir zwei Gehilfen halten, jetzt habe ich nur noch einen. Eigentlich müßte ich ihm vollen Lohn zahlen, aber er macht es für das halbe Geld, weil er den Beruf erlernen will.«

»Wie heißt der zuvorkommende junge Mann?« fragte Sherlock Holmes.

»Sein Name ist Vincent Spaulding, und er ist gar nicht mehr so jung. Es fällt schwer, sein Alter zu bestimmen. Ich kann mir keinen anstelligeren Gehilfen denken, Mr. Holmes, und ich weiß sehr gut, daß er die Möglichkeit hätte, sich zu verbessern und das Doppelte zu verdienen. Aber schließlich ist er zufrieden, und warum soll ich ihm dumme Ideen in den Kopf setzen?«

»Ja, warum? Sie scheinen Glück zu haben, daß Sie einen Angestellten besitzen, der weit unter dem üblichen Lohn für Sie arbeitet. Das ist in dieser Zeit nicht der Regelfall. Ich weiß nicht, ob Ihr Gehilfe nicht ebenso bemerkenswert ist wie Ihre Annonce.«

»Oh, er hat auch seine Fehler«, sagte Mr. Wilson. »Er ist versessen aufs Fotografieren. Andauernd ist er mit der Kamera zugange, anstatt sein Gehirn zu trainieren, und dann verkriecht er sich in den Keller wie ein Kaninchen in seinen Bau, um die Bilder zu entwickeln. Das ist sein Hauptfehler; aber aufs Ganze gesehen, arbeitet er gut. Er hat keine Laster.«

»Ich nehme an, er arbeitet noch bei Ihnen?«

»Ja, Sir. Er und ein Mädchen von vierzehn, das ein bißchen kocht und alles sauberhält. Sonst wohnt niemand bei mir im Haus, denn ich bin Witwer und hatte nie Kinder. Wir drei leben sehr ruhig, Sir, wir sehen zu, daß wir ein Dach überm Kopf haben, und bezahlen unsere Schulden.

Das erste, was unsere Ordnung durcheinanderbrachte, war diese Annonce. Spaulding kam vor genau acht Wochen mit ebendieser Zeitung hier in der Hand ins Büro und sagte: ›Ich wäre Gott dankbar, Mr. Wilson, wenn ich rote Haare hätte.‹

›Wieso das?‹ fragte ich.

›Na‹, sagte er, ›hier ist schon wieder eine freie Stelle bei der Liga der rothaarigen Männer. Wenn man die kriegt, bedeutet das ein kleines Vermögen, und wie ich es sehe, gibt's mehr freie Stellen als Bewerber, so daß die Treuhänder mit ihrem Latein am Ende sind und nicht wissen, was sie mit dem Geld tun sollen. Wenn nur mein Haar die Farbe wechseln könnte: Hier wäre ein gemachtes Bett, da würde ich mich 'reinlegen.‹

›Worum geht es denn überhaupt?‹ fragte ich.

Sie müssen wissen, Mr. Holmes, ich bin ein häuslicher Mann, und da das Geschäft zu mir kommt und ich ihm nicht nachlaufen muß, setze ich oft wochenlang keinen Fuß über die Schwelle. So wußte ich nicht viel von dem, was draußen vor sich ging, und war immer froh über ein paar Neuigkeiten.

›Haben Sie nie von der Liga der rothaarigen Männer gehört?‹ fragte er mit aufgerissenen Augen.

›Nie.‹

›Das wundert mich aber, wo Sie doch selber für eine dieser Stellen in Frage kommen.‹

›Und was bringen sie ein?‹ fragte ich.

›Oh, nur ein paar hundert im Jahr, aber die Arbeit ist leicht und würde einen im Beruf nicht weiter stören.‹

Nun, Sie können sich wohl vorstellen, daß ich daraufhin die Ohren spitzte, denn das Geschäft war einige Jahre lang nicht gut gegangen, und ein paar hundert extra im Jahr wären mir sehr zupaß gekommen.

›Erzählen Sie mir alles‹, sagte ich.

›Hier‹, sagte er und zeigte mir die Annonce. ›Sie sehen selbst, daß die Liga eine Stelle ausschreibt, und da steht die Adresse, wo Sie sich nach den Einzelheiten erkundigen können. Soviel ich weiß, wurde die Liga von einem amerikanischen Millionär, Ezekiah Hopkins, gegründet, einem Sonderling. Er hatte selber rote Haare und viel Sympathie für alle rothaarigen Männer; als er starb, stellte sich heraus, daß er sein riesiges Vermögen Treuhändern hinterlassen hatte mit der Verfügung, die Zinsen zur Einrichtung von Posten mit leichter Arbeit für rothaarige Männer zu verwenden. Nach allem, was ich gehört habe, wird hervorragend bezahlt, und man muß nur sehr wenig tun.‹

›Aber‹, sagte ich, ›gibt es nicht Millionen von Rothaarigen, die sich bewerben würden?‹

›Nicht so viele, wie Sie annehmen‹, antwortete er. ›Wissen Sie, das beschränkt sich auf Londoner und auf erwachsene Männer. Dieser Amerikaner hat in London angefangen, und er wollte der alten Stadt einen guten Dienst erweisen. Und dann, habe ich gehört, soll es zwecklos sein, sich zu bewerben, wenn man hellrotes oder dunkelrotes oder solches Haar hat, das nicht wirklich leuchtend, flammend, feuerrot ist. Wenn Sie sich melden würden, Sie hätten sofort Glück; aber vielleicht finden Sie es nicht lohnend, mal etwas anderes zu versuchen wegen ein paar hundert Pfund.‹

Nun, Gentlemen, Tatsache ist — und Sie sehen es selber —, mein Haar besitzt eine sehr kräftige, satte Tönung, und da schien mir, daß ich, wenn es zu einer Bewerbung kommen sollte, so gut eine Chance hätte wie irgendein anderer. Vincent Spaulding schien so viel von der Sache zu wissen, daß ich glaubte, er könne mir nützen; so befahl ich ihm, die Läden zuzumachen und sofort mit mir loszugehen. Er war sehr froh über den freien Tag; wir schlossen also das Geschäft und machten uns auf den Weg nach der Adresse, die wir in der Annonce gelesen hatten.

Ich hoffe, ich werde so was nie wieder sehen, Mr. Holmes. Von Norden, Süden, Osten und Westen war jeder Mann, dessen Haar auch nur ein bißchen Rot aufwies, wegen der Annonce in die City gekommen. Die

Fleet Street war gestopft voll mit rothaarigen Leuten, und Pope's Court sah aus wie die Schubkarre eines Apfelsinenhändlers. Ich hätte nie gedacht, daß es so viele Rothaarige im Land gibt, wie hier durch die Aufforderung zusammengelaufen waren. Es gab jede Schattierung: Stroh, Zitrone, Apfelsine, Backstein, Irish Setter, Leber, Lehm, aber — wie Spaulding schon gesagt hatte — nicht viele besaßen wirklich feuerrotes Haar. Als ich sah, was da alles wartete, wollte ich schon aufgeben. Doch Spaulding mochte davon nichts hören. Wie er es geschafft hat, kann ich mir nicht vorstellen; jedenfalls schob und zog und stieß er mich durch die Menge geradewegs vor die Stufen, die zum Büro führten. Über die Treppe bewegte sich ein doppelter Strom; die einen gingen hoffnungsvoll hinauf, und die anderen kamen niedergeschlagen herunter; wir drängelten uns durch, so gut wir konnten, und bald darauf befanden wir uns in dem Büro.«

»Die Erfahrung muß für Sie höchst unterhaltsam gewesen sein«, bemerkte Sherlock Holmes, da sein Klient eine Pause einlegte und sein Gedächtnis mit einer riesigen Ladung Schnupftabak auffrischte. »Bitte, fahren Sie in Ihrem interessanten Bericht fort.«

»In diesem Büro stand nichts als ein paar Holzstühle und ein Tisch aus Fichte; dahinter saß ein kleiner Mann, dessen Schopf sogar roter war als meiner. Mit jedem Kandidaten sprach er ein paar Worte, und jedesmal fand er an ihm einen Makel, der ihn disqualifizierte. Die freie Stelle zu erhalten, schien danach doch keine so leichte Sache zu sein. Dann kamen wir an die Reihe, und mir gegenüber gab sich der kleine Mann freundlicher als zu allen anderen; er schloß die Tür, um einige persönliche Worte mit uns zu wechseln.

›Das ist Mr. Jabez Wilson‹, sagte mein Gehilfe. ›Er möchte die Stellung in der Liga antreten.‹

›Er ist bewundernswert dafür geeignet‹, antwortete

der andere. ›Er hat alles, was verlangt wird. Ich kann mich nicht erinnern, daß mir schon einmal jemand so Passender begegnet ist.‹ Er trat einen Schritt zurück, legte den Kopf zur Seite und starrte mein Haar an, bis ich mir ziemlich blöde vorkam. Dann sprang er plötzlich vor, quetschte meine Hand und gratulierte mir herzlich zu meinem Erfolg.

›Es wäre ungerecht, hier zu zögern‹, sagte er. ›Dennoch werden Sie mir sicherlich verzeihen, wenn ich eine Vorsichtsmaßnahme ergreife.‹ Er packte mein Haar mit beiden Händen und riß daran, bis ich vor Schmerz schrie. ›Ihre Augen tränen‹, sagte er, als er mich losließ. ›Ich stelle fest, daß alles ist, wie es sein soll. Aber wir müssen uns vorsehen, denn zweimal sind wir schon mit Perücken und einmal mit Farbe hintergangen worden. Ich könnte Ihnen Geschichten von Schusterwachs erzählen, die Ihnen den Geschmack an der menschlichen Natur verderben würden.‹ Er trat zum Fenster und schrie, so laut er konnte, daß die Stelle besetzt sei. Ein Seufzer der Enttäuschung stieg von unten auf, und die Leute verliefen sich in alle Richtungen, bis kein Rotschopf mehr zu sehen war außer dem meinen und dem des Managers.

›Mein Name‹, sagte er, ›ist Duncan Ross, und ich bin selber einer der Nutznießer des Fonds, den unser edler Wohltäter hinterlassen hat. Sind Sie verheiratet, Mr. Wilson? Haben Sie Familie?‹

Ich antwortete, daß ich unverheiratet sei und keine Familie habe.

Sein Gesicht verzog sich sofort.

›Du lieber Gott‹, sagte er bedeutsam, ›das ist in der Tat sehr ernst. Es bekümmert mich, Sie das sagen zu hören. Der Fonds ist natürlich zur Propagierung und Verbreitung der Rotköpfe so gut wie für ihren Unterhalt gedacht. Es fügt sich außerordentlich unglücklich, daß Sie Junggeselle sind.‹

Mein Gesicht wurde lang, Mr. Holmes, denn ich glaubte, daß ich nun die Stelle nicht mehr bekommen würde. Aber nachdem er einige Minuten überlegt hatte, sagte er, es ginge schon in Ordnung.

›In einem anderen Fall‹, sagte er, ›könnte der Einwand verhängnisvoll sein. Aber Ihnen müssen wir doch einiges zugute halten, einem Mann mit einem solchen Schopf! Wann können Sie die Stellung antreten?‹

›Also, das ist ein bißchen schwierig, denn ich betreibe bereits ein Geschäft‹, sagte ich.

›Oh, das macht nichts‹, sagte Vincent Spaulding. ›Ich werde schon nach dem Rechten sehen.‹

›Und wie wäre die Dienstzeit?‹ fragte ich.

›Von zehn bis zwei.‹

Die Arbeit eines Pfandleihers konzentriert sich meist auf den Abend, Mr. Holmes, besonders auf den Dienstag- und Freitagabend, vor den Zahltagen; so paßte es mir sehr gut, in den Morgenstunden etwas hinzuzuverdienen. Außerdem wußte ich, mein Gehilfe ist ein guter Mann und würde alles Anfallende erledigen.

›Damit käme ich gut zurecht‹, sagte ich. ›Und die Bezahlung?‹

›Vier Pfund die Woche.‹

›Und die Arbeit?‹

›Ist kaum als Arbeit zu bezeichnen.‹

›Was verstehen Sie unter: kaum als Arbeit zu bezeichnen?‹

›Nun, Sie müssen im Büro sein oder wenigstens im Haus, die ganze Zeit über. Wenn Sie weggehen, verlieren Sie Ihre Position für immer. Das Testament ist in dem Punkt sehr klar. Sie verletzen die Bedingungen, wenn Sie sich während dieser Zeit aus dem Büro entfernen.‹

›Es sind nur vier Stunden am Tage. Ich glaube nicht, daß ich ans Weggehen denken werde‹, sagte ich.

›Es gilt keine Entschuldigung‹, sagte Mr. Duncan Ross, ›weder Krankheit, noch Geschäft, noch irgend etwas anderes. Hier müssen Sie bleiben, oder Sie verlieren den Anspruch.‹

›Und die Arbeit?‹

›Besteht darin, die *Encyclopaedia Britannica* abzuschreiben. Dort drüben in dem Schrank liegt der erste Band. Sie müssen sich Ihre eigene Tinte, Ihre eigenen Federn und das Papier besorgen. Wir stellen den Tisch und den Stuhl zur Verfügung. Werden Sie morgen antreten können?‹

›Gewiß‹, antwortete ich.

›Dann auf Wiedersehen, Mr. Jabez Wilson, und lassen Sie mich Ihnen noch einmal zu dieser bedeutsamen Stellung gratulieren, die Sie errungen haben.‹ Er komplimentierte mich aus dem Zimmer, und ich ging mit meinem Gehilfen nach Hause und wußte nicht, was ich sagen oder tun sollte, so zufrieden war ich in meinem Glück.

Nun, den ganzen Tag lang dachte ich über die Sache nach, und gegen Abend war ich dann niedergeschlagen; denn da hatte ich mir fast eingeredet, daß die Angelegenheit ein großer Jux oder Betrug sein müsse, wenn ich mir auch nicht vorstellen konnte, zu welchem Ziel. Ich hielt es für unglaublich, daß jemand so ein Testament gemacht haben sollte oder daß man eine solche Summe für etwas derart Leichtes wie Abschreiben der *Encyclopaedia Britannica* zahlen würde. Vincent Spaulding tat, was er konnte, um mich aufzuheitern, doch beim Schlafengehen hatte ich mir das Ganze aus dem Kopf geschlagen. Dennoch entschloß ich mich am Morgen, mir die Sache anzusehen. Ich kaufte mir eine Flasche Tinte für einen Penny, eine Kielfeder und sieben Blatt Pro-Patria-Papier und machte mich auf den Weg nach Pope's Court.

Zu meiner Überraschung und Freude hatte alles seine Richtigkeit. Der Tisch stand für mich bereit, und Mr. Duncan Ross war anwesend, um zu sehen, daß ich die Arbeit ordentlich aufnahm. Er ließ mich mit dem

Buchstaben A beginnen und ging dann weg; aber von Zeit zu Zeit kam er wieder und schaute, ob mit mir alles stimmte. Um zwei Uhr wünschte er mir einen guten Tag, lobte mich wegen der Menge, die ich geschrieben hatte, und verschloß die Tür hinter mir.

Das ging Tag um Tag so, Mr. Holmes, und am Samstag kam der Manager und zählte vier goldene Sovereigns für die Arbeit einer Woche auf den Tisch. So lief es in der nächsten Woche, so auch in der Woche darauf. Jeden Morgen war ich um zehn da, und jeden Nachmittag um zwei Uhr ging ich weg. Allmählich gewöhnte Mr. Duncan Ross es sich an, nur einmal am Morgen hereinzuschauen, und dann nach einiger Zeit kam er überhaupt nicht mehr. Dennoch wagte ich natürlich nicht, den Raum für einen Augenblick zu verlassen, denn ich wußte nicht sicher, ob und wann er kommen würde, und die Stellung lag mir auch so sehr, daß ich nicht riskieren wollte, sie zu verlieren.

Auf diese Weise vergingen acht Wochen, und ich hatte über Abbots, Archery, Armour, Architecture bis Attica alle Artikel abgeschrieben und hoffte, mit Fleiß bald zum Buchstaben B zu kommen. Die Sache kostete mich einiges an Papier, und ich hatte fast ein Regal mit meinem Geschriebenen gefüllt. Und dann fand die Geschichte plötzlich ein Ende.«

»Ein Ende?«

»Ja, Sir. Und zwar heute morgen. Ich ging wie gewöhnlich um zehn Uhr zur Arbeit, aber die Tür war zu und verschlossen, und an der Türfüllung hing an einem Nägelchen ein Stück Karton. Hier ist es, Sie können es ja selber lesen.«

Er hielt ein Stück weißen Karton hoch, etwa von der Größe eines Notizblocks. Darauf stand:

Die Liga der rothaarigen Männer ist aufgelöst.
9. Okt. 1890.

Sherlock Holmes und ich betrachteten die kurze Bekanntmachung und dahinter das jämmerliche Gesicht, bis das Komische der Geschichte völlig jede andere Erwägung überrollte und wir beide in brüllendes Gelächter ausbrachen.

»Ich weiß nicht, was daran lustig sein soll«, rief unser Klient, rot bis an die Wurzeln seines flammenden Schopfes. »Wenn Sie nichts Besseres wissen, als über mich zu lachen, kann ich auch woanders hingehen.«

»Nein, nein«, rief Holmes und drückte ihn in den Sessel zurück, von dem er sich halb erhoben hatte. »Um nichts in der Welt möchte ich Ihren Fall missen. Er ist so erfrischend unüblich. Aber er hat, wenn ich mal so sagen darf, doch auch etwas Erheiterndes. Bitte, was haben Sie unternommen, als Sie die Mitteilung an der Tür entdeckten?«

»Ich war verdutzt, Sir. Ich wußte nicht, was ich tun sollte. Dann erkundigte ich mich bei den Büros rundum, aber nirgends schien man etwas zu wissen. Schließlich ging ich zum Hausbesitzer, einem Bücherrevisor, der im Parterre wohnt, und fragte ihn, ob er mir sagen könne, was aus der Liga geworden sei. Er entgegnete, er habe nie von einem solchen Verein gehört. Da fragte ich ihn, wer Mr. Duncan Ross sei. Er antwortete, daß er den Namen zum erstenmal höre.

›Nun‹, sagte ich, ›das ist der Gentleman von Nummer vier.‹

›Der Rothaarige?‹

›Ja.‹

›Oh‹, sagte er, ›der heißt William Morris. Er ist Anwalt und hat das Zimmer als zeitweilige Unterkunft benutzt, bis seine Praxisräume eingerichtet waren. Gestern ist er ausgezogen.‹

›Wo kann ich ihn finden?‹

›Natürlich in seinem neuen Büro. Er hat mir die

Adresse gegeben. King Edward Street 17, in der Nähe von St. Paul.‹

Ich ging los, Mr. Holmes, aber unter der Adresse fand ich eine Werkstatt für künstliche Kniescheiben, und niemand hatte je von Mr. William Morris oder Mr. Duncan Ross gehört.«

»Und was taten Sie dann?« fragte Holmes.

»Ich ging nach Hause zum Saxe Coburg Square und fragte meinen Gehilfen um Rat. Aber der konnte mir überhaupt nicht helfen. Er sagte nur, ich solle warten, ich würde durch die Post etwas hören. Aber das war mir zu wenig, Mr. Holmes. Ich mag eine solche Stelle nicht kampflos aufgeben, und so bin ich, als ich erfuhr, Sie sollen so freundlich sein, armen Leuten, die Rat brauchen, Rat zu geben, geradewegs zu Ihnen gekommen.«

»Das war sehr klug«, sagte Holmes. »Ihr Fall ist äußerst bemerkenswert, ich werde mich glücklich schätzen, ihn zu erhellen. Nach dem, was Sie mir erzählt haben, denke ich, daß er möglicherweise mit Gewichtigerem zusammenhängt, als es auf den ersten Blick erscheint.«

»Natürlich ist es etwas Gewichtiges«, sagte Mr. Jabez Wilson. »Immerhin verliere ich vier Pfund die Woche.«

»Soweit es Sie persönlich betrifft«, bemerkte Holmes, »sehe ich nicht, daß Sie Grund zur Beschwerde gegen diese sonderbare Liga hätten. Sie sind, im Gegenteil, wenn ich richtig rechne, um mehr als dreißig Pfund reicher, ganz abgesehen von den genauen Kenntnissen, die Sie sich über alle Wörter mit dem Buchstaben A aneignen konnten. Sie haben durch die Liga nichts verloren.«

»Stimmt schon, Sir. Aber ich möchte alles über die Leute herauskriegen, wer sie sind, weshalb sie mir den Streich gespielt haben — wenn es ein Streich war. Ein ganz schön teurer Scherz, denn es hat sie zweiunddreißig Pfund gekostet.«

»Wir werden uns bemühen, all das aufzuklären. Aber zuvor, Mr. Wilson, habe ich noch ein paar Fragen. Der Gehilfe, der Ihre Aufmerksamkeit auf die Annonce gelenkt hat — wie lange war er bei Ihnen schon beschäftigt?«

»Damals ungefähr einen Monat.«

»Wie ist er zu Ihnen gekommen?«

»Er hat sich auf ein Inserat von mir gemeldet.«

»War er der einzige Bewerber?«

»Nein, es gab ein Dutzend.«

»Aber warum wählten Sie ihn aus?«

»Er war anstellig und billig.«

»Und er hat tatsächlich für den halben Lohn gearbeitet?«

»Ja.«

»Wie sieht er aus, dieser Vincent Spaulding?«

»Klein, gedrungen, in allem sehr schnell, kein Haar im Gesicht, obwohl er bald dreißig ist. Er hat von einer Säure einen weißen Fleck an der Stirn zurückbehalten.«

Holmes richtete sich ziemlich erregt im Stuhl auf.

»Das dachte ich mir«, sagte er. »Haben Sie gesehen, ob seine Ohren durchstochen sind für Ringe?«

»Ja, Sir, er erzählte mir, daß eine Zigeunerin das gemacht hat, als er ein junger Bursche war.«

»Hm.« Holmes versank in dumpfes Brüten. »Er ist noch bei Ihnen?«

»O ja, Sir, vorhin war er noch da.«

»Und er hat sich während Ihrer Abwesenheit um Ihr Geschäft gekümmert?«

»Ich kann mich nicht beklagen. Morgens gibt es nie viel zu tun.«

»Das reicht, Mr. Wilson. Ich werde mich glücklich schätzen, wenn ich Ihnen in der Sache in ein, zwei Tagen Bescheid sagen kann. Heute ist Samstag; ich hoffe, daß wir am Montag zu einem Schluß gekommen sind.«

»Nun, Watson«, sagte Holmes, als der Besucher uns verlassen hatte, »was halten Sie von alledem?«

»Ich kann nichts damit anfangen«, antwortete ich offen. »Das ist eine höchst mysteriöse Geschichte.«

»Es ist ein Gesetz«, sagte Holmes, »daß sich die bizarrsten Geschehnisse als die am wenigsten mysteriösen herausstellen. Es sind die gewöhnlichen, gesichtslosen Verbrechen, die wirklich verwirren, geradeso wie sich ein gewöhnliches Gesicht schwer identifizieren läßt. Aber ich muß mich beeilen.«

»Was wollen Sie jetzt tun?« fragte ich.

»Rauchen«, antwortete er. »Das ist ein Drei-Pfeifen-Problem, und ich bitte Sie, mich in den nächsten fünfzig Minuten nicht anzusprechen.« Er rollte sich in seinem Sessel zusammen, zog die Knie bis an die Habichtnase und saß so mit geschlossenen Augen, die schwarze Tonpfeife ragte vor wie der Schnabel eines seltsamen Vogels. Ich nahm an, er sei eingeschlafen, und döste auch, aber plötzlich sprang er entschlossen auf und legte die Pfeife auf den Kaminsims.

»Heute spielt Sarasate in der St. James' Hall. Was glauben Sie, Watson, können Ihre Patienten Sie für einige Stunden entbehren?«

»Ich habe heute nichts zu tun. Meine Praxis nimmt mich nie voll in Anspruch.«

»Dann setzen Sie sich den Hut auf und kommen Sie mit. Wir gehen erst durch die City, unterwegs nehmen wir einen Lunch zu uns. Es steht viel deutsche Musik auf dem Programm, das ist mehr nach meinem Geschmack als die italienische oder die französische. Sie ist introspektiv, und ich möchte heute introspektiv sein. Also kommen Sie!«

Wir fuhren mit der Untergrundbahn bis Aldersgate; von dort machten wir einen kleinen Spaziergang zum Saxe Coburg Square, dem Schauplatz der seltsamen Geschichte, die wir am Morgen gehört hatten. Es war ein kleiner, verwinkelter Platz von heruntergekommener Eleganz, an den vier Seiten von schmutzigen zweistöckigen Backsteinhäusern umstanden, die auf eine kleine umzäunte Fläche sahen, wo ein verwilderter Rasen und einige mickrige Lorbeerbüsche einen harten Kampf gegen die rauchgeschwängerte, unzuträgliche Luft führten. Drei vergoldete Bälle und ein braunes Brett mit der Aufschrift *Jabez Wilson* in weißen Lettern an einem Eckhaus bezeichneten den Ort, an dem unser rothaariger Klient sein Geschäft betrieb. Sherlock Holmes blieb davor stehen, neigte den Kopf zur Seite und musterte den Laden mit hellwachen Augen aus zusammengekniffenen Lidern. Dann ging er langsam die Straße hinauf und wieder zurück bis zur Ecke, wobei er unverwandt und eingehend die Häuser betrachtete. Schließlich verharrte er vor der Pfandleihe, und nachdem er zwei- oder dreimal mit dem Stock heftig auf das Pflaster gestoßen hatte, trat er zur Tür und klopfte. Sofort öffnete ein heiter aussehender, glattgesichtiger junger Bursche und forderte ihn auf, einzutreten.

»Vielen Dank«, sagte Holmes. »Ich wollte nur wissen, wie man von hier zum Strand kommt.«

»Dritte Straße rechts, vierte links«, antwortete der Gehilfe prompt und schloß die Tür.

»Ein geriebener Bursche«, stellte Holmes fest, als wir davongingen. »Er ist meiner Meinung nach der viertgerissenste Mann von London; ich bin mir sogar nicht ganz sicher, ob er nicht Anspruch auf den dritten Rang hat. Ich habe schon einiges von ihm kennengelernt.«

»Offensichtlich«, sagte ich, »spielt Mr. Wilsons Gehilfe eine wichtige Rolle in der geheimnisvollen Liga der Rothaarigen. Gewiß haben Sie nur nach dem Weg gefragt, um ihn zu sehen zu bekommen.«

»Nicht ihn.«

»Was dann?«

»Seine Hosenknie.«

»Und was haben Sie gesehen?«

»Was ich erwartete.«

»Warum haben Sie auf das Pflaster gestoßen?«

»Mein lieber Doktor, jetzt ist die Zeit für Beobachtung, nicht für Unterhaltung. Wir sind Spione in einem feindlichen Land. Wir wissen einiges über den Saxe Coburg Square, lassen Sie uns nun die Pfade erkunden, die hinter ihm liegen.«

Die Straße, in der wir uns befanden, nachdem wir um die Ecke des stillen Platzes gebogen waren, bot dazu einen so großen Kontrast wie die Vorderseite eines Bildes im Unterschied zu seiner Rückseite. Sie war eine der Hauptschlagadern, die den Verkehr aus der City nach Norden und Westen leitete. Die Fahrbahn war von einem nicht abreißenden Fahrzeugstrom verstopft, der sich in zwei Richtungen, stadteinwärts und stadtauswärts, wälzte, und die Trottoirs waren schwarz von hastenden Fußgängerscharen. Als wir die Reihe der schönen Läden und stattlichen Geschäftshäuser betrachteten, fiel es uns schwer zu glauben, daß sie wirklich auf der anderen Seite an den schäbigen, stillen Platz grenzen sollte, den wir eben verlassen hatten.

»Mal sehen«, sagte Holmes. Er war an der Ecke stehengeblieben und blickte die Häuserzeile entlang. »Ich sollte mir einprägen, wie die Gebäude aufeinander folgen. Es ist eines meiner Hobbys, genaue Kenntnisse über London zu besitzen. Also: Da ist Mortimer, der Tabakhändler, der kleine Zeitungsladen, die Coburg-Filiale der City and Suburban Bank, das Vegetarier-Restaurant und McFarlanes Wagendepot. Dahinter fängt der andere Block an. Jetzt, Doktor, haben wir unsere Arbeit getan, und es ist Zeit für Spiele. Ein Sandwich und eine Tasse Kaffee, und ab ins Land der Geigen, wo alles Süße, Annehmlichkeit und Harmonie ist und wo es keine rothaarigen Klienten gibt, die uns mit ihren Rätseln verwirren.«

Mein Freund war ein enthusiastischer Musiker, nicht nur ein sehr befähigter Spieler, sondern auch ein Komponist von nicht alltäglichem Rang. Den ganzen Nachmittag saß er auf dem Platz im Parkett, in vollkommenes Glück gehüllt, und bewegte sanft seine langen dünnen Finger zum Takte der Musik, und sein gelöst lächelndes Gesicht mit den verschleierten, träumenden Augen sah dem des Spürhundes Holmes, des unbarmherzigen, scharfsinnigen, entschlossen handelnden Kriminalisten, sowenig ähnlich wie nur möglich. Sein eigentümlicher Charakter beherbergte zwei Seelen; seine übertriebene Genauigkeit und seine Schlauheit erschienen mir oft nur wie Reaktionen auf die poetische und kontemplative Stimmung, die gelegentlich in ihm die Oberhand gewann. Der Pendelschlag seiner Natur trug ihn von tiefster Schlaffheit in eine alles verschlingende Energie, doch er war — und das wußte ich gut — nie so gefährlich wie in den Momenten, da er sich, am Ende eines Tages im Lehnsessel lümmelnd, inmitten seiner altertümlichen Bücher Improvisationen hingab; dann konnte es geschehen, daß ihn plötzlich die Jagdlust überkam und sein brillanter Verstand sich in die Höhen der Intuition erhob, und diejenigen, welche mit seiner Methode nicht vertraut waren, betrachteten ihn dann wie jemanden, dessen Wissen das anderer Sterblicher übersteigt. Wie ich ihn an diesem Nachmittag in der St. James' Hall ansah, fühlte ich: Über jene, die zu jagen er beschlossen hatte, würde eine böse Zeit hereinbrechen.

»Sie möchten sicherlich nach Hause gehen, Doktor«, bemerkte er, als wir uns erhoben.

»Ja, das wäre schon ganz gut.«

»Und ich habe etwas zu tun, das einige Stunden in Anspruch nehmen wird. Diese Angelegenheit vom Coburg Square ist ernst.«

»Inwiefern ernst?«

»Ein schweres Verbrechen wird vorbereitet. Ich habe allen Grund anzunehmen, daß wir zeitig genug kommen, es zu verhindern. Aber daß Samstag ist, macht die Sache kompliziert. Ich werde heute abend Ihre Hilfe brauchen.«

»Um welche Zeit?«

»Zehn Uhr wird früh genug sein.«

»Ich bin um zehn in der Baker Street.«

»Sehr gut. Doch ich sage Ihnen, Doktor, es könnte gefährlich werden; seien Sie so freundlich und stecken Sie Ihren Armeerevolver ein.«

Er winkte mir zu, machte auf dem Absatz kehrt und verschwand augenblicklich in der Menge.

Ich vertraue darauf, daß ich nicht beschränkter bin als meine Mitmenschen, aber mich drückte immer das Gefühl meiner eigenen Dummheit, wenn ich mit Sherlock Holmes umging. Hier hatte ich gehört, was er gehört, hatte gesehen, was er gesehen, und doch war mir durch seine Worte klargeworden, daß er nicht nur deutlicher beobachtete, sondern auch sah, was geschehen würde, während mir die ganze Angelegenheit nur konfus und grotesk erschien.

Als ich zu meinem Haus in Kensington fuhr, dachte ich alles noch einmal durch, von der außergewöhnlichen Geschichte des rotschopfigen Abschreibers der *Encyclopaedia Britannica* bis zum Besuch des Saxe Coburg Square und den ominösen Worten, mit denen Holmes sich verabschiedet hatte. Was bedeutete der nächtliche Ausflug, warum sollte ich mich bewaffnen? Wohin gingen wir überhaupt, und was stand uns bevor? Ich hatte Holmes' Andeutung im Ohr, daß der glattgesichtige Gehilfe des Pfandleihers ein gefährlicher Mann sei, einer, der wahrscheinlich ein dunkles Spiel trieb. Ich versuchte, das alles zu entwirren, gab dann aber verzweifelt auf und schob es beiseite. Die Nacht würde eine Erklärung bringen.

Es war Viertel nach neun, als ich das Haus verließ. Ich ging durch den Park und die Oxford Street hinunter zur Baker Street. Zwei Hansoms warteten vor der Tür, und als ich im Hausflur stand, vernahm ich von oben Stimmen. Beim Betreten des Zimmers fand ich Holmes in angeregtem Gespräch mit zwei Männern, von denen ich einen als den Polizisten Peter Jones erkannte. Der andere war ein langer, hagerer Mann mit einem verdrießlichen Gesicht; er trug einen sehr glänzenden Hut und einen bedrückend respektabel aussehenden Gehrock.

»Ha, unsere Gesellschaft ist komplett«, sagte Holmes, knöpfte sein blaues Jackett zu und nahm die schwere Reitpeitsche vom Haken.

»Watson, ich glaube, Sie kennen Mr. Jones von Scotland Yard. Lassen Sie mich Ihnen Mr. Merryweather vorstellen, der unser Gefährte bei dem nächtlichen Abenteuer sein wird.«

»Sie sehen, Doktor, wir jagen wieder paarweise«, sagte Jones in seiner hochtrabenden Art. »Unser Freund ist ein wunderbarer Mann, wenn es darum geht, eine Verfolgung in Gang zu setzen. Alles, was er braucht, ist ein alter Hund, der ihm bei der Hatz hilft.«

»Ich hoffe, daß es nicht ausgeht wie das Hornberger Schießen«, warf Mr. Merryweather düster ein.

»Mr. Holmes können Sie voll vertrauen«, sagte der Polizeiagent hochmütig. »Er hat so seine besonderen Methoden, die, wenn ich das sagen darf, ein bißchen zu theoretisierend und phantastisch sind, aber er hat das Zeug, aus dem man einen Detektiv macht. Ich sage nicht zuviel, wenn ich behaupte, daß er ein- oder zweimal, wie in der Sache mit dem Sholto-Mord und mit dem Agra-Schatz, richtiger gelegen hat als die Polizei.«

»Oh, wenn Sie das sagen, Mr. Jones, hat es schon seine Richtigkeit«, sagte der Fremde mit Hochachtung. »Dennoch muß ich bekennen, daß ich meinen Rubber vermisse. Heute ist der erste Samstagabend seit siebenundzwanzig Jahren, daß ich keinen Rubber spielen kann.«

»Ich denke«, sagte Sherlock Holmes, »Sie werden heute nacht um einen höheren Einsatz als je spielen, und Sie werden finden, daß das Spiel aufregender ist. Für Sie, Mr. Merryweather, beträgt der Einsatz einige dreißigtausend Pfund, für Sie, Jones, geht es um den Mann, den Sie fassen wollen.«

»John Clay, den Mörder, Dieb, Einbrecher und Geldfälscher. Er ist ein junger Mann, Mr. Merryweather, aber er steht ganz vornean in seiner Branche, und ich würde lieber ihm als irgendeinem anderen Verbrecher in London meine Armbänder anlegen. Das ist ein bemerkenswerter Bursche, dieser junge John Clay. Sein Großvater war ein Royal Duke, er selbst ist in Eton und Oxford gewesen. Sein Hirn ist so agil wie seine Finger geschickt sind, und obgleich wir an jeder Ecke auf Spuren von ihm stoßen, wissen wir doch nie, wo wir den Mann selber finden können. In der einen Woche verübt er einen Einbruch in Schottland, und sieben Tage später stiftet er Geld für den Bau eines Waisenhauses in Cornwall. Seit Jahren bin ich ihm auf der Spur und habe ihn doch nie vor die Augen bekommen.«

»Ich hoffe, ich habe in dieser Nacht das Vergnügen, Sie vorzustellen. Ich bin Mr. John Clay ein- oder zweimal begegnet, und ich stimme mit Ihnen überein, er ist der erste in seiner Branche. Aber es ist nach zehn und Zeit, daß wir aufbrechen. Wenn Sie beide den ersten Hansom nehmen wollen, folgen Watson und ich im zweiten.«

Sherlock Holmes war nicht sehr mitteilsam während der langen Fahrt; er lehnte in der Kutsche und summte die Melodien, die wir am Nachmittag gehört hatten. Wir ratterten durch ein endloses Labyrinth gasbeleuchteter

Straßen, bis wir in der Farringdon Street herauskamen.

»Jetzt sind wir nahe dran«, bemerkte mein Freund. »Der Bursche Merryweather ist Bankdirektor und an der Sache persönlich interessiert. Ich dachte auch, es ist gut, wenn wir Jones dabei haben. Er ist kein schlechter Kerl, aber ein Schwachkopf in seinem Beruf. Er besitzt eine Tugend: Er ist tapfer wie eine Bulldogge und zäh wie ein Hummer, der jemanden in den Scheren hat. Da sind wir. Sie warten schon auf uns.«

Wir hatten dieselbe belebte Durchgangsstraße erreicht, in der wir schon am Vormittag gewesen waren. Wir entließen die Kutschen und folgten Mr. Merryweather durch einen engen Gang zu einer Seitentür, die er uns öffnete. Wir traten in einen schmalen Korridor, der vor einem schweren Eisentor endete. Auch dieses Tor wurde aufgemacht, und der Weg führte eine steinerne Wendeltreppe hinunter, die wiederum von einem starken Tor abgesperrt war. Mr. Merryweather zündete eine Laterne an, leitete uns durch einen dunklen Gang, in dem es nach Erde roch, und nachdem er eine dritte Tür aufgeschlossen hatte, kamen wir in ein riesiges Gewölbe, an dessen Wänden ringsherum Packkörbe und massive Kisten aufgetürmt waren.

»Von oben ist der Raum sicher«, bemerkte Holmes, nachdem er die Laterne hochgehalten und sich umgesehen hatte.

»Von unten auch«, sagte Mr. Merryweather, indem er den Stock auf die Fliesen stieß, mit denen der Boden ausgelegt war. »Aber, mein Gott, das klingt ja ziemlich hohl«, fügte er hinzu und sah überrascht auf.

»Ich muß Sie wirklich bitten, ein bißchen leiser zu sein«, sagte Holmes ernst. »Sie haben schon den Erfolg unserer Unternehmung in Frage gestellt. Dürfte ich Sie ersuchen, sich auf eine der Kisten zu setzen und sich nicht einzumischen.«

Der würdige Mr. Merryweather hockte sich mit gekränkter Miene auf einen Packkorb, während Holmes niederkniete und mit Hilfe einer Laterne und einer Lupe die Risse zwischen den Steinen eingehend musterte. Ihm genügten einige Sekunden, dann sprang er wieder auf die Füße und steckte das Glas in die Tasche.

»Wir haben mindestens noch eine Stunde Zeit«, bemerkte er. »Sie können kaum etwas unternehmen, bevor der gute Pfandleiher im Bett ist. Dann aber werden sie keine Minute zögern. Denn je früher sie an die Arbeit gehen, desto mehr Zeit haben sie für die Flucht zur Verfügung. Wir sind jetzt, Doktor — wie Sie wohl bereits ahnen —, im Keller der Filiale einer der wichtigsten Londoner Banken. Mr. Merryweather ist der Generaldirektor, und er wird Ihnen erklären, warum einer der verwegensten Verbrecher Londons gegenwärtig ein besonderes Interesse an diesem Keller hat.«

»Es ist unser französisches Gold«, flüsterte der Direktor. »Wir sind einige Male gewarnt worden, daß ein Anschlag darauf verübt werden könnte.«

»Ihr französisches Gold?«

»Ja. Wir nützten vor einigen Monaten die Gelegenheit, unsere Reserven aufzufüllen; zu diesem Zweck liehen wir dreißigtausend Napoléons von der Bank von Frankreich. Es ist bekannt geworden, daß wir keine Gelegenheit hatten, das Geld auszupacken, und daß es noch hier im Keller liegt. Der Packkorb, auf dem ich sitze, enthält zweitausend Napoléons, in Bleifolie eingeschlagen. Unsere Goldreserven sind momentan viel größer, als es eigentlich in Bankfilialen üblich ist, und die Direktoren hatten wegen dieser Sache schon Bedenken.«

»Sehr zu Recht«, stellte Holmes fest. »Und nun ist es an der Zeit, unseren Plan vorzubereiten. Ich nehme an, daß die Sache innerhalb einer Stunde zum Höhepunkt kommt. In der Zwischenzeit, Mr. Merryweather, müssen wir die Laterne verdunkeln.«

»Und im Finstern sitzen?«

»Ja, fürchte ich. Ich habe ein Kartenspiel in der Tasche und dachte mir, da wir eine partie carrée sind, könnten Sie möglicherweise doch noch zu Ihrem Rubber kommen. Aber da ich jetzt weiß, wie weit die Vorbereitungen des Feindes bereits gediehen sind, können wir es nicht wagen, hier bei Licht zu sitzen. Zuallererst aber müssen wir Posten beziehen. Das sind Männer, die aufs Ganze gehen, und sie könnten uns, auch wenn wir sie in Nachteil gebracht haben, Ungelegenheiten bereiten. Ich werde hinter dieser Kiste bleiben, und Sie verbergen sich hinter jener dort. Wenn ich das Licht auf sie richte, brechen Sie hervor. Wenn sie feuern, Watson, scheuen Sie sich nicht, sie niederzuschießen.«

Ich legte den gespannten Revolver auf die Kiste, hinter der ich mich niedergekauert hatte. Holmes schloß die Blende der Laterne, und wir saßen im Stockdunkeln — in einer Dunkelheit, wie ich sie nie zuvor erlebt hatte. Der Geruch nach heißem Metall blieb, und das gab uns Gewißheit, daß das Licht noch brannte und in Sekundenschnelle aufflammen konnte. Ich fühlte mich, trotz höchst angespannter Nerven, ziemlich bedrückt und niedergeschlagen in der Düsternis und der kaltfeuchten Luft des Gewölbes.

»Sie haben nur einen Rückzugsweg«, flüsterte Holmes. »Er führt durch das Haus am Saxe Coburg Square. Ich hoffe, Jones, Sie haben veranlaßt, worum ich Sie gebeten habe.«

»Ein Inspektor und zwei Beamte warten an der Tür.«

»Dann haben wir alle Löcher zugestopft, und wir müssen leise sein und warten.«

Wie sich die Zeit dehnte! Beim späteren Vergleichen der Notizen ergab sich, daß es sich nur um ein und eine

Viertel Stunde handelte, aber mir schien, als ginge überm Warten die Nacht hin bis zum Anbruch der Dämmerung. Mir wurden die Glieder steif, sie fingen an zu schmerzen, und ich traute mich nicht, die Stellung zu verändern; dabei aber blieben meine Nerven hellwach, und mein Gehör war so empfindlich, daß ich nicht nur das verhaltene Atmen meiner Gefährten vernahm, sondern sogar das tiefere, schwerere Schnaufen des dicken Jones von den dünnen, seufzerartigen Lauten des Bankdirektors unterschied. Von meinem Platze aus war mein Blick über die Kiste hinweg auf den Fußboden gerichtet. Plötzlich traf ein Lichtschimmer meine Augen.

Zuerst war es nur ein blasser Funke auf dem Stein, aber bald wurde er länger, bis da ein gelber Strich war; dann, ohne Vorankündigung oder daß es ein Geräusch gegeben hätte, öffnete sich ein Spalt, und eine Hand kam zum Vorschein, eine weiße, fast weibliche Hand, die im Lichtkreis umhertastete. Für eine Minute oder länger ragte die gekrümmte Hand aus dem Boden. Dann wurde sie so plötzlich zurückgezogen, wie sie hervorgekommen war, und wieder war alles dunkel, abgesehen von dem gedämpften Schein, der die Fuge zwischen den Steinen markierte.

Die Hand war kaum länger als einen Augenblick verschwunden, da brach einer der Steine beiseite, und durch ein viereckiges, gähnendes Loch fiel die Lichtbahn einer Laterne. Über der Kante erschien ein glattes, jungenhaftes Gesicht, das umherspähte, dann kamen zwei Hände nach, die einen Körper hochzogen, zuerst bis zu den Schultern, dann bis zur Taille; schließlich wurde ein Knie aufgesetzt. Einen Moment später stand der Mann neben dem Loch und half einem Gefährten herauf, der klein und behende war wie der erste, ein bleiches Gesicht hatte und einen sehr roten Schopf.

»Alles klar«, wisperte der eine. »Hast du den Meißel

und die Säcke? Heiliger Bimbam! Spring, Archie, spring! Ich werde das schon schaukeln!«

Sherlock Holmes machte einen Satz und packte den Eindringling beim Kragen. Der Letztgekommene verschwand in dem Loch, und ich hörte das Geräusch von reißendem Tuch, als Jones ihn festzuhalten suchte. Das Licht fiel auf einen Revolverlauf, aber Holmes' Reitpeitsche krachte um das Gelenk des Mannes, und die Waffe fiel klirrend auf den Steinboden.

»Es ist zwecklos, John Clay«, sagte Holmes ruhig. »Sie haben nicht die geringste Chance.«

»Das sehe ich selber«, entgegnete der andere, äußerst gelassen. »Mir scheint, meinem Kumpel geht's gut, wenn Sie auch seine Rockschöße in der Hand haben.«

»Drei Leute erwarten ihn an der Haustür.«

»Tatsächlich? Sie scheinen ganze Arbeit geleistet zu haben. Ich muß Sie beglückwünschen.«

»Und ich Sie«, antwortete Holmes. »Ihre rothaarige Idee war absolut neu und wirkungsvoll.«

»Sie werden Ihren Kumpan sofort wiedersehen«, sagte Jones. »Er kann schneller in Löchern verschwinden als ich. Halten Sie ein Momentchen still, ich will Ihnen die Armbänder anlegen.«

»Ich bitte doch, fassen Sie mich nicht mit Ihren dreckigen Händen an«, sagte unser Gefangener, als die Handschellen einschnappten. »Sie wissen's vielleicht nicht, aber in meinen Adern fließt königliches Blut. Haben Sie die Güte, ›Sir‹ und ›bitte‹ zu sagen, wenn Sie mich anreden.«

»Geht in Ordnung«, sagte Jones erstaunt und lachte. »Nun denn, würden Sie, bitte, Sir, hinaufmarschieren, wo wir einen Wagen bekommen können, der Eure Hoheit aufs Revier bringt.«

»Schon besser«, sagte John Clay gnädig. Er machte zu uns dreien eine kurze Verbeugung und ging in Begleitung des Detektivs ruhig ab.

»Wirklich, Mr. Holmes«, sagte Mr. Merryweather, als wir ihnen aus dem Keller folgten, »ich weiß nicht, wie die Bank es Ihnen danken oder lohnen kann. Zweifelsohne haben Sie, soweit ich von solchen Dingen Kenntnis besitze, einen der entschlossensten Versuche von Bankraub entdeckt und auf die vollkommenste Weise verhindert.«

»Ich hatte mit Mr. John Clay noch ein Hühnchen zu rupfen«, sagte Holmes. »Die Sache hat mich einige Auslagen gekostet; ich hoffe, daß die Bank sie erstatten wird. Im übrigen fühle ich mich vollauf belohnt, weil ich diese in mancher Hinsicht unbezahlbare Erfahrung machen und die sehr bemerkenswerte Geschichte von der Liga der rothaarigen Männer kennenlernen konnte.«

»Sehen Sie, Watson«, erklärte mir Holmes, als wir am frühen Morgen bei einem Glas Whisky mit Soda in der Baker Street zusammensaßen, »es war für mich von Anfang an offensichtlich, daß das einzige Ziel der ziemlich phantastischen Angelegenheit mit der Annonce der Liga und dem Abschreiben der *Encyclopaedia* darin liegen mußte, den nicht gerade sehr hellen Pfandleiher für einige Stunden des Tages aus dem Weg zu räumen. Das war eine seltsame Art, aber es wäre schwierig, sich eine bessere vorzustellen. Zweifellos hat sich der Einfall für Clays geniales Denken aus der Haarfarbe seines Komplizen ergeben. Die vier Pfund pro Woche waren ein Köder, der den Pfandleiher anziehen mußte, und was bedeuteten sie schon für Leute, die um Tausende spielten? Sie setzten die Annonce in die Zeitung, einer der Schurken betrieb zeitweise das Büro, der andere bewog den Mann, sich zu bewerben, und gemeinsam nutzten sie seine Abwesenheit in den Morgenstunden der Wochentage. Seit ich wußte, daß der Gehilfe für den halben Lohn arbeitete, war mir klar, daß er einen zwingenden Grund haben mußte.«

»Aber wie sind Sie hinter das Motiv gekommen?«

»Wären in dem Haus Frauen gewesen, hätte ich eine gewöhnliche Intrige vermutet. Doch das kam nicht in Frage. Der Mann unterhält nur ein kleines Geschäft, und es gab nichts in seinem Hause, was derart bemühte Vorbereitungen gerechtfertigt hätte. Es mußte sich also um etwas handeln, das außerhalb des Hauses lag. Was konnte es sein? Ich dachte an die Fotografierfreudigkeit des Gehilfen, seinen Trick, im Keller zu verschwinden. Der Keller! Dort lag das Ende des verwickelten Knäuels. Ich zog Erkundigungen über den geheimnisvollen Gehilfen ein und fand heraus, daß ich es mit dem kaltblütigsten und wagemutigsten Verbrecher Londons zu tun hatte. Er stellte etwas an in dem Keller — etwas, das mehrere Monate beanspruchte. Was also war es? Ich konnte mir nichts anderes vorstellen, als daß er einen Tunnel zu einem anderen Gebäude grub.

Soweit war ich, bevor ich den Schauplatz betrat. Ich überraschte Sie damit, daß ich mit dem Stock auf das Pflaster stieß. Ich wollte mich vergewissern, ob der Keller nach vorn oder nach hinten hinaus geht. Er ging nicht nach vorne. Dann zog ich die Glocke, und, wie ich gehofft hatte, erschien der Gehilfe an der Tür. Ich hatte mit ihm schon einige Scharmützel, aber er war mir noch nie zu Gesicht gekommen. Ihn blickte ich kaum an. Seine Knie waren es, die ich sehen wollte. Es muß Ihnen auch aufgefallen sein, wie abgeschabt, zerknittert und schmutzig der Stoff war. Diese Hosen erzählten mir von den Stunden des Grabens. Was übrigblieb, war die Frage, wonach er grub. Ich ging um die Ecke, sah die City and Suburban Bank, die an das Grundstück unseres Freundes grenzt, und fühlte, daß ich das Problem gelöst hatte. Als Sie nach dem Konzert nach Hause fuhren, rief ich bei Scotland Yard und beim Generaldirektor der Bank an, mit dem Resultat, das Sie kennen.«

»Und woher wußten Sie, daß der Anschlag in der folgenden Nacht unternommen werden würde?«

»Die Schließung des Büros der Liga war ein Zeichen, daß sie Mr. Jabez Wilsons Abwesenheit nicht länger benötigten; mit anderen Worten: Sie hatten den Tunnel fertig. Aber es war wichtig, daß sie ihn bald benützten. Er konnte entdeckt oder das Gold konnte an einen anderen Ort gebracht werden. Der Samstag paßte ihnen besser als jeder andere Tag, da er ihnen für ihre Flucht zwei Tage Vorsprung eintrug. Aus allen diesen Gründen erwartete ich, daß sie heute nacht kommen würden.«

»Das haben Sie herrlich erschlossen«, rief ich in aufrichtiger Bewunderung. »Das ist eine so lange Gedankenkette, und doch paßt jedes Glied genau ans andere.«

»Das Gedankenspiel hat mich vor der Langeweile bewahrt«, antwortete Sherlock Holmes und gähnte. »Aber ach, ich fühle sie schon wieder auf mich zukommen! Ich bringe mein Leben hin in einem einzigen langen Versuch, den Gemeinplätzen des Daseins zu entrinnen. Solche kleinen Probleme helfen mir dabei.«

»Und Sie sind ein Wohltäter der Menschheit«, sagte ich.

Er zuckte die Schultern. »Na, vielleicht nützt es ein bißchen«, bemerkte er. »*›L'homme c'est rien — l'œuvre c'est tout‹*, wie Gustave Flaubert an George Sand schrieb.«

Ein Fall von Identität

»Mein lieber Junge«, sagte Sherlock Holmes, als wir uns in seiner Wohnung in der Baker Street am Kamin gegenübersaßen, »Leben ist so unendlich viel seltsamer als alles das, was der menschliche Verstand erfinden könnte. Wir würden es nicht wagen, Dinge auszudenken, die das wirkliche Leben alltäglich bietet. Könnten wir jetzt aus dem Fenster fliegen und Hand in Hand über der großen Stadt schweben, heimlich die Dächer abheben und die Absonderlichkeiten erblicken, die unter ihnen vorgehen, die Zufälle, die Pläne, die Mißverständnisse, die wundersamen Ketten der Ereignisse, welche Generationen durchziehen und in den ausgefallensten Ergebnissen enden — jede Dichtung mit ihren Konventionen und voraussehbaren Lösungen würde höchst abgeschmackt und unnütz erscheinen.«

»Ich bin davon nicht überzeugt«, antwortete ich. »Die Fälle, die durch die Zeitungen ans Licht kommen, sind in der Regel armselig und gewöhnlich. Die Berichte unserer Polizei werden von einem extremen Realismus beherrscht, und doch, muß ich sagen, wirken sie letztlich weder faszinierend noch künstlerisch.«

»Eine gewisse Auswahl und Besonnenheit sind unabdingbar, will man einen realistischen Effekt erzielen. Daran mangelt es in den Polizeiberichten. In ihnen wird unter Umständen den Platitüden eines Richters größeres Gewicht beigemessen als den Details eines Falles, die für den Beobachter das Lebenswichtige der ganzen Angelegenheit darstellen. Verlassen Sie sich darauf, nichts ist unnatürlicher als der Gemeinplatz.«

Ich lächelte und schüttelte den Kopf. »Ich verstehe schon, warum Sie so denken«, sagte ich. »Sie in Ihrer

Stellung als unabhängiger Ratgeber und Helfer der zutiefst Verwirrten auf drei Kontinenten werden mit allem Bizarren und Fremden in Kontakt gebracht. Aber hier...« — ich hob die Morgenzeitung vom Boden auf — »lassen Sie uns die Probe aufs Exempel machen. Gleich die erste Schlagzeile, auf die ich stoße: ›Grausamkeit eines Ehemanns gegenüber seiner Frau.‹ Das füllt eine halbe Kolumne, aber ich weiß ohne zu lesen, daß mir alles sehr vertraut ist. Da gibt es selbstverständlich die andere Frau, den Suff, den Stoß, den Schlag, den Bluterguß, die mitfühlende Schwester und Hauswirtin. Der plumpeste Schreiber könnte nichts Plumperes erfinden.«

»Tatsächlich erweist sich Ihr Beispiel als unglücklich für Ihre Argumentation«, sagte Holmes, nahm die Zeitung und überflog den Artikel. »Das ist der Scheidungsfall der Dundas, und ich war, wie das Leben so spielt, engagiert, in dem Zusammenhang einige Details aufzuklären. Der Hausherr war Abstinenzler, es gab keine andere Frau, und sein schlechtes Benehmen bestand einzig darin, daß er es sich angewöhnt hatte, jedes Mahl damit zu beginnen, daß er die falschen Zähne herausholte und sie nach seiner Frau warf, ein Benehmen — Sie müssen es zugeben —, das kaum der Phantasie eines durchschnittlichen Geschichtenerzählers einfiele. Nehmen Sie eine Prise Schnupftabak, Doktor, und gestehen Sie, daß ich Sie mit meinem Beispiel geschlagen habe.«

Er hielt mir seine Schnupftabakdose hin. Sie war aus altem Gold und hatte einen großen Amethyst auf der Mitte des Deckels. Ihr Glanz stand in solchem Gegensatz zu seiner Schlichtheit und seinem einfachen Leben, daß ich nicht umhinkonnte, eine Bemerkung darüber zu machen.

»Ach ja, ich vergaß, daß ich Sie einige Wochen nicht gesehen habe. Das ist ein kleines Andenken vom König von Bohemia zum Lohn für meine Hilfe in Sachen der Irene Adler.«

»Und der Ring«, fragte ich mit Blick auf einen bemerkenswerten Brillanten, der an seinem Finger funkelte.

»Der kommt vom regierenden Haus von Holland. Doch die Angelegenheit, in der ich helfen konnte, ist von solcher Delikatesse, daß ich sie selbst Ihnen, der Sie so freundlich waren, über einige meiner kleinen Fälle zu berichten, nicht anvertrauen kann.«

»Und sind Sie augenblicklich wieder mit einer Untersuchung befaßt?« fragte ich interessiert.

»Mit zehn oder zwölf Sachen, aber es ist nichts darunter, das des Nachfragens lohnt. Sie sind wichtig, verstehen Sie, aber nicht interessant. Ich habe in der Tat herausgefunden, daß es im allgemeinen die unbedeutenden Dinge sind, die ein Feld für Beobachtung und für die schnelle Analyse von Ursachen und Wirkungen auftun, für all das also, was einer Untersuchung den Zauber verleiht. Die größeren Verbrechen sind in der Regel simpler; je größer das Verbrechen, um so offensichtlicher ist normalerweise das Motiv. Unter meinen gegenwärtigen Fällen gibt es nichts — ausgenommen die ziemlich verwickelte Geschichte, derentwegen man sich aus Marseille an mich gewandt hat —, was das Interesse erregen könnte. Möglicherweise habe ich in ein paar Minuten etwas Besseres, denn da kommt eine Klientin, oder ich müßte mich sehr irren.«

Er hatte sich aus seinem Sessel erhoben, die Vorhänge auseinandergeschoben und schaute auf die trübe, farblose Londoner Straße hinunter. Ich blickte ihm über die Schulter und sah auf dem gegenüberliegenden Trottoir eine hochgewachsene Frau stehen. Um den Hals trug sie eine Pelzboa, eine große, geschwungene rote Feder wippte auf einem breitrandigen Hut, der in der koketten Manier der Duchess of Devonshire auf einem Ohr saß.

Unter diesem pompösen Gebilde schaute sie nervös und zögernd zu unserem Fenster hinauf, ihr Körper schwankte leicht vor und zurück, und sie nestelte an den Knöpfen ihrer Handschuhe. Dann, mit einem Satz, wie ein Schwimmer, der sich vom Ufer abstößt, lief sie über die Fahrbahn, und wir hörten kurz darauf den schrillen Ton der Glocke.

»Die Symptome kenne ich schon«, sagte Holmes und warf seine Zigarette ins Feuer. »Solches Hin- und Herschwanken auf der Straße deutet immer auf eine *affaire du cœur* hin. Sie möchte Rat und ist sich nicht sicher, ob die Angelegenheit vielleicht zu delikat sei, um ihretwegen mit anderen Verbindung aufzunehmen. Und doch sollten wir auch hier unterscheiden. Wenn einer Frau von einem Mann Unrecht geschehen ist, schwankt sie nicht lange, und für gewöhnlich ist das Resultat ein abgerissener Glockenzug. In diesem Fall können wir annehmen, daß es sich zwar um eine Liebesangelegenheit handelt, daß aber die Jungfer weniger wütend als verwirrt und bekümmert ist. Aber da kommt sie persönlich, uns von unseren Zweifeln zu befreien.«

Während er noch sprach, klopfte es an die Tür, und der livrierte Diener trat ein, um Miss Mary Sutherland anzumelden.

Seiner kleinen Gestalt folgte die Dame selber, wie ein Handelsschiff unter Segel einem winzigen Lotsenboot. Sherlock Holmes hieß sie willkommen mit der ihm eigenen natürlichen Höflichkeit, für die er berühmt war, und nachdem er die Tür geschlossen und sie in einen Sessel komplimentiert hatte, musterte er sie in der für ihn charakteristischen peinlich genauen, gleichzeitig abwesenden Art.

»Finden Sie es nicht«, sagte er, »bei Ihrer Kurzsichtigkeit beschwerlich, so viel auf der Maschine zu schreiben?«

»Ja, das fand ich zuerst«, antwortete sie, »aber jetzt

weiß ich ohne hinzusehen, wo die Buchstaben sind.« Dann plötzlich, als ihr der volle Sinn seiner Worte aufgegangen war, zuckte sie heftig zusammen und blickte hoch, Furcht und Staunen im breiten, freundlichen Gesicht. »Sie müssen schon von mir gehört haben, Mr. Holmes«, rief sie, »sonst könnten Sie das nicht wissen.«

»Lassen wir das«, sagte Holmes lachend. »Es ist mein Handwerk, mancherlei zu wissen. Vielleicht habe ich darauf trainiert, daß mir auffällt, was andere übersehen. Wenn dem nicht so wäre, kämen Sie nicht, mich zu konsultieren.«

»Ich bin zu Ihnen gekommen, Sir, weil ich von Ihnen durch Mrs. Etherege hörte, deren Mann Sie so leicht gefunden haben, obwohl die Polizei und alle ihn schon als tot aufgegeben hatten. Oh, Mr. Holmes, ich wünschte, Sie könnten genausoviel auch für mich tun. Ich bin nicht reich, aber ich habe hundert Pfund Einkünfte im Jahr zu dem Wenigen, das ich als Maschinenschreiberin verdiene, und ich würde alles hergeben, wenn ich erfahren könnte, was aus Mr. Hosmer Angel geworden ist.«

»Warum sind Sie in solcher Eile zu mir gekommen?« fragte Holmes, legte die Fingerspitzen aneinander und richtete die Augen zur Decke.

Wieder überzog Staunen das recht leere Gesicht der Miss Mary Sutherland.

»Ich bin tatsächlich aus dem Hause gestürzt, denn ich war darüber wütend, daß Mr. Windibank — das ist mein Vater — alles auf die leichte Schulter nimmt. Er wollte nicht zur Polizei gehen, und er wollte nicht zu Ihnen gehen. Da bin ich durchgedreht, weil er nichts unternehmen wollte und immer nur sagte, es werde schon nichts Schlimmes passiert sein, und geradewegs zu Ihnen gelaufen.«

»Ihr Vater?« sagte Holmes. »Sicherlich Ihr Stiefvater, da die Namen verschieden sind.«

»Ja, er ist mein Stiefvater. Ich nenne ihn Vater, obwohl das komisch klingt, denn er ist nur fünf Jahre und zwei Monate älter als ich.«

»Und Ihre Mutter lebt?«

»O ja, meine Mutter lebt, und es geht ihr gut. Es paßte mir nicht, Mr. Holmes, als sie so bald nach meines Vaters Tod wieder heiratete und dann noch einen Mann, der fast fünfzehn Jahre jünger ist als sie. Mein Vater war ein Klempner, in der Tottenham Court Road, und er hat ein geordnetes Geschäft hinterlassen, das meine Mutter zusammen mit Mr. Hardy, dem Altgesellen, weiterführte; aber dann tauchte Mr. Windibank auf und veranlaßte sie, das Geschäft zu verkaufen. Denn er war etwas viel Besseres: ein Weinreisender. Sie bekamen viertausend und siebenhundert für das Geschäft und für das Ansehen, das es bei der Kundschaft genießt. Das war nicht annähernd so viel, wie Vater bekommen hätte, wenn er noch am Leben gewesen wäre.«

Ich erwartete, Sherlock Holmes würde über dem weitschweifigen und sprunghaften Erzählen ungeduldig, aber er hörte im Gegenteil mit der größten Aufmerksamkeit zu.

»Stammt Ihr eigenes Einkommen aus dem Verkauf des Geschäfts?«

»O nein, Sir, das kommt woanders her, aus dem Erbe meines Onkels Ned aus Auckland. Es sind Neuseeland-Aktien, die viereinhalb Prozent bringen. Das Kapital beträgt zweitausendfünfhundert Pfund, ich kann aber nur über die Zinsen verfügen.«

»Sie interessieren mich außerordentlich«, sagte Holmes. »Da Sie eine so große Summe wie einhundert Pfund im Jahr beziehen und auch noch etwas dazuverdienen, reisen Sie sicherlich ein wenig und können sich in jeder Hinsicht verwöhnen. Ich glaube, eine alleinstehende Dame könnte sehr gut mit ungefähr sechzig Pfund im Jahr auskommen.«

»Ich käme mit viel weniger aus, Mr. Holmes, aber Sie verstehen, ich möchte niemandem zur Last fallen, und solange ich zu Hause lebe, haben sie den Nutzen von dem Geld. Aber natürlich gilt das nur unter dieser Bedingung. Mr. Windibank hebt jedes Vierteljahr meine Zinsen ab und händigt sie meiner Mutter aus; ich komme ganz gut zurecht mit dem, was ich durchs Maschineschreiben verdiene. Es bringt mir zwei Pence für die Seite, und ich kann oft fünfzehn bis zwanzig Seiten am Tag schreiben.«

»Nun haben Sie mir also Ihre Lage sehr deutlich gemacht. Der Herr hier ist mein Freund Dr. Watson, vor ihm können Sie so offen sprechen wie vor mir. Seien Sie nun so freundlich, uns alles über Ihre Verbindung mit Mr. Hosmer Angel zu erzählen.«

Über Miss Sutherlands Gesicht stahl sich eine Röte, und sie nestelte nervös am Saum ihrer Jacke.

»Ich habe ihn auf dem Ball der Gasinstallateure kennengelernt«, sagte sie. »Als mein Vater noch lebte, schickte man ihm immer Eintrittskarten, auch später erinnerte man sich an uns und schickte meiner Mutter die Karten. Mr. Windibank wollte nicht, daß wir hingingen. Er will nie, daß wir irgendwo hingehen. Er wird richtiggehend verrückt, wenn ich auch nur eine Sonntagsschulstunde besuchen will. Aber dieses Mal war ich entschlossen, und ich ging, denn was für ein Recht hatte er, mich davon abzuhalten? Er sagte, die Leute paßten nicht zu uns, da doch Vaters sämtliche Freunde dort wären. Und er sagte, ich hätte nichts Anständiges anzuziehen, aber ich besitze doch ein rotsamtenes Kleid, das ich noch nie aus dem Schrank geholt hatte. Schließlich, als nichts fruchtete, brach er zu einer Geschäftsreise nach Frankreich auf, aber wir, meine Mutter und ich, besuchten zusammen mit Mr. Hardy, unserem ehemaligen Altgesellen, den Ball. Und dort begegnete ich Mr. Hosmer Angel.«

»Ich nehme an, Mr. Windibank war sehr ärgerlich, als er aus Frankreich zurückkam und erfuhr, daß Sie den Ball besucht hatten.«

»Ach, er war ganz freundlich. Ich weiß noch, wie er lachte, die Schultern zuckte und sagte, es sei zwecklos, einer Frau etwas zu verweigern, denn sie täte doch, was sie wollte.«

»Ich verstehe. Also auf dem Ball der Gasinstallateure haben Sie die Bekanntschaft eines Herrn mit Namen Hosmer Angel gemacht.«

»Ja, Sir. Ich machte an diesem Abend seine Bekanntschaft, und er sprach am nächsten Tag vor, um sich zu erkundigen, ob wir gut nach Hause gekommen seien, und danach trafen wir ihn — vielmehr, Mr. Holmes, ich traf mich mit ihm — zweimal zu einem Spaziergang. Aber dann kehrte mein Vater zurück, und Mr. Hosmer Angel konnte nicht mehr zu uns nach Hause kommen.«

»Nicht mehr?«

»Mein Vater, wissen Sie, mag so etwas nicht. Er will keine Besucher, wenn es sich vermeiden läßt, und er sagt immer, eine Frau soll in ihrer Familie glücklich werden. Aber ich habe stets zu meiner Mutter gesagt, daß eine Frau erst einmal ihren eignen Kreis haben müsse, und ich hatte doch noch keinen.«

»Aber was war mit Mr. Hosmer Angel? Machte er keinen Versuch, Sie wiederzusehen?«

»Nun, mein Vater fuhr eine Woche später wieder nach Frankreich, und Hosmer hatte mir geschrieben, es wäre sicherer und besser, wenn wir uns vor der Abreise meines Vaters nicht träfen. In der Zwischenzeit könnten wir miteinander korrespondieren, und er schrieb auch jeden Tag. Ich fing jeden Morgen den Briefträger ab, denn es war nicht nötig, daß mein Vater davon wußte.«

»Waren Sie damals schon mit dem Herrn verlobt?«

»Ja, Mr. Holmes. Wir sind seit unserem ersten Spaziergang verlobt. Hosmer – Mr. Angel – ist Kassierer in der Leadenhall Street und...«

»Bei welcher Firma?«

»Das ist das Schlimmste, Mr. Holmes: ich weiß es nicht.«

»Wo wohnt er denn?«

»Er hat ein Zimmer in der Firma.«

»Also, seine Adresse wissen Sie nicht?«

»Nein. Ich weiß nichts, als daß er in der Leadenhall Street wohnt und arbeitet.«

»Und wohin haben Sie Ihre Briefe geschickt?«

»Zum Postamt in der Leadenhall Street, dort wurden sie abgeholt. Er sagte, die anderen Angestellten würden ihn aufziehen, wenn sie erführen, daß er Briefe von einer Dame bekommt. Da bot ich ihm an, sie mit der Maschine zu schreiben, so wie er es auch immer tat, aber davon wollte er nichts hören und sagte, handgeschriebene Briefe seien direkt an ihn gerichtet, aber bei maschinegeschriebenen Briefen hätte er immer den Eindruck, daß die Maschine zwischen uns stände. Daraus, Mr. Holmes, daß er an solche Kleinigkeiten dachte, können Sie sehen, wie gern er mich hatte.«

»Das ist sehr aufschlußreich«, sagte Holmes. »Es ist schon seit langem eines meiner Axiome, daß die Kleinigkeiten die weitaus wichtigsten Dinge sind. Können Sie sich an noch andere kleine Dinge im Zusammenhang mit Mr. Hosmer Angel erinnern?«

»Er ist ein sehr scheuer Mann, Mr. Holmes. Er ging lieber am Abend als bei Tageslicht mit mir spazieren, denn er haßte es, aufzufallen. Er war sehr zurückhaltend und ein richtiger Gentleman, sogar seine Stimme klang leise. Als Kind hatte er einmal die Halsbräune und immer geschwollene Drüsen, erzählte er mir; und davon hat er eine anfällige, schwache Kehle und eine zögernde, flüsternde Art zu sprechen zurückbehalten. Er war immer gut angezogen, sehr adrett und sauber; aber er hat schwache Augen, so wie ich, und trug getönte Gläser gegen die Helligkeit.«

»Gut. Und was geschah, als Mr. Windibank, Ihr Stiefvater, zum zweiten Mal nach Frankreich gefahren war?«

»Mr. Hosmer Angel kam wieder ins Haus und schlug vor, wir sollten noch vor der Rückkehr meines Vaters heiraten. Er war fürchterlich ernst und ließ mich mit der Hand auf der Bibel schwören, daß ich ihm immer, was auch geschähe, treu bleiben müsse. Meine Mutter sagte, daß er recht daran täte, mich schwören zu lassen, und daß es ein Zeichen seiner Leidenschaft sei. Meine Mutter stand bei ihm von Anfang an in Gunst, und sie war ihm sogar mehr zugetan als ich. Dann, als sie über eine Trauung noch vor Ablauf der Woche sprachen, fing ich an, mir Sorgen wegen meines Vaters zu machen. Aber sie sagten beide, ich sollte mich um Vater nicht bekümmern und ihm nachher alles erzählen, und meine Mutter meinte, sie würde die Angelegenheit mit ihm schon regeln. Mir gefiel das nicht recht, Mr. Holmes. Es mag seltsam erscheinen, daß ich um seine Zustimmung bitten wollte, da er doch nur ein paar Jahre älter ist als ich; aber ich mag keine Heimlichtuerei, und so schrieb ich an ihn nach Bordeaux, wo die Firma ihre französische Niederlassung hat, aber der Brief kam zurück, genau am Morgen meines Hochzeitstages.«

»Er hat ihn nicht erreicht?«

»Nein, Sir, denn Vater war nach England zurückgefahren, bevor der Brief dort eintraf.«

»Ha, das war Pech! Ihre Hochzeit war also für Freitag festgesetzt. Sollte sie in der Kirche stattfinden?«

»Ja, Sir, aber in aller Stille. In St. Saviour in der Nähe von King's Cross, und das Frühstück sollte danach im Hotel St. Pancras eingenommen werden. Hosmer holte uns mit einem Hansom ab, aber da wir zwei waren, ließ er meine Mutter und mich einsteigen und fuhr selber in dem einzigen in der Straße noch erreichbaren Mietwagen. Wir waren als erste bei der Kirche, und als sein Wagen vorfuhr, warteten wir, daß er aussteigen würde, aber er stieg nicht aus, und als der Kutscher vom Bock herunterkam und nachsah, war niemand im Wagen! Der Kutscher sagte, er könne sich nicht vorstellen, was aus dem Mann geworden sei; aber er habe mit eigenen Augen gesehen, wie er einstieg. Das ist am letzten Freitag gewesen, und ich habe seither nichts gehört und gesehen, was einen Anhaltspunkt dafür gibt, was aus ihm geworden sein könnte.«

»Mir scheint, man hat Sie sehr schändlich behandelt«, sagte Holmes.

»O nein, Sir! Er ist zu gut und zu freundlich, um mich so zu verlassen. Am Morgen noch hat er andauernd zu mir gesagt, daß ich ihm treu bleiben müsse, was auch immer geschähe, selbst dann, wenn etwas ganz Unvorhergesehenes einträfe, das uns trennte; ich sollte immer daran denken, daß ich ihm versprochen sei, und er würde früher oder später auf der Einlösung des Versprechens bestehen. Mir schien das ein seltsames Gespräch für einen Hochzeitsmorgen, aber nach allem, was geschah, erhält es eine Bedeutung.«

»Ganz gewiß. Ihre Meinung ist also, daß er in eine unvorhergesehene Katastrophe verwickelt wurde?«

»Sir, ich glaube, daß er eine Gefahr vorhersah, sonst hätte er nicht so geredet. Und ich glaube auch, daß die vorhergesehene Gefahr eingetroffen ist.«

»Aber Sie haben keine Ahnung, was es gewesen sein könnte?«

»Keine.«

»Noch eine Frage. Wie hat Ihre Mutter die Sache aufgenommen?«

»Sie war wütend und sagte, daß ich nie wieder darüber sprechen sollte.«

»Und Ihr Vater? Haben Sie es ihm erzählt?«

»Ja, und er schien, wie ich, anzunehmen, daß mit Hosmer etwas passiert sei und daß ich wieder von ihm hören würde. Es ist so, wie er sagte: Was für ein Interesse sollte jemand daran haben, mich bis vor die Kirchentür zu bringen und dann zu verlassen? Gut, wenn er sich Geld von mir geliehen oder mich geheiratet hätte und ihm mein Geld überschrieben worden wäre, das könnte ein Grund sein. Aber Hosmer war in Geldsachen unabhängig und hat nie auch nur auf einen Schilling von mir geschielt. Was mag nur passiert sein? Warum kann er nicht schreiben? Oh, es macht mich halb verrückt, darüber nachzudenken, und nachts kann ich kein Auge schließen.« Sie zog ein kleines Taschentuch aus ihrem Muff und schluchzte heftig.

»Ich werde mich um diesen Fall kümmern«, sagte Holmes und erhob sich. »Ich hege keinen Zweifel, daß wir zu einem eindeutigen Ergebnis gelangen werden. Legen Sie die Bürde auf meine Schultern und belasten Sie sich nicht mehr mit der Angelegenheit. Vor allem versuchen Sie, Mr. Hosmer Angel aus Ihrer Erinnerung zu verbannen, so wie er aus Ihrem Leben verschwunden ist.«

»Demnach nehmen Sie an, ich sehe ihn nicht wieder?«

»Ich fürchte, so wird es sein.«

»Was ist ihm denn zugestoßen?«

»Überlassen Sie die Frage mir. Ich brauche eine genaue Beschreibung von ihm und alle seine Briefe, die Sie entbehren können.«

»Im ›Chronicle‹ vom letzten Samstag habe ich eine Suchanzeige nach ihm aufgegeben«, sagte sie. »Dies ist die Annonce, und hier habe ich vier von seinen Briefen.«

»Danke. Und Ihre Adresse?«

»Lyon Place 31, Camberwell.«

»Also, die Anschrift von Mr. Hosmer Angel kannten Sie nie? Wo ist Ihr Vater beschäftigt?«

»Er reist für Westhouse and Marbank, die große Rotweinimporthandlung in der Fenchurch Street.«

»Danke. Sie haben eine klare Aussage gemacht. Lassen Sie mir die Papiere hier und bedenken Sie den Rat, den ich Ihnen gebe. Betrachten Sie die ganze Angelegenheit wie ein versiegeltes Buch und erlauben sie ihr nicht, Ihr Leben zu bestimmen.«

»Sie sind sehr freundlich, Mr. Holmes, aber das wird nicht gehen. Ich werde Hosmer treu sein. Er soll mich bereit finden, wenn er zurückkommt.«

Trotz des abgeschmackten Huts und des ausdruckslosen Gesichts war etwas Edles in dem einfachen Vertrauen unserer Besucherin, das unseren Respekt hervorrief. Sie legte das kleine Papierbündel auf den Tisch, versprach wiederzukommen, wann immer sie gerufen würde, und ging ihrer Wege.

Sherlock Holmes saß einige Minuten schweigend da, die Fingerspitzen waren noch immer gegeneinander gelehnt, die Beine hatte er ausgestreckt und die Blicke zur Decke gerichtet. Dann nahm er die alte versottete Tonpfeife vom Ständer, die für ihn so etwas wie ein Ratgeber war, und nachdem er sie angezündet hatte, lehnte er sich in den Sessel zurück; dicke blaue Wolken wirbelten auf, und in sein Gesicht trat ein Ausdruck unendlicher Abgespanntheit.

»Ein ganz interessantes Studienobjekt, dieses Mädchen«, stellte er schließlich fest. »Ich fand sie anregender als ihr kleines, übrigens ziemlich abgedroschenes Problem. Sie finden gleichgelagerte Fälle, wenn Sie meinen Index befragen, in Andover im Jahre 77, und vergangenes Jahr gab es Ähnliches in Den Haag. So alt die Idee auch ist, hier gibt es ein oder zwei Details, die mir neu waren. Aber das Mädchen selbst ist äußerst lehrreich.«

»Sie scheinen allerhand an ihr festgestellt zu haben, was für mich unsichtbar geblieben ist.«

»Nicht unsichtbar, sondern unbeobachtet, Watson. Sie wußten nicht, worauf Sie sehen sollten, so ist Ihnen alles Wichtige entgangen. Ich werde Sie nie dahinbringen, daß Sie die Bedeutung eines Ärmels wahrnehmen, die Anregungen, die von Daumennägeln ausgehen, oder gar Schlüsse aus einem Schnürsenkel ziehen. Was folgern Sie aus dem Äußeren der Frau? Beschreiben Sie es.«

»Nun, sie trug einen schiefergrauen, breitrandigen Strohhut, auf dem eine ziegelrote Feder steckte. Ihre Jacke war schwarz, war mit schwarzen Perlen bestickt und hatte am Saum kleine schwarze Jettornamente. Ihr Kleid war braun, eher dunkler als kaffeefarben, und an Hals und Ärmeln mit pupurrotem Samt abgesetzt. Sie hatte graue Handschuhe an, der rechte Zeigefinger war löchrig. Die Stiefel sind mir nicht aufgefallen. Sie trug kleine runde Ohrgehänge aus Gold und machte ganz allgemein den Eindruck, als sei sie in Maßen wohlhabend, so daß sie sich ein bißchen Komfort leisten kann.«

Sherlock Holmes klatschte leicht in die Hände und kicherte.

»Wirklich, Watson, Sie machen Fortschritte. Das war eine sehr gute Beschreibung. Es stimmt zwar, daß Sie alles Wichtige übersehen haben, aber Sie haben die Methode begriffen, und Sie besitzen ein schnelles Auge für Farben. Vertrauen Sie nie dem allgemeinen Eindruck, mein Junge, konzentrieren Sie sich auf die Einzelheiten. Mein erster Blick gilt immer den Ärmeln einer Frau. Bei einem Mann ist es vielleicht das beste, sich zuerst auf die Hosenknie zu konzentrieren. Wie Sie richtig beobachteten, hatte sie Samt an den Ärmeln; das ist ein äußerst nützliches Material, weil es Spuren festhält. Die Doppellinie oberhalb des Handgelenks, die sich bei einer Maschinenschreiberin durch das Aufstützen am Tisch bildet, hob sich herrlich ab. Eine handgetriebene Nähmaschine hinterläßt ähnliche Merkmale, aber nur am linken Arm, und an einer viel weiter vom Daumen entfernten Stelle, und sie verläuft nicht quer, wie es hier der Fall war. Ich warf dann einen Blick auf ihr Gesicht, und als ich die Druckstellen eines Pincenez an beiden Seiten der Nase sah, wagte ich eine Bemerkung über ihre Kurzsichtigkeit und das Maschineschreiben, die sie zu überraschen schien.«

»*Mich* hat sie überrascht.«

»Aber es trat doch deutlich zutage! Ich fühlte mich überrascht und gefesselt, als ich an ihr hinunterblickte und bemerkte, daß ihre Stiefel, wenn auch einander nicht unähnlich, einen in der Tat ganz befremdlichen Eindruck machten. Der eine hatte eine leichtverzierte Vorderkappe, der andere war glatt. Der eine war nur mit den zwei unteren von fünf Knöpfen geschlossen, der andere mit dem ersten, dem dritten und dem fünften Knopf. Wenn Sie nun sehen, daß eine junge Dame, sonst schmuck gekleidet, von zu Hause in verschiedenen, dazu nur halbgeknöpften Stiefeln fortgegangen ist, bedarf es keiner großartigen Deduktion, um zu sagen, daß sie das Haus in Eile verlassen hat.«

»Und weiter?« fragte ich aufs äußerste interessiert, wie immer, wenn mein Freund so scharf schlußfolgerte.

»Nebenbei bemerkte ich, daß sie noch etwas geschrieben hatte, ehe sie das Haus verließ, sie war dabei schon vollständig angekleidet. Sie beobachteten, daß ihr rechter Handschuh am Zeigefinger zerrissen war, aber anscheinend ist Ihnen nicht aufgefallen, daß Handschuh und Finger violette Tintenflecke aufwiesen. Sie hat in Eile geschrieben und die Feder zu tief eingetaucht. Das muß heute morgen geschehen sein, sonst wäre der Fleck am Finger nicht mehr so deutlich zu sehen gewesen. So amüsant das alles ist, für mich war es ziemlich einfach. Aber ich muß an die Arbeit, Watson. Würden Sie mir die veröffentlichte Beschreibung des Mr. Hosmer Angel vorlesen?«

Ich hielt den kleinen Zeitungsausschnitt ans Licht. »Vermißt wird«, stand da, »seit dem Morgen des 14. ein Herr mit Namen Hosmer Angel. Größe ungefähr fünf Fuß, sieben Zoll, kräftig gebaut, bleiche Gesichtsfarbe, schwarzes, in der Mitte ein wenig gelichtetes Haar, dichte schwarze Koteletten, Schnurrbart, getönte Brillengläser, leichte Unsicherheit beim Sprechen. Trug zuletzt einen schwarzen Gehrock mit seidenen Aufschlägen, schwarze Weste mit goldener Prinz-Albert-Kette, graue Hosen aus Harris-Tweed, braune Gamaschen über Stiefeln mit Gummizug. Es ist bekannt, daß er in einer Firma in der Leadenhall Street beschäftigt war. Jeder, der Hinweise geben kann, etc., etc.«

»Das genügt«, sagte Holmes. »Was die Briefe anlangt«, fuhr er, sie überfliegend, fort, »so sind sie sehr wenig aussagekräftig. Absolut kein Hinweis auf Mr. Angel ist in ihnen zu finden, außer daß er einmal Balzac zitiert. Doch gibt es einen bemerkenswerten Punkt, der Sie zweifellos sofort aufhorchen lassen wird.«

»Sie sind mit der Maschine geschrieben.«

»Nicht nur die Briefe selbst, auch die Unterschrift steht in Maschinenschrift. Hier, das nette kleine ›Hosmer Angel‹ am Ende. Die Briefe sind zwar datiert, sehen Sie, aber im Briefkopf steht nichts anderes als Leadenhall Street, und das ist reichlich vage. Die Sache mit der Unterschrift stimmt sehr nachdenklich — ja, wir können sie als entscheidend bezeichnen.«

»Entscheidend wofür?«

»Mein Lieber, ist es möglich, daß Sie nicht sehen, wie sehr dieser Umstand den Fall charakterisiert?«

»Ich kann es nicht, es sei denn, er wollte, wenn es zu

einer Klage wegen gebrochenen Heiratsversprechens kommt, in der Lage sein, die Unterschrift abzuleugnen.«

»Nein, das ist nicht der Punkt. Wie auch immer, ich werde zwei Briefe schreiben, die die Sache klären. Den einen an eine Firma in der City, den anderen an Mr. Windibank, den Stiefvater der jungen Dame. Ich werde ihn fragen, ob er uns morgen abend um sechs Uhr besuchen kann. Es ist mir lieb, ebenfalls Kontakt mit dem männlichen Verwandten aufzunehmen. Und jetzt, Doktor, können wir nichts tun, bis die Antworten auf die Briefe eintreffen; legen wir das kleine Problem so lange ins Regal.«

Ich hatte viele Gründe, an meines Freundes erprobte Urteilsfähigkeit und an seine außergewöhnliche Tatkraft zu glauben, und fühlte, er müsse auf solidem Boden stehen, da er so leicht und sicher mit dem Rätsel umging, in das einzudringen er gebeten worden war. Nur einmal hatte ich erlebt, daß er versagte: Das war im Fall des Königs von Bohemia und dessen Fotografie mit Irene Adler; aber wenn ich auf die unheimliche Angelegenheit ›Zeichen der Vier‹ und auf die außerordentlichen Umstände des Falles ›Späte Rache‹ zurückblickte, kam mir diese Sache seltsam verworren vor, und ich zweifelte, ob er sie würde lösen können.

Als ich ihn verließ, rauchte er noch immer seine schwarze Tonpfeife, und ich war dennoch überzeugt, daß er, wenn ich am nächsten Abend wiederkäme, alle Fäden in Händen halten würde, die ihn zur Entdeckung der Identität des verschwundenen Bräutigams von Miss Mary Sutherland führen könnten.

Zu dieser Zeit erforderte ein schwerer Krankheitsfall alle meine Aufmerksamkeit, und den ganzen folgenden Tag war ich am Bett des Leidenden. Erst kurz vor sechs Uhr konnte ich mich frei machen. Ich sprang in einen Hansom und fuhr zur Baker Street, in der Furcht, ich könnte zu spät kommen, um beim *dénouement* des kleinen Geheimnisses behilflich zu sein.

Ich fand Holmes jedoch allein; die lange, dünne Gestalt lag halb schlafend in einer Sesselecke zusammengekauert. Eine erschreckende Batterie Flaschen und Reagenzgläser und der beißende Geruch von Hydrochlorsäure sagten mir, daß er den Tag mit chemischen Versuchen, wie er sie liebte, hingebracht hatte.

»Nun, haben Sie es gelöst?« fragte ich beim Eintreten.

»Ja. Es war das Bisulfat des Bariumoxids.«

»Nein, nein, ich meine das Geheimnis«, rief ich.

»Ach so! ich dachte, sie meinten das Salz, mit dem ich gearbeitet habe. In *der* Sache hat es nie ein Geheimnis gegeben. Obwohl, wie ich gestern sagte, einige Details interessant waren. Der einzige Nachteil ist der, daß es, wie ich fürchte, kein Gesetz gibt, den Schurken zu belangen.«

»Wer ist es denn? Und welches Ziel verfolgte er, als er Miss Sutherland verließ?«

Kaum hatte ich die Frage gestellt, und Holmes hatte den Mund noch nicht zur Antwort geöffnet, als wir einen schweren Schritt im Flur und ein Klopfen an der Tür hörten.

»Das ist der Stiefvater des Mädchens, Mr. James Windibank«, sagte Holmes. »Er hat mir geschrieben, er werde um sechs Uhr hier sein. Herein!«

Der Eintretende war ein derber, mittelgroßer Bursche, etwas über dreißig Jahre alt; er war glattrasiert, hatte eine blasse Haut und wundervoll scharfe, durchdringende graue Augen; wie er sich gab, wirkte er einnehmend. Er warf jedem von uns einen fragenden Blick zu, legte seinen glänzenden Zylinder auf die Anrichte und schob sich langsam mit einer leichten Verbeugung auf den nächsten Stuhl.

»Guten Abend, Mr. James Windibank«, sagte Holmes.

»Ich nehme an, dieser maschinegeschriebene Brief, durch den Sie sich mit mir zu sechs Uhr verabredet haben, ist von Ihnen selber geschrieben worden.«

»Ja, Sir. Ich fürchte, ich habe mich etwas verspätet, aber Sie verstehen, ich bin nicht ganz mein eigener Herr. Es tut mir leid, daß Miss Sutherland Sie mit dieser unbedeutenden Angelegenheit belästigt hat; ich halte es für besser, solche Wäsche nicht in der Öffentlichkeit zu waschen. Sie ist ganz gegen meinen Wunsch zu Ihnen gegangen, aber sie reagiert nun einmal aufgeregt und impulsiv, wie Sie ja auch bemerkt haben werden, und ist nicht leicht unter Kontrolle zu halten, wenn sie einen Entschluß gefaßt hat. Ich habe nichts gegen Sie, da Sie nicht mit der Polizei in Verbindung stehen; aber es ist nicht angenehm, wenn ein familiäres Mißgeschick in die Welt hinaustrompetet wird. Außerdem bedeutet es sinnlose Ausgaben; und wie sollten Sie diesen Hosmer Angel jemals aufspüren?«

»Im Gegenteil«, sagte Holmes ruhig, »habe ich jeden Grund anzunehmen, daß ich bei der Entdeckung des Mr. Hosmer Angel erfolgreich sein werde.«

Mr. Windibank zuckte heftig zusammen und ließ seine Handschuhe fallen. »Das freut mich zu hören«, sagte er.

»Es ist ein seltsames Ding«, bemerkte Holmes, »daß eine Schreibmaschine genausoviel Individualität wie eine Handschrift besitzt. Wenn die Maschinen nicht ganz neu sind, schreiben nicht zwei gleich. Einige Buchstaben sind abgenutzter als andere oder auch nur an einer Seite abgewetzt. Nun, Mr. Windibank, an diesem Ihrem Brief bemerken Sie, daß das E immer etwas höher angeschlagen hat und der Haken vom R leicht defekt ist. Es gibt noch vierzehn andere Merkmale, dies sind nur die offensichtlicheren.«

»Wir schreiben unsere ganze Korrespondenz im Büro auf der Maschine, da ist sie zweifellos ein wenig abgenutzt«, antwortete unser Besucher und sah Holmes aus kleinen hellen Augen scharf an.

»Ich werde Ihnen nun etwas zeigen, das Sie bestimmt interessiert«, fuhr Holmes fort. »Ich denke daran, in nächster Zeit eine kleine Monographie über Schreibmaschinen und ihre Verwicklung in Verbrechen zu schreiben. Dem Gegenstand habe ich einige Aufmerksamkeit gewidmet. Hier habe ich vier Briefe, die von dem Vermißten stammen. Sie sind alle mit der Maschine geschrieben. In jedem Brief hat nicht nur das E etwas höher angeschlagen und sind die Haken des R leicht defekt, sondern Sie können auch erkennen, wenn Sie mein Vergrößerungsglas benützen wollen, daß die anderen vierzehn Merkmale, von denen ich sprach, genauso vorhanden sind.«

Mr. Windibank sprang vom Stuhl und nahm seinen Hut. »Ich kann meine Zeit nicht mit dergleichen phantastischem Gerede verschwenden, Mr. Holmes«, sagte er. »Wenn Sie den Mann fangen können, so fangen Sie ihn und sagen mir Bescheid, wenn Sie ihn haben.«

»Gewiß«, sagte Holmes, ging zur Tür und schloß ab. »So sage ich Ihnen hiermit, daß ich ihn gefangen habe.«

»Was? Wo?« rief Mr. Windibank, weiß bis in die Lippen, und blickte um sich wie eine Ratte in der Falle.

»Oh, es geht nicht, wirklich, es geht nicht«, sagte Holmes verbindlich. »Es gibt kein Entkommen, Mr. Windibank. Die Geschichte ist viel zu durchsichtig, und es war nicht gerade ein Kompliment für mich, als Sie behaupteten, ich könnte eine so simple Frage nicht lösen. So ist's recht! Setzen Sie sich, und lassen Sie uns die Sache besprechen.«

Unser Besucher sank auf den Stuhl. Sein Gesicht sah gespenstisch aus, auf der Stirn blitzten Schweißperlen.

»Das — das ist nicht strafbar«, stammelte er.

»Es tut mir sehr leid, daß es das nicht ist. Aber, unter uns, Windibank, das war ein grausamer, ein egoistischer, herzloser Trick, und auf eine so miese Art ausgeführt, wie ich es noch nicht erlebt habe. Nun, lassen wir die Ereignisse kurz Revue passieren. Sie können widersprechen, wenn ich mich irre.«

Der Mann kauerte auf dem Stuhl, der Kopf war ihm auf die Brust gesunken, er sah wie zermalmt aus. Holmes legte die Beine auf die Kaminumrandung, lehnte sich, Hände in den Taschen, tief in den Sessel zurück und fing an, wie es den Anschein hatte, eher zu sich selber als zu uns zu reden.

»Der Mann heiratete eine sehr viel ältere Frau, um ihres Geldes willen«, sagte er. »Und er genoß es, das Geld der Tochter zu verbrauchen — aber das war nur so lange möglich, wie sie bei ihm und der Frau lebte. Es war eine ansehnliche Summe für einen Mann seines Standes, die zu besitzen oder nicht zu besitzen einen großen Unterschied bedeutete. Es war einen Versuch wert, sich das Geld zu erhalten. Die Tochter war von gutmütiger, liebenswürdiger Natur, zärtlich und warmherzig, und es war abzusehen, daß sie mit ihren persönlichen Vorzügen und ihrem kleinen Einkommen nicht lange allein bleiben würde. Aber eben ihre Heirat hätte den Verlust von hundert Pfund pro Jahr bedeutet. Was unternimmt der Stiefvater also, um das zu verhindern? Er schlägt den nächstliegenden Weg ein, hält sie im Hause und verbietet ihr die Gesellschaft von Gleichaltrigen. Doch bald fand er heraus, daß dies keine Lösung für immer war. Sie wurde störrisch, bestand auf ihren Rechten und verkündete schließlich die feste Absicht, auf einen bestimmten Ball zu gehen. Und was tut ihr schlauer Stiefvater dann? Er faßt eine Idee, die eher dem Kopf als dem Herzen entspringt. Mit stillschweigender Duldung und Hilfe seiner Frau verkleidete er sich, verbarg die scharfen Augen hinter gefärbten Gläsern, senkte seine klare Stimme zu einem schmeichelnden Säuseln, maskierte das Gesicht mit Schnurrbart und buschigen Koteletten und erschien, da er sich zusätzlich sicher fühlen konnte, weil die Tochter kurzsichtig war, als Mr. Hosmer Angel und hielt die Liebhaber fern, indem er selber Liebe mimte.«

»Anfangs war es nur Scherz«, stöhnte unser Besucher. »Wir hätten nie gedacht, daß es sie so fortreißen würde.«

»Das glaube ich Ihnen. Aber wie dem auch sei, die junge Dame wurde heftig fortgerissen; und da sie wußte, daß ihr Stiefvater in Frankreich war, stieg in ihr der Verdacht auf Betrug auch nicht für eine Sekunde auf. Die Aufmerksamkeit des Herrn schmeichelte ihr, und der Effekt wurde durch die lauthals verkündete Bewunderung der Mutter noch verstärkt. Dann begann Mr. Angel vorzusprechen, denn es lag auf der Hand, daß die Angelegenheit, sollte ein richtiges Resultat herauskommen, soweit wie möglich vorangetrieben werden mußte. Man traf sich, und eine Verlobung fand statt, die endgültig absichern sollte, daß die Zuneigung des Mädchens nicht doch noch jemand anderem zufiel. Aber diesen Betrug konnte man nicht für immer aufrechterhalten. Die vorgeblichen Reisen nach Frankreich waren ziemlich beschwerlich. Es blieb nur, die Sache auf eine so dramatische Weise zu Ende zu bringen, daß ein dauernder Eindruck im Gedächtnis des Mädchens blieb, der sie für geraume Zeit hinderte, einen anderen Freier anzusehen. Deshalb diese Treueschwüre auf die Bibel, deshalb die Anspielungen, daß sich möglicherweise am Hochzeitsmorgen etwas ereignen werde. James Windibank wollte Miss Sutherland so sehr an Hosmer Angel binden und sie über sein Schicksal so sehr im Ungewissen lassen, daß sie in den nächsten zehn Jahren unter keinen Umständen einen Mann erhören würde. Bis zur Kirchentür lockte er sie, und dann, da er nicht weitergehen konnte, verschwand er bequem mit dem alten Trick, stieg zur einen Tür in die Kutsche hinein und zur anderen wieder hinaus. Ich denke, das war der Verlauf der Dinge, Mr. Windibank!«

Unser Besucher hatte während Holmes' Erzählung etwas von seiner Sicherheit wiedergewonnen und erhob sich nun, ein kaltes Grinsen im bleichen Gesicht. »Es mag so gewesen sein oder auch nicht, Mr. Holmes«, sagte er. »Aber wenn Sie so klug sind, sollten Sie auch klug genug sein, einzusehen, daß jetzt Sie das Gesetz brechen, nicht ich. Was ich getan habe, war von vornherein nicht strafbar, aber Sie begehen etwas Strafbares, solange Sie die Tür verschlossen halten. Das ist Freiheitsberaubung und Nötigung.«

»Das Gesetz kann Sie, wie Sie sagen, nicht belangen«, sagte Holmes, drehte den Schlüssel und stieß die Tür weit auf. »Aber nie gab es einen Mann, der Strafe so verdient hat wie Sie. Besäße die junge Dame einen Bruder oder einen Freund, der sollte Sie auspeitschen. Bei Gott«, fuhr er aufbrausend fort, als er das widerwärtige Grinsen des Mannes sah, »es gehört nicht zu meinen Pflichten gegenüber Klienten, aber ich habe hier eine Jagdpeitsche, und da denke ich, ich werde selbst ...«

Mit zwei schnellen Schritten war er bei der Peitsche, doch bevor er sie packen konnte, war wildes Fußtrappeln auf der Treppe zu hören, die schwere Haustür schlug zu, und vom Fenster aus konnten wir sehen, wie Mr. James Windibank in höchster Geschwindigkeit die Straße hinunterrannte.

»Ein kaltblütiger Schurke!« sagte Holmes lachend, als er wieder in seinem Sessel lümmelte. »Der Bursche wird von Verbrechen zu Verbrechen steigen, bis er etwas sehr Schlimmes tut und am Galgen endet. Der Fall war in gewisser Beziehung nicht ohne Interesse.«

»Ich kann Ihre Schlußfolgerungen nicht in allen Schritten nachvollziehen«, bemerkte ich.

»Nun, es lag natürlich von Anfang an zutage, daß dieser Mr. Hosmer Angel einen triftigen Grund für sein seltsames Benehmen haben mußte, und es schien, soweit wir es beurteilen konnten, ebenso klar, daß der einzige, der von den Vorfällen tatsächlich profitierte, der Stiefvater war. Dann gab der Umstand zu denken, daß die beiden Männer niemals zusammengetroffen sind und der eine nur auftrat, wenn der andere abwesend war. Die gefärbten Brillengläser und die eigenartige Stimme wiesen, wie auch die buschigen Koteletten, auf Verkleidung hin. Meine Verdachtsgründe verfestigten sich, als ich sah, daß er seine Unterschrift merkwürdigerweise mit der Maschine schrieb; dies wiederum wies darauf hin, daß seine Schrift ihr so vertraut war, daß sie die kleinste Probe erkannt hätte. Sie sehen, alle diese voneinander unabhängigen Fakten im Verein mit vielen unwichtigen anderen deuteten in dieselbe Richtung.«

»Und wie stellten Sie fest, daß Ihre Wertung richtig war?«

»Nachdem ich einmal meinen Mann ausgemacht hatte, war es leicht, die Bestätigung zu finden. Ich kannte die Firma, für die er arbeitete. Von der gedruckten Personenbeschreibung strich ich alles ab, was nach Verkleidung aussah, die Koteletten, die Gläser, die Stimme, und wandte mich an die Firma mit der Bitte, mich ins Bild zu setzen, ob die Beschreibung auf einen ihrer Reisenden paßte. Außerdem waren mir bereits die Besonderheiten der Schreibmaschinenschrift aufgefallen; so schrieb ich dann an den Mann selber unter seiner Geschäftsadresse und fragte an, ob er mich aufsuchen wolle. Wie ich erwartet hatte, verfaßte er seine Antwort mit der Maschine, und ich stellte dieselben unerheblichen, aber charakteristischen Schäden fest. Mit gleicher Post erhielt ich einen Brief von der Firma Westhouse and Marbank aus der Fenchurch Street, in dem es hieß, daß die Beschreibung in jeder Hinsicht auf ihren Angestellten James Windibank zuträfe. Voilà tout!«

»Und Miss Sutherland?«

»Wenn ich ihr das alles erzähle, wird sie mir nicht glauben. Vielleicht erinnern Sie sich des alten persischen Sprichworts: ›Der begibt sich in Gefahr, welcher einem Tiger das Junge raubt‹; und in Gefahr begibt sich auch der, der einer Frau die Täuschung nimmt. Bei Hafis finden Sie soviel Vernunft wie bei Horaz und ebensoviel Weltkenntnis.«

Das Rätsel im Boscombe-Valley

Meine Frau und ich saßen eines Morgens beim Frühstück, als unser Hausmädchen ein Telegramm hereinbrachte. Es war von Sherlock Holmes und lautete folgendermaßen:

›Können Sie sich für zwei Tage frei machen? Bin eben aus dem Westen Englands wegen der Tragödie im Tal von Boscombe gerufen worden. Würde mich freuen, wenn Sie mitkämen. Luft und Gegend tadellos. 11.15 Uhr ab Paddington.‹

»Was sagst du dazu, Lieber«, fragte meine Frau und blickte mich an, »wirst du fahren?«

»Ich weiß wirklich nicht, was ich sagen soll. Ich habe gerade jetzt ein großes Pensum.«

»Oh, Anstruther würde dich in der Arbeit vertreten. Du siehst in letzter Zeit ein bißchen blaß aus. Ich denke, daß dir die Veränderung gut täte, und Sherlock Holmes' Fälle haben dich doch seit je interessiert.«

»Es wäre undankbar, wenn sie mich nicht interessierten, da mir mit dir doch stets vor Augen steht, was ich durch einen der Fälle gewonnen habe«, antwortete ich. »Aber wenn ich mitfahren will, muß ich sofort packen, denn es bleibt nur noch eine halbe Stunde Zeit.«

Das Militärleben in Afghanistan hatte mir wenigstens den Vorteil eingetragen, daß ich ein jederzeit reisebereiter Mensch geworden war. Meine Ansprüche sind gering und einfach. So saß ich bald mit meiner Reisetasche in einer Kutsche und rollte in Richtung Paddington Station.

Sherlock Holmes ging auf dem Bahnsteig hin und her, seine hohe hagere Gestalt wirkte durch den langen grauen Reisemantel und die knappsitzende Tuchmütze noch dünner und länger als sonst.

»Es ist wirklich sehr freundlich von Ihnen, daß Sie gekommen sind, Watson«, sagte er. »Ich fühle mich gleich sicherer, wenn jemand bei mir ist, auf den ich mich völlig verlassen kann. Hilfe vom Ort ist entweder wertlos oder irgendwie vorbelastet. Wenn Sie diese beiden Eckplätze belegen wollen, hole ich die Fahrkarten.«

Wir hatten das Abteil für uns, von einem gewaltigen Haufen Papier, den Holmes mitgebracht hatte, abgesehen. Darin wühlte und las er herum, legte nur Pausen ein, um Notizen zu machen und nachdenkend vor sich hin zu starren, bis wir Reading hinter uns hatten. Dann rollte er plötzlich alles zu einem gigantischen Knäuel zusammen, das er ins Gepäcknetz warf.

»Haben Sie schon von dem Fall gehört?« fragte er.

»Nicht ein Wort. Ich habe seit mehreren Tagen keine Zeitung gesehen.«

»Die Londoner Presse hat keine besonders ausführlichen Berichte gebracht. Ich habe eben die neuesten Zeitungen durchgesehen, um die Einzelheiten zusammenzubekommen. Es scheint nach dem, was ich entnehmen konnte, einer von den einfachen Fällen zu sein, die so außerordentlich schwierig sind.«

»Das klingt ein bißchen paradox.«

»Aber es ist zutiefst wahr. Einmaligkeit liefert in der Regel einen Schlüssel. Je gesichtsloser und gewöhnlicher ein Verbrechen ist, desto schwieriger wird es, es unter Dach und Fach zu bringen. In diesem Fall hat man eine sehr schwerwiegende Beschuldigung gegen den Sohn eines ermordeten Mannes erhoben.«

»Ist es denn Mord?«

»Man nimmt es an. Ich werde nichts für erwiesen halten, bis ich selbst die Gelegenheit gehabt habe, Einblick zu gewinnen. Ich will Ihnen den Stand der Dinge, soweit ich ihn zu verstehen vermag, mit wenigen Worten erklären.

Boscombe Valley ist ein ländlicher Bezirk, nicht sehr weit von Ross in Herefordshire entfernt. Der größte Grundbesitzer in dieser Gegend ist Mr. John Turner, der sein Geld in Australien gemacht hat und vor wenigen Jahren in die alte Heimat zurückgekehrt ist. Eine seiner Farmen, die in Hatherley, wurde an Mr. Charles McCarthy verpachtet, auch ein ehemaliger Australier. Die Männer kannten sich schon in der Kolonie, und so war es nicht unnatürlich, daß sie, als sie sich hier niederließen, es so nahe wie möglich taten. Turner war anscheinend der reichere Mann, und so wurde McCarthy sein Pächter, aber sie verkehrten, wie es den Anschein hat, miteinander auf dem Fuß völliger Gleichheit. McCarthy hat einen Sohn, einen Burschen von achtzehn, und Turner besitzt eine einzige Tochter im selben Alter; eine Frau haben beide nicht mehr. Es sieht so aus, als hätten sie die Gesellschaft der benachbarten englischen Familien gemieden und zurückgezogen gelebt; aber die sportbegeisterten McCarthys wurden häufig bei Rennen in der Umgebung gesehen. McCarthy hielt sich zwei Bedienstete, einen Mann und ein Mädchen. Turner hat einen beachtlichen Haushalt, mindestens ein halbes Dutzend Leute. Soviel konnte ich über die Familien zusammenbekommen. Jetzt zu den Tatsachen.

Am 3. Juni, das war am letzten Montag, verließ McCarthy gegen drei Uhr nachmittags sein Haus in Hatherley und ging zum Weiher von Boscombe. Das ist ein kleiner See, gebildet von dem Fluß, der durch das Tal fließt. Am Morgen war er mit seinem Bediensteten in Ross gewesen und hatte dem Mann gesagt, er sei in Eile, weil er eine wichtige Verabredung um drei Uhr wahrnehmen müsse. Von dieser Verabredung kam er nicht lebend zurück.

Von der Hatherley-Farm bis zum Weiher von Boscombe ist es eine Viertelmeile, und zwei Leute haben ihn auf dem Weg gesehen. Es handelt sich um eine alte Frau, deren Name nicht erwähnt wurde, und der andere ist William Crowder, ein bei Mr. Turner angestellter Wildhüter. Die beiden Zeugen behaupten, Mr. McCarthy sei allein gegangen. Der Wildhüter fügte hinzu, daß einige Minuten, nachdem er Mr. McCarthy gesehen habe, dessen Sohn, James McCarthy, denselben Weg entlanggekommen sei, unterm Arm ein Gewehr. Wie er sich erinnern will, war der Vater noch in Sicht, als der Sohn folgte. Er dachte nicht mehr an die Angelegenheit, bis er am Abend von dem tragischen Geschehen hörte.

Die beiden McCarthys wurden auch später noch gesehen, als William Crowder, der Wildhüter, sie aus den Augen verloren hatte. Der Weiher von Boscombe ist von dichtem Wald umgeben, am Ufer gibt es einen Streifen Gras und Schilf. Ein vierzehnjähriges Mädchen, Patience Moran, die Tochter des Aufsehers vom Gut, war im Wald und pflückte Blumen. Sie sagt aus, daß sie am Rand des Waldes dicht beim Weiher Mr. McCarthy und seinen Sohn gesehen habe und daß sie einen heftigen Streit auszutragen schienen. Sie hörte, daß der ältere McCarthy sehr harte Worte gegen den Sohn gebrauchte, und den letzteren sah sie die Hand erheben, als wolle er seinen Vater schlagen. Die Gewalttätigkeit machte ihr solche Angst, daß sie wegrannte, und als sie zu Hause ankam, erzählte sie ihrer Mutter, daß sie vor den beiden streitenden McCarthys weggelaufen sei und daß sie befürchtet habe, sie würden aufeinander losgehen. Sie hatte kaum zu Ende erzählt, als der junge McCarthy auf ihr Haus zugelaufen kam und rief, er habe seinen Vater tot im Wald gefunden, und den Aufseher um Hilfe bat. Er war sehr erregt, ohne Gewehr und Hut, und man sah, daß seine rechte Hand und der Ärmel mit frischem Blut bespritzt waren. Sie folgten ihm und fanden die Leiche des Vaters im Gras neben dem Weiher. Der Kopf war durch wiederholte Schläge mit einem schweren stumpfen Gegenstand eingeschlagen worden. Die Verletzungen konnten sehr wohl vom Kolben der Flinte des Sohns herrühren, die wenige Schritte von der Leiche entfernt im Gras lag. Unter diesen Umständen wurde der junge Mann sofort verhaftet, und da am Dienstag bei der Voruntersuchung auf vorsätzlichen Mord erkannt worden ist, hat man ihn am Mittwoch der Staatsanwaltschaft in Ross übergeben, die den Fall vor die nächste Sitzung des Schwurgerichts bringen will. Das sind die Hauptfakten des Falles, wie sie sich vor dem Coroner und im Gerichtshof herausstellten.«

»Ich kann mir kaum einen abscheulicheren Fall vorstellen«, bemerkte ich. »Wenn je die Umstände auf einen Verbrecher deuteten, dann hier.«

»Ein aus den Umständen abgeleiteter Beweis ist eine äußerst vertrackte Angelegenheit«, antwortete Holmes gedankenvoll. »Er mag direkt auf nur eine Möglichkeit hinweisen, aber wenn Sie den Blickwinkel ein bißchen verändern, können Sie erleben, daß er genauso eindeutig auf etwas ganz anderes zeigt. Dennoch ist davon auszugehen, daß der Fall für den jungen Mann sehr ernst aussieht, und es ist sehr wohl möglich, daß er tatsächlich schuldig ist. Es gibt allerdings eine Reihe von Leuten in der Gegend, unter ihnen Miss Turner, die Tochter des Grundbesitzers, die an seine Unschuld glauben, und sie haben Lestrade, an den Sie sich wohl aus dem Fall ›Späte Rache‹ erinnern, verpflichtet, den Fall in seinem Interesse zu klären. Der ziemlich ratlose Lestrade hat die Sache mir angetragen, und das ist der Grund, weshalb jetzt zwei Gentlemen mittleren Alters mit einer Geschwindigkeit von fünfzig Meilen in der Stunde westwärts fliegen, statt nach dem Frühstück zu Hause etwas zu ruhen.«

»Ich befürchte«, sagte ich, »die Fakten sind so

offensichtlich, daß Sie wenig Ruhm mit diesem Fall ernten können.«

»Nichts täuscht mehr als eine offensichtliche Tatsache«, antwortete er lachend. »Außerdem könnten wir zufällig auf andere offensichtliche Tatsachen stoßen, die für Mr. Lestrade keineswegs offensichtlich gewesen sind. Sie kennen mich zu gut, als daß Sie annehmen dürften, ich wollte mich brüsten, wenn ich sage, ich werde seine Theorie entweder bestätigen oder zerstören, und zwar mit Mitteln, die er entweder nicht anwenden kann oder die er vielleicht nicht einmal versteht. Um es etwas zu veranschaulichen: Für mich ist völlig klar, daß sich in Ihrem Schlafzimmer das Fenster auf der rechten Seite befindet, aber ich zweifle, ob Mr. Lestrade eine so unverkennbare Sache bemerkt haben würde.«

»Was in aller Welt...!«

»Mein lieber Freund, ich kenne Sie gut. Ich weiß auch um die militärische Korrektheit, die Sie auszeichnet. Sie rasieren sich jeden Morgen, und in dieser Jahreszeit rasieren Sie sich im Sonnenlicht, aber da Ihre Rasur immer nachlässiger wird, je weiter wir nach links kommen, bis sie über der Kinnlade nachgerade schlampig erscheint, ist es ganz klar, daß auf diese Seite weniger Licht fällt als auf die andere. Ich kann mir nicht vorstellen, daß ein Mann mit Ihren Gewohnheiten sich mit solch einem Resultat zufriedengibt, wenn er sich bei gleichmäßigem Licht betrachtete. Ich führe das nur als ein gewöhnliches Beispiel für Beobachtung und Folgerung an. Das ist mein *métier*, und es ist sehr wohl möglich, daß wir bei der bevorstehenden Untersuchung Nutzen daraus ziehen. Aus der Voruntersuchung ergeben sich ein paar kleine Fragen, die es wert sind, berücksichtigt zu werden.«

»Und die wären?«

»Es scheint, daß die Verhaftung nicht sofort stattgefunden hat, sondern erst nach der Rückkehr des jungen Mannes auf die Farm. Dem Inspektor gegenüber, der ihm mitteilte, daß er verhaftet sei, bemerkte er, das verwundere ihn nicht, und er habe es nicht anders verdient. Die Bemerkung hatte natürlich den Effekt, auch die letzten Zweifel auszuräumen, die bei der Jury des Coroners vielleicht noch geblieben waren.«

»Es war ein Geständnis«, platzte ich heraus.

»Nein, denn es folgte eine Unschuldsbeteuerung.«

»Nach einer derart belastenden Serie von Ereignissen war das doch wohl eine höchst unglaubwürdige Erklärung.«

»Im Gegenteil«, sagte Holmes, »es ist der hellste Streif am Horizont, soweit ich gegenwärtig sehen kann. Wie unschuldig auch einer sein mag, ein so absoluter Idiot kann er nicht sein, daß er nicht begreift, wie sehr die Umstände gegen ihn sprechen. Hätte er sich wegen der Verhaftung überrascht gezeigt oder den Entrüsteten gespielt, käme mir das höchst verdächtig vor; denn solch eine Überraschung oder solch eine Entrüstung wären unter den gegebenen Umständen nicht natürlich gewesen, sondern die beste Taktik eines Mannes, der nach Plan handelt. Daß er sich ohne weiteres in seine Lage schickte, läßt in ihm einen Unschuldigen oder jemanden mit bemerkenswerter Selbstbeherrschung und Festigkeit vermuten. Was seine Äußerung betrifft, er verdiene es nicht anders, so kann sie nicht überraschen, wenn Sie bedenken: Er hat neben der Leiche seines Vaters gestanden, und es gibt keinen Zweifel daran, daß er an dem Tag seinen Sohnesgehorsam soweit vergessen hatte, heftige Worte gegen seinen Vater zu schleudern und sogar, wenn man dem so wichtigen Zeugnis des kleinen Mädchens folgen will, seine Hand zu erheben, als hätte er ihn schlagen wollen. Der Selbstvorwurf und die Reue, die seine Worte erkennen lassen, scheinen mir eher Anzeichen für einen gesunden Verstand als für ein schlechtes Gewissen.«

Ich schüttelte den Kopf. »Viele sind auf schwächere Beweise hin gehängt worden«, bemerkte ich.

»Das stimmt. Und viele sind unschuldig gehängt worden.«

»Wie erzählt der junge Mann selber den Hergang?«

»Das, fürchte ich, ist für seine Anhänger nicht sehr ermutigend, obgleich darin ein oder zwei bedenkenswerte Punkte enthalten sind. Sie finden es hier und können es selber lesen.«

Er suchte aus dem Bündel eine Nummer des Lokalblattes von Herefordshire heraus, und nachdem er die Seite überflogen hatte, wies er auf den Abschnitt, in dem der junge Mann die Vorkommnisse darstellte. Ich setzte mich in die Ecke des Abteils und las aufmerksam. Da stand folgendes:

›Mr. James McCarthy, der einzige Sohn des Toten, wurde aufgerufen und gab zu Protokoll:

Ich war drei Tage lang von Hause fort, in Bristol, und gerade am Morgen des vergangenen Montags, dem 3., zurückgekommen. Mein Vater befand sich zur Zeit meiner Ankunft nicht im Haus, und ich wurde vom Dienstmädchen davon unterrichtet, daß er mit John Cobb, dem Stallknecht, nach Ross gefahren sei. Kurz danach hörte ich die Räder seines Wagens im Hof, und ich sah, als ich durchs Fenster blickte, wie er ausstieg und den Hof schnell verließ; ich wußte aber nicht, wohin er ging. Dann nahm ich mein Gewehr und schlenderte zum Weiher von Boscombe. Ich wollte zum Kaninchengehege auf der anderen Seite des Sees. Unterwegs sah ich William Crowder, den Wildhüter, wie der es auch in seiner Aussage festgestellt hat. Aber er irrt sich, wenn er denkt, ich wäre meinem Vater gefolgt. Ich hatte keine Ahnung, daß er vor mir war. Ich war noch ungefähr hundert Yard vom Teich entfernt, als ich den Ruf ‚Cooee!‘ hörte; das war das Signal, mit dem wir uns gewöhnlich verständigten. Ich lief los und traf ihn am

Weiher. Er schien sehr überrascht, mich zu sehen, und fragte mich ziemlich grob, was ich da suchte. Es ergab sich ein Gespräch, das zu heftigen Worten führte und fast zu Schlägen, denn mein Vater war ein Mann von gewalttätiger Natur. Als ich merkte, daß er seinen Ausbruch nicht zügeln konnte, verließ ich ihn und ging in Richtung Hatherley-Farm. Ich war nicht weiter als einhundertfünfzig Yard entfernt, da hörte ich hinter mir einen Schrei, der mich veranlaßte zurückzulaufen. Ich fand meinen Vater in seinen letzten Atemzügen am Boden liegen, sein Kopf war furchtbar zugerichtet. Ich ließ mein Gewehr fallen und nahm ihn in die Arme, aber er hauchte unmittelbar darauf sein Leben aus. Ich kniete einige Minuten neben ihm und machte mich dann auf den Weg zu Mr. Turners Aufseher, weil sein Haus am nächsten lag, um Hilfe zu holen. Ich habe, als ich zu meinem Vater zurückkehrte, niemanden gesehen und kann mir nicht erklären, wie er zu den Verletzungen gekommen ist. Er war nicht beliebt, wegen seines ziemlich kalten und abstoßenden Betragens; aber soviel ich weiß, hatte er keine direkten Feinde. Mehr weiß ich nicht.

Coroner: Hat Ihr Vater zu Ihnen noch gesprochen, ehe er starb?

Zeuge: Er murmelte einige Worte, aber ich habe nur etwas wie Ratte verstanden.

Coroner: Was haben Sie daraus entnommen?

Zeuge: Es ergab für mich keinen Sinn. Ich dachte, er phantasiert.

Coroner: Um was ging es in dem letzten Streit zwischen Ihrem Vater und Ihnen?

Zeuge: Darauf möchte ich nicht antworten.

Coroner: Ich fürchte, ich muß auf einer Antwort bestehen.

Zeuge: Ich kann es Ihnen wirklich nicht sagen. Aber ich versichere Ihnen, daß es nichts zu tun hat mit der Tragödie, die dann folgte.

Coroner: Darüber wird das Gericht entscheiden. Ich brauche Sie wohl nicht darauf hinzuweisen, daß Ihre Weigerung, diese Frage zu beantworten, Sie in allen künftigen Verhandlungen erheblich belasten wird.

Zeuge: Ich muß trotzdem ablehnen.

Coroner: Habe ich recht verstanden, daß der Schrei ‚Cooee' ein zwischen Ihnen und Ihrem Vater übliches Signal war?

Zeuge: Ja.

Coroner: Wie kam es denn, daß er ihn ausstieß, ehe er Sie sah und überhaupt wußte, daß Sie aus Bristol zurückgekehrt waren?

Zeuge: (in erheblicher Verwirrung) Das weiß ich nicht.

Ein Beisitzer: Haben Sie nichts gesehen, das Ihren Verdacht erregte, als Sie zurückgingen, nachdem Sie den Schrei gehört hatten und Ihren Vater tödlich verletzt fanden?

Zeuge: Nichts Bestimmtes.

Coroner: Was meinen Sie damit?

Zeuge: Ich war so durcheinander und aufgeregt, als ich aus dem Wald stürzte, daß ich an nichts als an meinen Vater denken konnte. Ich habe jedoch eine vage Vorstellung, daß ich an etwas vorbeilief, das links von mir auf dem Boden lag. Es schien mir etwas Graues zu sein, vielleicht ein Mantel oder ein Plaid. Als ich wieder von meinem Vater aufstand und mich danach umsah, war es aber fort.

Sie meinen, daß es verschwand, ehe Sie gingen, Hilfe zu holen?

Ja, es war fort.

Sie können nicht sagen, was es war?

Nein, ich hatte nur ein Gefühl, daß da etwas war.

Wie weit vom Leichnam entfernt?

Vielleicht ein Dutzend Yard.

Und wie weit vom Waldrand?

Ungefähr genauso weit.

Sie hatten also zu dem Gegenstand, der dann entfernt wurde, zwölf Yard Abstand?

Ja, aber das war hinter meinem Rücken.

Hiermit schloß das Verhör des Zeugen.‹

»Ich sehe«, sagte ich, während ich den Artikel zu Ende überflog, »daß sich der Coroner in seinem Schlußwort sehr hart gegen den jungen McCarthy ausgesprochen hat. Er fordert, und zwar begründet, den Widerspruch zu beachten, der darin liegt, daß der Vater ihn angeblich durch das Signal gerufen haben soll, bevor er ihn sah, und ebenso die Weigerung, Einzelheiten des Gesprächs mit dem Vater mitzuteilen, sowie den sonderbaren Bericht über des Vaters letzte Worte. Dies alles spricht sehr, wie er bemerkt, gegen den Sohn.«

Holmes lachte leise vor sich hin und reckte sich auf seinem Polstersitz. »Ihr beiden, Sie und der Coroner, gebt euch beträchtliche Mühe«, sagte er, »die stärksten Punkte, die für den jungen Mann sprechen, herauszuklauben. Sehen Sie nicht, daß Sie ihm einerseits zuviel, andererseits zuwenig Phantasie zutrauen? Zuwenig, wenn Sie glauben, er hätte nicht einen Streitanlaß erfinden können, um die Sympathie der Jury zu erlangen; zuviel, wenn Sie etwas so *outré* wie die Erwähnung einer Ratte durch einen Sterbenden und den Zwischenfall mit dem verschwundenen Kleidungsstück für etwas anderes als für eine gewissenhafte Angabe halten. Nein, Sir, ich muß an diesen Fall von dem Standpunkt aus herangehen, daß es wahr ist, was der junge Mann sagt, und wir werden sehen, wohin uns diese Annahme führt. Und nun werde ich mich in meinen Taschen-Petrarca vertiefen und über den Fall kein Wort mehr sagen, bis wir am Ort des Geschehens sind. In Swindon werden wir lunchen, ich sehe gerade, daß wir in zwanzig Minuten dort sind.«

Es war fast vier Uhr, als wir schließlich nach einer Fahrt durch das schöne Tal von Stroud und über den breiten glitzernden Severn in dem hübschen Landstädtchen Ross ankamen. Ein dünner Mann, der verstohlen und schlau wie ein Frettchen aussah, erwartete uns auf dem Bahnsteig. Trotz des hellbraunen Staubmantels und der Ledergamaschen, die er mit Rücksicht auf die ländliche Umgebung trug, bereitete es mir keine Schwierigkeiten, in ihm Lestrade von Scotland Yard wiederzuerkennen. Mit ihm fuhren wir zum ›Hereford Arms‹, wo bereits ein Zimmer für uns bestellt war.

»Ich habe einen Wagen herbeordert«, sagte Lestrade, als wir bei einer Tasse Tee saßen. »Ich kenne Ihre energische Natur und weiß, daß Sie nicht glücklich sind, ehe Sie den Ort des Verbrechens gesehen haben.«

»Sie sind sehr nett und entgegenkommend«, antwortete Holmes. »Es ist nur eine Frage des Barometerdrucks.«

Lestrade sah ihn verdutzt an. »Ich kann nicht ganz folgen«, sagte er.

»Was zeigt das Barometer an? Neunundzwanzig, sehe ich. Kein Wind, und nicht eine Wolke am Himmel. Ich habe eine Schachtel Zigaretten, die geraucht sein will, und das Sofa ist sehr viel besser als die üblichen Abscheulichkeiten in Landhotels. Ich halte es nicht für wahrscheinlich, daß ich den Wagen an diesem Abend noch brauche.«

Lestrade lächelte nachsichtig. »Kein Zweifel, Sie haben sich Ihre Ansichten bereits nach den Zeitungsberichten gebildet«, sagte er. »Der Fall liegt sonnenklar, und je tiefer man sich hineinbegibt, desto klarer wird er. Dennoch darf man selbstverständlich einer Dame nicht widersprechen, zumal einer, die so bestimmt auftritt. Sie hat von Ihnen gehört und möchte Ihre Meinung erfahren, obwohl ich ihr wiederholt gesagt habe, daß Sie nichts tun könnten, was ich nicht bereits getan hätte.

O weh, der Himmel schütze mich! da ist ihr Wagen schon vor der Tür.«

Er hatte kaum ausgesprochen, als eine der reizendsten jungen Frauen, die ich je in meinem Leben gesehen habe, in den Raum stürzte.

Die veilchenfarbenen Augen leuchteten, der Mund war geöffnet, rosa Glut lag auf den Wangen, jeder Gedanke an natürliche Zurückhaltung schien aufgegeben; Aufregung und Sorge hatten sie überwältigt.

»Oh, Mr. Sherlock Holmes!« rief sie, blickte zwischen uns hin und her und entschied sich schließlich mit schneller weiblicher Auffassungsgabe für meinen Partner. »Ich bin so glücklich, daß Sie hier sind. Ich bin gekommen, Ihnen das zu sagen. Ich weiß, James hat es nicht getan. Ich weiß es, und ich möchte, daß Sie das auch am Beginn Ihrer Arbeit schon wissen. Bitte, zweifeln Sie in diesem Punkt nie. Wir kennen uns, seit wir kleine Kinder waren, und ich kenne seine Fehler wie kein anderer; aber er hat ein so weiches Herz, daß er keiner Fliege ein Leid tun könnte. Eine solche Anklage ist absurd für jemanden, der ihn wirklich kennt!«

»Ich hoffe, wir können ihn frei bekommen, Miss Turner«, sagte Sherlock Holmes. »Sie können sich darauf verlassen, daß ich alles mir Mögliche tun werde.«

»Aber Sie haben die Beschuldigungen gelesen. Haben Sie schon Schlußfolgerungen gezogen? Sehen Sie nicht einen Ausweg, eine Rettung? Glauben Sie nicht selbst, daß er unschuldig ist?«

»Ich halte das für sehr möglich.«

»Also!« rief sie, warf den Kopf herum und blickte triumphierend auf Lestrade. »Da hören Sie es! Er macht mir Hoffnung.«

Lestrade zuckte die Schultern. »Ich fürchte, daß mein Kollege ein bißchen vorschnell mit seinen Schlüssen ist«, sagte er.

»Aber er hat recht. Oh! ich weiß, daß er recht hat.

James hat es nie und nimmer getan. Und was den Streit mit seinem Vater angeht, ich bin gewiß, daß der Grund, weshalb er dem Coroner nichts sagen wollte, darin liegt, weil es mich betrifft.«

»Inwiefern?« fragte Holmes.

»Ich darf jetzt nichts mehr verbergen. James und sein Vater hatten meinetwegen viele Meinungsverschiedenheiten. Mr. McCarthy wollte so sehr, daß wir beide heiraten. James und ich haben uns immer liebgehabt, wie Bruder und Schwester, aber natürlich ist er jung und hat noch sehr wenig vom Leben gesehen, und ... und ... Nun, deshalb wollte er in dieser Beziehung jetzt noch nichts übernehmen. So gab es Streit, und der jetzt, bin ich sicher, war wieder so einer.«

»Und Ihr Vater?« fragte Holmes. »War er für diese Verbindung?«

»Nein, er war auch dagegen. Niemand außer Mr. McCarthy hat sie gewollt.« Ihr frisches Gesicht wurde hochrot, als Holmes ihr einen seiner scharfen fragenden Blicke zuwarf.

»Ich danke Ihnen für die Information«, sagte er. »Kann ich morgen Ihren Vater sprechen?«

»Ich fürchte, der Arzt wird es nicht erlauben.«

»Der Arzt?«

»Ja, haben Sie denn nicht gehört? Mein armer Vater ist seit Jahren nicht kräftig, aber darüber ist er völlig zusammengebrochen. Man hat ihn ins Bett gebracht, und Dr. Willows sagt, daß er ein Wrack ist, daß sein Nervensystem zerrüttet ist. Mr. McCarthy war der einzige, der Papa seit den alten Tagen in Victoria kannte.«

»So! Seit Victoria! Das ist wichtig.«

»Ja, er war in den Minen.«

»Richtig, in den Minen; dort hat, soviel ich weiß, Mr. Turner sein Geld erworben.«

»Ja, das stimmt.«

»Ich danke Ihnen, Miss Turner. Sie haben mir wirklich geholfen.«

»Sie geben mir Bescheid, wenn Sie morgen irgendwelche Neuigkeiten haben? Zweifellos werden Sie zu James ins Gefängnis gehen. Oh, Mr. Holmes, dann sagen Sie ihm bitte, ich weiß, daß er unschuldig ist.«

»Ganz gewiß, Miss Turner.«

»Ich muß jetzt nach Hause, denn Papa ist sehr krank, und ich fehle ihm, sowie ich weggehe. Auf Wiedersehen, und Gott möge Ihnen beistehen.« Genauso schnell entschlossen, wie sie eingetreten war, eilte sie aus dem Raum, und wir hörten die Räder ihres Wagens über die Straße rattern.

»Ich schäme mich für Sie, Holmes«, sagte Lestrade würdevoll nach einigen Minuten des Schweigens. »Warum erwecken Sie Hoffnungen, die Sie mit Sicherheit enttäuschen müssen? Ich habe kein übermäßig weiches Herz, aber das nenne ich grausam.«

»Ich glaube, ich weiß, wie ich James McCarthy frei bekomme«, sagte Holmes. »Haben Sie die Erlaubnis, ihn im Gefängnis zu besuchen?«

»Ja, aber nur für Sie und mich.«

»Dann muß ich meinen Entschluß über das Weggehen noch einmal überdenken. Bekommen wir noch einen Zug nach Hereford, um den Häftling heute abend zu sehen?«

»Natürlich.«

»Dann nehmen wir ihn doch. Watson, ich fürchte, Sie werden es sehr langweilig finden, aber ich bin nur zwei Stunden fort.«

Ich begleitete sie zum Bahnhof, ging dann durch die Straßen der kleinen Stadt, kehrte schließlich ins Hotel zurück, legte mich aufs Sofa und versuchte, mich in einen Schmöker zu vertiefen. Die Intrige war aber, verglichen mit dem dunklen Geheimnis, in dem wir herumtappten, so lahm und schwach, daß meine Aufmerksamkeit ständig von der Fiktion zum Faktischen hinwanderte, und so warf ich den Roman schließlich quer durchs Zimmer und gab mich ganz dem Überdenken der Ereignisse des Tages hin. Angenommen, die Geschichte dieses unglücklichen jungen Mannes stimmte in allem: Was für eine teuflische Sache, was für ein ganz und gar unvorhergesehenes und außergewöhnliches Unheil konnte sich in der Zeit zwischen seinem Weggehen von dem Vater und dem Augenblick, da er, von den Schreien zurückgezogen, auf die Uferwiese stürzte, zugetragen haben? Es war etwas Schreckliches und Tödliches. Aber was mochte es sein? Konnte nicht die Art der Verletzungen meinem medizinischen Spürsinn etwas entschleiern? Ich klingelte und bat um das wöchentlich erscheinende Lokalblatt, das die wörtliche Wiedergabe der Vernehmung enthielt. In der Aussage des Chirurgen war festgestellt, daß das hintere Drittel des linken Scheitelbeins und die linke Hälfte des Hinterhauptknochens durch einen heftigen Schlag mit einem stumpfen Gegenstand zerschmettert worden waren. Ich tastete diese Stelle auf meinem eigenen Kopf ab. Es war klar: Ein solcher Schlag mußte von hinten geführt worden sein. Das sprach in mancher Beziehung für den Angeklagten, denn als er gesehen wurde, wie er stritt, stand er dem Vater gegenüber. Aber das wog nicht sonderlich schwer, denn der ältere Mann konnte sich umgedreht haben, ehe der Schlag fiel. Dennoch war es vielleicht nützlich, Holmes' Aufmerksamkeit darauf zu lenken. Schließlich gab es die Bemerkung des Sterbenden über die Ratte. Was mochte sie bedeuten? Delirium konnte es nicht sein. Ein Mann, der durch einen plötzlichen Schlag stirbt, deliriert im allgemeinen nicht. Nein, eher anzunehmen war, daß die Worte ein Versuch sein sollten, zu erklären, wie ihn sein Schicksal ereilt hatte. Worauf konnten sie hinweisen? Ich zerbrach mir den Kopf, um eine mögliche Erklärung zu finden. Und dann der Zwischenfall mit dem grauen Kleidungsstück, das der junge McCarthy gesehen hatte. Wenn das stimmte, mußte der Mörder irgendeinen Teil seiner Kleidung, vermutlich den Mantel, auf der Flucht fallen lassen und dann die Dreistigkeit besessen haben, zurückzukehren, um es wegzuholen, und zwar in dem Augenblick, als der Sohn, nicht einmal ein Dutzend Schritte entfernt, den Rücken ihm zugewandt, bei seinem Vater kniete. Welch ein Gewebe aus Geheimnissen und Unwahrscheinlichkeiten! Ich wunderte mich nicht übcr Lestrades Meinung, und doch hatte ich so viel Vertrauen in Sherlock Holmes' Scharfsinn, daß ich so lange die Hoffnung nicht aufgab, wie jede neue Tatsache seine Überzeugung von der Unschuld des jungen McCarthy zu bestärken schien.

Es wurde spät, ehe Sherlock Holmes zurückkehrte. Er kam allein, Lestrade hatte sich ein Zimmer in der Stadt genommen.

»Das Barometer steht unverändert sehr hoch«, bemerkte er, während er sich hinsetzte. »Es ist wichtig, daß es nicht regnet, ehe wir die Wiese in Augenschein genommen haben. Andererseits sollte ein Mann in der besten Verfassung sein, wenn er an eine so heikle Arbeit geht, und ich möchte sie nicht antreten, wenn ich durch eine lange Reise ermattet bin. Ich habe den jungen McCarthy getroffen.«

»Und was haben Sie von ihm erfahren?«

»Nichts.«

»Hat er kein Licht in die Angelegenheit bringen können?«

»Überhaupt keins. Einmal war ich kurz geneigt anzunehmen, er wisse, wer es getan hat, und schützte ihn oder sie. Aber jetzt bin ich davon überzeugt, daß er wie alle vor einem Rätsel steht. Er ist kein sehr aufgeweckter Junge, doch angenehm anzusehen und, glaube ich, von Herzen gut.«

»Seinen Geschmack kann ich nicht bewundern«, bemerkte ich, »wenn es tatsächlich stimmt, daß er gegen eine Heirat mit einer so bezaubernden jungen Dame wie dieser Miss Turner war.«

»Ach, daran hängt eine ziemlich schmerzliche Geschichte. Der Bursche ist wahnsinnig in sie verliebt, aber vor zwei Jahren, als er noch ein grüner Junge war und sie noch nicht richtig gekannt hat — denn sie ist fünf Jahre lang in einem Internat gewesen —, was tat da der Idiot? Er ließ sich von einer Bardame in Bristol einfangen und hat sie standesamtlich geheiratet! Niemand weiß das geringste von der Sache, aber Sie können sich vorstellen, wie ihn das verrückt machen mußte, Vorwürfe für etwas einzustecken, das er gar zu gern getan hätte und wovon er wußte, daß das ganz unmöglich war. Die reine Raserei hat ihm die Hände hochgerissen, als sein Vater bei ihrem letzten Gespräch ihn drängte, um Miss Turner anzuhalten. Andererseits fehlten ihm die Mittel, sein Leben selber zu bestreiten, und sein Vater, der nach allem, was man hört, ein sehr harter Mann war, würde mit ihm gänzlich gebrochen haben, wenn er die Wahrheit erfahren hätte. Mit ebendieser Bardame, die seine Frau ist, verbrachte er die letzten drei Tage in Bristol, und sein Vater hatte nicht gewußt, wo er war. Behalten Sie das im Gedächtnis. Es ist wichtig. Dennoch ist Gutes aus Bösem gekommen, denn die Bardame, als sie in den Zeitungen las, daß er sich in ernsten Ungelegenheiten befindet und in Gefahr schwebt, gehängt zu werden, hat ihm den Laufpaß gegeben und geschrieben, sie besitze bereits einen Ehemann in Bermuda-Docks, so daß es keine wirkliche Bindung zwischen ihnen gebe. Ich glaube, daß diese kleine Neuigkeit den jungen McCarthy bei allem Leid getröstet hat.«

»Aber wenn er unschuldig ist, wer hat es dann getan?«

»Ja, wer? Ich möchte Ihre Aufmerksamkeit besonders

auf zwei Punkte lenken. Der eine ist, daß der Ermordete eine Verabredung am Teich hatte und daß der Erwartete sein Sohn nicht sein konnte, denn der war weg, und er wußte nicht, wann er zurückkehren würde. Der zweite Punkt ist der, daß man den Ermordeten ›Cooee‹ schreien hörte, ehe er wußte, daß sein Sohn wieder da war. Das sind die entscheidenden Punkte, von denen der Fall abhängt. Und nun lassen Sie uns über George Meredith sprechen, wenn es Ihnen beliebt, und die weniger wichtigen Punkte bis morgen ruhen.«

Es regnete nicht, wie Holmes vorausgesagt hatte, und der Morgen brach hell und wolkenlos an. Um neun Uhr kam Lestrade mit dem Wagen, und wir fuhren zur Hatherley-Farm und zum Weiher von Boscombe.

»Es gibt wichtige Neuigkeiten«, bemerkte Lestrade. »Es heißt, der Gutsherr, Mr. Turner, sei so krank, daß man um sein Leben fürchte.«

»Ein älterer Mann, nehme ich an«, sagte Holmes.

»Ungefähr sechzig, aber seine Konstitution ist durch das Leben im Ausland zerrüttet, und schon seit einiger Zeit ist er nicht mehr recht gesund. Die Ereignisse haben ihn sehr mitgenommen. Er war ein alter Freund von McCarthy und, wie ich hinzufügen möchte, sein Wohltäter. Ich habe erfahren, daß er ihm die Hatherley-Farm pachtfrei überlassen hatte.«

»Aha! Das ist interessant«, sagte Holmes.

»Ja! Und auf hunderterlei andere Art hat er ihm geholfen. Jeder hier spricht von der Freundlichkeit, die er ihm erwiesen hat.«

»Wirklich! Kommt es Ihnen nicht ein wenig sonderbar vor, daß dieser Mr. McCarthy, der wenig zu besitzen schien und Turner so sehr verpflichtet gewesen sein soll, auch noch von der Verehelichung seines Sohnes mit Turners Tochter redete, der voraussichtlichen Erbin des Besitztums, und das in einer so sicheren Manier, als wäre es ein gewöhnlicher Heiratsantrag und alles andere folge von selbst? Noch seltsamer wird das, seit wir wissen, daß Turner der Idee entgegenstand. Das hat uns die Tochter mitgeteilt. Leiten Sie aus alledem nichts ab?«

»Wir sind bei den Schlüssen und Folgerungen angelangt«, sagte Lestrade, mir zuzwinkernd. »Ich finde es schwer genug, mit den Fakten fertig zu werden, Holmes, ohne Theorien und Phantasien hinterherzufliegen.«

»Sie sind mir der Richtige«, sagte Holmes pikiert, »Sie finden es schwer, mit den Fakten fertig zu werden.«

»Immerhin habe ich ein Faktum begriffen, das anscheinend nicht in Ihren Kopf will«, entgegnete Lestrade leicht hitzig.

»Und das wäre?«

»Daß McCarthy senior durch McCarthy junior zu Tode gekommen ist und daß alle gegenteiligen Theorien der reinste Mondschein sind.«

»Nun, Mondschein ist ein heller Ding denn Nebel«, sagte Holmes lachend. »Aber ich müßte mich sehr irren, wenn das hier links nicht die Hatherley-Farm ist.«

»Ja, das ist sie.«

Es war ein geräumiges, behaglich wirkendes Gebäude, zweistöckig, schiefergedeckt, an dessen grauen Wänden große Flecken gelber Flechten wucherten. Die zugezogenen Vorhänge und die rauchlosen Kamine ließen es jedoch aussehen, als laste das Entsetzen schwer auf ihm. Wir klopften, und das Dienstmädchen zeigte uns auf Holmes' Verlangen die Stiefel, die ihr Herr zur Zeit seines Todes getragen hatte, ebenso die des Sohnes, wenn auch nicht das Paar, das er an dem Tage trug. Nachdem er an ihnen sehr sorgfältig sieben oder acht verschiedene Messungen vorgenommen hatte, bat Holmes, auf den Hof geführt zu werden, von wo aus wir dem gewundenen Pfad zum Weiher von Boscombe folgten.

Holmes war wie verwandelt, wenn er sich wie jetzt auf einer frischen Fährte befand. Leute, die nur den ruhigen Denker und Logiker aus der Baker Street vor

Augen haben, hätten ihn nicht wiedererkannt. Sein Gesicht war gerötet und dunkler. Seine Brauen waren zu deutlich markierten schwarzen Strichen zusammengezogen, die Augen leuchteten unter ihnen mit stählernem Glanz hervor. Das Gesicht hielt er nach unten gerichtet, der Rücken war gewölbt, der Mund zusammengepreßt, und die Adern standen an seinem langen sehnigen Hals wie Peitschenschnüre heraus. Seine Nasenflügel schienen in rein tierischer Jagdlust zu beben, und sein Geist war so ausschließlich auf das vor ihm Liegende gerichtet, daß eine Frage oder Bemerkung unbeachtet in seine Ohren drang oder höchstens ein rasches ungeduldiges Knurren als Antwort hervorlockte. Schnell und schweigsam verfolgte er die Fährte, die durch Wiesen verlief und sich im Wald fortsetzte. Es war feuchter, sumpfiger Boden, wie überall in der Gegend, und da gab es Abdrücke von vielen Füßen, sowohl auf dem Pfad wie auf dem kurzen Gras zu beiden Seiten. Bald eilte Holmes voran, bald stand er starr, und einmal machte er einen kleinen *détour* über die Wiese. Lestrade und ich schritten hinter ihm her, der Detektiv gleichgültig und hochmütig, während ich meinen Freund mit einem Interesse beobachtete, das der Überzeugung entsprang, jede seiner Unternehmungen sei auf einen bestimmten Zweck gerichtet.

Der Weiher von Boscombe ist eine kleine, schilfgesäumte, etwa fünfzig Yard breite Wasserfläche an der Grenze zwischen der Hatherley-Farm und dem Gutspark des Mr. Turner. Über den Bäumen am jenseitigen Ufer, dort, wo das Anwesen des reichen Gutsbesitzers lag, sahen wir die roten Turmspitzen ragen. Auf der Seite des Weihers nach Hatherley zu stand der Wald sehr dicht, und zwischen ihm und dem Röhricht zog sich nur ein schmaler, zwanzig Schritt breiter Gürtel faulenden Grases, das den Teich säumte. Lestrade zeigte uns die Stelle, wo man die Leiche gefunden hatte. Der

Boden war hier so naß, daß ich deutlich die Spuren sehen konnte, die der Fall des getroffenen Mannes hinterlassen hatte. Holmes, das erkannte ich an seinem eifrigen Gesicht und den spähenden Augen, las noch vieles andere aus dem zertrampelten Gras. Er lief im Kreis wie ein Hund, der Witterung nimmt, und dann wandte er sich an meinen Begleiter.

»Weshalb sind Sie in den Teich gegangen?« fragte er.

»Ich habe mit einem Rechen darin herumgefischt. Ich dachte eine Waffe zu finden oder eine andere Spur. Aber wie, zum Teufel...?«

»Ach, blah, blah! ich habe keine Zeit. Dieser Abdruck eines linken Fußes mit seiner Einwärtsdrehung stammt doch von Ihnen; er ist hier überall zu sehen. Ein Maulwurf könnte die Spur verfolgen, und da drüben verschwindet sie im Schilf. Ach, wie einfach wäre alles gewesen, hätte ich hier sein können, ehe sie kamen und wie eine Büffelherde alles niederwalzten. Hier sieht man, wo der Aufseher mit seinen Leuten gegangen ist, sie haben alle Spuren sechs oder acht Fuß im Umkreis der Leiche überdeckt. Aber hier sind drei andere Fußspuren.« Er zückte ein Vergrößerungsglas und legte sich auf seinen Wettermantel, um bessere Sicht zu haben: dabei redete er die ganze Zeit über eher zu sich als zu uns. »Das sind die Füße des jungen McCarthy, zweimal ist er gegangen und einmal schnell gelaufen, so daß die Sohlen tiefe Eindrücke hinterlassen haben, während die der Absätze kaum zu erkennen sind. Das stützt seine Geschichte. Er ist gerannt, als er seinen Vater am Boden liegen sah. Dann sind da die Füße des Vaters; er ist auf und ab gegangen. Aber was ist denn das? Hier hat sich der Kolben des Gewehrs abgedrückt, als der Sohn wartete und lauschte. Und das da? Haha! was haben wir denn da! Überall Abdrücke von Zehenspitzen! Plumpe dazu, ganz ungewöhnliche Stiefel! Sie kommen, sie gehen, sie kommen wieder — sicherlich galt das dem Mantel. Aber von wo sind sie gekommen?« Er lief hin und her, verlor manchmal die Spur, manchmal fand er sie, bis wir schließlich alle am Waldrand standen, im Schatten einer großen Buche, des größten Baums in der Umgebung. Holmes folgte weiter seinem Weg auf die andere Seite des Baums und warf sich mit einem leisen Schrei der Befriedigung noch einmal zu Boden. Lange blieb er liegen, wandte Blätter und trockene Äste um, sammelte etwas in ein Kuvert, das mir Staub zu sein schien, und untersuchte mit seiner Lupe nicht nur den Boden, sondern sogar die Baumrinde, so weit er hinaufreichen konnte. Ein gezackter Stein lag im Moos, und auch den untersuchte er und nahm ihn an sich. Dann folgte er dem Pfad durch den Wald, bis er auf die Landstraße stieß, wo sich alle Spuren verloren.

»Das ist ein hochinteressanter Fall«, bemerkte er, zu seiner natürlichen Art zurückkehrend. »Ich nehme an, das graue Haus da rechts muß das des Aufsehers sein. Ich denke, ich werde hingehen und ein Wort mit Moran reden und vielleicht einige Zeilen schreiben. Wenn das getan ist, können wir zurückfahren, um richtig zu frühstücken. Gehen Sie schon zur Kutsche, ich werde gleich zu Ihnen stoßen.«

Das war ungefähr zehn Minuten, bevor wir wieder in den Wagen stiegen und nach Ross zurückfuhren; Holmes trug noch den Stein bei sich, den er im Wald aufgehoben hatte.

»Vielleicht interessiert Sie das, Lestrade«, bemerkte er und hielt ihm den Stein hin. »Der Mord wurde hiermit ausgeführt.«

»Ich sehe keinen Hinweis an ihm.«

»Es ist auch keiner zu sehen.«

»Wie können Sie es dann wissen?«

»Unter ihm wuchs Gras. Er hat nur wenige Tage so gelegen. Da gibt es keine Stelle, von der er weggenommen worden sein könnte. Er paßt zu den Verletzungen. Es gibt keinen Hinweis auf eine andere Waffe.«

»Und der Mörder?«

»Ist ein großer Mann, Linkshänder, hinkt auf dem rechten Bein, trägt dicksohlige Jagdstiefel und einen grauen Mantel, raucht indische Zigarren, benützt eine Zigarrenspitze und trägt ein stumpfes Taschenmesser bei sich. Es gibt noch einige andere Indizien, aber diese mögen genügen, uns bei der Suche zu helfen.«

Lestrade lachte. »Ich befürchte, ich bin weiterhin skeptisch«, sagte er. »Theorien sind schön und gut, aber wir haben es mit einem dickköpfigen britischen Gericht zu tun.«

»Nous verrons«, antwortete Holmes ruhig. »Sie arbeiten nach Ihrer Methode und ich nach der meinen. Ich werde heute nachmittag einiges erledigen und dann wahrscheinlich mit dem Abendzug nach London zurückfahren.«

»Und Ihren Fall unbeendet lassen?«

»Nein, beendet.«

»Aber das Rätsel?«

»Es ist gelöst.«

»Wer war denn der Verbrecher?«

»Der Herr, den ich beschrieben habe.«

»Aber wer ist es?«

»Das herauszufinden, wird gewiß nicht schwierig sein. Die Gegend ist nicht sehr bevölkert.«

Lestrade zuckte die Schultern. »Ich bin ein beschäftigter Mann«, sagte er, »und kann es mir wirklich nicht erlauben, umherzuwandern und nach einem linkshändigen Herrn mit einem lahmen Bein Ausschau zu halten. Ich würde zur Zielscheibe des Spotts in Scotland Yard.«

»In Ordnung«, sagte Holmes gelassen. »Ich habe Ihnen eine Chance gegeben. Hier ist Ihr Quartier. Auf Wiedersehen. Ich werde ein paar Zeilen hinterlassen, wenn ich abreise.«

Nachdem wir uns von Lestrade verabschiedet hatten, fuhren wir in unser Hotel, wo der Lunch aufgetragen war. Holmes saß still und in Gedanken vertieft da, mit dem gequälten Ausdruck dessen, der sich in einer verwirrenden Lage befindet.

»Kommen Sie, Watson«, sagte er, als der Tisch abgeräumt war, »setzen Sie sich hier in den Sessel und ertragen Sie ein wenig meine Predigt. Ich weiß nicht genau, was zu tun ist, und Ihr Rat wäre mir sehr willkommen. Zünden Sie sich eine Zigarre an und lassen Sie sich einiges erklären.«

»Ich bitte darum.«

»Nun, wenn wir den Fall erörtern, stoßen wir auf zwei Stellen in der Erzählung des jungen McCarthy, die uns beide sofort betroffen gemacht haben, wenn sie mich auch für ihn und Sie gegen ihn einnahmen. Eine betrifft die Tatsache, daß sein Vater, folgt man seiner Darstellung, ›Cooee‹ geschrien haben soll, bevor er ihn sah. Die andere ist die sonderbare Bemerkung seines Vaters über eine Ratte, bevor er starb. Er hat einige Wörter gemurmelt, aber dieses war das einzige, was der Sohn auffing. Von diesen beiden Punkten muß unsere Recherche ausgehen, und wir beginnen damit, daß wir annehmen, der junge Bursche hat absolut die Wahrheit gesagt.«

»Was soll denn dieses ›Cooee‹ bedeuten?«

»Nun, offensichtlich konnte es nicht dem Sohn gegolten haben. Der Sohn war in Bristol, soviel der Vater wußte. Es war der reine Zufall, daß er sich in Hörweite befand. Das ›Cooee‹ sollte die Aufmerksamkeit dessen erregen, mit dem er die Verabredung hatte. Aber ›Cooee‹ ist ein typisch australischer Ruf, einer, der zwischen Australiern ausgetauscht wird. Also ist stark anzunehmen, daß die Person, die McCarthy am Teich von Boscombe erwartete, jemand war, der sich in Australien aufgehalten hat.«

»Und was bedeutet die Bemerkung über eine Ratte?«

Sherlock Holmes nahm ein zusammengefaltetes Stück Papier aus der Tasche und strich es auf dem Tisch glatt. »Das ist eine Karte der Kolonie Victoria. Ich habe sie gestern abend telegraphisch in Bristol bestellt.« Er bedeckte einen Teil der Karte mit der Hand. »Was lesen Sie da?« fragte er.

»ARAT«, las ich.

»Und jetzt?« Er hob die Hand.

»BALLARAT.«

»Ganz recht. Das war das Wort, das der Mann murmelte und von dem sein Sohn nur die letzte Silbe verstand. Er versuchte, den Namen seines Mörders zu nennen. Der oder jener aus Ballarat.«

»Das ist herrlich!« rief ich aus.

»Das ist offensichtlich. Damit, sehen Sie, habe ich das Feld beträchtlich eingeengt. Der Besitz eines grauen Mantels war der dritte sichere Punkt, wenn man die Aussage des Sohns als richtig annimmt. Jetzt sind wir von der reinen Vermutung zu der Gewißheit über einen Australier aus Ballarat mit einem grauen Mantel gekommen.«

»Ja.«

»Und dazu ist es jemand, der in diesem Distrikt zu Hause ist. Denn dem Weiher kann man sich nur von der Farm oder vom Gut her nähern, wo Fremde kaum wandern könnten.«

»Ganz recht.«

»Nun zu unserem heutigen Ausflug. Beim Untersuchen des Bodens stieß ich auf geringfügige Einzelheiten, die ich diesem törichten Lestrade mitteilte; sie deuten auf die Persönlichkeit des Verbrechers hin.«

»Wie sind Sie denn darauf gestoßen?«

»Sie kennen meine Methode. Sie gründet sich auf die Beachtung von Geringfügigkeiten.«

»Seine Größe, das weiß ich, schätzen Sie ungefähr nach der Länge seiner Schritte. Auf die Beschaffenheit der Stiefel kann aus den Abdrücken geschlossen werden.«

»Ja, es waren besondere Stiefel.«

»Aber sein Hinken?«

»Der Abdruck seines rechten Fußes war immer weniger deutlich als der des linken. Er belastet ihn weniger. Und warum? Weil er hinkt — er ist lahm.«

»Aber seine Linkshändigkeit?«

»Sie waren doch selber erstaunt über die Beschaffenheit der Verletzung, wie sie der Chirurg bei der Voruntersuchung beschrieben hat. Der Schlag wurde geradewegs von hinten geführt und landete doch auf der linken Seite. Wie kann das geschehen, wenn nicht von einem Linkshänder? Er hat während der Unterhaltung zwischen Vater und Sohn hinter jenem Baum gestanden. Er hat da sogar geraucht. Ich fand die Asche einer Zigarre, die ich durch meine besondere Kenntnis von Tabakaschen als indische Zigarre bezeichnen kann. Ich habe, wie Sie wissen, dieser Frage einige Aufmerksamkeit gewidmet und eine kleine Monographie über die Aschen von einhundertvierzig verschiedenen Sorten Pfeifen-, Zigarren- und Zigarettentabak geschrieben. Als ich auf die Asche gestoßen war, sah ich mich um und entdeckte den Stummel im Moos. Es war eine indische Zigarre der Sorte, die in Rotterdam hergestellt wird.«

»Und die Zigarrenspitze?«

»Ich konnte feststellen, daß das Ende nicht im Mund gewesen ist. Deshalb muß er eine Spitze benutzt haben. Das Ende war abgeschnitten worden, nicht abgebissen, aber der Schnitt war nicht sauber, so schloß ich auf ein stumpfes Taschenmesser.«

»Holmes«, sagte ich, »Sie haben ein Netz um diesen Mann geworfen, aus dem er nicht entfliehen kann, und

Sie haben einem unschuldigen Menschen das Leben gerettet, gerade so, als hätten Sie das Seil, an dem er schon hing, durchschnitten. Ich sehe die Richtung, in die das alles weist. Der Verbrecher ist...«

»Mr. John Turner«, rief der Hotelkellner, öffnete die Tür unseres Wohnzimmers und ließ den Besucher ein.

Er war eine seltsame und beeindruckende Figur. Sein langsamer, humpelnder Gang und sein gebeugter Rükken vermittelten den Eindruck von Altersschwäche, und doch zeigten seine harten, tiefgefurchten, knochigen Züge und seine ungeheuren Gliedmaßen an, daß sein Körper wie sein Charakter außergewöhnlich stark war. Ein struppiger Bart, graues Haar und buschige, über die Augen hängende Brauen gaben der Erscheinung den Ausdruck von Würde und Kraft; aber sein Gesicht war aschfahl, während seine Lippen und die Ecken seiner Nasenflügel einen Anflug von Blau aufwiesen. Es war mir auf den ersten Blick klar, daß ihn ein tödliches chronisches Leiden gepackt hatte.

»Bitte, nehmen Sie auf dem Sofa Platz«, sagte Holmes freundlich. »Haben Sie meine Nachricht bekommen?«

»Ja, der Aufseher brachte sie. Sie schrieben, Sie möchten mich hier treffen, um einen Skandal zu vermeiden.«

»Ich dachte an das Gerede der Leute, wenn ich zu Ihnen käme.«

»Und weshalb möchten Sie mich sprechen?« Er blickte meinen Gefährten an mit Verzweiflung in den müden Augen, so als wäre seine Frage schon beantwortet.

»Ja«, sagte Holmes, eher den Blick als die Worte quittierend. »Es ist so. Ich weiß alles über McCarthy.«

Der alte Mann vergrub das Gesicht in den Händen. »Gott helfe mir«, rief er. »Aber ich hätte den jungen Mann nicht zu Schaden kommen lassen. Ich gebe Ihnen mein Wort, daß ich gesprochen hätte, wenn der Prozeß zu seinen Ungunsten verlaufen wäre.«

»Das freut mich zu hören«, sagte Holmes ernst.

»Ich hätte auch gesprochen, wenn es nicht um mein geliebtes Kind gegangen wäre. Es würde ihr das Herz brechen — es wird ihr das Herz brechen, wenn sie erfährt, daß ich verhaftet bin.«

»Vielleicht kommt es nicht dazu«, sagte Holmes.

»Wie!«

»Ich bin nicht von der Polizei. Es war Ihre Tochter, die meine Anwesenheit verlangt hat, und ich handle in ihrem Auftrag. Der junge Mann muß auf jeden Fall entlastet werden.«

»Ich bin todkrank«, sagte der alte Turner. »Ich habe seit Jahren Diabetes. Mein Arzt sagt, es sei fraglich, ob ich noch einen Monat lebe. Dennoch würde ich lieber unter meinem eigenen Dach sterben als in einem Gefängnis.«

Holmes erhob sich und setzte sich an den Tisch, die Feder in der Hand und einen Stoß Papier vor sich. »Erzählen Sie uns nur die Wahrheit«, sagte er. »Ich werde die Tatsachen festhalten. Sie unterschreiben, und Watson wird Zeuge sein. Dann könnte ich Ihr Geständnis als letzte Möglichkeit präsentieren, den jungen Mann zu retten. Ich verspreche Ihnen, daß ich es nicht benutzen werde, wenn es nicht absolut nötig ist.«

»Mir soll es recht sein«, sagte der alte Mann, »es ist ohnehin fraglich, ob ich die Verhandlung erleben werde, also macht es mir wenig aus, nur möchte ich Alice den Schock ersparen. Jetzt werde ich die Sache vor Ihnen klarlegen; sie hat sich über eine lange Zeit entwickelt, aber es wird mich nicht viel Zeit kosten, sie Ihnen zu erzählen.

Sie kannten den Toten nicht, diesen McCarthy. Er war der leibhaftige Teufel. Das kann ich Ihnen versichern. Gott möge Sie vor den Klauen eines solchen Mannes bewahren. Zwanzig Jahre lang war ich in seiner Hand, er hat mein Leben zerstört. Ich will Ihnen zunächst erzählen, wie ich in seine Gewalt kam.

Es war in den frühen Sechzigern in den Goldminen. Ich war ein junger Bursche, heißblütig und rücksichtslos, bereit, alles anzupacken, was sich mir bot; ich geriet in schlechte Gesellschaft, fing zu trinken an, hatte kein Glück in meinem Claim, zog mich in den Busch zurück und wurde, mit einem Wort, was man hierzulande einen Straßenräuber nennt. Wir waren unser sechs und führten ein wildes freies Leben, überfielen von Zeit zu Zeit eine Station oder stoppten die Wagen auf der Straße zu den Goldfeldern. Den schwarzen Jack von Ballarat nannte man mich, und in der Kolonie erinnert man sich an uns noch als an die Ballarat-Gang.

Eines Tages ging ein Goldtransport von Ballarat nach Melbourne, und wir lagen auf der Lauer und griffen ihn an. Sechs Bewacher standen gegen sechs von uns, also eine ausgeglichene Angelegenheit; aber wir putzten mit der ersten Salve vier aus den Sätteln. Drei von unseren Jungs wurden dennoch getötet, ehe wir an die Beute kamen. Ich setzte dem Kutscher die Pistole an den Kopf, und der war kein anderer als McCarthy. Ich wünsche bei Gott, ich hätte ihn damals erschossen; doch ich schonte ihn, obwohl ich sah, wie seine hinterhältigen kleinen Augen auf mein Gesicht gerichtet waren, als wollten sie sich jeden Zug einprägen. Wir machten uns mit dem Gold davon, wurden reiche Männer und gingen nach England zurück, ohne daß man uns verdächtigte. Ich trennte mich von meinen alten Kumpanen und beschloß, ein ruhiges und geachtetes Leben zu führen. Ich kaufte diese Besitzung, die zufällig angeboten wurde, ich ließ mich nieder, um ein wenig Gutes mit dem Geld zu tun und dadurch die Art und Weise, wie ich es erworben hatte, wettzumachen. Ich heiratete auch, und obwohl meine Frau jung starb, blieb mir von ihr doch meine liebe kleine Alice. Schon als kleines Kind schien sie mich an ihrer winzigen Hand den rechten Weg zu führen, so wie ich nie geführt worden bin. Mit einem

Wort: Ich schlug eine neue Seite auf und tat mein Bestes, die Vergangenheit wettzumachen. Alles ging gut, bis McCarthy mich in den Griff bekam.

Ich war wegen einer Investition in der Stadt, und ich traf ihn in der Regent Street, kaum daß er einen Mantel auf dem Leibe und Schuhe an den Füßen trug.

›Da sind wir, Jack‹, sagte er und berührte mich am Arm, ›wir werden von jetzt an eine Art Familie sein. Wir sind zwei, ich und mein Sohn, und du kannst für uns sorgen. Wenn nicht — dieses England ist ein schönes, gesetzestreues Land, und an jeder Ecke steht ein Polizist.‹

Nun, sie ließen sich im Westteil des Landes nieder, da gab es kein Abschütteln, und sie lebten seitdem pachtfrei auf meinem besten Land. Ich fand keine Ruhe, keinen Frieden, kein Vergessen; ich konnte mich drehen, wie ich wollte, überall war sein hinterhältiges grinsendes Gesicht. Es wurde schlimmer, als Alice heranwuchs, denn er hatte bald bemerkt, daß ich mich mehr davor fürchtete, sie könnte meine Vergangenheit erfahren, als vor der Polizei. Was immer er wollte, ich mußte ihm geben, ohne zu fragen, Land, Geld, Häuser, bis er schließlich etwas verlangte, das ich nicht hergeben konnte. Er wollte Alice.

Sein Sohn war erwachsen geworden, genau wie meine Tochter, und da bekannt war, daß ich eine schwache Gesundheit hatte, erschien es ihm als ein glänzender Streich, wenn sein Bursche in den ganzen Besitz einsteigen würde. Aber hier blieb ich fest. Ich wollte es nicht dulden, daß seine verfluchte Nachkommenschaft sich mit der meinen mischte; nicht, daß ich eine Abneigung gegen den jungen Burschen gehegt hätte, aber sein Blut floß in ihm, und das war mir genug. Ich blieb fest. McCarthy drohte. Ich forderte ihn heraus, das Übelste zu tun. Wir wollten uns am Weiher treffen, auf halbem Weg zwischen unseren Häusern, um alles zu besprechen.

Als ich kam, sah ich, wie er mit seinem Sohn redete, also rauchte ich eine Zigarre und wartete hinter einem Baum, bis er allein wäre. Aber während ich dem Gespräch lauschte, bekam all das Schwarze und Bittere in mir die Oberhand. Er drängte seinen Sohn, meine Tochter zu heiraten, ohne danach zu fragen, wie sie darüber denkt, so als wäre sie eine Schlampe von der Straße. Der Gedanke, daß ich mich mit allem, was mir sehr teuer war, in der Gewalt eines solchen Mannes befand, trieb mich zum Wahnsinn. Konnte ich die Fessel nicht sprengen? Ich bin ein sterbender, verzweifelter Mann. Obwohl ich noch klar denken kann und körperlich auch noch stark bin, weiß ich, mein Schicksal ist besiegelt. Aber mein Ruf und mein Kind! Beides konnte gerettet werden, wenn es mir gelang, die böse Zunge zum Schweigen zu bringen. Ich tat es, Mr. Holmes. Ich würde es wieder tun. So schwer ich auch gesündigt habe, ich habe mit dem Leben eines Märtyrers dafür gesühnt. Daß mein Mädchen in denselben Maschen verstrickt werden sollte, in denen ich hing, war mehr, als ich aushalten konnte. Ich streckte ihn nieder ohne Gewissensbisse, als handelte es sich um eine böse und schädliche Bestie. Sein Schrei brachte den Sohn zurück, aber ich hatte schon wieder im Wald Deckung gefunden, obgleich ich noch einmal zurückgehen mußte, um den Mantel zu holen, den ich auf der Flucht verloren hatte. Das, meine Herren, ist der wahre Hergang.«

»Es steht mir nicht an, Sie zu richten«, sagte Holmes, als der Alte das Protokoll unterschrieb. »Ich bete darum, daß wir nie einer solchen Versuchung ausgesetzt sein mögen.«

»Ich bete nicht, Sir. Und was werden Sie jetzt tun?«

»In Anbetracht Ihrer Gesundheit – nichts. Sie sind sich selber im klaren darüber, daß Sie sich für Ihre Tat bald vor einer höheren Instanz als vor einem Gericht verantworten müssen. Ich behalte Ihr Geständnis, und falls man McCarthy schuldig befindet, werde ich genötigt sein, Gebrauch davon zu machen. Wenn nicht, wird nie das Auge eines Sterblichen es erblicken; Ihr Geheimnis, gleich ob Sie leben oder tot sein werden, ist bei uns sicher aufgehoben.«

»So leben Sie denn wohl«, sagte der alte Mann feierlich. »Ihre Sterbelager, wenn es einmal soweit ist, werden für Sie leichter sein bei dem Gedanken an den Frieden, den Sie dem meinen gegeben haben.« Seine riesige Gestalt schwankte und bebte, als er sich langsam aus dem Zimmer entfernte.

»Gott möge uns beistehen«, sagte Holmes nach einem langen Schweigen. »Warum spielt das Schicksal so mit der armen, hilflosen Kreatur? Immer, wenn ich von einem Fall wie diesem höre, denke ich an Baxters Worte und sage mit ihm: ›Dort geht Sherlock Holmes dahin, wenn nicht Gottes Gnade gewesen wäre.‹«

James McCarthy wurde unterm Gewicht einer Reihe von Einwänden, die Sherlock Holmes vorbrachte, freigesprochen. Der alte Turner lebte nach unserem Gespräch noch sieben Monate. Jetzt ist er tot, und es besteht alle Aussicht, daß der Sohn und die Tochter miteinander glücklich sein werden, da sie von der schwarzen Wolke, die ihre Vergangenheit überschattet, nichts wissen.

Fünf Apfelsinenkerne

Wenn ich meine Notizen und Berichte von Sherlock Holmes' Fällen zwischen 1882 und 1890 überblicke, sehe ich vor mir so vieles, das außergewöhnliche und interessante Züge darbietet, daß es keine leichte Sache ist, zu entscheiden, was auszuwählen und was unbeachtet zu lassen. Einige Fälle sind durch die Zeitungen bekannt geworden, andere haben nicht die besonderen Qualitäten herausgefordert, die mein Freund in so hohem Maße besitzt und die hervorzuheben das Anliegen dieser Aufzeichnungen ist. Einige weitere Fälle sind seinem analytischen Geschick zuwidergelaufen und würden als Erzählungen Anfänge ohne Ende sein, während wieder andere nur teilweise aufgeklärt wurden und ihre Lösungen eher durch Zufall und Vermutungen als durch strengen logischen Beweis, den er über alles schätzte, zustande kamen. Von den letzteren ist einer so bemerkenswert in den Einzelheiten und so überraschend in den Ergebnissen, daß ich versucht bin, ihn wiederzugeben, obwohl es im Zusammenhang mit ihm Fragen gibt, die nicht gänzlich aufgeklärt worden sind und die wahrscheinlich nie aufgeklärt werden können.

Das Jahr '87 bescherte uns eine große Anzahl Fälle bedeutenden oder geringeren Interesses: von allen besitze ich Aufzeichnungen. In der Übersicht über diese zwölf Monate finde ich das Abenteuer mit der ›Paradol Chamber‹, der Vereinigung der Amateurbettler, die einen luxuriösen Klub im Keller einer Möbelhandlung unterhielt, die Ereignisse in Verbindung mit dem Verlust der britischen Barke ›Sophie Anderson‹, die einmaligen Abenteuer der Grice Patersons auf der Insel Uffa und schließlich auch den Camberwell-Giftmord.

Im letzteren Falle konnte Sherlock Holmes, wie man sich vielleicht erinnern wird, dadurch, daß er die Uhr des toten Mannes aufzog, beweisen, daß sie zwei Stunden vorm Tode aufgezogen worden war und also der Verstorbene während dieser Zeitspanne zu Bett gegangen sein mußte — eine Feststellung, die für die Aufklärung von größter Wichtigkeit war. All dieses werde ich möglicherweise in Zukunft einmal vorstellen; aber nichts davon bietet so einmalige Züge wie die seltsame Abfolge von Umständen, die zu beschreiben ich mich nun anschicke.

Es war in den letzten Tagen des September, und die Herbststürme hatten mit außergewöhnlicher Heftigkeit eingesetzt. Den ganzen Tag über hatte der Wind geheult und der Regen gegen die Fenster getrommelt, so daß wir sogar hier, im Herzen des großen, von Menschenhand stammenden London, gezwungen waren, unsere Gedanken für den Moment von der Routine des Lebens abzuwenden und die mächtigen Elementarkräfte anzuerkennen, die der Menschheit durch die Eisenstäbe der Zivilisation entgegenbrüllen wie ungezähmte Tiere im Käfig. Als der Abend hereinbrach, wurde der Sturm lauter und lauter, und der Wind schrie und seufzte im Kamin wie ein Kind. Sherlock Holmes saß mürrisch an der einen Seite des Kamins, ordnete seine Aufzeichnungen von Verbrechen, während ich mich, an der anderen Kaminseite, so sehr in eine von Clark Russells prächtigen Seegeschichten vertieft hatte, daß sich nach einiger Zeit das Heulen des Sturms mit dem Text zu vermischen schien und das Plätschern des Regens sich im Anbranden der Meereswogen verlor. Meine Frau war zu Besuch bei ihrer Tante, und so wohnte ich wieder einmal für einige Tage in meinem alten Quartier in der Baker Street.

»Holla!« sagte ich und sah meinen Gefährten an, »war das nicht die Glocke? Wer könnte denn heute abend kommen? Vielleicht einer Ihrer Freunde?«

»Außer Ihnen habe ich keinen Freund«, antwortete er. »Ich ermutige Besucher nicht.«

»Vielleicht ein Klient?«

»Wenn, dann wäre es ein ernsthafter Fall. Denn nichts anderes würde einen Mann an solch einem Tag und zu solcher Stunde auf die Straße treiben. Aber ich nehme an, daß es wahrscheinlich eher eine von den Busenfreundinnen der Vermieterin ist.«

Sherlock Holmes hatte sich in der Annahme geirrt; bald war ein Schritt auf dem Flur und ein Klopfen an der Tür zu hören. Er streckte seinen langen Arm aus, um das Licht der Lampe von sich ab und auf den leeren Stuhl zu lenken, wo der Gast Platz nehmen mußte. »Herein«, sagte er.

Der Mann, der eintrat, war jung, nach seinem Äußeren zu schließen vielleicht zweiundzwanzig, gepflegt und adrett gekleidet; er trug einiges Raffinement und Geschmack zur Schau. Der klatschnasse Schirm, den er in der Hand hielt, und sein langer glänzender Regenmantel sprachen deutlich von dem wütenden Wetter, durch das er gekommen war. Er sah, im Schein der Lampe, ängstlich um sich, und ich bemerkte, daß sein Gesicht bleich war und seine Augen schwer wie die eines Menschen, den eine große Furcht niederdrückt.

»Ich muß mich entschuldigen«, sagte er und führte seinen goldenen Kneifer vor die Augen. »Hoffentlich störe ich nicht. Ich fürchte, ich habe einige Spuren des Sturms und des Regens in Ihr behagliches Zimmer getragen.«

»Geben Sie mir Ihren Mantel und Ihren Schirm«, sagte Holmes, »die können hier am Haken trocknen. Wie ich sehe, kommen Sie aus dem Südwesten.«

»Ja, aus Horsham.«

»Diese Mischung aus Lehm und Kreide, die ich da auf Ihren Schuhkappen sehe, ist ziemlich bezeichnend.«

»Ich brauche einen Rat.«

»Der ist leicht zu geben.«

»Und Hilfe.«

»Die fällt nicht immer so leicht.«

»Ich habe von Ihnen gehört, Mr. Holmes. Major Prendergast hat mir von Ihnen erzählt, wie Sie ihn aus dem Skandal im Tankerville-Club gerettet haben.«

»Ja, natürlich, er war fälschlich angeklagt, beim Kartenspiel betrogen zu haben.«

»Er sagte, Sie könnten alles lösen.«

»Da hat er zuviel gesagt.«

»Und daß Sie nie einen Mißerfolg gehabt hätten.«

»Ich hatte viermal Niederlagen — drei durch Männer und eine durch eine Frau.«

»Aber was bedeutet das, verglichen mit der Zahl Ihrer Erfolge.«

»Es ist wahr, daß ich im allgemeinen erfolgreich bin.«

»Dann könnten Sie auch für mich erfolgreich sein.«

»Bitte, ziehen Sie Ihren Stuhl hierher ans Feuer und beehren Sie mich mit einigen Einzelheiten Ihres Falls.«

»Es ist kein gewöhnlicher.«

»Keiner von denen, die mir zufallen, ist gewöhnlich. Ich bin immer die letzte Instanz.«

»Und doch muß ich fragen, Sir, ob Sie, bei all Ihren Erfahrungen, jemals einer geheimnisvolleren und unerklärlicheren Verkettung von Ereignissen begegnet sind als der, die unserer Familie widerfuhr.«

»Sie wecken mein Interesse«, sagte Holmes. »Bitte, erzählen Sie uns die wesentlichen Tatsachen von Anfang an; ich kann Sie dann später nach den Einzelheiten fragen, die mir am wichtigsten erscheinen.«

Der junge Mann zog seinen Stuhl näher und streckte die nassen Füße dem Feuer entgegen.

»Mein Name ist John Openshaw, aber meine eigenen Angelegenheiten haben, soweit ich das beurteilen kann, kaum etwas mit der schrecklichen Geschichte zu tun.

Es handelt sich um eine Erbschaft. Und um Ihnen einen Begriff von den Tatsachen zu geben, muß ich zum Beginn der Affäre zurückgehen.

Mein Großvater hatte zwei Söhne, Elias, meinen Onkel, und Joseph, meinen Vater. Mein Vater besaß eine kleine Fabrik in Coventry, die er vergrößerte, als das Radfahren in Mode kam. Er besaß das Patent für Openshaws unzerstörbare Reifen, und sein Geschäft war so erfolgreich, daß er es verkaufen und sich als sehr wohlhabender Mann zurückziehen konnte.

Mein Onkel Elias wanderte früh nach Amerika aus und wurde Plantagenbesitzer in Florida, wo es ihm, wie es hieß, gut ging. Zur Zeit des Krieges kämpfte er in Jacksons Armee und später unter Hood, wo er es bis zum Colonel brachte. Als Lee die Waffen streckte, kehrte mein Onkel für drei oder vier Jahre auf seine Plantage zurück. 1869 oder 1870 kam er wieder nach Europa und übernahm eine kleine Besitzung in Sussex in der Nähe von Horsham. Er hatte in den Staaten ein beachtliches Vermögen erworben, und der Grund, warum er Amerika verließ, war seine Abneigung gegen die Neger und gegen die Politik der Republikaner, die ihnen die Befreiung brachte. Er war ein einmaliger Mann, leidenschaftlich und aufbrausend, gebrauchte erstaunliche Schimpfreden, wenn er wütend war, und er lebte ganz zurückgezogen. Ich bezweifele, daß er während all der Jahre in Horsham je einen Fuß in die Stadt gesetzt hat. Er besaß einen Garten und zwei, drei Felder rund um das Haus, und da fand er seine Beschäftigung, obwohl er häufig wochenlang sein Zimmer nicht verließ. Er trank große Mengen Kognak und rauchte sehr stark, aber er suchte keine Gesellschaften auf und wollte keine Freunde, nicht einmal den Besuch seines eigenen Bruders.

Gegen mich hatte er nichts, ja er fand Gefallen an mir; zu der Zeit, als er mich das erstemal sah, war ich ein Bursche von ungefähr zwölf Jahren. Das kann 1878 gewesen sein, nachdem er acht oder neun Jahre in England war. Er bat meinen Vater, mich bei ihm wohnen zu lassen, und er gab sich auf seine Art sehr freundlich mir gegenüber. Wenn er nüchtern war, spielte er immer gern Backgammon und Dame mit mir, und er machte mich vor den Dienstboten und den Handlungsreisenden allmählich zu seinem Stellvertreter, so daß ich mit sechzehn Jahren ganz Herr im Hause war. Ich verwaltete alle Schlüssel, konnte gehen, wohin, und tun, was ich wollte, wenn ich nur seine Privatsphäre nicht störte. Es gab nur eine Ausnahme: Er hatte einen besonderen Raum, eine Rumpelkammer unterm Dach, die war ständig verschlossen, und in die erlaubte er nie jemandem, weder mir noch irgendeinem anderen, einzutreten. Mit jungenhafter Neugier hatte ich einmal durchs Schlüsselloch geguckt, aber es war mir nicht gelungen, mehr als eine Ansammlung alter Kisten und Bündel auszumachen, wie man sie in einem solchen Raum erwartet.

Eines Tages — es war im März 1883 — lag ein Brief mit ausländischem Stempel auf dem Tisch vor dem Teller des Colonel. Der Empfang von Briefen war für ihn keine gewohnte Sache, da er seine Rechnungen bar bezahlte und keine Freunde hatte. ›Aus Indien‹, sagte er, als er ihn aufnahm, ›Poststempel Pondicherry. Was kann das sein?‹ Er öffnete ihn eilig, und auf seinen Teller fielen fünf getrocknete Apfelsinenkerne. Ich mußte darüber lachen, aber der Anblick seines Gesichts verschlug mir das Lachen. Seine Unterlippe war herabgefallen, die Augen waren vorgetreten, seine Haut hatte die Farbe von Kitt, und er starrte auf den Umschlag, den er noch in der zitternden Hand hielt. ›K. K. K.‹, kreischte er, und dann: ›O Gott, mein Gott, meine Sünden holen mich ein!‹

›Was bedeutet das, Onkel?‹ rief ich.

›Tod‹, sagte er, stand vom Tisch auf, zog sich in sein Zimmer zurück und ließ mich von Entsetzen geschlagen sitzen. Ich nahm das Kuvert und sah, daß innen auf der Klappe, direkt über der Gummierung, mit roter Tinte dreimal der Buchstabe K hingekritzelt war. Außer den fünf getrockneten Apfelsinenkernen hat der Brief nichts enthalten. Was konnte der Grund des Schreckens sein, der ihn überwältigt hatte? Ich verließ den Frühstückstisch, und als ich die Treppen hinaufstieg, traf ich ihn, wie er herunterkam, einen alten rostigen Schlüssel, der zu der Dachkammer gehören mußte, in einer Hand und in der anderen ein Messingkästchen, das wie eine Geldkassette aussah.

›Sie können machen, was sie wollen, aber ich werde sie noch matt setzen‹, sagte er und fluchte. ›Sag Mary, daß ich heute in meinem Zimmer ein Feuer brauche, und schick nach Fordham, dem Advokaten in Horsham.‹

Ich tat, wie er befohlen hatte, und als der Anwalt da war, wurde ich in sein Zimmer gebeten. Das Feuer loderte hell, und auf dem Rost lag ein Haufen schwarzer flockiger Asche wie von verbranntem Papier, während das Messingkästchen offen und leer danebenstand. Als ich genauer hinsah, bemerkte ich — und das gab mir einen Ruck —, daß in den Deckel das dreifache K eingeprägt war, das ich am Morgen auf dem Umschlag gesehen hatte.

›Ich wünsche, daß du, John‹, sagte mein Onkel, ›meinen Letzten Willen bezeugst. Ich hinterlasse meinen Besitz mit allen Vor- und Nachteilen meinem Bruder, deinem Vater, von dem er dann zweifellos an dich kommen wird. Wenn du dich in Frieden daran erfreuen kannst, ist alles in Ordnung. Wenn du aber herausfindest, daß dem nicht so ist, befolge den Rat, mein Junge, und vermache ihn deinem tödlichsten Feind. Es tut mir leid, dir so eine zweischneidige Sache zu übergeben, aber ich kann wirklich nicht sagen, wie sich die Dinge entwickeln werden. Sei so gut und unterschreib das Papier, dort, wo Mr. Fordham es dir zeigt.‹

Ich unterzeichnete das Papier, wie angewiesen, und der Anwalt nahm es mit sich. Der Zwischenfall machte auf mich, wie Sie sich denken können, einen tiefen Eindruck, und ich grübelte über ihn nach und wandte ihn in Gedanken um und um, ohne etwas mit ihm anfangen zu können. Auch ein unbestimmtes Angstgefühl hatte er zurückgelassen, das ich nicht abzuschütteln vermochte, obwohl es schwächer wurde, als die Wochen verstrichen und nichts passierte, das den gewohnten Gang unseres Lebens durcheinander brachte. An meinem Onkel jedoch konnte ich Veränderungen entdecken. Er trank mehr denn je, und er war noch weniger geneigt, Gesellschaft zu pflegen.

Fast die ganze Zeit verbrachte er auf seinem Zimmer, die Tür war von innen zugeschlossen; doch manchmal brach er, vor Betrunkenheit wie wahnsinnig, hervor, stürzte aus dem Haus und tobte durch den Garten, einen Revolver in der Hand, und schrie, er fürchte keinen Menschen, und kein Mann oder Teufel werde ihn einsperren wie ein Schaf in die Hürde. Wenn die Anfälle vorüber waren, kam er mit Getöse wieder zur Tür herein, schloß und riegelte hinter sich zu wie jemand, der sich nicht länger gegen die Schrecken in der Tiefe seiner Seele zur Wehr setzen kann. Ich solchen Stunden habe ich sein Gesicht vor Schweiß glänzen sehen, als ob er eben aus dem Wasser gekommen wäre, und das sogar an kalten Tagen.

Nun, um die Sache zu Ende zu bringen, Mr. Holmes, und um Ihre Geduld nicht zu mißbrauchen, es kam wieder eine Nacht mit einem dieser Ausbrüche in Trunkenheit, und davon ist er nicht zurückgekehrt. Als wir nach ihm suchten, fanden wir ihn: Er lag mit dem Gesicht in einem kleinen, mit Entengrütze bedeckten Teich am hinteren Ende des Gartens.

Es gab keinerlei Anzeichen von Gewaltanwendung, und das Wasser war nur zwei Fuß tief, so daß, unter Bezugnahme auch auf seine bekannte Überspanntheit, der Spruch der Jury auf Selbstmord lautete. Aber ich, der ich wußte, wie er vorm bloßen Gedanken an Tod zurückschrak, hatte große Schwierigkeiten, mir vorzustellen, daß er sich geändert und den Tod gesucht haben sollte. Die Angelegenheit war also geklärt, und mein Vater kam in den Besitz der Liegenschaften und von mehr als vierzehntausend Pfund, die zu seiner Verfügung auf der Bank lagen.«

»Einen Augenblick«, unterbrach Holmes. »Ihre Erzählung ist eine der bemerkenswertesten, die mir je zu Ohren kam. Lassen Sie mich das Datum wissen, an dem der Brief bei Ihrem Onkel einging, und das Datum seines mutmaßlichen Selbstmords.«

»Der Brief kam am 10. März 1883. Sein Tod ereignete sich sieben Wochen später, in der Nacht zum 2. Mai.«

»Danke. Bitte, fahren Sie fort.«

»Als mein Vater den Besitz übernahm, machte er sich auf meinen Vorschlag an eine sorgfältige Untersuchung der Dachstube, die immer abgeschlossen gewesen war. Wir fanden dort das Messingkästchen, dessen Inhalt seinerzeit verbrannt worden war. Auf der Innenseite des Deckels klebte ein Zettel, und auch auf ihm prangte in Großbuchstaben K. K. K., darunter stand: Briefe, Memoranden, Quittungen und Register. Dies bezog sich, wie wir annahmen, auf die Art der Papiere, die von Colonel Openshaw verbrannt worden waren. Das übrige in der Kammer war nicht besonders wichtig, nur lagen viele Papiere und Notizbücher herum, die sich auf meines Onkels Leben in Amerika bezogen. Einige stammten aus der Kriegszeit und zeigten, daß er seine Pflichten erfüllt und den Ruf eines tapferen Soldaten genossen hatte. Andere waren aus der Zeit des Wiederaufbaus der Südstaaten und befaßten sich vor allem mit

Politik; offensichtlich hatte er kräftig Opposition gegen die Carpet-bag-Politiker gemacht, die vom Norden ausgesandt worden waren.

Es war zu Anfang des Jahres ’84, als mein Vater nach Horsham übersiedelte, und alles ging so gut wie nur möglich bis zum Januar ’85. Am vierten Tag nach Neujahr hörte ich, wie mein Vater einen durchdringenden Überraschungsschrei ausstieß, als wir am Frühstückstisch beisammensaßen. Er hielt einen eben geöffneten Briefumschlag in der einen und fünf getrocknete Apfelsinenkerne auf der Fläche der ausgestreckten anderen Hand. Er hatte immer über das, was er mein Ammenmärchen über den Colonel nannte, gelacht, aber nun, da ihm die gleiche Geschichte widerfuhr, schaute er sehr verwirrt und furchtsam drein.

›Was in aller Welt bedeutet das, John?‹ stotterte er.

Mein Herz stand still. ›Da ist wieder dieses K. K. K.‹, sagte ich.

Er blickte in den Umschlag. ›So ist es‹, rief er. ›Hier sind die Buchstaben. Aber was steht über ihnen geschrieben?‹

›Legen Sie die Papiere auf die Sonnenuhr‹, las ich über seine Schulter hinweg.

›Was für Papiere? Was für eine Sonnenuhr?‹ fragte er.

›Die Sonnenuhr im Garten. Eine andere gibt es nicht‹, sagte ich. ›Die Papiere müssen die sein, die verbrannt worden sind.‹

›Pah!‹ sagte er und raffte mit Anstrengung seinen Mut zusammen. ›Wir leben in einem zivilisierten Land, und uns kann man solch dummen Streich nicht spielen. Woher kommt denn das Ding?‹

›Von Dundee‹, sagte ich, auf den Poststempel blickend.

›Ein alberner Streich‹, sagte er. ›Was habe ich mit Sonnenuhren und Papieren zu schaffen. Ich werde von dem Unsinn keine Notiz nehmen.‹

›Ich würde es der Polizei melden‹, sagte ich.

›Und dann wegen meiner Ängste ausgelacht werden. Nichts da.‹

›Dann laß mich es melden.‹

›Nein, ich verbiete es dir. Ich möchte nicht, daß wegen eines solchen Unsinns Aufhebens gemacht wird.‹

Es war vergebens, ihm zu widersprechen, denn er war ein starrsinniger Mann. Dennoch ging ich mit ahnungsschwerem Herzen umher.

Am dritten Tag nach der Ankunft des Briefs brach mein Vater auf, um einen alten Freund, Major Freebody, zu besuchen, der in einem der Forts auf Portsdown Hill das Kommando führt. Ich freute mich, daß er fortging, denn ich glaubte, er sei außerhalb aller Gefahr, wenn er nicht zu Hause war. Darin aber irrte ich mich. Am zweiten Tag seiner Abwesenheit erhielt ich von dem Major ein Telegramm, in dem ich gebeten wurde, sofort zu kommen. Mein Vater war in eine der tiefen Kalkgruben gefallen, von denen es in dieser Gegend viele gibt, und lag besinnungslos mit zertrümmertem Schädel. Ich eilte zu ihm, aber er verschied, ohne das Bewußtsein wiedererlangt zu haben. Er war, wie es scheint, in der Dämmerung von Fareham losgegangen, und da er die Gegend nicht kannte und die Kalkgrube nicht umzäunt war, hatte die Jury keine Bedenken, auf Tod infolge Unfalls zu entscheiden. So sorgfältig ich auch jede Einzelheit im Zusammenhang mit seinem Tod überprüfte, ich stieß auf nichts, das auf einen Mord hätte schließen lassen.

Es gab keine Anzeichen von Gewaltanwendung, von Raub, keine Fußabdrücke und keinen Bericht über Fremde, die man auf der Straße gesehen hätte. Und doch brauche ich Ihnen nicht zu erzählen, daß ich mich lange nicht zufriedengeben wollte; ich war mir fast gewiß, daß er in ein böses Verbrechen hineingezogen worden war.

Durch all dieses Unheil kam ich zu meinem Besitz. Sie

werden mich fragen, warum ich ihn nicht verkauft habe? Ich antworte: Weil ich fest davon überzeugt war, daß die Unglücksfälle irgendwie aus einem Vorkommnis im Leben meines Onkels herrührten und daß mir Gefahr in diesem Hause so sehr drohte wie in irgendeinem anderen.

Es war im Januar '85, als meinen armen Vater sein Ende ereilte, und seitdem sind zwei Jahre und acht Monate verflossen. In dieser Zeit lebte ich zufrieden in Horsham und hoffte schon, daß sich der Fluch von meiner Familie abgewendet, daß er mit der vorangegangenen Generation geendet habe. Ich habe jedoch zu früh begonnen, mich zu beruhigen: Gestern morgen ist der Schlag gefallen, genauso, wie er meinen Vater traf.«

Der junge Mann nahm einen zerknitterten Umschlag aus der Jacke, drehte sich zum Tisch und schüttete fünf getrocknete Apfelsinenkerne heraus. »Das ist der Umschlag«, fuhr er fort. »Der Stempel ist vom Postamt London-Ost. Drin stehen dieselben Worte wie in der Sendung an meinen Vater: K.K.K., und dann: Legen Sie die Papiere auf die Sonnenuhr.«

»Was haben Sie unternommen?« fragte Holmes.

»Nichts.«

»Nichts?«

»Um die Wahrheit zu sagen«, er barg sein Gesicht in den schmalen weißen Händen, »ich fühlte mich hilflos. Ich fühlte mich wie ein armes kleines Kaninchen, wenn sich die Schlange heranwindet. Mir scheint, ich bin in der Gewalt eines unerbittlichen Bösen, dem man nicht widerstehen kann, vor dem weder Vorsicht noch Vorkehrungen einen bewahren können.«

»Aber nicht doch!« rief Sherlock Holmes. »Sie müssen handeln, Mann, oder Sie sind verloren! Nichts als die eigene Entschlossenheit kann Sie retten. Dies ist nicht der Augenblick, sich der Verzweiflung hinzugeben.«

»Ich war bei der Polizei.«

»So?«

»Aber dort hat man sich meine Geschichte mit einem Lächeln angehört. Ich bin überzeugt, daß der Inspektor der Ansicht ist, alles das seien Scherze gewesen, und bei den Todesfällen in meiner Verwandtschaft habe es sich wirklich, wie gerichtlich festgestellt, um Unfälle gehandelt, die mit den Warnungen nicht zusammenhingen.«

Holmes fuchtelte mit den geballten Fäusten. »Unglaublich, unglaublich!« rief er.

»Sie haben mir trotzdem einen Polizisten zugeteilt, der bei mir im Hause bleiben sollte.«

»Ist er heute abend mit Ihnen gekommen?«

»Nein. Er hat den Befehl, im Haus zu bleiben.«

Wieder schüttelte Holmes die Fäuste. »Warum sind Sie zu mir gekommen? Und überdies: Warum sind Sie nicht sofort gekommen?« fragte er.

»Ich wußte ja nichts von Ihnen. Ich habe erst heute mit Major Prendergast über meine Sorge gesprochen, und er gab mir den Rat, Sie aufzusuchen.«

»Sie haben den Brief schon seit zwei Tagen. Wir hätten bereits handeln müssen. Sie haben keinen weiteren Beweis, nehme ich an, als den, der uns hier vorliegt — keinen anderen Fingerzeig, der uns helfen könnte.«

»Es gibt noch etwas«, sagte John Openshaw. Er wühlte in der Manteltasche und zog ein Stück verblaßtes, mit blauer Tinte beschriebenes Papier heraus und legte es auf den Tisch. »Ich erinnere mich, daß ich an dem Tag, als mein Onkel die Papiere verbrannte, beobachtete, daß kleine, unverbrannt gebliebene Schnipsel in der Asche dieselbe Farbe hatten. Dieses einzelne Blatt fand ich damals auf dem Boden seines Zimmers, und ich nehme an, daß es eines von jenen Papieren ist, vielleicht unbemerkt herausgefallen und so der Zerstörung entgangen. Außer daß die Kerne erwähnt werden, sehe ich nicht, daß es viel helfen kann. Ich glaube, es handelt sich um eine Seite aus einem Tagebuch. Die Handschrift ist zweifellos die meines Onkels.«

Holmes zog die Lampe heran, und wir beide beugten uns über das Blatt, dessen ausgezackter Rand zeigte, daß es aus einem Buch herausgerissen war.

Oben stand: März 1869, dann folgten rätselhafte Notizen:

4. Hudson ist gekommen. Dieselbe alte Plattform.

7. Schickte die Kerne an McCauley, Paramore, und Swain in St. Augustine.

9. McCauley geklärt.

10. John Swain geklärt.

12. Paramore besucht. Alles in Ordnung.

»Vielen Dank«, sagte Holmes, faltete das Blatt und gab es unserem Besucher zurück. »Und jetzt dürfen wir keine Sekunde mehr verlieren. Wir haben nicht einmal die Zeit, das zu erörtern, was Sie mir erzählt haben. Sie müssen nach Hause, sofort, und handeln.«

»Was soll ich tun?«

»Es gibt nur eines, und das muß gleich getan werden: Sie müssen das Blatt, das Sie uns gezeigt haben, in das erwähnte Messingkästchen stecken. Dazu müssen Sie eine Mitteilung des Inhalts legen, daß alle anderen Papiere von Ihrem Onkel verbrannt worden sind und daß dieses das einzig übriggebliebene ist. Das müssen Sie mit überzeugenden Worten versichern. Dann legen Sie das Kästchen sofort auf die Sonnenuhr, wie man Sie angewiesen hat. Haben Sie verstanden?«

»Völlig.«

»Denken Sie jetzt nicht an Rache oder dergleichen. Ich glaube, die werden wir mit gesetzlichen Mitteln erreichen; aber wir haben unser Netz noch zu spinnen, während ihres schon gesponnen ist. Als erstes müssen wir die drückende Gefahr, die Sie bedroht, beseitigen.

Als zweites werden wir das Geheimnis aufklären und die Schuldigen bestrafen.«

»Ich danke Ihnen«, sagte der junge Mann, erhob sich und zog seinen Mantel an. »Sie haben mir Leben und Hoffnung zurückgegeben. Ich werde mit Sicherheit tun, was Sie mir raten.«

»Verlieren Sie keine Sekunde. Und vor allem: Nehmen Sie sich inzwischen in acht, denn ich zweifle nicht daran, daß Ihnen eine sehr reale Gefahr droht. Wie fahren Sie zurück?«

»Mit dem Zug von Waterloo-Station.«

»Es ist noch nicht neun. Die Straßen sind noch belebt, und ich vertraue darauf, daß Ihnen nichts geschehen wird. Trotzdem können Sie sich nicht genug in acht nehmen.«

»Ich bin bewaffnet.«

»Das ist gut. Morgen werde ich mit Ihrem Fall anfangen.«

»Dann sehe ich Sie in Horsham?«

»Nein, Ihr Geheimnis liegt in London. Und da werde ich es suchen.«

»Dann spreche ich in ein oder zwei Tagen wieder bei Ihnen vor und berichte Ihnen, was mit dem Kästchen und dem Blatt geschehen ist. Ich werde Ihren Rat genauestens befolgen.«

Er schüttelte uns die Hand und verabschiedete sich. Draußen heulte noch immer der Wind, und der Regen spritzte und trommelte gegen die Fenster. Diese seltsam wilde Geschichte schien geradewegs auf dem Rücken der verrückt gewordenen Elemente zu uns gekommen zu sein — getragen wie ein Seegrashalm vom Sturm —, und jetzt wurde sie wieder von ihnen verschlungen.

Sherlock Holmes saß eine Weile schweigend, sein Kopf war nach vorn gesunken, die Augen starrten in die Glut. Dann zündete er eine Pfeife an und beobachtete, in seinen Sessel gelehnt, wie die blauen Rauchkringel einander zur Decke hinauf verfolgten.

»Ich glaube, Watson«, bemerkte er schließlich, »von all unseren Fällen war keiner so phantastisch wie dieser.«

»Ausgenommen vielleicht das ›Zeichen der Vier‹.«

»Ja, natürlich, der Fall vielleicht ausgenommen. Und doch scheint dieser John Openshaw in größerer Gefahr zu schweben als damals die Sholtos.«

»Aber haben Sie«, fragte ich, »schon eine endgültige Erklärung dafür, was das für Gefahren sind?«

»Was ihren Ursprung angeht, kann es keinen Zweifel geben«, antwortete er.

»Welchen Ursprungs also sind sie? Was bedeutet das K. K. K., und warum verfolgt es diese unglückliche Familie?«

Sherlock Holmes schloß die Augen, stützte die Arme auf die Seitenlehnen des Sessels und legte die Fingerspitzen gegeneinander.

»Der ideale Denker wäre imstande, wenn ihm einmal eine einzige Tatsache in ihrer ganzen Tragweite vorgestellt worden ist, daraus nicht nur die Kette der Geschehnisse abzuleiten, die zu ihr hinführt, sondern auch alles, was sich künftig daraus ergeben kann. Wie Cuvier ein ganzes Tier korrekt zu beschreiben vermochte, indem er sich in die Betrachtung eines einzigen Knochens versenkte, so sollte ein Beobachter, der ein Glied einer Kette durch und durch begriffen hat, in der Lage sein, alle anderen Glieder, die vorausgehenden wie die nachfolgenden, erklären zu können. Wir haben bis jetzt nicht erfaßt, zu welchen Resultaten allein die Vernunft gelangen kann. Das Denken vermag Probleme zu lösen, an denen alle jene verzweifeln, die eine Lösung mit Hilfe ihrer Sinne suchen. Um die Kunst des Denkens jedoch auf den höchsten Gipfel zu führen, wäre es nötig, daß der Denker imstande ist, alle Fakten zu nutzen, die ihm zur Kenntnis kommen, und dies wiederum, wie Sie einsehen werden, setzt den Besitz umfassenden Wissens voraus, was selbst in diesen Tagen der freien Bildung und der Enzyklopädien eine ausgesprochene Seltenheit ist. Es ist hingegen nicht unmöglich, daß ein Mann alle die Kenntnisse besitzt, die er für seine Arbeit wahrscheinlich wird brauchen können, und diese zu erlangen, habe ich für meinen Teil mich bemüht. Wenn ich mich recht erinnere, nahmen Sie in den frühen Tagen unserer Freundschaft einmal Anlaß, meine Kenntnisse sehr genau zu definieren.«

»Ja«, antwortete ich lachend, »das war ein einmaliges Dokument. Philosophie, Astronomie, Politik, erinnere ich mich, da war absolut nichts vorhanden, Botanikkenntnisse unterschiedlich, Geologie gründlich im Hinblick auf die Dreckspuren aus beliebigen Gegenden in fünfzig Meilen Umkreis der Stadt, Chemie eine Angelegenheit überspannter Neigung, Anatomie unsystematisch, Sensationsliteratur und Kriminalberichte einzigartig, ansonsten Geiger, Boxer, Fechter, Jurist und Selbstvergifter mittels Kokain und Tabak. Das waren, glaube ich, die wichtigsten Ergebnisse meiner Analyse.«

Holmes grinste zu dem letzten Punkt. »Nun«, sagte er, »ich sage heute, was ich auch damals sagte, daß ein Mann in seinem Gehirnstübchen alle die Dinge stapeln sollte, die er wahrscheinlich brauchen wird, und das übrige mag er in der Rumpelkammer seiner Bibliothek verstauen, von wo er es nach Wunsch wiederbekommen kann. Für so einen Fall, wie er uns heute abend vorgelegt wurde, ist es nötig, daß wir alle unsere Quellen befragen. Bitte, reichen Sie mir die Enzyklopädie von Amerika, Buchstabe K, der Band steht auf dem Regal neben Ihnen. Danke. Nun lassen Sie uns die Lage näher betrachten und sehen, was aus ihr abgeleitet werden kann. Beginnen wir fürs erste damit, daß es ziemlich wahrscheinlich ist, daß der Colonel Openshaw einen sehr handfesten Grund hatte, Amerika zu verlassen. Männer seines Alters ändern nicht alle ihre Gewohnheiten und tauschen nicht mutwillig das liebliche Klima Floridas gegen das einsame Leben in einer englischen Provinzstadt ein. Seine extreme Vorliebe für die Zurückgezogenheit in England legt den Gedanken nahe, daß er Furcht hatte vor irgend jemandem oder irgend etwas; so können wir als eine Arbeitshypothese unterstellen, daß es Furcht vor irgend jemandem oder irgend etwas war, das ihn aus Amerika vertrieb. Auf das, was er fürchtete, können wir nur durch die schrecklichen Briefe schließen, die er und seine Nachfolger erhielten. Haben Sie sich die Poststempel der Briefe gemerkt?«

»Der erste war aus Pondicherry, der zweite aus Dundee und der dritte aus London.«

»Aus London-Ost. Was schließen Sie daraus?«

»Die drei Orte sind Seehäfen. Also war der Schreiber an Bord eines Schiffes.«

»Hervorragend. Wir haben bereits einen Faden. Es kann keinen Zweifel geben, daß die Wahrscheinlichkeit — die starke Wahrscheinlichkeit — besteht, daß der Schreiber sich an Bord eines Schiffes befand. Und nun lassen Sie uns den zweiten Punkt bedenken. Im Falle von Pondicherry verstrichen sieben Wochen zwischen dem Einfädeln und der Ausführung, bei Dundee waren es nur etwa drei oder vier Tage. Fällt uns dabei etwas ein?«

»Die größere Entfernung, die zurückgelegt werden muß.«

»Aber auch der Brief hatte eine größere Strecke zurückzulegen.«

»Dann sehe ich den entscheidenden Punkt nicht.«

»Wir dürfen wenigstens annehmen, daß das Schiff, auf dem sich der Mann befindet — oder die Männer —, ein Segler ist. Es sieht so aus, als ob sie immer ihre einmalige Warnung vorausschickten, wenn sie bereits ihr Vorhaben in Angriff genommen hatten. Sie sehen, wie schnell die Tat dem Signal folgte, als es aus Dundee kam. Wenn sie von Pondicherry ein Dampfschiff genommen hätten, wären sie gleichzeitig mit ihrem Brief eingetroffen. Es vergingen jedoch sieben Wochen. Ich glaube, daß diese sieben Wochen die Differenz darstellen zwischen dem Postschiff, das den Brief, und dem Segelschiff, das den Briefschreiber brachte.«

»Das ist möglich.«

»Mehr als das: Es ist wahrscheinlich. Und nun sehen Sie, wie lebenswichtig dringlich der neue Fall ist und warum ich den jungen Openshaw zur Vorsicht mahnte. Der Schlag fiel immer nach Ablauf der Zeit, die die Täter brauchten, um die Entfernung zurückzulegen. Aber dieser letzte Brief kam aus London, und deshalb können wir nicht mit Aufschub rechnen.«

»Großer Gott!« rief ich. »Was kann diese unbarmherzige Verfolgung nur bedeuten?«

»Die Papiere, die Openshaw mitnahm, sind offensichtlich lebenswichtig für die Person oder vielmehr für die Personen auf dem Segelschiff. Ich denke, es ist klar, daß es mehr als einer sein muß. Ein einzelner Mann hätte nicht zwei Todesfälle auf eine Weise bewerkstelligen können, die die Jury eines Coroners irreführte. Dazu gehören mehrere, und es müssen Leute sein, die Hilfsquellen und Entschlossenheit besitzen. Es geht ihnen um ihre Papiere, wer immer der Besitzer sein mag. Auf diese Weise hören K. K. K. auf, die Initialen eines Individuums zu sein, und die Buchstaben werden zum Zeichen einer Vereinigung.«

»Aber welcher Vereinigung?«

»Haben Sie denn nie«, sagte Sherlock Holmes, lehnte sich vor und dämpfte die Stimme, »haben Sie nie vom Ku Klux Klan gehört?«

»Nie.«

Holmes blätterte in dem Buch, das er auf den Knien hielt.

»Hier ist es«, sagte er bald darauf, »Ku Klux Klan. Ein Name, der auf das Geräusch zurückgeht, das beim Spannen des Gewehrhahns entsteht. Diese fürchterliche Geheimgesellschaft wurde von ehemaligen Soldaten der Konföderierten in den Südstaaten nach dem Bürgerkrieg gebildet, und es formierten sich schnell örtliche Gruppen in verschiedenen Teilen des Landes, besonders in Tennessee, Louisiana, Nord- und Südkarolina, Georgia und Florida. Ihre Macht setzten sie für politische Zwecke ein, besonders zur Terrorisierung der Negerwähler und zur Vertreibung derer, die ihren Ansichten entgegenstanden. Ihre Ausschreitungen leiteten sie gewöhnlich damit ein, daß dem betreffenden Mann eine Warnung zugestellt wurde, in einer phantastischen, aber verständlichen Form — der Zweig einer Eiche in einigen Teilen des Landes, in anderen Melonensamen oder Apfelsinenkerne. Wenn das Opfer das Zeichen erhalten hatte, konnte es nur entweder seiner bisherigen Lebensweise abschwören oder aus dem Land fliehen. Wenn es versuchte, Mut an den Tag zu legen, war es unfehlbar dem Tod verfallen, der gewöhnlich auf seltsame und unvorhersehbare Art eintrat. So perfekt war die Organisation der Gesellschaft, so systematisch waren ihre Methoden, daß kaum ein Fall bekannt geworden ist, in dem es jemandem gelungen wäre, sich ungestraft zu widersetzen, oder in dem die Gewalttat bis zu ihren Urhebern zurückverfolgt werden konnte. Einige Jahre lang blühte die Organisation trotz der Anstrengungen der Regierung der Vereinigten Staaten und der einsichtigen Kreise im Süden. Im Jahre 1869 brach die Bewegung ziemlich plötzlich zusammen, wenngleich es seitdem hin und wieder noch Ausschreitungen dieser Art gibt.

Sie werden bemerkt haben«, sagte Holmes und legte den Band nieder, »daß das plötzliche Auseinanderfallen der Gesellschaft mit dem Verschwinden Openshaws und ihrer Papiere aus Amerika zusammengeht. Das kann sehr wohl Ursache und Wirkung gewesen sein. Es ist kein Wunder, daß er und seine Familie einige der unversöhnlichen Geister auf den Fersen haben. Begreifen Sie nun, daß dieses Register und dieses Tagebuch einige der angesehensten Männer des Südens kompromittiert und daß es viele gibt, die nachts nicht mehr ruhig schlafen? Sie müssen die Aufzeichnungen zurückhaben.«

»Dann ist die Seite, die uns gezeigt wurde...«

»Sie ist das, was wir erwarten konnten. Da hieß es, wenn ich mich recht erinnere: Schickte die Kerne an A, B und C — das heißt: Sandte die Warnung der Gesellschaft an sie. Dann folgten Eintragungen, daß A und B geklärt oder das Land verlassen hätten, und schließlich, daß C besucht worden sei, mit einem, wie ich fürchte, schlimmen Ergebnis. Nun, Doktor, ich glaube, wir sollten Licht in diese dunkle Angelegenheit bringen. Die einzige Chance, die dem jungen Openshaw in der Zwischenzeit bleibt, besteht darin, daß er tut, was ich ihm gesagt habe. Heute abend gibt es nichts mehr zu bereden oder zu tun; also reichen Sie mir die Violine herüber und lassen Sie uns versuchen, für eine halbe Stunde das elende Wetter und die noch elenderen Methoden unserer Mitmenschen zu vergessen.«

Am Morgen hatte es aufgeklart, und die Sonne schien matt durch den dunstigen Schleier, der über der großen Stadt hing. Sherlock Holmes saß schon beim Frühstück, als ich herunterkam.

»Entschuldigen Sie, daß ich nicht auf Sie gewartet habe«, sagte er. »Vor mir liegt, wie ich voraussehe, ein sehr arbeitsreicher Tag; ich werde ihn mit dem Fall des jungen Openshaw zubringen.«

»Welche Schritte wollen Sie unternehmen?«

»Das hängt vor allem davon ab, welche Ergebnisse

meine Befragungen haben. Es ist durchaus möglich, daß ich nach Horsham muß.«

»Fahren Sie nicht zuerst dorthin?«

»Nein, ich werde mit dieser Stadt anfangen. Läuten Sie nur, das Mädchen bringt Ihnen den Kaffee.«

Während ich wartete, nahm ich die ungeöffnete Zeitung vom Tisch und warf einen Blick hinein. Er blieb an einer Schlagzeile hängen, die mir das Herz erzittern ließ.

»Holmes«, rief ich, »Sie kommen zu spät.«

»Oh!« sagte er und setzte die Tasse nieder. »Das habe ich befürchtet. Wie ist es geschehen?« Er sprach ruhig, aber ich sah, daß er tief bewegt war.

»Mein Blick fiel auf den Namen Openshaw und die Schlagzeile ›Tragödie nahe Waterloo Bridge‹ Hier ist der Inhalt: ›Zwischen neun und zehn Uhr gestern abend hörte Konstabler Cook von der Abteilung H, der in der Nähe der Waterloo Bridge Dienst tat, einen Hilfeschrei und einen Fall ins Wasser. Die Nacht war äußerst dunkel und stürmisch, so daß, trotz der Hilfe einiger Passanten, eine erfolgreiche Rettung ganz unmöglich war. Dennoch wurde Alarm gegeben, und mit Unterstützung der Wasserpolizei konnte die Leiche schließlich geborgen werden. Sie erwies sich als die eines jungen Herrn, dessen Name, nach einem Kuvert zu schließen, das in einer seiner Taschen gefunden wurde, John Openshaw ist, wohnhaft bei Horsham. Es wird angenommen, daß er versuchte, den letzten Zug von Waterloo-Station zu erreichen, und daß er in der Hast bei der ungewöhnlichen Dunkelheit vom Weg abkam und von einer der kleinen Landungsbrücken für Flußdampfer abstürzte. Der Körper zeigte keine Spuren von Gewaltanwendung, und es gibt keinen Zweifel daran, daß der Tote Opfer eines Unglücksfalls geworden ist, der das Resultat zeitigen sollte, die Aufmerksamkeit der Behörden auf den Zustand der Landebrücken am Fluß zu lenken.‹«

Einige Minuten saßen wir schweigend da; Holmes war bedrückt und tiefer erschüttert, als ich es je bei ihm gesehen hatte.

»Das verletzt meinen Stolz, Watson,« sagte er schließlich. »Ich weiß, das ist ein kleinliches Gefühl; aber es verletzt meinen Stolz. Nun wird die Sache zu meiner persönlichen Angelegenheit, und ich werde, wenn Gott mich gesund erhält, die Bande fassen. Er bittet mich um Hilfe, und ich schicke ihn fort, in seinen Tod...!« Er sprang vom Stuhl auf und lief in unkontrollierter Erregung durchs Zimmer, die hageren Wangen waren gerötet, und die langen dünnen Hände ballten und öffneten sich nervös.

»Das müssen geschickte Teufel sein«, rief er schließlich. »Wie haben sie ihn dort hinlocken können? Der Themse-Kai liegt nicht am direkten Weg zum Bahnhof. Die Brücke war zweifellos zu belebt, sogar in dieser Nacht, als daß sie ihre Absicht da hätten ausführen können. Nun, Watson, wir werden sehen, wer am Ende das Rennen gewinnt. Ich gehe jetzt.«

»Zur Polizei?«

»Nein, jetzt bin ich meine eigene Polizei. Wenn ich das Netz geknüpft habe, dann können sie die Fliegen herausholen, aber nicht eher.«

Den ganzen Tag war ich mit meiner beruflichen Arbeit beschäftigt, und es wurde spät, ehe ich in die Baker Street zurückkam. Sherlock Holmes war noch nicht da. Es war fast zehn Uhr, als er eintrat, bleich und abgespannt. Er ging zum Büfett, riß sich ein Stück Brot ab, verschlang es gierig und spülte es mit einem großen Schluck Wasser hinunter.

»Sie sind hungrig«, bemerkte ich.

»Ich bin fast verhungert. Ich habe nicht an Essen gedacht, habe seit dem Frühstück nichts mehr gegessen.«

»Nichts?«

»Nicht einen Bissen. Ich hatte keine Zeit, daran zu denken.«

»Und wie sind Sie vorangekommen?«

»Gut.«

»Haben Sie einen Anhaltspunkt?«

»Ich habe die Kerle in der Hand. Der junge Openshaw wird nicht lange ungerächt bleiben. Los, Watson, wir wollen mit ihnen ihr eigenes teuflisches Spiel spielen. Es ist gut überlegt.«

»Was meinen Sie?«

Er nahm eine Apfelsine, zerlegte sie in Scheiben und drückte die Kerne auf den Tisch. Er nahm fünf von ihnen und steckte sie in ein Kuvert. Auf die Innenseite der Lasche schrieb er: S. H. an J. C. Dann siegelte er das Kuvert und adressierte es an ›Captain Calhoun, Barke ‚Lone Star', Savannah, Georgia.‹

»Das wird er vorfinden, wenn er in den Hafen einläuft«, sagte er mit meckerndem Lachen. »Das soll ihm eine schlaflose Nacht bereiten. Er wird es so sicher für einen Vorboten des Schicksals halten wie vor ihm Openshaw.«

»Und wer ist Captain Calhoun?«

»Der Anführer der Bande. Die anderen kriege ich auch, aber ihn zuerst.«

»Wie sind Sie der Sache auf die Spur gekommen?«

Er zog ein großes Blatt Papier aus der Tasche, das ganz mit Daten und Namen bedeckt war.

»Ich habe den ganzen Tag«, sagte er, »über Lloyd's Registern und alten Aktenstößen verbracht und die Route jedes Schiffes verfolgt, das Pondicherry im Januar und im Februar '83 berührt hat. Von sechsunddreißig Schiffen mit angemessener Tonnage lag die Meldung vor, daß sie während dieser Monate dort waren. Von ihnen erregte die ›Lone Star‹ sofort meine Aufmerksamkeit, da der Name des Schiffes auf einen Staat in den USA hindeutet, obwohl aufgezeichnet war, daß sie von London in See gestochen sei.«

»Texas, nehme ich an.«

»Ich war und bin nicht sicher, welcher der Staaten gemeint ist. Aber ich weiß, daß das Schiff amerikanischer Herkunft sein muß.«

»Was taten Sie dann?«

»Ich durchforschte die Listen aus Dundee, und als ich fand, daß die Bark ›Lone Star‹ im Januar '85 dort gewesen ist, wurde aus meinem Verdacht Gewißheit. Dann erkundigte ich mich nach den Schiffen, die jetzt im Londoner Hafen liegen.«

»Und?«

»Die ›Lone Star‹ ist letzte Woche angekommen. Ich ging zum Albert-Dock und stellte fest, daß sie heute vor der frühen Ebbe den Fluß hinuntergeschleppt worden ist und die Rückreise zum Heimathafen Savannah angetreten hat. Ich telegraphierte nach Gravesend und erfuhr, daß sie dort schon vor einiger Zeit durchgekommen war, und da der Wind auf Ost steht, zweifle ich nicht, daß sie mittlerweile die Goodwins passiert hat und sich jetzt nicht sehr weit von der Isle of Wight befindet.«

»Was wollen Sie da tun?«

»Oh, ich habe meine Hand auf ihm. Er und zwei Maate sind, wie ich erfahren habe, die einzigen gebürtigen Amerikaner auf dem Schiff. Die anderen sind Finnen und Deutsche. Ich weiß auch, daß alle drei gestern abend von Bord gewesen sind. Das hat mir der Staumeister gesagt, der das Laden überwacht hat. Bis ihr Segelschiff Savannah erreichen kann, hat das Postboot diesen Brief befördert und ein Kabel die Polizei von Savannah informiert, daß die drei Herren wegen einer Mordanklage dringend gesucht werden.«

Es gibt immer eine brüchige Stelle in den bestausgedachten menschlichen Plänen. John Openshaws Mörder sollten nie die Apfelsinenkerne erhalten, die ihnen bewiesen hätten, daß ihnen ein anderer, genauso listig und entschlossen wie sie, auf der Spur war. Die Äquinoktialstürme waren in diesem Jahr sehr ausgedehnt und heftig. Wir warteten lange auf Nachrichten über die ›Lone Star‹ aus Savannah, aber nicht eine einzige hat uns je erreicht. Schließlich hörten wir, daß irgendwo weit draußen im Atlantik der zerschmetterte Achtersteven eines Schiffes auf den Wellen tanzend gesichtet worden war, auf dem die Buchstaben L. S. eingeschnitzt waren. Mehr werden wir über das Schicksal der ›Lone Star‹ niemals erfahren.

Der Mann mit dem schiefen Mund

Isa Whitney, ein Bruder von D. D. Elias Whitney, des verstorbenen Rektors des Theologischen Kollegs von St. George, war stark opiumabhängig. Die Gewöhnung war, soviel ich weiß, von einer törichten Studentenlaune ausgegangen, nachdem er de Quinceys Beschreibung der eigenen Träume und Empfindungen gelesen hatte: In der Absicht, dieselben Wirkungen hervorzurufen, tränkte er seinen Tabak mit Laudanum. Er machte, wie viele andere auch, die Erfahrung, daß es leichter ist, damit anzufangen als aufzuhören, und so wurde er über viele Jahre Sklave des Rauschgifts und für seine Freunde und Verwandten ein Gegenstand des Abscheus und des Mitleids. Ich sehe ihn noch vor mir, mit gelbem, aufgedunsenem Gesicht, schlaffen Lidern, nadelkopfkleinen Pupillen, in einen Sessel gekauert: das Wrack eines noblen Mannes.

Eines Abends, es war im Juni 1889, läutete es an meiner Tür, ungefähr zu der Stunde, da man das erstemal gähnt und zur Uhr sieht. Ich setzte mich im Sessel auf, und meine Frau legte ihre Handarbeit in den Schoß und zog ein enttäuschtes Gesicht.

»Ein Patient«, sagte sie. »Du wirst noch fortgehen müssen.«

Ich seufzte, denn erst kurz zuvor war ich von einem anstrengenden Tag nach Hause gekommen.

Wir hörten die Tür gehen, einige wenige hastige Worte, dann schnelle Schritte auf dem Linoleum. Die Tür flog auf, und eine dunkel gekleidete, schwarzverschleierte Dame betrat das Zimmer.

»Entschuldigen Sie bitte meinen späten Besuch«, sagte sie, und dann, plötzlich ohne Selbstbeherrschung, stürzte sie vor, warf meiner Frau die Arme um den Hals und schluchzte an ihrer Schulter.

»Oh«, rief sie, »ich habe so entsetzlichen Kummer! Ich brauche so sehr ein bißchen Hilfe.«

»Ja, aber«, sagte meine Frau und schob ihr den Schleier hoch, »das ist doch Kate Whitney. Wie hast du mich erschreckt, Kate! Ich hatte keine Ahnung, daß du es warst, die hereinkam.«

»Ich wußte mir nicht mehr zu helfen, so ging ich geradewegs zu euch.«

So war das immer. Leute mit Kummer flogen meiner Frau zu wie dem Leuchtturm die Vögel.

»Es ist lieb von dir, daß du gekommen bist. Du mußt erst einmal einen Schluck Wein und Wasser trinken, dich bequem hier hinsetzen und uns dann alles erzählen. Oder soll ich lieber James zu Bett schicken?«

»O nein, nein. Ich möchte auch den Rat und die Hilfe des Doktors. Es geht um Isa. Er ist seit zwei Tagen nicht zu Hause gewesen. Ich habe solche Angst um ihn!«

Sie erzählte uns nicht zum erstenmal von den Schwierigkeiten, in denen sich ihr Mann befand, mir als dem Arzt, meiner Frau als der alten Freundin aus der Schulzeit. Wir trösteten und beruhigten sie mit Worten, die uns gerade einfielen. Wußte sie, wo ihr Mann war? Konnten wir ihn zurückbringen?

Es schien so. Sie hatte sichere Nachricht, daß er im Rausch seit kurzem eine Opiumhöhle im äußersten Osten der Stadt aufsucht. Bis jetzt hatten seine Orgien immer nur einen Tag gedauert, und er war, grimassierend und zerrüttet, am Abend zurückgekommen. Nun aber dauerte der Anfall schon achtundvierzig Stunden, und zweifellos wälzte er sich jetzt im Dreck der Docks, das Gift inhalierend oder seinen Rausch ausschlafend. Dort, in der ›Bar of Gold‹ in der Upper Swandam Lane, mußte er zu finden sein, dessen war sie gewiß. Aber was sollte sie machen? Wie konnte sie, eine junge, ängstliche

Frau, in solch eine Räuberhöhle gehen und ihren Mann herausholen?

So lagen die Dinge, und es gab natürlich nur einen Ausweg. Sollte ich sie nicht zu der Kaschemme begleiten? Und, zweiter Gedanke: Mußte sie überhaupt mitgehen? Ich war Isa Whitneys Hausarzt und hatte als solcher Einfluß auf ihn. Ich würde es allein besser schaffen. Ich versprach ihr fest, ihn innerhalb von zwei Stunden mit einer Droschke nach Hause zu schicken, wenn er wirklich war, wo sie ihn vermutete. Und so hatte ich zehn Minuten später meinen Sessel und mein freundliches Wohnzimmer verlassen und eilte in einem Hansom ostwärts, in einer, wie mir zu diesem Zeitpunkt schien, sonderbaren Mission, aber es sollte sich erst erweisen, wie sonderbar sie in Wirklichkeit war.

Im ersten Abschnitt meines Abenteuers begegnete ich keinen großen Schwierigkeiten. Die Upper Swandam Lane ist eine abscheuliche Gasse, die sich hinter den hohen Werften an der Nordseite des Flusses bis zur London Bridge hinzieht. Versteckt zwischen einer Altkleiderhandlung und einem Ginausschank, am Fuß einer steilen, in einen Abgrund führenden Treppe, entdeckte ich die gesuchte Opiumhöhle. Ich befahl dem Kutscher zu warten, stieg die Stufen hinunter, die in der Mitte von den Tritten Trunkener abgewetzt waren, fand im Licht einer flackernden Öllampe über der Tür die Klinke und betrat einen niedrigen, langen Raum, in dem die Luft dick und schwer vom braunen Opiumrauch war und an dessen Seiten sich wie auf dem Vordeck eines Auswandererschiffes etagenweis hölzerne Kojen hinzogen.

Im Halbdunkel konnte ich nur schwach die Umrisse von Körpern erkennen, die in seltsamen, phantastischen Stellungen lagen, gekrümmte Schultern, angezogene Knie, zurückgeworfene Köpfe, deren Kinne nach oben wiesen; hier und da ein dunkles, glanzloses Auge, das sich auf den Ankömmling richtete. Aus den schwarzen Schatten glühten kleine rote Kreise auf und verblaßten in dem Rhythmus, wie an dem Gift in den Köpfen der metallenen Pfeifen gesogen wurde. Die meisten lagen schweigend, aber einige murmelten vor sich hin, manche redeten miteinander mit leisen, eintönigen, fremdartigen Stimmen. Diese Unterhaltungen flackerten auf und verloren sich unvermittelt in der Stille, jeder brabbelte nur noch seine eigenen Gedanken und gab wenig auf die Worte seines Nachbarn. Hinten im Raum stand eine kleine Pfanne voller brennender Holzkohle, und neben ihr saß auf einem dreibeinigen hölzernen Schemel ein langer, dünner, alter Mann, das Kinn in die Fäuste und die Ellenbogen auf die Knie gestützt, und starrte ins Feuer.

Ich war kaum eingetreten, als ein blaßgelber malayischer Diener mit einer Pfeife und einer Portion Rauschgift auf mich zueilte und mich in eine leere Koje weisen wollte.

»Danke, ich habe nicht die Absicht, zu bleiben«, sagte ich. »Ein Freund von mir ist hier, Mr. Isa Whitney. Ich möchte ihn sprechen.«

Eine Bewegung und ein Ruf zu meiner Rechten machten mich aufmerksam, und als ich in das Halbdunkel spähte, sah ich Whitney; er starrte mich an, blaß, verstört und ungekämmt.

»Mein Gott, Watson«, sagte er. Er war in einem bejammernswerten Zustand, ein wahres Nervenbündel. »Wie spät ist es, Watson?«

»Fast elf.«

»Und was für ein Tag?«

»Freitag, der 19. Juni.«

»Lieber Himmel! Ich dachte, es sei Mittwoch. Es *ist* auch Mittwoch. Warum wollen Sie einen armen Burschen erschrecken?« Sein Kopf sackte auf die Arme, und er begann in hohem, durchdringendem Ton zu schluchzen.

»Aber ich sage Ihnen, es ist Freitag. Ihre Frau wartet seit zwei Tagen auf Sie. Sie sollten sich schämen!«

»Ja, Sie haben recht. Aber Sie müssen sich irren, ich bin erst ein paar Stunden hier — drei Pfeifchen, vier Pfeifchen — ich habe vergessen, wie viele. Doch ich gehe mit Ihnen nach Hause. Ich möchte nicht, daß Kate — die arme kleine Kate — sich ängstigt. Helfen Sie mir auf. Haben Sie eine Droschke?«

»Ja, sie wartet.«

»Dann fahre ich. Aber ich muß noch bezahlen. Stellen Sie fest, wieviel ich bezahlen soll, Watson. Ich bin ganz durcheinander. Ich kann mir nicht helfen.«

Ich ging den schmalen Gang zwischen den Reihen der Schläfer hinunter, hielt den Atem an, um nicht die ekelhaften, benebelnden Gerüche des Rauschgifts einatmen zu müssen, und sah mich nach dem Wirt um. Als ich an dem langen alten Mann vorüberkam, der bei der Kohlenpfanne saß, spürte ich, wie mich einer am Ärmel zupfte, und hörte eine leise Stimme flüstern: »Gehen Sie vorbei und schauen Sie dann wieder zu mir her.«

Diese Worte hörte ich ganz deutlich. Ich blickte nach unten. Sie konnten nur von dem alten Mann neben mir gekommen sein, und doch saß er nach wie vor in sich versunken, sehr dünn, mit faltigem Gesicht, vom Alter gebeugt, die Opiumpfeife hing zwischen den Knien herab, als sei sie ihm vor Mattigkeit aus den Fingern geglitten. Ich ging zwei Schritte weiter, blickte zurück und mußte mich sehr zusammennehmen, um nicht vor Erstaunen aufzuschreien. Der Alte hatte sich so gedreht, daß keiner außer mir ihn sehen konnte. Seine Gestalt hatte sich aufgefüllt, die Falten waren verschwunden, die Augen hatten ihren Glanz; der dort beim Feuer saß und über meine Verblüffung grinste, war kein anderer als Sherlock Holmes. Er bedeutete mir mit einer kleinen Bewegung, näher zu kommen, und als er sein Gesicht der Gesellschaft noch einmal zukehrte, verfiel er sofort wieder in zitternde, sabbernde Greisenhaftigkeit.

»Holmes!« flüsterte ich, »was um Himmels willen tun Sie in der Opiumhöhle?«

»Sprechen Sie so leise wie möglich. Ich habe ausgezeichnete Ohren. Wenn Sie die große Güte besäßen, sich von Ihrem tölpelhaften Freund loszumachen, wäre ich außerordentlich glücklich, ein kleines Gespräch mit Ihnen führen zu können.«

»Draußen wartet eine Droschke.«

»Dann schicken Sie ihn bitte darin nach Hause. Das können Sie wagen, denn er scheint mir zu schlapp, um noch einmal Unfug anzustellen. Sie sollten durch den Kutscher auch Ihrer Frau eine Mitteilung geben, daß Sie sich mit mir zusammengetan haben. Wenn Sie draußen warten wollen — ich werde in fünf Minuten bei Ihnen sein.«

Es war schwierig, Sherlock Holmes eine Bitte abzuschlagen, denn seine Anliegen trug er stets äußerst bestimmt und überlegen vor. Ich fühlte, daß meine Mission beendet sei, wenn Whitney einmal in der Droschke untergebracht war. Und zudem konnte ich mir nichts Besseres vorstellen, als mit meinem Freund in einem jener außergewöhnlichen Abenteuer verbunden zu sein, in denen er zu leben pflegte. In wenigen Minuten hatte ich eine Nachricht an meine Frau geschrieben, für Whitney die Rechnung bezahlt, ihn zur Droschke geschafft und zugesehen, wie er in die Dunkelheit davonfuhr. Kurze Zeit danach tauchte eine altersgebeugte Gestalt aus der Opiumhöhle auf, und ich ging mit Sherlock Holmes durch die Straße. Ein, zwei Seitenstraßen weit schlurrte er noch, gebückt und unsicheren Fußes. Dann, nachdem er sich schnell umgesehen hatte, streckte er sich und brach in ein herzhaftes Gelächter aus.

»Ich vermute, Watson«, sagte er, »Sie argwöhnen, daß ich mir zu den Kokaininjektionen und all den anderen kleinen Schwächen, die Sie von Ihrem medizinischen Standpunkt aus immer so an mir schätzen, auch noch das Opiumrauchen angewöhnt habe.«

»Ich war wirklich überrascht, Sie dort zu treffen.«

»Nicht mehr als ich, Sie zu treffen.«

»Ich suchte nach einem Freund.«

»Und ich suchte nach einem Feind.«

»Nach einem Feind?«

»Ja, nach einem meiner natürlichen Feinde, oder sollte ich sagen, nach einem natürlichen Opfer? Kurz, Watson, ich stecke mitten in einer äußerst bemerkenswerten Untersuchung und hoffte, in den zusammenhanglosen Quatschereien der Wracks eine Spur zu finden, wie es mir bereits früher gelang. Hätte man mich in der Höhle erkannt, wäre mein Leben nicht mehr einen Schuß Pulver wert gewesen; ich habe die Höhle nämlich schon öfter für meine Zwecke genutzt, und der schurkische Besitzer, der Laskar, hat mir Rache geschworen. Hinterm Haus, nahe bei der Paulswerft, gibt es eine Falltür, die seltsame Geschichten davon erzählen könnte, was in mondlosen Nächten schon alles in sie hineingefallen ist.«

»Wie! Sie meinen doch nicht Leichen?«

»Jawohl, Leichen, Watson. Wir wären reich, wenn wir tausend Pfund für jeden armen Teufel erhielten, der in dieser Höhle zu Tode kam. Sie ist die abscheulichste Mordfalle im ganzen Hafen, und ich fürchte, Neville St. Clair ist hineingeraten und wird sie nie wieder verlassen. Aber wir haben auch unsere Falle aufgestellt!« Er steckte die beiden Zeigefinger zwischen die Zähne und pfiff schrill, und das Signal wurde von einem ähnlichen Pfiff aus der Ferne beantwortet; kurz darauf folgten Räderrasseln und Hufgetrappel.

»Also, Watson«, sagte Holmes, als ein großer Dogcart,

zwei goldene Lichtbahnen aus seinen Seitenlaternen entsendend, aus dem Dunkel heranpreschte, »nicht wahr, Sie kommen doch mit mir?«

»Wenn ich irgendwie nützlich sein kann?«

»Oh, ein verläßlicher Kamerad ist immer nützlich. Und ein Chronist noch mehr. Mein Zimmer in den ›Zedern‹ hat ein Doppelbett.«

»In den ›Zedern‹?«

»Ja, das ist der Name von Mr. St. Clairs Haus. Ich wohne dort, solange ich die Untersuchung durchführe.«

»Und wo liegt es?«

»In der Nähe von Lee in Kent. Wir haben eine Fahrt von sieben Meilen vor uns.«

»Aber ich tappe völlig im Dunkeln.«

»Natürlich tun Sie das. Sie werden sofort alles erfahren. Springen Sie auf! John, wir brauchen Sie nicht. Hier haben Sie eine halbe Krone. Melden Sie sich morgen gegen elf. — Und jetzt, die Zügel locker! Bis bald denn!«

Er gab dem Pferd einen leichten Schlag mit der Peitsche, und wir preschten los durch die unendliche Folge trauriger, sich nur allmählich verbreiternder verlassener Straßen. Dann flogen wir über eine breite Brücke mit Balustraden, unter der der trübe Strom träge dahinfloß. Dahinter erstreckte sich eine neue Wüste aus Stein und Mörtel, wo die Stille hin und wieder vom schweren, gleichmäßigen Schritt eines Polizisten oder den Liedern und Rufen verspäteter Teilnehmer an Trinkgelagen durchbrochen wurde. Eine trostlose, zerrissene Wolke trieb langsam über den Himmel, und da und dort schimmerte schwach ein Stern. Holmes fuhr schweigend, den Kopf auf der Brust, als sei er ganz in Gedanken versunken, und ich saß neben ihm und war neugierig, was das für ein Problem sein mochte, das seine Kräfte derart beanspruchte, doch auch besorgt, ich könnte den Fluß seiner Überlegungen stören. Wir waren einige Meilen gefahren und hatten die Ausläufer eines Gürtels von Vorortvillen erreicht, als Holmes die Schultern reckte und sich die Pfeife anzündete, als sei er zufrieden, weil er sein Bestes geleistet habe.

»Sie besitzen die Gabe des Schweigens, Watson«, sagte er. »Das macht Sie zu einem schätzenswerten Begleiter. Ich versichere Ihnen, es ist für mich großartig, daß ich jemanden habe, mit dem ich sprechen kann; denn meine Gedanken sind nicht gerade vergnüglich. Ich habe mich gefragt, was ich dieser lieben kleinen Frau heute abend sagen soll, wenn sie mich an der Tür erwartet.«

»Sie vergessen, daß ich nichts weiß.«

»Mir bleibt gerade noch Zeit, Ihnen die Tatsachen des Falles zu erzählen, bevor wir in Lee ankommen. Alles scheint so furchtbar einfach, und doch bekomme ich keinen Boden unter die Füße. Zweifellos gibt es einen Faden, aber ich finde sein Ende nicht. Ich werde Ihnen, Watson, jetzt klipp und klar den Fall darlegen; vielleicht sehen Sie, wo für mich Dunkel herrscht, einen Funken.«

»Sprechen Sie weiter.«

»Vor einigen Jahren — um genau zu sein, im Mai 1884 — kam ein Herr namens Neville St. Clair, der viel Geld zu haben schien, nach Lee. Er mietete eine große Villa, richtete das Grundstück sehr schön her und lebte überhaupt in gutem Stil. Allmählich gewann er die Nachbarn zu Freunden und heiratete 1887 die Tochter des dortigen Brauereibesitzers, von der er jetzt zwei Kinder hat. Er übte keinen Beruf aus, war aber Gesellschafter an verschiedenen Firmen und fuhr für gewöhnlich morgens in die Stadt und kehrte abends mit dem Zug, der fünf Uhr vierzehn von Cannon Street abgeht, zurück. Mr. Neville St. Clair, jetzt siebenunddreißig Jahre alt, ist ein Herr mit angenehmen Manieren, ein guter Gatte, ein sehr liebevoller Vater und gern gesehen bei allen, die ihn kennen. Ich könnte noch hinzufügen, daß alle seine Schulden zum gegenwärtigen Zeitpunkt, soweit ich es in Erfahrung bringen konnte, achtundachtzig Pfund, zehn Schilling betragen, während sich sein Guthaben bei der Capital und Counties Bank auf zweihundertzwanzig Pfund beläuft. Deshalb gibt es keinen Grund anzunehmen, daß ihn Geldsorgen bedrückt hätten.

Am letzten Montag ist Mr. Neville St. Clair früher als üblich in die Stadt gefahren. Zuvor hatte er noch bemerkt, er habe zwei wichtige Geschäfte zu erledigen, und dem kleinen Jungen würde er einen Baukasten mitbringen. Zufällig erhielt seine Frau am selben Tag kurz nach seiner Abfahrt ein Telegramm mit der Mitteilung, daß ein kleines Paket von beachtlichem Wert, das sie erwartet hatte, im Büro der Aberdeen Shipping Company für sie bereitliege. Wenn Sie sich in Ihrem London auskennen, werden Sie wissen, daß das Büro in der Fresno Street liegt, die von der Upper Swandam Lane, wo Sie mich heute abend gefunden haben, abzweigt. Nach dem Lunch machte sich Mrs. St. Clair auf in die Stadt, tätigte einige Einkäufe, ging zum Büro der Gesellschaft, bekam ihr Paket und passierte genau vier Uhr fünfunddreißig die Swandam Lane in Richtung Bahnhof. Konnten Sie mir soweit folgen?«

»Alles klar.«

»Wenn Sie sich erinnern: Der Montag war ein außerordentlich heißer Tag, und Mrs. St. Clair ging langsam und schaute nach einer Droschke aus, denn ihr gefiel die Gegend nicht, in der sie sich befand. Während sie so die Swandam Lane entlangging, hörte sie plötzlich einen Ausruf oder einen Schrei und war zu Tode erschrocken, als sie ihren Mann sah, der aus einem Fenster im zweiten Stock auf sie herunterblickte und ihr zuwinkte. Das Fenster stand offen, und sie hat sein Gesicht genau gesehen; sie beschreibt es als sehr aufgeregt. Er winkte ihr heftig mit den Händen und verschwand dann so plötzlich von dem Fenster, daß ihr schien, eine unwiderstehliche Kraft habe ihn zurückgerissen. Ein besonderer Punkt, der ihrem raschen weiblichen Auge auffiel, war, daß er, obwohl er einen dunklen Rock anhatte, in dem er auch zur Stadt aufgebrochen war, weder Kragen noch Krawatte trug.

Überzeugt, mit ihm sei etwas nicht in Ordnung, stürzte sie die Treppe hinunter — denn das Haus ist kein anderes als die Opiumhöhle, in der Sie mich getroffen haben —, rannte durch den Vorraum und wollte in den ersten Stock steigen. Aber am Fuß der Treppe stieß sie auf diesen Schurken von Laskar, von dem ich Ihnen erzählt habe; der und ein dort als Gehilfe fungierender Däne schoben sie zurück und drängten sie aus dem Haus und auf die Straße. Voll wahnsinniger Zweifel und Befürchtungen lief sie die Gasse hinunter und stieß durch ein seltenes Glück in der Fresno Street auf einige Konstabler und einen Inspektor, die ihre Runde machten. Der Inspektor und zwei Mann begleiteten sie, bahnten sich trotz des hartnäckigen Widerstands des Wirts den Weg zu dem Zimmer, in dem Mr. St. Clair zuletzt gesehen worden war. Dort gab es von ihm keine Spur. Auf der ganzen Etage fand man niemanden als einen armen Krüppel von scheußlichem Aussehen, der, wie es schien, hier kampierte. Die beiden, der Krüppel und der Laskar, schworen Stein und Bein, daß im Lauf des Nachmittags sonst keiner in dem Vorderzimmer gewesen sei. Sie leugneten so bestimmt, daß der Inspektor unsicher wurde, und er wollte schon annehmen, Mrs. St. Clair habe sich getäuscht, als die Dame mit einem Schrei zum Tisch lief, auf dem eine kleine Spanschachtel lag, und von ihr den Deckel abriß. Heraus polterten lauter Kinderbausteine. Es war das Spielzeug, das ihr Mann mitzubringen versprochen hatte.

Diese Entdeckung und die offensichtliche Verwirrung des Krüppels sagten dem Inspektor, daß die Sache ernst sei. Das Zimmer wurde sorgfältig durchsucht, und alles deutete auf ein abscheuliches Verbrechen hin. Das Vorderzimmer ist ein Wohnraum mit einfachen Möbeln; davon geht ein kleines Schlafzimmer ab, dessen Hinterfenster auf eine der Werften schaut. Zwischen der Werft und dem Schlafzimmerfenster liegt ein schmaler Streifen Land, bei Ebbe ist er trocken, aber bei Flut mit wenigstens viereinhalb Fuß Wasser bedeckt. Das Fenster ist breit, und man kann es von unten aufschieben. Die Untersuchung erwies Blutspuren auf dem Fensterbrett und einige Blutspritzer auf dem Holzfußboden des Schlafzimmers. Hinter einem Vorhang im Vorderzimmer steckten die Kleider von Mr. St. Clair, nur der Rock fehlte. Seine Stiefel, seine Socken, sein Hut und seine Uhr — alles war da. An den Kleidern fand man keine Hinweise auf Gewaltanwendung. Weitere Spuren von Mr. Neville St. Clair gab es nicht. Er muß durch das Fenster verschwunden sein, denn man konnte sonst keinen Ausgang entdecken, und die verhängnisvollen Blutflecken auf dem Fensterbrett ließen wenig Hoffnung, daß er sich durch Schwimmen gerettet haben könnte, obwohl zum Zeitpunkt der Tragödie die Flut auf dem höchsten Stand war.

Und nun zu den Schurken, die anscheinend direkt in die Angelegenheit verwickelt sind. Der Laskar ist für sein schlimmes Vorleben bekannt, aber da wir von Mrs. St. Clair wissen, daß er unten an der Treppe stand, wenige Minuten nachdem sie ihren Mann am Fenster gesehen hatte, kann er kaum mehr als ein Mitschuldiger an dem Verbrechen sein. Er verteidigte sich, indem er vorgab, absolut nichts zu wissen, und beteuerte, er hätte keinerlei Kenntnis vom Tun und Lassen des Hugh Boone, seines Mieters, und er könnte nichts darüber sagen, wie die Kleider des vermißten Herrn in das Zimmer gekommen seien. Soviel zu dem Geschäftsführer Laskar. Nun zu dem traurigen Krüppel, der im zweiten Stock über der Opiumhöhle wohnt und mit Sicherheit der letzte gewesen ist, der Neville St. Clair gesehen hat. Er heißt Hugh Boone, und sein scheußliches Gesicht kennt jeder, der öfters in der City zu tun hat. Er ist ein berufsmäßiger Bettler, obwohl er, um die polizeilichen Vorschriften zu umgehen, vorgibt, einen Handel mit Wachszündhölzern zu betreiben. Am Anfang der Threadneedle Street, auf der linken Seite, gibt es, wie Ihnen vielleicht schon aufgefallen ist, einen kleinen Winkel. Dort läßt sich die Kreatur täglich nieder und sitzt mit übereinandergeschlagenen Beinen, seinen kleinen Vorrat Zündhölzer im Schoß, da. Er bietet ein erbärmliches Bild, und so ergießt sich ein kleiner Regen Wohltätigkeit in die schmierige Ledermütze, die vor ihm auf dem Pflaster liegt. Ich habe den Burschen mehr als einmal beobachtet, ehe ich noch dachte, daß ich jemals von Berufs wegen seine Bekanntschaft machen würde, und ich war erstaunt über die Ernte, die er in kurzer Zeit einsammelt. Sein Äußeres, müssen Sie wissen, ist so bemerkenswert, daß keiner an ihm vorüber kann, ohne auf ihn aufmerksam zu werden. Apfelsinenrotes Haar, ein bleiches Gesicht, entstellt von einer schrecklichen Narbe, die, als sie zusammenwuchs, die Oberlippe schief nach oben gezogen hat, ein Kinn wie eine Bulldogge und ein Paar durchdringende dunkle Augen, die in seltsamem Kontrast zu der Haarfarbe stehen — all das hebt ihn aus der Menge der üblichen Bettler heraus. Dafür sorgt auch sein Witz, denn auf jede Neckerei eines Passanten hat er eine Antwort parat. Das ist der Mann, von dem wir jetzt wissen, daß er über der Opiumhöhle wohnt und daß er der letzte war, der den Herrn, nach dem wir suchen, gesehen hat.«

»Aber ein Krüppel!« sagte ich. »Was könnte ein Einarmiger gegen einen Mann in der Blüte seiner Jahre ausrichten?«

»Er ist nur insofern ein Krüppel, als er beim Gehen

hinkt, aber sonst scheint er ein kräftiger, wohlgenährter Mann zu sein. Aus Ihren ärztlichen Erfahrungen wissen Sie sicher, daß die Schwäche eines der Glieder oft durch außergewöhnliche Kraft der anderen kompensiert wird.«

»Bitte, fahren Sie in Ihrer Erzählung fort.«

»Mrs. St. Clair wurde ohnmächtig, als sie das Blut auf dem Fensterbrett sah, und die Polizei begleitete sie in einer Kutsche nach Hause, da sie bei den Untersuchungen keine Hilfe sein konnte. Inspektor Barton, der den Fall übernommen hat, suchte das ganze Grundstück sorgfältig ab, fand aber nichts, das Licht in die Angelegenheit bringen konnte. Man hat den Fehler begangen, Boone nicht sofort zu verhaften, und so war es ihm für wenige Minuten möglich, sich mit dem Laskar, seinem Freund, auszutauschen; aber dieser Fehler wurde sofort gutgemacht: Man nahm ihn fest und durchsuchte ihn, fand aber bei ihm nichts, das ihn hätte belasten können. Allerdings waren auf seiner rechten Manschette einige Blutspritzer; aber er zeigte seinen Ringfinger, der neben dem Nagel einen Schnitt aufwies, und erklärte, das Blut komme daher, und fügte hinzu, er hätte kurz zuvor am Fenster gestanden, und die dort festgestellten Spritzer stammten zweifellos auch aus seiner Wunde. Er bestritt energisch, Mr. Neville St. Clair jemals gesehen zu haben, und schwor, daß die fremden Kleider in dem Zimmer für ihn genauso ein Rätsel seien wie für die Polizei. Zu Mrs. St. Clairs Aussage, sie habe ihren Mann an dem Fenster gesehen, erklärte er, sie müsse entweder verrückt gewesen sein oder geträumt haben. Er protestierte laut, als er zur Polizeistation gebracht wurde. Der Inspektor blieb in dem Gebäude, denn er hoffte, die Ebbe würde eine neue Spur zutage fördern.

Und tatsächlich förderte sie etwas zutage, wenn auch nicht das, was man befürchtet hatte. Auf der Schlammbank lag, nachdem sich das Wasser verlaufen hatte, der Rock von Neville St. Clair, nicht er selber. Und was, glauben Sie, fand man in den Taschen?«

»Ich kann es mir nicht vorstellen.«

»Ja, ich glaube, das können Sie wirklich nicht. Alle Taschen waren vollgestopft mit Pennies und Halfpennies — vierhunderteinundzwanzig Pennies und zweihundertsiebzig Halfpennies. Kein Wunder, daß die Ebbe den Rock nicht davongetragen hat. Aber ein menschlicher Körper ist ein ander Ding. Zwischen der Werft und dem Haus gibt es einen wilden Strudel. Während der schwere Rock hängenblieb, mag der entkleidete Leichnam in den Fluß hineingezogen worden sein.«

»Sagten Sie nicht, daß alle anderen Kleidungsstücke im Zimmer gefunden wurden? Sollte die Leiche nur mit einem Rock bekleidet gewesen sein?«

»Nein, Sir, aber diesen Tatsachen muß man mit aller Vorsicht begegnen. Nehmen wir an, Boone hat Neville St. Clair aus dem Fenster geworfen, und keines Menschen Auge hat die Tat gesehen. Was würde er als nächstes gemacht haben? Natürlich wäre ihm sofort eingefallen, daß er die verräterischen Kleidungsstücke loswerden müsse. Er hätte also den Rock gepackt, und in dem Moment, da er ihn aus dem Fenster werfen wollte, ging ihm auf, daß der schwimmen und nicht untergehen würde. Ihm blieb wenig Zeit, denn er hörte das Getümmel an der Treppe, als die Frau versuchte, sich den Weg nach oben zu bahnen, und vielleicht hörte er dann auch von seinem Kumpan, dem Laskar, daß die Polizei in der Straße eingetroffen sei. Er durfte keine Sekunde verlieren. Also stürzte er zu irgendeiner verborgenen Schatzkiste, in der er die Früchte seiner Bettelei hortete, und stopfte alle Münzen, die er zu fassen bekam, in die Taschen, weil er sichergehen wollte, daß der Rock sank. Er warf den Rock hinaus und hätte mit den anderen Sachen dasselbe getan; aber da hörte er die Schritte heranstürmen, und ihm blieb gerade noch Zeit, das Fenster zu schließen, ehe die Polizei erschien.«

»Möglicherweise war es so.«

»Gut, nehmen wir das als Arbeitshypothese mangels einer besseren an. Boone wurde, wie ich Ihnen bereits sagte, festgenommen und zur Polizeistation gebracht; doch es lag nichts gegen ihn vor. Seit Jahren war er als berufsmäßiger Bettler bekannt, sein Leben schien aber ruhig und unschuldig verlaufen zu sein. Das ist der gegenwärtige Stand der Dinge, und es bleiben die Fragen: Was hatte Neville St. Clair in der Opiumhöhle zu schaffen, was ist ihm dort zugestoßen, wo befindet er sich jetzt, und was hat Hugh Boone mit seinem Verschwinden zu tun? Alles ist weiter denn je von einer Antwort entfernt. Ich gestehe, ich kann mich an keinen Fall aus unserer Praxis erinnern, der auf den ersten Blick derart einfach aussah und doch so viele Schwierigkeiten darbot.«

Während Holmes diese sonderbare Folge von Ereignissen vortrug, hatten wir die Ausläufer der großen Stadt durchjagt und auch die letzten verstreut liegenden Häuser hinter uns gelassen. Nun rasselte der Wagen zwischen Hecken dahin. Er war mit seinem Bericht gerade zu Ende gekommen, als wir zwei langgezogene Dörfer passierten, wo noch ein paar Lichter in den Fenstern glommen.

»Wir sind am Rande von Lee«, sagte mein Freund. »Wir haben in der kurzen Zeit den Weg durch drei Counties genommen, sind in Middlesex gestartet, haben ein Stück von Surrey durchquert und befinden uns jetzt in Kent. Sehen Sie den Schein zwischen den Bäumen? Das ist ›Zedern‹, und neben der Lampe sitzt eine Frau, deren gespannt lauschende Ohren zweifellos schon den Hufschlag unserer Pferde vernommen haben.«

»Aber warum führen Sie die Ermittlungen nicht von der Baker Street aus?« fragte ich.

»Weil vieles hier untersucht werden muß. Mrs. St. Clair hat mir freundlicherweise zwei Zimmer zur Verfügung gestellt, und Sie können sicher sein, daß auch Sie, mein Freund und Kollege, ihr nur willkommen sein werden. Ich mag nicht vor ihr stehen, Watson, wenn ich ihr nichts Neues über ihren Gemahl mitteilen kann. Wir sind am Ziel. He, hallo, he!«

Wir hielten vor einer großen Villa, die etwas abseits der Straße lag. Ein Stalljunge lief auf das Pferd zu; ich sprang vom Wagen und folgte Holmes über die schmale, gewundene Auffahrt. Als wir fast am Haus waren, flog die Tür auf, und im Rahmen stand eine kleine blonde Frau, in eine Art leichtes *mousseline-de-soie* gekleidet, mit einem Hauch von luftigem rosa Chiffon am Ausschnitt und an den Handgelenken. Die Gestalt hob sich gegen die Lichtflut hinter ihr ab, eine Hand lag auf der Klinke, die andere war im Eifer halb erhoben. Der Körper war leicht gebeugt, Kopf und Gesicht vorgeneigt, die Augen erwartungsvoll aufgerissen, der Mund geöffnet — eine lebende Frage.

»Nun?« rief sie, und wie sie sah, daß wir zu zweit waren, tat sie einen Hoffnungsschrei, der in einem Stöhnen unterging, als mein Gefährte den Kopf schüttelte und die Schultern zuckte.

»Keine guten Nachrichten?«

»Keine.«

»Keine schlechten?«

»Nein.«

»Gott sei Dank. Aber kommen Sie herein. Sie müssen müde sein nach dem langen Tag.«

»Das ist mein Freund Dr. Watson. Er war in verschiedenen meiner Fälle von größtem Nutzen, und ein glücklicher Zufall ermöglichte es mir, ihn für diese Untersuchung zu gewinnen.«

»Ich freue mich, Sie kennenzulernen«, sagte sie und drückte mir herzlich die Hand. »Sie werden verzeihen, wenn Sie nicht alles zu Ihrer Bequemlichkeit vorfinden, Sie müssen aber den Schlag bedenken, der uns so plötzlich getroffen hat.«

»Meine liebe Dame, ich bin ein altgedienter Soldat, und selbst wenn es nicht so wäre, sehe ich doch, daß eine Entschuldigung unnötig ist. Ich wäre glücklich, wenn ich Ihnen oder meinem Freund irgendwie von Nutzen sein könnte.«

Wir betraten ein hellerleuchtetes Zimmer; auf dem Tisch war ein kaltes Abendessen angerichtet. »Nun, Mr. Holmes«, sagte die Dame, »ich möchte Ihnen sehr gern ein paar einfache Fragen stellen, auf die ich Sie bitte, mir eine einfache Antwort zu geben.«

»Aber gewiß, Madam.«

»Nehmen Sie keine Rücksicht auf meine Gefühle. Ich bin nicht hysterisch, noch falle ich leicht in Ohnmacht. Ich möchte nur Ihre ehrliche Meinung hören.«

»Zu welchem Punkt?«

»Glauben Sie in der Tiefe Ihres Herzens, daß Neville am Leben ist?«

Sherlock Holmes schien durch die Frage verwirrt.

»Frei heraus«, sagte sie. Sie stand auf dem Kaminvorleger und blickte ihn, der in einen Korbsessel gelehnt dasaß, scharf an.

»Frei heraus, Madam, ich glaube es nicht.«

»Glauben Sie, daß er tot ist?«

»Ja.«

»Ermordet?«

»Das sage ich nicht. Vielleicht.«

»Und an welchem Tag hat ihn der Tod ereilt?«

»Am Montag.«

»Dann, Mr. Holmes, haben Sie vielleicht die Güte, mir zu erklären, wie es kommt, daß ich heute von ihm einen Brief erhalten konnte.«

Holmes sprang aus dem Sessel, als wäre ein Stromstoß durch ihn gefahren.

»Was?« brüllte er.

»Ja, heute.« Lächelnd stand sie da und hielt ein Stück Papier hoch.

»Darf ich ihn lesen?«

»Gewiß.«

Er entriß ihr das Blatt, glättete es auf dem Tisch, zog die Lampe heran und untersuchte es eingehend. Ich war aus meinem Sessel aufgestanden und schaute ihm über die Schulter. Das Kuvert bestand aus grobem Papier und war mit dem Poststempel von Gravesend versehen, der das Datum des heutigen, vielmehr des vergangenen Tages trug, denn es war inzwischen beträchtlich nach Mitternacht.

»Plumpe Schrift«, murmelte Holmes. »Sicherlich ist das nicht die Schrift Ihres Mannes, Madam.«

»Nein, aber die im Brief.«

»Ich nehme an, daß derjenige, der das Kuvert beschrieb, nach der Adresse fragen mußte.«

»Wie können Sie das wissen?«

»Der Name, sehen Sie, steht in tiefschwarzer Tinte, die ist von selber getrocknet. Der Rest der Adresse sieht eher grau aus, was beweist, daß Löschpapier benutzt wurde. Wenn alles in einem Zug geschrieben und abgelöscht worden wäre, dürfte kein Wort tiefschwarz sein. Der Mann hat zuerst den Namen geschrieben und nach einer Pause dann die Adresse. Das kann nur bedeuten, daß sie ihm nicht vertraut war. Das ist natürlich eine Kleinigkeit, aber nichts ist so wichtig wie Kleinigkeiten. Nun zum Brief. Ah! es war eine Anlage enthalten.«

»Ja, ein Ring. Sein Siegelring.«

»Und Sie sind sich sicher, daß dies die Handschrift Ihres Mannes ist?«

»Eine seiner Handschriften.«

»Eine?«

»Seine Handschrift, wenn er in Eile schrieb. Sie ist seiner eigentlichen Schrift sehr unähnlich. Aber ich kenne sie gut.«

»›Liebste, fürchte dich nicht. Alles wird gut werden. Es gibt ein gewaltiges Mißverständnis, und es wird vielleicht einige Zeit dauern, bis es richtiggestellt ist. Warte in Geduld. – Neville‹. Mit Bleistift auf das Vorsatzblatt eines Buches geschrieben, Oktavformat, kein Wasserzeichen. Aufgegeben heute. In Gravesend von einem Mann mit schmutzigem Daumen. Ha! und die Lasche hat, wenn mich nicht alles täuscht, jemand beleckt, der Tabak kaut. Und Sie haben keinen Zweifel, daß dies die Handschrift Ihres Mannes ist, Madam?«

»Keinen. Diese Worte hat Neville geschrieben.«

»Und sie sind heute in Gravesend auf die Post gebracht worden. Nun, Mrs. St. Clair, die Wolken lichten sich, obwohl ich nicht zu sagen wage, daß die Gefahr vorüber ist.«

»Aber er muß am Leben sein, Mr. Holmes!«

»Es sei denn, ein gerissener Fälscher will uns auf diese falsche Spur setzen. Der Ring beweist nichts. Den kann jemand Ihrem Mann abgenommen haben.«

»Nein, nein, es ist, ist, ist seine Handschrift.«

»Sehr gut. Dennoch kann der Brief am Montag geschrieben und gestern erst zur Post gebracht worden sein.«

»Das wäre möglich.«

»Wenn das stimmt, kann inzwischen viel geschehen sein.«

»Ach, Mr. Holmes, entmutigen Sie mich nicht. Ich weiß, daß es gut um ihn steht. Zwischen uns besteht eine so feste Bindung, daß ich wüßte, wenn ihm Übles zugestoßen wäre. An dem Tag, als ich ihn zuletzt sah, hat er sich im Schlafzimmer geschnitten, und obwohl ich im Wohnzimmer war, bin ich sofort nach oben gerannt, weil ich genau wußte, daß etwas geschehen war. Glauben Sie, ich reagierte auf so eine Kleinigkeit und wüßte nicht, wenn er tot ist?«

»Ich habe zuviel erlebt, um nicht auch erfahren zu haben, daß das Empfinden einer Frau wertvoller sein kann als die Schlüsse eines analytischen Denkers. Und mit diesem Brief haben Sie einen sehr starken Beweis, der Ihre Meinung erhärtet. Aber wenn Ihr Mann lebt und Briefe schreiben kann, aus welchem Grunde hält er sich von Ihnen fern?«

»Das kann ich mir nicht erklären. Es ist undenkbar.«

»Und er hat am Montag, ehe er wegging, nichts Besonderes gesagt?«

»Nein.«

»Und Sie waren überrascht, als Sie ihn in der Swandam Lane sahen?«

»Sehr überrascht.«

»Stand das Fenster offen?«

»Ja.«

»Dann hätte er Sie rufen können?«

»Er hätte.«

»Er stieß nur, wie ich es verstanden habe, einen unartikulierten Schrei aus?«

»Ja.«

»Einen Hilfeschrei?«

»Ja. Er fuchtelte mit den Händen.«

»Aber es hätte ein Überraschungsschrei sein können. Erstaunen über Ihr unerwartetes Auftauchen kann der Grund dafür gewesen sein, daß er die Hände hochwarf.«

»Das ist möglich.«

»Und Sie glaubten, er sei zurückgezerrt worden.«

»Er verschwand so plötzlich.«

»Er kann zurückgesprungen sein. Sie haben sonst niemanden im Zimmer gesehen?«

»Nein. Aber der schreckliche Mann hat gestanden, er sei in dem Zimmer gewesen, und der Laskar stand unten an der Treppe.«

»Ganz recht. Ihr Mann hatte, soweit Sie sehen konnten, seine gewöhnlichen Kleider an?«

»Aber ohne Kragen und Krawatte. Ich habe genau seinen nackten Hals gesehen.«

»Hat er früher schon von der Swandam Lane gesprochen?«

»Nie.«

»Haben Sie je Anzeichen dafür entdeckt, daß er Opium nahm?«

»Nie.«

»Ich danke Ihnen, Mrs. St. Clair. Das sind die grundsätzlichen Punkte, über die ich absolute Klarheit haben wollte. Wir werden ein bißchen zu Abend essen und uns dann zurückziehen. Wir haben einen sehr anstrengenden Tag vor uns.«

Ein großes behagliches Zimmer mit einem Doppelbett stand zu unserer Verfügung, und schnell lag ich zwischen den Laken, ich war müde nach dieser Nacht voller Abenteuer. Sherlock Holmes dagegen konnte es, wenn er ein ungelöstes Problem mit sich herumtrug, tagelang und sogar für eine ganze Woche aushalten, ohne zu ruhen; er wandte das Problem hin und her, ordnete seine Tatsachen immer wieder neu und betrachtete sie von jedem Blickpunkt aus, bis er sie entweder ergründet hatte oder zu der Überzeugung gekommen war, daß sein Detailwissen nicht genügte. Bald war mir klar, daß er sich auf eine Nachtsitzung vorbereitete. Er legte Jacke und Weste ab, zog einen weiten blauen Schlafrock über, ging dann im Zimmer umher und sammelte Kissen von seinem Bett und Polster vom Sofa und von den Sesseln ein. Daraus baute er eine Art orientalischen Diwan, auf dem er sich mit gekreuzten Beinen niederließ, vor sich eine Unze Shag und eine Schachtel Zündhölzer. Im trüben Schein der Lampe sah ich ihn so sitzen, eine alte Bruyèrepfeife zwischen den Zähnen, die Augen leer in eine Ecke der Zimmerdecke gerichtet, der blaue Rauch stieg auf, er saß schweigend und regungslos, das Licht beschien seine scharfgeschnittenen, adlerhaften Züge. So saß er, als ich in Schlaf fiel, und so saß er, als mich ein plötzlicher Ruf aus dem Schlaf riß und ich sah, daß die Sommersonne ins Zimmer schien. Er hatte die Pfeife noch im Mund, der Rauch kräuselte noch immer zur Decke, aber von dem Häufchen Shag, das ich in der Nacht gesehen hatte, war nichts mehr übrig.

»Wach, Watson?« fragte er.

»Ja.«

»Lust auf eine Morgenausfahrt?«

»Sicherlich.«

»Dann ziehen Sie sich an. Im Haus rührt sich noch nichts, aber ich weiß, wo der Stalljunge schläft, und so werden wir den Wagen bald draußen haben.« Dabei kicherte er in sich hinein und zwinkerte mir zu, er schien ein ganz anderer Mann als der düstere Denker der vergangenen Nacht.

Beim Anziehen schaute ich auf die Uhr. Kein Wunder, daß sich im Haus noch nichts rührte. Es war fünf vor halb fünf. Ich war kaum fertig, als Holmes mit der Nachricht zurückkam, daß der Junge das Pferd anschirrte.

»Ich möchte eine kleine Theorie ausprobieren«, sagte er, als er sich die Stiefel anzog. »Ich denke, Watson, Sie haben den größten Narren von Europa vor sich. Ich verdiene, daß man mich von hier nach Charing Cross prügelt, aber ich denke auch, ich habe jetzt den Schlüssel zu der Affäre.«

»Und wo ist er?« fragte ich lächelnd.

»Im Badezimmer«, antwortete er. »Nein, ich scherze nicht«, fuhr er fort, als er meinen ungläubigen Blick sah. »Ich bin eben dort gewesen und habe ihn mir geholt. Er befindet sich hier im Gladstone. Auf, mein Junge, wir wollen sehen, ob er ins Schloß paßt.«

Wir stiegen, so schnell wir konnten, die Treppe hinunter und traten hinaus in die helle Morgensonne. Auf der Landstraße standen Pferd und Wagen und der halbangezogene Stalljunge. Wir sprangen auf und preschten los in Richtung London. Ein paar Bauernwagen, die Gemüse zur Hauptstadt fuhren, waren schon unterwegs, aber die Villen zu beiden Seiten lagen schweigsam und leblos wie Häuser einer Geisterstadt.

»Es ist in einigen Punkten ein einmaliger Fall«, sagte Holmes und trieb das Pferd zum Galopp an. »Ich gestehe, ich war blind wie ein Maulwurf, aber es ist besser, spät zur Weisheit zu kommen als nie.«

Die städtischen Frühaufsteher blickten gerade erst schläfrig aus den Fenstern, als wir durch die Straßen von Surrey fuhren. Auf der Waterloo Bridge überquerten wir den Fluß, jagten durch die Wellington Street, bogen scharf rechts ab und waren in der Bow Street. Sherlock Holmes war der Polizei gut bekannt, und die zwei Konstabler an der Tür grüßten ihn. Einer von ihnen hielt das Pferd, während der andere uns hineinbegleitete.

»Wer hat Dienst?« fragte Holmes.

»Inspektor Bradstreet, Sir.«

»Ah, Bradstreet, wie geht's?« Ein großer, stämmiger Beamter kam den gefliesten Korridor entlang, er trug eine Schirmmütze und eine schnurbesetzte Jacke. »Ich möchte Sie kurz sprechen, Bradstreet.«

»Gewiß, Mr. Holmes. Kommen Sie in mein Zimmer.«

Es war ein kleiner büroähnlicher Raum mit einem riesigen Hauptbuch auf dem Tisch und einem Telefon an der Wand. Der Inspektor setzte sich an sein Pult.

»Was kann ich für Sie tun, Mr. Holmes?«

»Ich komme wegen des Bettlers, Boone — das ist der,

der unter Verdacht steht, mit dem Verschwinden von Mr. Neville St. Clair aus Lee zu tun zu haben.«

»Ja, der ist eingeliefert und zu weiteren Verhören hier behalten worden.«

»Das hörte ich. Er ist also hier?«

»Im Zellentrakt.«

»Ist er ruhig?«

»Oh, er macht kein Theater. Aber er ist ein schmutziger Penner.«

»Schmutzig?«

»Ja. Alles, was wir erreichen konnten, war, daß er sich die Hände wäscht. Sein Gesicht ist schwarz wie das eines Kesselflickers. Wenn sein Fall geregelt ist, bekommt er ein normales Gefangenenbad. Ich glaube, wenn Sie ihn sähen, würden Sie mit mir übereinstimmen, daß er es nötig braucht.«

»Ich würde ihn sehr gerne sehen.«

»Möchten Sie? Das ist einfach. Ihren Beutel können Sie hier lassen.«

»Nein, ich glaube, ich nehme ihn mit.«

»Gut. Bitte, hier entlang.« Er führte uns durch einen Gang, öffnete eine verriegelte Tür, stieg eine Wendeltreppe hinunter; so kamen wir in einen weißgetünchten Flur mit einer Reihe Türen auf jeder Seite.

»Die dritte rechts ist seine«, sagte der Inspektor. »Wir sind da.« Leise zog er den Schieber im oberen Teil der Tür zurück und guckte durch den Spion.

»Er schläft«, sagte er. »Sie können ihn sehr gut sehen.«

Wir blickten beide durch das Loch. Der Gefangene lag, mit dem Gesicht zu uns, in tiefem Schlaf, er atmete langsam und schwer. Er war mittelgroß, schlecht gekleidet, wie es sein Geschäft erforderte, mit einem bunten Hemd, das durch einen Riß in seinem zerlumpten Rock vorschaute. Er war, wie der Inspektor gesagt hatte, äußerst schmutzig, aber der Dreck auf seinem

Gesicht konnte seine abstoßende Häßlichkeit nicht vertuschen. Vom Auge zum Kinn ging eine breite alte Narbe, die beim Zusammenwachsen ein Ende der Oberlippe nach außen gestülpt hatte, so daß drei Zähne ständig bloß lagen. Ein Büschel hellroten Haars wucherte tief über Stirn und Augen.

»Das ist eine Schönheit, nicht wahr?« rief der Inspektor.

»Der *braucht* ein Bad«, bemerkte Holmes. »So etwas habe ich mir schon gedacht und mir die Freiheit genommen, die Werkzeuge mitzubringen.« Er öffnete seinen Gladstone und zog zu meinem Erstaunen einen großen Badeschwamm hervor.

»Haha, Sie sind mir einer«, kicherte der Inspektor.

»Wenn Sie die Güte hätten, die Tür ganz leise aufzumachen, werden wir es bald dazu bringen, daß er eine respektable Erscheinung abgibt.«

»Ich wüßte nicht, weshalb ich es nicht tun sollte«, sagte der Inspektor. »Er macht den Zellen von Bow Street keine Ehre.« Er ließ den Schlüssel ins Schloß gleiten, und wir betraten ganz leise die Zelle. Der Schläfer drehte sich halb herum und verfiel wieder in tiefen Schlummer. Holmes beugte sich über die Wasserkanne, machte seinen Schwamm naß und rieb ihn dann zweimal kräftig dem Gefangenen über das Gesicht.

»Darf ich Ihnen«, rief er, »Mr. Neville St. Clair aus Lee vorstellen?«

Nie im Leben hatte sich mir ein solcher Anblick geboten. Des Mannes Gesicht schälte sich unter dem Schwamm wie die Rinde von einem Baum. Weg war der braune Dreck! Weg auch die schreckliche Narbe und das schiefe Maul, das dem Gesicht das abstoßende Grinsen gegeben hatte. Ein Ruck entfernte das wirre rote Haar, und in seinem Bett saß ein blasser, trauriger, gesäuberter Mann mit schwarzem Haar und glatter Haut, der sich die Augen rieb und schläfrig und verstört um sich blickte. Dann plötzlich, als er gewahr wurde, daß er entdeckt war, tat er einen Schrei, warf sich nieder und drückte das Gesicht ins Kissen.

»Lieber Himmel!« rief der Inspektor. »Das ist wirklich der Vermißte! Ich kenne ihn von der Fotografie.«

Der Gefangene setzte sich mit der Rücksichtslosigkeit eines Mannes zur Wehr, der sich mit seinem Schicksal abgefunden hat.

»Na und«, sagte er. »Wessen klagt man mich, bitte sehr, an?«

»Daß Sie Mr. Neville St. ... Ach, dafür kann man Sie ja nicht anklagen, es sei denn — es sei denn, man macht einen Fall von versuchtem Selbstmord daraus«, sagte der Inspektor mit einem Grinsen. »Seit siebenundzwanzig Jahren bin ich bei der Polizei, aber das schlägt wirklich dem Faß den Boden aus.«

»Wenn ich Mr. Neville St. Clair bin, dann liegt zutage, daß kein Verbrechen begangen worden ist und ich ungesetzlich in Haft gehalten werde.«

»Es ist kein Verbrechen begangen worden, aber eine sehr grobe Irreführung liegt vor«, sagte Holmes. »Sie wären besser gefahren, wenn Sie Ihrer Frau vertraut hätten.«

»Es ging nicht um die Frau, sondern um die Kinder«, stöhnte der Gefangene. »Gott helfe mir! Ich wollte nicht, daß sie sich für ihren Vater schämen müssen. Mein Gott, welche Enthüllung! Was soll ich bloß machen?«

Sherlock Holmes setzte sich neben ihm auf die Pritsche und klopfte ihm freundlich auf die Schulter.

»Wenn Sie es dem Gericht überlassen, die Sache aufzuklären«, sagte er, »dann wird Aufsehen natürlich kaum zu vermeiden sein. Wenn Sie andererseits die Polizei davon überzeugen, daß es eine Klage gegen Sie nicht geben kann, dann wüßte ich keinen Grund, weshalb die Einzelheiten den Weg in die Zeitungen nehmen müßten. Inspektor Bradstreet wird, dessen bin ich sicher, ein Protokoll anfertigen über alles, was Sie uns berichten, und es der zuständigen Behörde unterbreiten. Der Fall würde dann nie vor Gericht kommen.«

»Gott segne Sie«, rief der Gefangene leidenschaftlich. »Ich würde lieber Gefängnis ertragen, ja sogar eine Hinrichtung, als daß mein elendes Geheimnis Schande über meine Kinder bringt.

Sie sind die ersten, die meine Geschichte hören. Mein Vater war Schulmeister in Chesterfield, wo ich eine hervorragende Erziehung erhielt. In meiner Jugend reiste ich, ging zum Theater und wurde schließlich Reporter bei einer Abendzeitung in London. Eines Tages wollte der Herausgeber eine Serie von Artikeln über Bettelei in der Hauptstadt haben, und ich erbot mich, sie zu liefern. An diesem Punkt begannen alle meine Abenteuer. Nur indem ich den Versuch machte, selber zu betteln, konnte ich für meinen Artikel die nötigen Tatsachen erhalten. Als Schauspieler hatte ich natürlich alle Geheimnisse des Schminkens gelernt. In der Garderobe war ich berühmt für mein Geschick. Jetzt machte ich mir diese Kenntnisse zunutze. Ich färbte mein Gesicht, und damit ich möglichst erbarmungswürdig wirkte, schminkte ich mir eine deftige Narbe und klebte eine Seite der Oberlippe mit Hilfe eines kleinen fleischfarbenen Pflasters hoch. Unter einer roten Perücke und in entsprechenden Kleidern bezog ich dann Posten im belebtesten Teil der City, vorgeblich als Verkäufer von Streichhölzern, in Wirklichkeit aber bettelte ich. Sieben Stunden lang ging ich dieser Beschäftigung nach, und als ich abends nach Hause kam, stellte ich zu meiner Überraschung fest, daß ich nicht weniger als sechsundzwanzig Shilling und vier Pence eingenommen hatte.

Ich schrieb meine Artikel und dachte nur wenig an die Angelegenheit, bis ich einige Zeit später für eine Rechnung eines Freundes bürgte und mir damit ein Reskript über fünfundzwanzig Pfund einhandelte. Ich wußte mir keinen Rat, woher ich das Geld nehmen sollte, doch dann kam mir plötzlich die Idee. Ich ersuchte den Gläubiger um zwei Wochen Aufschub, bat den Herausgeber um Urlaub und verbrachte die Zeit in meiner Verkleidung bettelnd in der City. Innerhalb von zehn Tagen hatte ich das Geld beisammen und die Schuld bezahlt.

Nun, Sie können sich vorstellen, wie schwer es mir fiel, mich wieder in die harte Arbeit für zwei Pfund die Woche zu schicken, da ich doch wußte, daß ich an einem Tag soviel verdienen konnte, indem ich mir das Gesicht mit ein bißchen Farbe beschmierte, meine Mütze auf die Erde legte und regungslos dasaß. Es war ein langer Kampf zwischen meinem Stolz und diesem Gedanken, aber der Dollar siegte schließlich: Ich gab den Journalismus auf und saß Tag um Tag in dem Winkel, den ich mir beim erstenmal ausgewählt hatte, erregte Mitleid durch mein scheußliches Gesicht und füllte mir die Taschen mit Kupfer. Nur ein Mann kannte mein Geheimnis. Es war der Wirt einer miesen Kneipe in der Swandam Lane, wo ich abzusteigen pflegte, jeden Morgen als schmutziger Bettler hervorging und mich am Abend in einen gut angezogenen Geschäftsmann zurückverwandelte. Dieser Bursche, ein Laskar, wurde von mir für das Zimmer reichlich bezahlt, so daß ich seiner sicher sein konnte.

Sehr bald stellte ich fest, daß ich beachtliche Summen sparen konnte. Ich will nicht sagen, daß jeder Bettler in den Straßen Londons im Jahr siebenhundert Pfund verdienen kann — was weniger ist als meine durchschnittliche Einnahme; aber ich hatte ja außergewöhnliche Vorteile durch meine Schminkkunst und auch durch meine Schlagfertigkeit, die in der Praxis wuchs und mich zu einem Original in der City machte. Jeden Tag ergoß sich ein Strom von Pennies und Silber über mich, und das war ein sehr schlechter Tag, wenn ich nicht zwei Pfund bekam.

Ich wurde reicher und damit auch ehrgeiziger, kaufte ein Haus auf dem Land und heiratete, als sich die Gelegenheit bot, und niemand hatte eine Ahnung, womit ich mein Geld verdiente. Meine Frau wußte, daß ich in der City Geschäfte tätigte, aber nicht, worum es sich handelte.

Am letzten Montag hatte ich gerade meine Arbeit beendet und zog mich in meinem Zimmer über der Opiumhöhle an, als ich durchs Fenster zu meinem Schrecken und Erstaunen sah, daß meine Frau in der Straße stand, die Augen fest auf mich gerichtet. Ich schrie vor Überraschung, warf die Arme hoch, um das Gesicht zu bedecken, stürzte zu meinem Vertrauten, dem Laskar, und bat ihn eindringlich, jeden am Heraufkommen zu hindern. Ich hörte unten ihre Stimme, aber ich wußte, daß man sie nicht herauflassen würde. Schnell warf ich meine Kleider ab, zog die Bettlersachen über, schminkte mich und setzte die Perücke auf. Sogar das Auge der Ehefrau konnte eine so vollständige Verkleidung nicht durchdringen. Aber dann fiel mir ein, daß man das Zimmer durchsuchen könnte und die Kleider mich verraten würden. Ich riß das Fenster auf, und durch die Hast öffnete sich wieder eine kleine Wunde, die ich mir am Morgen im Schlafzimmer zugezogen hatte. Dann packte ich den Rock. Er war schwer von den Kupfermünzen, die ich zuvor aus dem ledernen Beutel, in dem ich die Einnahmen mit mir trage, in die Taschen gesteckt hatte. Ich schleuderte ihn hinaus, und er verschwand in der Themse. Die anderen Kleidungsstücke wären gefolgt, aber in dem Moment hörte ich von der Treppe die Konstabler, und einige Minuten später sah ich mich anstatt als Mr. Neville St. Clair identifiziert als dessen Mörder verhaftet. Ein Umstand, das muß ich gestehen, der mich eher erleichterte.

Ich weiß nicht, ob es noch etwas zu erklären gibt. Ich war entschlossen, so lange wie möglich an meiner Verkleidung festzuhalten. Ich zog ein schmutziges Gesicht vor. Da ich wußte, daß meine Frau schrecklich besorgt sein würde, nahm ich den Ring ab und vertraute ihn dem Laskar an, als mich kein Konstabler beobachtete, und kritzelte eilig ein paar Worte, die ihr sagen sollten, daß sie keine Angst zu haben brauchte.«

»Die haben sie erst gestern erreicht«, sagte Holmes.

»Mein Gott! Was für eine Woche muß sie verbracht haben!«

»Die Polizei hat den Laskar überwacht«, sagte Inspektor Bradstreet.

»So erklärt es sich, daß es für ihn schwierig war, einen Brief unbemerkt abzuschicken. Wahrscheinlich hat er ihn einem Seemann unter seinen Kunden gegeben, der die Sache dann einige Tage lang vergaß.«

»So war es zweifellos«, sagte Holmes und nickte zustimmend. »Aber sind Sie denn nie wegen Bettelei verurteilt worden?«

»Oft. Aber was bedeutete für mich schon eine Geldstrafe?«

»Das muß aber nun ein Ende haben«, sagte Bradstreet. »Wenn die Polizei die Sache vertuschen soll, dann darf es keinen Hugh Boone mehr geben.«

»Das habe ich mir mit den heiligsten Eiden geschworen.«

»In dem Falle, denke ich, werden wahrscheinlich keine weiteren Schritte unternommen. Aber wenn man Sie noch einmal erwischt, kommt alles heraus. Wir, Mr. Holmes, stecken sehr tief in Ihrer Schuld, weil Sie die Sache aufgeklärt haben. Ich wünsche, ich wüßte, wie Sie zu dem Ergebnis gekommen sind.«

»Diesmal bin ich dazu gekommen«, sagte mein Freund, »indem ich mich auf fünf Kissen gesetzt und eine Unze Shag verbraucht habe. Ich denke, Watson, wenn wir jetzt fahren, werden wir gerade rechtzeitig zum Frühstück in der Baker Street sein.«

Der blaue Karfunkel

Am Morgen des zweiten Tages nach Weihnachten suchte ich meinen Freund Sherlock Holmes auf, um ihm die Festtagswünsche zu überbringen. Er rekelte sich in einem roten Morgenmantel faul auf dem Sofa, in Reichweite zur Rechten den Pfeifenständer und nahebei einen Stapel offensichtlich gerade gelesener, zerknitterter Morgenzeitungen. Neben dem Sofa stand ein hölzerner Stuhl, an dessen Lehne ein äußerst schäbiger, unansehnlicher Filzhut hing, der viel zu schlecht war, um noch getragen zu werden, und verschiedene Risse aufwies. Auf dem Stuhlsitz lagen eine Lupe und eine Zange, und so wurde mir klar, daß der Hut zu Untersuchungszwecken dort hing.

»Sie sind beschäftigt«, sagte ich, »vielleicht störe ich.«

»Nicht im geringsten. Ich bin froh, jemanden zu haben, mit dem ich meine Resultate durchsprechen kann. Die Angelegenheit ist völlig unerheblich«, — er wies mit dem Daumen auf den alten Hut —, »aber es gibt einige Punkte, die des Interesses nicht entbehren, sogar lehrreich sind.«

Ich setzte mich in einen Lehnsessel und wärmte mir die Hände am prasselnden Feuer, denn es hatte ein scharfer Frost eingesetzt, und die Fenster waren mit dicken Eiskristallen bedeckt. »Ich nehme an«, bemerkte ich, »dieses Ding da, so häßlich es aussieht, steht mit einer schrecklichen Geschichte in Verbindung — ist vielleicht der Schlüssel zu einem Geheimnis und zur Strafe für ein Verbrechen.«

»Nein, nein. Kein Verbrechen«, sagte Sherlock Holmes lachend. »Lediglich einer jener absonderlichen kleinen Vorfälle, die geschehen, wo sich vier Millionen menschliche Wesen auf ein paar Quadratmeilen drängen. Inmitten der Aktionen und der Reaktionen eines so dichten Schwarms menschlicher Natur darf man das Auftreten jeder Kombination von Ereignissen erwarten, und manches kleine Problem ergibt sich, das überraschend oder wunderlich anmuten mag, aber nicht gleich ein Verbrechen sein muß. Wir haben auf dem Gebiet doch schon Erfahrungen gemacht.«

»So viele«, bemerkte ich, »daß von den letzten sechs Fällen, die ich meinen Aufzeichnungen hinzufügte, drei überhaupt nichts mit Verstößen gegen das Gesetz zu tun hatten.«

»Genau. Sie spielen an auf meinen Versuch, die Fotografie der Irene Adler zu entdecken, auf den einmaligen Fall der Miss Mary Sutherland und auf das Abenteuer des Mannes mit dem schiefen Mund. Und diese unbedeutende Angelegenheit wird wohl derselben harmlosen Kategorie zuzurechnen sein. Kennen Sie Peterson, den Kommissar?«

»Ja.«

»Ihm gehört die Trophäe.«

»Es ist sein Hut?«

»Nein, nein, er hat ihn gefunden. Der Eigentümer ist unbekannt. Ich bitte doch, das Ding nicht als eine ramponierte Kopfbedeckung anzusehen, sondern als ein intellektuelles Problem. Zuerst einmal, wie kam es her. Es traf am Weihnachtsmorgen ein, in Gesellschaft einer fetten Gans, die in diesem Augenblick zweifellos auf Petersons Herd schmort. Das sind die Tatsachen: Peterson, eine ehrliche Haut, wie Sie wissen, kam gegen vier Uhr von einem kleinen Vergnügen und ging über die Tottenham Court Road heimwärts. Da sah er vor sich im Licht einer Gaslaterne einen ziemlich großen Mann, der leicht schwankte und über der Schulter eine weiße Gans trug. An der Ecke Goodge Street geriet der Fremde in ein Handgemenge mit einigen Raufbolden.

Einer schlug dem Mann den Hut vom Kopf, woraufhin der seinen Stock erhob, um sich zu verteidigen, ihn über seinem Kopf schwang und dabei eine Schaufensterscheibe hinter sich zertrümmerte. Peterson lief los, um den Fremden gegen seine Angreifer zu verteidigen, aber der Mann, erschrocken wegen der zerbrochenen Scheibe, ließ die Gans fallen und nahm, als er sah, daß eine amtlich wirkende Person in Uniform auf ihn zustürzte, die Beine in die Hand und verschwand in dem Labyrinth kleiner Straßen neben der Tottenham Court Road. Die Raufbolde flohen beim Auftauchen Petersons gleichfalls, so daß das Schlachtfeld nur ihm gehörte und auch die Siegesbeute in Gestalt dieses schäbigen Hutes und einer höchst unschuldigen Weihnachtsgans.«

»Die er sicherlich ihrem Eigentümer zurückgegeben hat.«

»Mein lieber Junge, gerade da liegt das Problem. Zwar stand auf einer Karte, die am linken Bein des Vogels befestigt war ›Für Mrs. Henry Baker‹, und auch im Futter des Huts waren die Initialen H. B. zu lesen; aber da es einige tausend Bakers und einige hundert Henry Bakers in unserer Stadt gibt, wird es nicht leichtfallen, auch nur einem von ihnen verlorenes Eigentum zurückzugeben.«

»Was hat Peterson dann getan?«

»Er hat Hut und Gans am Weihnachtsmorgen zu mir gebracht, weil er weiß, daß mich auch die kleinsten Probleme interessieren. Die Gans nahmen wir bis heute morgen in Verwahr, aber da machten sich trotz des Frosts Anzeichen dafür bemerkbar, daß es gut wäre, sie ohne weitere Verzögerung zu verspeisen. Der Finder hat also die Gans mitgenommen, um sie ihrer letzten Bestimmung zuzuführen, während ich noch immer den Hut des Herrn hier habe, der um sein Weihnachtsmahl gekommen ist.«

»Hat er nicht annonciert?«

»Nein.«

»Wie wollen Sie ihn denn sonst identifizieren?«

»Nur durch Schlußfolgerungen.«

»Aus diesem Hut?«

»Genau.«

»Sie scherzen. Was können Sie schon aus dem alten, schäbigen Filz schließen?«

»Hier, nehmen Sie meine Lupe. Sie kennen meine Methoden. Was können Sie von der Persönlichkeit des Mannes sagen, der diesen Gegenstand getragen hat?«

Ich nahm das zerlumpte Ding in die Hand und drehte es ziemlich mitleidig um. Es war ein ganz gewöhnlicher schwarzer Hut von der üblichen runden Fasson, steif und viel zu schlecht, um noch getragen zu werden. Das Futter hatte einmal aus roter Seide bestanden, die sich nun aber ziemlich verfärbt darbot. Einen Herstellernamen gab es nicht, jedoch waren, wie Holmes bemerkt hatte, auf einer Seite die Initialen H. B. hingekritzelt. Die Krempe war für eine Hutsicherung durchstochen, aber das Gummiband fehlte. Sonst hatte er Risse, war äußerst verstaubt und fleckig, obwohl anscheinend der Versuch unternommen worden war, die fleckigen Stellen mit Tinte zu verdecken.

»Ich kann nichts sehen«, sagte ich, indem ich den Hut meinem Freund zurückgab.

»Im Gegenteil, Watson, Sie sehen alles. Doch Sie versagen, wenn es darum geht, das, was Sie sehen, zu durchdenken. Sie sind zu ängstlich, Schlüsse zu ziehen.«

»Dann, bitte, sagen Sie mir, was Sie schlußfolgern können.«

Er hielt den Hut hoch und starrte ihn in der beschaulichen Art an, die ihm eigen war. »Vielleicht ist er nicht mehr so gedankenanregend wie früher einmal«, bemerkte er, »und doch finde ich einige offensichtliche Schlüsse und ein paar andere, die zumindest große

Wahrscheinlichkeit besitzen. Daß der Mann sehr intellektuell ist, liegt auf der Hand, ebenfalls, daß er in den letzten drei Jahren recht wohlhabend war, obwohl er nun schlechte Zeiten durchmacht. Er ist vorsichtig, wenn auch jetzt weniger als früher, was auf moralisches Abrutschen deutet, das, zusammengenommen mit dem Dahinschmelzen seines Vermögens, auf schlechten Einfluß, wahrscheinlich durch Trinken, hinzuweisen scheint. Hierin wird auch der Grund liegen, weshalb seine Frau aufgehört hat, ihn zu lieben.«

»Mein lieber Holmes!«

»Dennoch hat er sich eine bestimmte Selbstachtung erhalten«, fuhr er fort, meinen Einwurf überhaupt nicht beachtend. »Der Mann sitzt meistens, geht selten fort, ist total aus der Übung, befindet sich in mittlerem Alter, hat graues Haar, das in den letzten Tagen geschnitten wurde und das er mit Zitronencreme salbt. Dies sind die offenkundigeren Tatsachen, die von dem Hut abgeleitet werden können. Überdies ist es äußerst wahrscheinlich, daß er in seinem Haus keinen Gasanschluß hat.«

»Nun scherzen Sie wirklich, Holmes.«

»Nicht im geringsten. Möglicherweise erkennen Sie auch jetzt noch nicht, da ich Ihnen die Ergebnisse mitgeteilt habe, wie ich an sie gekommen bin.«

»Zweifellos bin ich sehr dumm, aber ich muß gestehen: Ich kann Ihnen nicht folgen. Woraus leiten Sie zum Beispiel ab, daß der Mann intellektuell ist?«

Statt einer Antwort stülpte sich Holmes den Hut auf den Kopf. Er reichte über die Stirn und saß ihm auf dem Nasenrücken auf.

»Das ist eine Frage des Rauminhalts«, sagte er, »ein Mann mit einem so großen Hirn muß auch etwas drin haben.«

»Und was ist mit dem Schwinden des Vermögens?«

»Dieser Hut ist drei Jahre alt. Diese flachen, am Rand gerollten Krempen kamen damals auf. Es ist ein Hut bester Qualität. Sehen Sie sich das Band aus gerippter Seide und das hervorragende Futter an. Wenn sich der Mann vor drei Jahren einen so teuren Hut kaufen konnte und sich seitdem keinen neuen angeschafft hat, dann ist es mit ihm sicherlich bergab gegangen.«

»Gut, das leuchtet mir ein. Aber wie steht es um die Vorsicht und das moralische Abrutschen?«

Sherlock Holmes lachte. »Hier haben Sie die Vorsicht«, sagte er und legte den Finger auf den Knopf und die Öse für die Hutsicherung. »Hüte sind nicht von vornherein damit ausgestattet. Wenn der Mann sich so etwas hat anbringen lassen, deutet das auf einen gewissen Grad von Vorsicht; inzwischen ist er von seiner Art, Vorsorge gegen den Wind zu treffen, abgegangen. Das Gummiband, das riß, aber nicht ersetzt wurde, sagt uns, daß er jetzt weniger Vorsicht als früher walten läßt, was einen klaren Beweis für eine Schwächung seines Wesens darstellt. Andererseits war er bemüht, einige Flecken im Filz durch Tinte zu verbergen, was darauf hinweist, daß er seine Selbstachtung noch nicht ganz verloren hat.«

»Ihre Beweisführung leuchtet ein.«

»Die weiteren Besonderheiten — daß er mittleren Alters ist, daß er ergrautes Haar hat, welches er kürzlich schneiden ließ, und daß er Zitronencreme benützt — dies ergibt sich aus einer aufmerksamen Untersuchung des Futters. Die Lupe enthüllte eine große Anzahl Haarspitzen, die alle sauber von der Schere eines Friseurs beschnitten sind. Sie scheinen klebrig zu sein, und dann gibt es auch einen unverkennbaren Duft nach Zitronencreme. Dieser Staub, werden Sie finden, ist nicht der sandige graue Staub der Straßen, vielmehr der flockige braune des Hauses, und das verrät: Der Hut hat die meiste Zeit am Haken gehangen; die Schweißflecken im Futter beweisen eindeutig, daß der Mann leicht schwitzt und also kaum in bester körperlicher Verfassung sein dürfte.«

»Aber was ist mit seiner Frau — Sie sagten, sie habe aufgehört, ihn zu lieben?«

»Der Hut ist seit Wochen nicht abgebürstet. Wenn ich Sie sehen sollte, wie Sie mit dem Staub einer Woche auf Ihrem Hut herumlaufen, wenn Ihre Frau Ihnen gestattet, in solchem Zustand auszugehen, dann würde ich befürchten müssen, Sie wären ebenso unglücklich, die Zuneigung Ihrer Frau verloren zu haben.«

»Aber kann er nicht Junggeselle sein?«

»Nein, er wollte die Gans als Friedensangebot nach Hause tragen. Denken Sie an die Karte am Bein des Vogels.«

»Sie finden auf alles eine Antwort. Aber woraus, um Himmels willen, schließen Sie, daß er in seinem Haus keinen Gasanschluß hat?«

»Ein Talgspritzer, vielleicht auch zwei mögen sich zufällig finden; doch wenn ich nicht weniger als fünf zähle, gibt es für mich nur noch geringe Zweifel daran, daß der Mensch häufige Berührung mit Talglichten haben muß — wenn er nachts die Treppe hinaufgeht, wahrscheinlich den Hut in der einen Hand, eine tropfende Kerze in der anderen. Jedenfalls verursacht Gaslicht keine Talgflecke. Sind Sie befriedigt?«

»Das ist alles sehr geistreich«, sagte ich lachend. »Aber da, wie Sie selbst sagten, kein Verbrechen begangen und kein Schaden angerichtet wurde, außer daß jemand eine Gans verlor, scheint mir alles eine ziemliche Kraftvergeudung zu sein.«

Sherlock Holmes hatte den Mund zu einer Antwort geöffnet, als die Tür aufgestoßen wurde und Peterson, der Kommissar, ins Zimmer stürzte, hochrot und mit einem Gesicht, als sei er vor Verwunderung betäubt.

»Die Gans, Mr. Holmes! Die Gans, Sir!« stieß er hervor.

»Ja, was ist mit ihr? Ist sie ins Leben zurückgekehrt und durchs Küchenfenster davongeflogen?« Holmes brachte sich auf dem Sofa in die rechte Lage, um das aufgeregte Gesicht des Mannes besser betrachten zu können.

»Sehen Sie doch, Sir! Sehen Sie, was meine Frau im Kropf der Gans gefunden hat!«

Er streckte die Hand flach aus und hielt uns einen blitzenden blauen Stein entgegen, etwas kleiner als eine Bohne, aber von solcher Reinheit und solchem Glanz, daß er in der dunklen Mulde der Hand wie ein elektrischer Funke sprühte.

Holmes erhob sich mit einem Pfiff in sitzende Stellung. »Beim Zeus, Peterson«, sagte er, »das ist wirklich ein Schatzfund! Ich nehme an, Sie wissen, was Sie da haben?«

»Einen Diamanten, Sir! Einen wertvollen Stein! Er hat Glas geschnitten wie Kitt.«

»Das ist mehr als ein wertvoller Stein. Es ist *der* wertvolle Stein.«

»Doch nicht der blaue Karfunkel der Countess of Morcar?« stieß ich hervor.

»Genau der. Ich kenne seine Größe und seine Form, da ich doch in den letzten Tagen immer wieder die Suchanzeige in der ›Times‹ gelesen habe. Er ist absolut einmalig, sein Wert läßt sich nur schätzen, und die Belohnung von eintausend Pfund macht bestimmt nur den zwanzigsten Teil des Marktpreises aus.«

»Eintausend Pfund! Heiliger Strohsack!« Der Kommissar ließ sich in einen Sessel plumpsen und starrte uns abwechselnd an.

»Das ist die Belohnung; aber ich habe Grund zu der Annahme, daß sentimentale Erwägungen der Countess dazu bewegen könnten, sich von der Hälfte ihres Vermögens zu trennen, wenn sie nur das Kleinod wiederbekommt.«

»Wenn ich mich recht erinnere, ging es im Hotel ›Cosmopolitan‹ verloren«, bemerkte ich.

»Genau, am 22. Dezember, vor fünf Tagen. John Horner, ein Klempner, wurde beschuldigt, es aus der Schmuckkassette der Dame entwendet zu haben. Der Verdacht gegen ihn war so stark, daß der Fall ans Schwurgericht verwiesen worden ist. Ich glaube, hier habe ich einen Bericht über die Angelegenheit.« Er wühlte in den Zeitungen, überflog die Erscheinungsdaten, zog schließlich eine heraus, schlug sie auf und las den folgenden Artikel vor:

»Juwelenraub im Hotel ›Cosmopolitan‹. John Horner, 26, Klempner, wurde angeklagt, am 22. d. M. aus der Schmuckschatulle der Countess of Morcar einen wertvollen Diamanten entwendet zu haben, bekannt unter der Bezeichnung ›der blaue Karfunkel‹. James Ryder, der Hotelverwalter, gab zu Protokoll, daß er Horner am Tag des Diebstahls in das Ankleidezimmer der Countess of Morcar geschickt habe, damit er die zweite Stange am Kamingitter, die sich gelöst hatte, löten sollte. Eine kurze Zeit blieb er bei Horner, wurde aber dann abberufen. Als er wiederkam, entdeckte er, daß Horner verschwunden und der Sekretär aufgebrochen war und daß das kleine Kästchen aus Saffianleder, in dem, wie sich später herausstellte, die Countess ihren Schmuck aufzubewahren pflegte, leer auf dem Toilettentisch lag. Ryder schlug sofort Alarm, und Horner wurde noch am selben Abend verhaftet; aber der Stein konnte nicht gefunden werden, weder bei einer Leibesvisitation noch in seiner Wohnung. Catherine Cusack, die Zofe der Countess, erklärte, Ryders bestürzten Ausruf bei der Entdeckung des Diebstahls gehört zu haben und in das Zimmer gestürzt zu sein, wo sie alles so vorfand, wie der Zeuge es beschrieben hat. Inspektor Bradstreet von der Abteilung B von Scotland Yard sagte über die Verhaftung, Horner habe sich wild gewehrt und seine Unschuld auf das bestimmteste beteuert. Da der Gefangene früher schon einmal wegen Diebstahls verurteilt worden ist, lehnte der Polizeirichter ein summarisches Verfahren ab und verwies den Fall ans Schwurgericht. Horner, der während der Verhandlung starke emotionale Beteiligung gezeigt hatte, wurde über dem Beschluß ohnmächtig und mußte aus dem Gerichtssaal getragen werden.«

»Hm! Soviel also zu der Verhandlung vor dem Polizeigericht«, sagte Holmes nachdenklich und warf die Zeitung beiseite. »Für uns steht die Frage, die Abfolge der Ereignisse zu klären, an deren einem Ende eine ausgeraubte Schmuckschatulle und an deren anderem Ende der Kropf einer Gans in der Tottenham Court Road steht. Sie sehen, Watson, unsere netten kleinen Deduktionen erscheinen plötzlich unter einem viel wichtigeren und weniger harmlosen Gesichtspunkt. Hier ist der Stein; der Stein kommt aus einer Gans, und die Gans kommt von Mr. Henry Baker, dem Gentleman, mit dessen schäbigem Hut und persönlichen Eigenheiten ich Sie gelangweilt habe. Also müssen wir uns ganz ernsthaft daranmachen, diesen Gentleman zu finden und uns zu vergewissern, welche Rolle er in dem kleinen Geheimnis spielt. Zuerst gilt es, die einfachsten Mittel anzuwenden, und das Einfachste besteht zweifellos darin, eine Annonce in alle Abendzeitungen setzen zu lassen. Nützt das nichts, werde ich zu anderen Methoden greifen.«

»Wie wollen Sie die Anzeige formulieren?«

»Geben Sie mir einen Bleistift und ein Stück Papier. Nun, denn: ›Gefunden an der Ecke Goodge Street eine Gans und ein schwarzer Filzhut. Rückgabe an Mr. Henry Baker bei Erscheinen in der Baker Street 221B um sechs Uhr dreißig heute abend.‹ Das ist klar und kurz.«

»Sehr gut. Aber wird er es lesen?«

»Nun, er wird die Zeitungsmeldungen verfolgen, da es sich für einen armen Mann um einen schweren Verlust handelt. Durch das Mißgeschick mit dem zerbrochenen

Fenster war er, als Peterson nahte, so verängstigt, daß er an nichts als Flucht dachte. Inzwischen aber muß er bitter bereut haben, dem Antrieb gefolgt zu sein, der ihn den Vogel kostete. Dann wird auch die Erwähnung seines Namens beitragen, daß die Anzeige ihm auffällt, denn jeder, der ihn kennt, wird ihn aufmerksam machen. Hier, Peterson, laufen Sie zur Annoncen-Agentur und lassen Sie es in die Abendzeitungen setzen.«

»In welche, Sir?«

»In den ›Globe‹, den ›Star‹, die ›Pall Mall‹, die ›St. James' Gazette‹, die ›Evening News‹, den ›Standard‹, das ›Echo‹ und alle, die Ihnen noch einfallen.«

»In Ordnung, Sir. Und was wird mit dem Stein?«

»O ja, ich behalte ihn hier. Danke. Und noch etwas, Peterson: Kaufen Sie auf dem Rückweg eine Gans und liefern Sie sie hier ab; schließlich müssen wir eine für den Gentleman haben statt der, die Ihre Familie gerade verzehrt.«

Als der Kommissar gegangen war, hielt Holmes den Stein gegen das Licht. »Ein schönes Stück«, sagte er. »Sehen Sie nur, wie er glänzt und sprüht. Natürlich ist er die Keimzelle und der Brennpunkt von Verbrechen. Jeder gute Stein ist das. Sie sind des Teufels liebste Köder. Jede Facette der größeren alten Juwelen könnte für eine Bluttat stehen. Dieser Stein ist noch nicht zwanzig Jahre alt. Er wurde am Ufer des Amoy in China gefunden und trägt alle Merkmale eines Karfunkels, nur daß er nicht rubinrot ist, sondern nach Blau schattiert. Trotz seiner Jugend hat er bereits eine finstere Geschichte. Zwei Morde, ein Anschlag mit Vitriol, ein Selbstmord und verschiedene Diebstähle sind wegen dieser fünfundvierzig Karat kristallisierten Kohlenstoffs begangen worden. Wer glaubt schon, daß ein so nettes Spielzeug ein Lieferant für die Galgen und das Gefängnis sein könnte? Ich werde ihn in meine Kassette einschließen und der Countess mitteilen, daß wir ihn haben.«

»Denken Sie, daß dieser Horner unschuldig ist?«

»Das weiß ich nicht.«

»Nun gut, vermuten Sie denn, daß der andere, Henry Baker, etwas mit der Sache zu tun hat?«

»Ich glaube, wir müssen eher annehmen, daß Henry Baker absolut unschuldig ist und keine Vorstellung davon besitzt, daß der Vogel, den er mit sich herumschleppte, erheblich wertvoller war, als wenn er aus purem Gold bestanden hätte. Das jedenfalls werde ich durch einen sehr einfachen Test feststellen, wenn wir Antwort auf unsere Annonce bekommen haben.«

»Und bis dahin können Sie nichts unternehmen?«

»Nichts.«

»In dem Falle werde ich jetzt meine Patientenbesuche fortsetzen. Aber am Abend, zur angegebenen Zeit, komme ich wieder, denn ich möchte doch die Lösung einer so verwickelten Geschichte erleben.«

»Ich freue mich sehr darauf, Sie zu sehen. Ich speise um sieben. Es gibt, glaube ich, Waldschnepfe. Übrigens: In Anbetracht der letzten Ereignisse sollte ich Mrs. Hudson überreden, deren Kropf untersuchen zu lassen.«

Ich wurde bei einer Visite aufgehalten, und es war kurz nach halb sieben, als ich wieder in der Baker Street eintraf. Als ich mich dem Haus näherte, sah ich einen großen Mann mit schottischem Barett, sein Rock war bis ans Kinn zugeknöpft, im hellen Halbkreis warten, der durch das Oberlicht der Tür fiel. In dem Augenblick, da ich ankam, ging die Tür auf, und wir zwei wurden nach oben in Holmes' Zimmer gewiesen.

»Ich nehme an, Mr. Henry Baker«, sagte mein Freund, erhob sich aus dem Lehnsessel und begrüßte den Besucher in der heiteren Art, in die er so geschwind verfallen konnte. »Bitte, rücken Sie den Sessel ans Feuer, Mr. Baker. Der Abend ist kalt, und ich sehe, daß Ihr Kreislauf sich eher auf den Sommer als auf den Winter einstellen kann. Ah, Watson, Sie sind gerade zur rechten Zeit gekommen. Ist das Ihr Hut, Mr. Baker?«

»Ja, Sir, das ist ohne jeden Zweifel mein Hut.«

Er war ein großer Mann mit rundem Rücken, massivem Kopf und breitem, intelligentem Gesicht, das in einen braunen, graumelierten Spitzbart auslief. Ein Anflug von Rot auf Nase und Wangen und das leichte Zittern der ausgestreckten Hand erinnerten mich an Holmes' Vermutungen über seine körperliche Verfassung. Seinen verschossenen schwarzen Gehrock hatte er bis obenhin zugeknöpft und den Kragen hochgestellt; aus den Ärmeln schauten seine schmächtigen Handgelenke hervor, ohne daß der Schimmer von einer Manschette oder einem Hemd zu sehen war. Er sprach leise und abgehackt, die Worte sorgsam wählend, und machte allgemein den Eindruck eines gelehrten und belesenen Mannes, der vom Glück schlecht behandelt worden ist.

»Wir haben diese Dinge einige Tage lang aufbewahrt«, sagte Holmes, »weil wir erwarteten, daß Sie eine Zeitungsanzeige mit Ihrer Adresse aufgeben würden. Ich weiß nun nicht, was ich von Ihnen denken soll, da Sie nicht annonciert haben.«

Unser Besucher gab ein recht kleinlautes Lachen von sich. »Die Shillings sind bei mir nicht mehr so zahlreich wie einst«, bemerkte er. »Ich zweifelte nicht daran, daß die Bande Raufbolde, die mich angriff, meinen Hut und den Vogel mitgenommen hätte. Ich wollte nicht Geld für einen hoffnungslosen Versuch ausgeben, die verlorenen Dinge wieder in Besitz zu bekommen.«

»Ganz natürlich. Übrigens: der Vogel — wir waren gezwungen, ihn aufzuessen.«

»Ihn aufzuessen!« Unser Besucher erhob sich vor Erregung halb aus dem Sessel.

»Ja. Er wäre für keinen von Nutzen gewesen, wenn wir es nicht getan hätten. Aber ich nehme an, daß die

Gans da auf der Anrichte, die ungefähr genausoviel wiegt und ganz frisch ist, Ihre Ansprüche gleichermaßen zufriedenstellt.«

»O gewiß, gewiß!« antwortete Mr. Baker und stieß einen Seufzer der Erleichterung aus.

»Wir haben selbstverständlich die Federn, die Füße, den Kropf und so weiter von Ihrem Vogel aufbewahrt. Wenn Sie wünschen . . .«

Der Mann brach in herzhaftes Lachen aus. »Das könnte mir als Andenken an mein Abenteuer dienen«, sagte er, »sonst sehe ich keinen Verwendungszweck für die disjecta membra meiner dahingegangenen Bekannten. Nein, Sir, ich glaube, ich werde, mit Ihrer Erlaubnis, meine Aufmerksamkeit auf den ausgezeichneten Vogel beschränken, den ich dort auf der Anrichte sehe.«

Sherlock Holmes blickte mich scharf an und zuckte leicht die Schultern.

»Hier, bitte, ist Ihr Hut, und dort Ihr Vogel«, sagte er. »Übrigens, wäre es Ihnen lästig, mir zu erzählen, woher Sie Ihre Gans hatten? Ich bin ein Geflügelliebhaber, und mir ist selten eine besser gewachsene Gans unter die Augen gekommen.«

»Aber gewiß«, sagte Baker; er war aufgestanden und hielt seine Gans unterm Arm. »Von uns besuchen immer einige das ›Alpha Inn‹ in der Nähe des Museums — tagsüber sind wir im Museum selbst zu finden, verstehen Sie? In diesem Jahr hat unser netter Wirt, Windigate mit Namen, einen Gänse-Club gegründet, durch den wir zu Weihnachten zu einem Vogel kommen sollten, wenn wir wöchentlich ein paar Pence einzahlten. Ich entrichtete meinen Betrag regelmäßig, das übrige kennen Sie. Ich bin Ihnen sehr zu Dank verpflichtet, Sir, denn ein schottisches Barett paßt weder zu meinem Alter noch zu meiner Würde.« Mit komischer Feierlichkeit verbeugte er sich vor uns und ging seines Weges.

»Das also war Henry Baker«, sagte Holmes, nachdem er die Tür hinter ihm geschlossen hatte. »Es ist ganz sicher, daß er von der Sache überhaupt nichts weiß. Sind Sie hungrig, Watson?«

»Nicht besonders.«

»Dann schlage ich vor, daß wir aus unserem Dinner ein Supper machen und der Spur folgen, solange sie warm ist.«

»Auf alle Fälle.«

Es war ein bitterkalter Abend, und so zogen wir unsere Ulster an und banden Schals um. Die Sterne schienen kalt von einem wolkenlosen Himmel, und der Atem der Passanten dampfte wie Rauch aus abgefeuerten Pistolen. Unsere Schritte hallten deutlich und laut, als wir durch das Ärzteviertel, die Wimpole Street, die Harley Street und dann durch die Wigmore Street in die Oxford Street gingen. Nach einer Viertelstunde hatten wir Bloomsbury erreicht und standen vorm ›Alpha Inn‹, einer Gastwirtschaft an der Ecke einer der Straßen in Richtung Holborn. Holmes stieß die Tür zur Bar auf und bestellte bei einem rotgesichtigen Wirt mit weißer Schürze zwei Glas Bier.

»Ihr Bier muß hervorragend sein, wenn es so gut wie Ihre Gänse ist«, sagte Holmes.

»Meine Gänse?« Der Mann schien überrascht.

»Ja. Vor einer halben Stunde habe ich mit Mr. Henry Baker gesprochen, einem Mitglied Ihres Gänse-Clubs.«

»Ach so! Ich verstehe. Aber, sehen Sie, Sir, das waren nicht *meine* Gänse.«

»Wirklich? Wessen dann?«

»Nun, ich habe die zwei Dutzend bei einem Händler in Covent Garden gekauft.«

»Wirklich! Ich kenne da einige Händler. Welcher war es?«

»Breckinridge heißt er.«

»Ah! Den Mann kenne ich nicht. Nun denn, auf Ihr Wohl, Herr Wirt, und daß Ihr Geschäft florieren möge. — Gute Nacht.«

»Jetzt zu Mr. Breckinridge«, fuhr Holmes fort, indem er sich den Mantel zuknöpfte. Wir traten hinaus in die frostige Luft. »Denken Sie nur, Watson, obgleich an dem einen Ende der Kette etwas so Einfaches wie eine Gans steht, haben wir am anderen Ende doch einen Mann, der sicherlich sieben Jahre Gefängnis bekommen wird, es sei denn, wir können seine Unschuld beweisen. Möglicherweise werden unsere Nachfragen auch seine Schuld untermauern. Auf jeden Fall schlagen wir aber mit unserer Untersuchung einen Weg ein, den die Polizei versäumte und den eine einmalige Chance uns in die Hände gespielt hat. Folgen wir ihm bis zum bitteren Ende. Nach Süden also, und im Geschwindschritt.«

Wir durchquerten Holborn, gingen die Endell Street hinunter und hatten schließlich auch das Gewirr der Slums vor dem Covent Garden Market hinter uns gelassen. Einer der größten Verkaufsstände trug den Namen ›Breckinridge‹. Der Besitzer, der wie ein Jockey aussah, ein hageres Gesicht hatte und einen Backenbart trug, half einem Jungen, die Läden vorzuhängen.

»Guten Abend, kalt heute«, sagte Holmes.

Der Händler nickte und warf einen fragenden Blick auf meinen Gefährten.

»Die Gänse sind wohl ausverkauft«, fuhr Holmes fort und deutete auf die leere Marmortheke.

»Morgen früh können Sie fünfhundert haben.«

»Sehr schade.«

»Da drüben, an dem Stand mit der Gasbeleuchtung, gibt es noch welche.«

»Ja, aber man hat mir Sie empfohlen.«

»Wer?«

»Der Wirt vom ›Alpha‹.«

»Ah, ja. Ich habe ihm ein paar Dutzend geliefert.«

»Prächtige Vögel waren das. Wo haben Sie die bezogen?«

Zu meiner Überraschung rief die Frage bei dem Händler einen Ausbruch von Ärger hervor.

»Nun ist's gut, Mister«, sagte er mit erhobenem Kopf, die Arme in die Seiten gestemmt. »Worauf wollen Sie 'raus? Reden wir offen.«

»Ich rede offen genug. Ich möchte wissen, wer Ihnen die Gänse geliefert hat, die Sie an das ›Alpha‹ verkauften.«

»Na gut: Das werde ich Ihnen nicht sagen. Und was jetzt?«

»Ach, die Sache ist nicht so wichtig. Aber ich weiß nicht, warum Sie sich wegen so einer Kleinigkeit derart erhitzen.«

»Erhitzen! Ihnen würde vielleicht genauso heiß werden, wenn man Sie so löcherte, wie ich gelöchert werde. Wenn ich gutes Geld für gute Ware bezahlt habe, dann sollte das Geschäft ausgestanden sein. Aber nein, es geht weiter: ›Wo sind die Gänse?‹, und: ›Woher haben Sie die bezogen?‹, und: ›Was nehmen Sie für die Gänse?‹ Man sollte meinen, das wären die einzigen Gänse von der Welt, wenn man den Lärm hört, der um sie gemacht wird.«

»Nun, ich stehe nicht mit irgendwelchen anderen Leuten in Verbindung, die Sie befragt haben«, sagte Holmes unbekümmert. »Wenn Sie es uns nicht sagen, dann ist die Wette geplatzt, sonst nichts. Aber ich bin immer bereit, meine Meinung zu vertreten, wenn es um Geflügel geht, und ich habe fünf Pfund darauf gesetzt, daß der Vogel, den ich gegessen habe, aus einer ländlichen Zucht stammt.«

»Gut, dann haben Sie also fünf Pfund verloren, denn die Gänse kamen aus einer städtischen Zucht«, sagte der Händler barsch.

»Das kann nicht sein.«

»Wenn ich es Ihnen sage.«

»Ich glaube Ihnen nicht.«

»Denken Sie, Sie wissen mehr über Geflügel als ich, der ich mich mit dem Viehzeug abgebe, seit ich Gehilfe war? Ich sage Ihnen: Alle die Vögel, die ich ans ›Alpha‹ geliefert habe, stammen aus einer städtischen Zucht.«

»Das können Sie mir nie einreden.«

»Wollen wir wetten?«

»Ich würde Ihnen doch nur Ihr Geld abnehmen, denn ich weiß, daß ich recht habe. Aber ich setze einen Sovereign gegen Sie, nur um Ihnen beizubringen, daß man nicht eigensinnig sein soll.«

Der Händler lachte grimmig. »Bring mir die Bücher, Bill«, sagte er.

Der Junge brachte einen kleinen, dünnen und einen großen, fettverschmierten Band und legte sie nebeneinander unter die Hängelampe.

»Nun denn, Mister Alleswisser«, sagte der Händler, »ich dachte, ich wär alle Gänse los, aber vor Ladenschluß kommen Sie und sagen mir, es ist noch nicht alles erledigt. Also, sehen Sie dieses kleine Buch?«

»Und?«

»Das enthält die Aufstellung der Leute, bei denen ich kaufe, sehen Sie? Gut. Hier auf der Seite stehen die Leute vom Land, und die Nummern hinter den Namen verweisen auf die Seiten im Hauptbuch, wo die Rechnungen eingetragen sind. Und jetzt! Sehen Sie die Seite, auf der die Eintragungen mit roter Tinte gemacht sind. Das ist die Liste meiner Lieferanten aus der Stadt. Nun schauen Sie sich mal diesen dritten Namen hier an. Lesen Sie ihn vor.«

»Mrs. Oakshott, Brixton Road 117 — Seite 249«, las Holmes.

»So ist es. Und jetzt schlagen Sie im Hauptbuch nach.«

Holmes schlug die angegebene Seite auf. »Hier haben

wir's: Mrs. Oakshott, Brixton Road 117, Eier- und Geflügellieferant.«

»Gut. Und was ist die letzte Eintragung?«

»22. Dezember. 24 Gänse à 7 s. 6 d.«

»Richtig. Da haben Sie's. Und darunter?«

»Verkauft an Mr. Windigate vom ›Alpha‹ für 12 s.«

»Was sagen Sie jetzt?«

Sherlock Holmes schaute tiefbekümmert drein. Er holte einen Sovereign aus der Tasche, warf ihn auf die Theke, wandte sich ab und tat dabei so, als wäre sein Unmut zu groß, als daß Worte ihn ausdrücken könnten. Einige Yard entfernt blieb er unter einer Laterne stehen und lachte auf die herzliche, geräuschlose Weise, die ihm eigen war.

»Einen Mann mit Backenbart, dem ein rosa Tuch aus der Brusttasche guckt, können Sie immer mit einer Wette ködern«, sagte er. »Ich wage zu behaupten, daß ich von dem Manne, wenn ich ihm hundert Pfund auf den Tisch gelegt hätte, nicht mit einer so erschöpfenden Antwort bedient worden wäre wie eben, da ich ihm das Gefühl eingab, er könne mich mit einer Wette aufs Kreuz legen. Nun, Watson, ich denke, wir nähern uns dem Ende unserer Nachforschung, und es bleibt nur noch zu entscheiden, ob wir diese Mrs. Oakshott heute abend aufsuchen wollen oder ob wir uns das für morgen früh aufheben sollten. Nach dem, was der mürrische Bursche gesagt hat über die anderen, die außer uns begierig waren, in der Angelegenheit etwas zu erfahren, möchte ich ...«

Seine Bemerkung ging unter in einem Lärmen, das von dem Stand her kam, den wir soeben verlassen hatten. Wir blickten uns um und sahen im gelben Lichtkreis der Hängelampe ein rattengesichtiges Männchen, und Breckinridge, der Händler, stand in der Tür und schüttelte gegen die kriechende Gestalt wild die Fäuste.

»Ich habe genug von Ihnen und Ihren Gänsen«, schrie er. »Ich wünschte, ihr wärt alle beim Teufel. Wenn Sie mich noch mal mit Ihrem blöden Geschwätz belästigen, hetze ich den Hund auf Sie. Bringen Sie mir Mrs. Oakshott, und ich rede mit ihr. Was haben denn Sie mit der Sache zu tun? Habe ich die Gänse von Ihnen gekauft?«

»Nein, aber eine davon gehört mir trotzdem«, wimmerte der kleine Mann.

»Reden Sie mit Mrs. Oakshott.«

»Die hat gesagt, ich soll Sie fragen.«

»Meinetwegen fragen Sie den König von Preußen. Mir reicht es. Machen Sie, daß Sie wegkommen!« Er stürzte wütend vor, und der unerwünschte Frager rannte davon.

»Hallo, das kann uns einen Besuch in der Brixton Road ersparen,« flüsterte Holmes. »Kommen Sie, wir wollen einmal sehen, was mit dem kleinen Burschen anzufangen ist.«

Wir drängten uns durch die Menschen, die zwischen den erleuchteten Ständen umherschlenderten, holten den kleinen Mann ein und tippten ihm auf die Schulter. Er fuhr herum, und im Gaslicht sah ich, daß jede Spur von Farbe aus seinem Gesicht gewichen war.

»Wer sind Sie? Was wollen Sie?« fragte er mit bebender Stimme.

»Entschuldigen Sie«, sagte Holmes freundlich, »aber ich habe unabsichtlich die Fragen gehört, die Sie dem Händler stellten. Ich glaube, ich kann Ihnen helfen.«

»Sie? Wer sind Sie? Was wissen Sie überhaupt von der Sache?«

»Mein Name ist Sherlock Holmes. Es ist mein Beruf, zu wissen, was andere Leute nicht wissen.«

»Aber Sie können nichts wissen.«

»Entschuldigen Sie, aber ich weiß alles. Sie sind bemüht, einigen Gänsen auf die Spur zu kommen, die von

Mrs. Oakshott aus der Brixton Road an einen Händler namens Breckinridge verkauft wurden und von dem wieder an Mr. Windigate, den Wirt des ›Alpha‹, der sie an die Leute seines Clubs weitergegeben hat, in dem auch Mr. Henry Baker Mitglied ist.«

»Oh, Sir, Sie sind genau der Mann, den ich treffen wollte«, rief der kleine Mann, die zitternden Hände ausstreckend. »Ich kann Ihnen kaum erklären, wie sehr ich an der Sache interessiert bin.«

Sherlock Holmes winkte einer vorüberfahrenden Kutsche. »In dem Falle sollten wir uns besser in einem gemütlichen Raum statt auf diesem windigen Marktplatz unterhalten«, sagte er. »Aber verraten Sie mir bitte, ehe wir fahren, wem helfen zu dürfen ich die Ehre habe?«

Der Mann zögerte einen Augenblick. »Mein Name ist John Robinson«, antwortete er mit einem Seitenblick.

»Nein, nein, ich frage, wie Sie richtig heißen«, sagte Holmes sanft. »Es ist immer ärgerlich, es mit einem ›alias‹ zu tun zu haben.«

In die weißen Wangen des Fremden stieg plötzliche Röte. »Na gut«, sagte er, »mein richtiger Name ist James Ryder.«

»Nun also. Der Geschäftsführer vom Hotel ›Cosmopolitan‹. Bitte, steigen Sie in die Kutsche, und ich werde Ihnen bald alles erklärt haben, was Sie wissen wollen.«

Der kleine Mann stand da und sah halb furchtsam, halb hoffnungsvoll zwischen Holmes und mir hin und her wie einer, der nicht weiß, ob er sich an der Schwelle zum Glück oder vor einer Katastrophe befindet. Dann stieg er in die Kutsche, und eine halbe Stunde später befanden wir uns wieder im Wohnzimmer in der Baker Street. Während der Fahrt war nicht gesprochen worden, doch das schwache Atmen unseres neuen Gefährten und seine ständig krampfenden Hände redeten deutlich von seiner Nervenanspannung.

»Da wären wir«, sagte Holmes, als wir ins Zimmer traten. »Das Feuer ist gerade das Richtige bei solchem Wetter. Frieren Sie, Mr. Ryder? Bitte, nehmen Sie den Korbsessel. Ich will nur noch meine Pantoffeln anziehen, ehe wir Ihre kleine Angelegenheit in Ordnung bringen. Nun denn! Sie möchten wissen, was mit jenen Gänsen wurde?«

»Ja, Sir.«

»Oder vielmehr — nehme ich an —, mit jener einen Gans. Es handelt sich nur um einen Vogel — stelle ich mir vor —, der Sie interessiert, einen weißen mit einem schwarzen Streifen quer über dem Schwanz.«

Ryder zitterte vor Erregung. »Sir, Sie können mir sagen, wohin er geraten ist?«

»Hierher.«

»Hierher?«

»Ja, und es stellte sich heraus, daß er ein höchst bemerkenswerter Vogel war. Kein Wunder, daß Sie an ihm interessiert sind. Er legte ein Ei nach seinem Tod — das schönste, glänzendste kleine blaue Ei, das es je gegeben hat. Es befindet sich in meinem Museum.«

Unser Besucher erhob sich schwankend und klammerte sich mit der rechten Hand am Kaminsims fest. Holmes schloß seine Kassette auf und hielt den blauen Karfunkel hoch, der wie ein Stern glänzte, kalt, sprühend, vielstrahlig glitzernd. Ryder stand mit erschöpftem Gesicht da, unsicher, ob er ihn fordern oder ihn aufgeben sollte.

»Das Spiel beginnt, Ryder«, sagte Holmes ruhig. »Halten Sie sich aufrecht, Mann, oder Sie fallen ins Feuer. Watson, stützen Sie ihn in den Sessel zurück. Er ist zu blutarm, um ungestraft ein Verbrechen zu begehen. Geben Sie ihm einen Schluck Kognak. So! jetzt sieht er schon ein bißchen menschlicher aus. Was er doch für ein Hänfling ist.«

Für einen Augenblick taumelte Ryder und wäre fast

gefallen, aber der Kognak brachte einen Anflug Farbe in die Wangen zurück, und dann saß er und starrte mit erschrockenen Augen auf seinen Ankläger.

»Ich habe fast alle Glieder der Kette und alle Beweise in der Hand, die ich möglicherweise brauche, und es gibt wenig, das Sie mir erklären müssen. Aber das Wenige sollte der Vollständigkeit halber ebenfalls zur Sprache kommen. Wie erfuhren Sie, Ryder, von dem blauen Stein der Countess of Morcar?«

»Catherine Cusack hat mir von ihm erzählt«, sagte er mit brüchiger Stimme.

»Aha. Die Zofe der Lady. Nun, die Versuchung, auf einfache Weise plötzlich reich zu werden, war zuviel für Sie — wie auch schon für andere Männer vor Ihnen; aber Sie waren nicht gerade wählerisch in den Mitteln, die Sie einsetzten. Mir scheint, Ryder, in Ihnen steckt das Zeug zu einem richtigen Schurken. Sie wußten, daß Horner, der Klempner, schon einmal in eine ähnliche Sache verwickelt war und daß der Verdacht um so eher auf ihn fallen mußte. Was taten Sie? Sie sorgten für eine kleine Reparatur im Zimmer der Lady — Sie und Ihre Vertraute Cusack — und drehten es so, daß man gerade diesen Mann rief. Dann, als er weg war, brachen Sie die Schmuckkassette auf, schlugen Alarm und ließen den unglücklichen Mann verhaften. Danach ...«

Plötzlich warf Ryder sich auf den Teppich und umklammerte die Knie meines Gefährten. »Haben Sie, um Gottes willen, Erbarmen!« schrie er. »Denken Sie an meinen Vater! An meine Mutter! Es würde ihnen das Herz brechen. Nie zuvor habe ich Schlechtes getan! Ich will so etwas nie mehr tun. Das schwöre ich. Das schwöre ich auf die Bibel. Oh, bringen Sie mich nicht vor Gericht! Um Christi willen nicht!«

»Setzen Sie sich wieder!« sagte Holmes unnachgiebig. »Es ist einfach, sich jetzt zu krümmen und zu kriechen; aber an den armen Horner haben Sie kaum gedacht, der wegen eines Verbrechens auf der Anklagebank sitzt, von dem er keine Ahnung hat.«

»Ich werde fliehen, Mr. Holmes. Ich werde das Land verlassen, Sir. Dann bricht die Anklage gegen ihn zusammen.«

»Hm. Darüber werden wir noch sprechen. Aber jetzt möchten wir erst einmal einen wahrheitstreuen Bericht vom nächsten Akt hören. Wie kam der Stein in die Gans, und wie kam die Gans auf den Markt? Sagen Sie uns die Wahrheit, denn darin liegt Ihre einzige Chance.«

Ryder fuhr sich mit der Zunge über die trockenen Lippen. »Ich berichte Ihnen, wie es gewesen ist, Sir«, sagte er. »Als Horner verhaftet war, schien es mir das beste zu sein, sofort mit dem Stein zu verschwinden, denn ich wußte nicht, wann die Polizei die Sache aufnehmen und mich und mein Zimmer durchsuchen würde. Im Hotel gab es keinen Platz, wo er sicher gewesen wäre. Ich verließ das Haus, als müßte ich eine Besorgung machen, und ging zu meiner Schwester. Sie hat einen Mann namens Oakshott geheiratet und wohnt in der Brixton Road; sie mästet Gänse für den Markt. Auf dem ganzen Weg kam es mir so vor, als ob jeder Mann, der mir begegnete, ein Polizist oder ein Detektiv wäre, und obwohl der Abend kalt war, lief mir der Schweiß in Strömen übers Gesicht, ehe ich noch die Brixton Road erreicht hatte. Meine Schwester fragte mich, was geschehen sei und warum ich so blaß aussähe, und ich erzählte ihr, daß ich mich über den Juwelendiebstahl im Hotel so aufgeregt hätte. Dann ging ich auf den Hof, rauchte eine Pfeife und überlegte, was zu tun sei.

Ich hatte einmal einen Freund, mit Namen Maudsley, der war auf die schlechte Bahn geraten und hatte gerade seine Zeit in Pentonville abgesessen. Eines Tages hat er mich besucht und war auf die Tricks von Dieben zu sprechen gekommen und darauf, wie sie sich ihrer Beute entledigen. Ich konnte annehmen, daß er zu mir halten würde, da ich einiges von ihm wußte, und so beschloß ich, mich direkt nach Kilburn, wo er wohnt, auf den Weg zu machen und ihn ins Vertrauen zu ziehen. Er würde wissen, wie der Stein zu Geld zu machen war. Aber wie ihn erst einmal in Sicherheit bringen? Ich dachte an die Ängste, die ich vom Hotel bis zu meiner Schwester ausgestanden hatte. Jeden Augenblick konnte ich gestellt und durchsucht werden, und dann steckte der Stein in meiner Westentasche. Ich lehnte an der Mauer und sah den Gänsen zu, die um meine Füße watschelten, und plötzlich kam mir eine Idee, wie ich den besten Detektiv der Welt schlagen könnte.

Einige Wochen zuvor hatte mir meine Schwester gesagt, ich solle mir eine von ihren Gänsen als Weihnachtsgeschenk aussuchen, und ich wußte, daß sie immer zu ihrem Wort steht. Ich würde mir meine Gans jetzt nehmen, und in ihr würde ich den Stein nach Kilburn bringen. Im Hof steht ein kleiner Schuppen, und hinter den trieb ich einen der Vögel, einen schönen großen, weiß mit gestreiftem Schwanz. Ich fing ihn ein, sperrte ihm den Schnabel auf und stieß den Stein so tief in die Kehle, wie mein Finger reichte. Der Vogel würgte, und ich merkte, wie der Stein durch die Speiseröhre wanderte, bis er im Kropf saß. Aber das Geschöpf flatterte und wehrte sich, und meine Schwester kam heraus, zu sehen, was los sei. Als ich mich umwandte, ihr antworten wollte, riß sich das Biest los und flatterte zu den anderen.

›Was hast du nur mit dem Vogel angestellt, Jem?‹ fragte sie.

›Nun‹, sagte ich, ›du hast mir doch eine für Weihnachten versprochen, und ich habe gefühlt, welche die fetteste ist.‹

›Oh‹, sagte sie, ›die für dich haben wir schon ausgewählt. Wir nennen sie nur Jems Vogel. Er ist der große weiße da drüben. Wir haben sechsundzwanzig: einen für dich, einen für uns und zwei Dutzend für den Markt.‹

›Danke, Maggy‹, sagte ich, ›aber wenn es dir nichts ausmacht, möchte ich lieber die Gans, die ich gerade befühlt habe.‹

›Die andere ist gute drei Pfund schwerer‹, sagte sie, ›wir haben sie extra für dich gemästet.‹

›Mach dir nichts draus. Ich möchte die andere, und ich nehme sie gleich mit.‹

›Ganz wie du möchtest‹, sagte sie, ein wenig ärgerlich. ›Welche also willst du nun?‹

›Die weiße mit dem gestreiften Schwanz in der Mitte der Herde.‹

›Na gut. Schlachte sie und nimm sie mit.‹

Ich tat, wie sie sagte, Mr. Holmes, und schleppte das Tier den ganzen Weg nach Kilburn. Ich erzählte meinem Freund, was ich gemacht hatte — er ist einer, bei dem es einem leichtfällt, so etwas zu sagen. Er lachte, bis er keine Luft mehr bekam, und dann nahmen wir ein Messer und schnitten die Gans auf. Ich kriegte weiche Knie, denn da war nicht die Spur von einem Stein, und ich begriff, daß mir ein schrecklicher Irrtum passiert war. Ich ließ den Vogel dort, lief zum Haus meiner Schwester und gleich in den Hof. Kein einziger Vogel war mehr da.

›Wo sind die alle, Maggy?‹ schrie ich.

›Beim Händler.‹

›Bei welchem Händler?‹

›Bei Breckinridge am Covent Garden.‹

›War da noch eine mit gestreiftem Schwanz?‹ fragte ich. ›Genau solche wie die, die ich mir ausgesucht habe?‹

›Ja, es gab zwei mit gestreiftem Schwanz. Ich habe sie nie auseinanderhalten können.‹

Jetzt war alles klar. Und ich rannte, so schnell mich

meine Füße trugen, zu diesem Breckinridge. Aber er hatte die ganze Partie auf einmal verkauft und wollte mir mit keinem Wort verraten, an wen. Sie haben ihn heute abend ja selbst gehört. So hat er mir immer geantwortet. Meine Schwester denkt, ich bin verrückt geworden. Manchmal denke ich das selbst. Und jetzt — jetzt bin ich ein gebrandmarkter Dieb, der den Reichtum, um dessentwillen er seinen Charakter aufgegeben hat, nicht einmal berühren konnte. Gott helfe mir! Gott helfe mir!« Er brach in krampfhaftes Schluchzen aus und barg das Gesicht in den Händen.

Danach blieb es lange Zeit still, die einzigen Geräusche waren Ryders schwerer Atem und das regelmäßige Klopfen, das Sherlock Holmes mit seinen Fingerspitzen auf den Tisch erzeugte. Endlich erhob sich mein Freund und riß die Tür auf.

»'raus!« sagte er.

»Was ist, Sir? Der Himmel vergelte es Ihnen!«

»Kein Wort mehr! 'raus!«

Und es war auch kein weiteres Wort nötig. Ein Sturz zur Tür, ein Gepolter auf der Treppe, das Zuschlagen der Haustür und das harte Geräusch rennender Füße auf der Straße — das war alles.

»Schließlich, Watson«, sagte Holmes, indem er nach seiner Tonpfeife griff, »bin ich nicht von der Polizei engagiert und hier, deren Schlappen wettzumachen. Wäre Horner in Gefahr, wär's etwas anderes; aber dieser Bursche wird nicht gegen ihn auftreten, und da muß die Anklage in sich zusammenfallen. Vermutlich verharmlose ich ein Verbrechen, aber es ist auch möglich, daß ich eine Seele rette. Der wird nicht noch einmal auf den falschen Weg geraten. Er ist zu verschreckt. Steckt man ihn in den Käfig, so wird aus ihm ein Vogel hinter Gittern sein Leben lang. Außerdem haben wir gerade das Fest der Versöhnung gefeiert. Der Zufall hat uns zu einem einmaligen, seltsamen Problem verholfen, und dessen Lösung trägt die Belohnung schon in sich. Wenn Sie jetzt die Güte hätten, Doktor, zu läuten, werden wir gleich mit einer neuen Untersuchung beginnen, deren Held auch ein Vogel ist.«

Das gefleckte Band

Wenn ich die mehr als siebzig Fälle überblicke, in denen ich während der letzten acht Jahre die Methoden meines Freundes Sherlock Holmes studieren konnte, finde ich viel Tragisches, einiges Komische und eine große Anzahl lediglich seltsamer Begebenheiten, aber nichts Alltägliches, denn da mein Freund eher aus Liebe zu seiner Kunst arbeitet als um Reichtum zu erlangen, lehnte er es ab, sich mit Untersuchungen zu befassen, die nicht etwas Ungewöhnliches oder sogar Phantastisches an sich hatten. Bei all diesen verschiedenen Fällen erinnere ich mich an keinen, der so einzigartige Züge trug wie der, in den die bekannte Familie der Roylotts of Stoke Moran in Surrey verwickelt war. Besagte Ereignisse geschahen am Anfang meiner Bekanntschaft mit Sherlock Holmes, als wir Junggesellen waren und die Wohnung in der Baker Street teilten. Möglicherweise hätte ich sie schon früher mitgeteilt, aber damals wurde ein Geheimhaltungsversprechen gegeben, und davon bin ich erst seit dem letzten Monat durch den frühen Tode der Dame entbunden, in deren Wort wir standen. Vielleicht ist es gut, daß die Tatsachen nun ans Licht kommen, denn ich habe Grund, anzunehmen, daß Gerüchte über den Tod des Dr. Grimesby Roylott im Umlauf sind, die die Angelegenheit noch schrecklicher machen, als sie sich in Wahrheit darstellte.

Es war im frühen April des Jahres '83, als ich eines Morgens beim Erwachen Sherlock Holmes angekleidet an meinem Bett sah. Gewöhnlich stand er später auf, und ich blinzelte ihn ziemlich überrascht an, da ich bemerkte, daß die Uhr auf dem Kaminsims erst Viertel nach sieben anzeigte, vielleicht auch ein wenig unwillig, denn ich war regelmäßig in meinen Gewohnheiten.

»Tut mir sehr leid, daß ich Sie aus dem Schlaf gerissen habe, Watson«, sagte er, »aber es ist wieder mal das Übliche heute. Mrs. Hudson ist aus dem Schlaf gerissen worden, sie hat mich geweckt und ich nun Sie.«

»Was gibt es denn? Feuer?«

»Nein, einen Klienten. Es scheint, eine junge Dame in beträchtlicher Erregung ist eingetroffen, die darauf besteht, mich zu sprechen. Jetzt wartet sie im Wohnzimmer. Wenn junge Damen zu solcher Morgenstunde in der Metropole herumlaufen und müde Leute aus dem Schlaf reißen, nehme ich an, ist es etwas sehr Dringendes, das sie mitzuteilen haben. Ich dachte, Sie möchten von Anfang an dabeisein, wenn es sich um einen interessanten Fall handelt, und so wollte ich Ihnen eine Chance geben.«

»Mein lieber Junge, ich will die Sache um nichts in der Welt versäumen.«

Es gab für mich kein größeres Vergnügen, als Holmes bei seinen Untersuchungen zu beobachten, wie er die Fälle entwirrte, die ihm anvertraut waren; ich bewunderte seine schnellen Schlußfolgerungen und plötzlichen Eingebungen, die doch stets auf der Logik basierten. Ich warf mich schnell in die Kleider, und nach wenigen Minuten war ich bereit, meinen Gefährten ins Wohnzimmer zu begleiten. Am Fenster saß eine schwarzgekleidete, tiefverschleierte Dame. Sie erhob sich bei unserem Eintritt.

»Guten Morgen, Madam«, sagte Holmes fröhlich. »Mein Name ist Sherlock Holmes. Dies hier ist mein guter Freund und Gefährte Dr. Watson, vor dem Sie so offen sprechen können wie vor mir. Ah, ich sehe, daß Mrs. Hudson den guten Einfall gehabt hat, Feuer zu machen. Bitte, setzen Sie sich näher an den Kamin, und ich werde eine Tasse heißen Kaffee bestellen. Sie zittern ja.«

»Ich zittere nicht vor Kälte«, sagte die Frau mit leiser Stimme und setzte sich auf den angebotenen Platz.

»Sondern?«

»Vor Angst, Mr. Holmes. Es ist der Schrecken.« Sie hob den Schleier, als sie das sagte, und wir sahen, daß sie sich wirklich in einem erbärmlichen Zustand von Aufregung befand. Ihr Gesicht war erschöpft und grau, in den ruhelosen Augen stand Furcht, wie man es bei gejagten Tieren kennt. Züge und Gestalt waren die einer Frau von dreißig, aber ihr Haar zeigte vorzeitiges Grau, und sie machte einen müden, abgehärmten Eindruck. Sherlock Holmes musterte sie mit seinem schnellen, umfassenden Blick.

»Sie brauchen keine Angst zu haben«, sagte er beruhigend, beugte sich vor und tätschelte ihr den Unterarm. »Wir werden bald alles in Ordnung bringen, daran zweifle ich nicht. Sie sind heute morgen mit dem Zug gekommen, wie ich sehe.«

»Sie kennen mich?«

»Nein, ich sehe eben die Rückfahrkarte in Ihrem linken Handschuh. Sie müssen früh aufgebrochen sein, da Sie doch bis zum Bahnhof noch ein gutes Stück über schlechte Straßen mit dem Dogcart zurückzulegen hatten.«

Die Dame zuckte heftig zusammen und sah meinen Gefährten verwirrt an.

»Es ist keine Zauberei im Spiel, meine liebe Dame«, sagte er lächelnd. »Ihr linker Jackenärmel weist nicht weniger als sieben Schlammspritzer auf. Die Stellen sind ganz frisch. Es gibt außer einem Dogcart kein Fahrzeug, das auf diese Weise Schlamm hochwirft, und selbst auf ihm bekommt man solche Flecken nur, wenn man links vom Fahrer sitzt.«

»Welche Überlegungen Sie auch anstellen mögen, Sie haben völlig recht«, sagte sie. »Ich bin vor sechs zu Hause aufgebrochen, habe Leatherhead um zwanzig nach sechs erreicht und den ersten Zug zur Waterloo-Station genommen. Sir, ich halte die Anspannung nicht mehr aus, ich werde verrückt, wenn sie weiter andauert. Ich habe niemanden, an den ich mich wenden kann — niemanden, außer einem, der sich um mich sorgt, und dieser arme Bursche kann wenig ausrichten. Ich habe von Ihnen gehört, Mr. Holmes, Mrs. Farintosh, der Sie in der Stunde äußerster Not beigestanden sind, hat mir von Ihnen erzählt. Sie hat mir Ihre Adresse gegeben. O Sir, glauben Sie nicht, daß Sie auch mir helfen oder ein wenig Licht in das Dunkel bringen können, das mich umgibt? Gegenwärtig steht es außer meiner Kraft, Sie zu bezahlen, aber in ein, zwei Monaten werde ich verheiratet sein und die Verfügung über meine Bezüge erlangen, dann zumindest werden Sie mich nicht undankbar finden.«

Holmes wandte sich nach seinem Schreibpult, schloß es auf, entnahm ein kleines Notizbuch und blätterte darin.

»Farintosh«, sagte er. »Ja, ich erinnere mich an den Fall; es ging da um eine opalbesetzte Tiara. Ich glaube, das war vor Ihrer Zeit, Watson. Ich kann Ihnen, Madam, nur versichern, daß ich mich glücklich schätzen werde, Ihren Fall mit derselben Sorgfalt zu behandeln wie den Ihrer Freundin. Was die Bezahlung anlangt: Mein Beruf trägt den Lohn in sich, aber es steht Ihnen frei, die Auslagen, die mir entstehen könnten, zu begleichen, wenn es genehm ist. Und nun bitte ich Sie, alles vor uns offenzulegen, was möglicherweise hilft, eine Meinung über die Sache zu bilden.«

»Ach!« erwiderte unsere Besucherin, »der eigentliche Schrecken meiner Lage besteht darin, daß meine Ängste so unbestimmt sind und mein Verdacht so ganz von Kleinigkeiten abhängt, die einem anderen unbedeutend vorkommen mögen, ja sogar der Mann, an den ich mich vor allen anderen mit Recht um Hilfe und Rat wenden könnte, hält alles, was ich ihm davon erzähle, für Phantasien einer nervösen Frau. Das sagt er nicht, doch ich entnehme es seinen beruhigenden Antworten und gleichgültigen Augen. Aber ich habe sagen hören, Mr. Holmes, Sie können tief in die vielfältige Verderbtheit des menschlichen Herzens blicken. Vielleicht vermögen Sie mir zu raten, wie ich durch die Gefahren steuern soll, die mich umringen.«

»Ich bin ganz Aufmerksamkeit, Madam.«

»Ich heiße Helen Stoner und lebe an der Westgrenze zu Surrey bei meinem Stiefvater, dem letzten Nachfahren einer der ältesten sächsischen Familien Englands, der Roylotts of Stoke Moran.«

Holmes nickte. »Der Name ist mir vertraut«, sagte er.

»Die Familie gehörte einmal zu den reichsten in England, und der Landbesitz erstreckte sich im Norden hinüber nach Berkshire und im Westen nach Hampshire. Im letzten Jahrhundert waren vier aufeinanderfolgende Erben liederlich und verschwenderisch, und der Ruin wurde in den Tagen der Regentschaft schließlich durch einen Spieler besiegelt. Nichts war übriggeblieben außer ein paar Stücken Land und einem zweihundert Jahre alten Haus, das unter einer schweren Hypothekenlast fast zusammenbrach. Der letzte Squire fristete dort das schreckliche Leben eines verarmten Aristokraten; sein einziger Sohn aber, mein Stiefvater, der einsah, daß er sich den neuen Bedingungen anpassen mußte, nahm das Anerbieten eines Verwandten an, das ihn in den Stand setzte, einen medizinischen Grad zu erwerben, und wanderte nach Kalkutta aus, wo er es durch berufliches Können und Charakterstärke zu einer großen Praxis brachte. In einem Wutausbruch wegen einiger Diebstähle, die im Haus begangen worden waren, erschlug er seinen eingeborenen Butler und entging nur knapp einem Todesurteil. Er verbüßte eine lange Freiheitsstrafe und kehrte nach England zurück, als ein verdrießlicher und enttäuschter Mann.

In Indien hatte Dr. Roylott meine Mutter geheiratet, Mrs. Stoner, die Witwe eines Generalmajors der Bengalischen Artillerie. Meine Schwester Julia und ich sind Zwillinge; zur Zeit der Wiederverheiratung unserer Mutter waren wir erst zwei Jahre alt. Meine Mutter bezog eine ansehnliche Pension, nicht weniger als tausend Pfund jährlich, und sie überschrieb sie ganz Dr. Roylott für die Zeit, während der wir mit ihm zusammenlebten, mit der Auflage, daß jedes Jahr eine bestimmte Summe für meine Schwester und mich für den Fall unserer Heirat zurückgelegt werden sollte. Kurz nach der Ankunft in England starb meine Mutter — sie fand vor acht Jahren den Tod bei einem Eisenbahnunglück bei Crewe. Dr. Roylott gab danach seine Versuche, in London eine Praxis einzurichten, auf und zog mit uns nach Stoke Moran, in das Haus seiner Väter. Das Geld, das meine Mutter hinterlassen hatte, langte vollauf zur Befriedigung unserer Wünsche, und nichts schien unser Glück zu beeinträchtigen.

Um diese Zeit aber ging mit unserem Stiefvater eine schreckliche Verwandlung vor sich. Anstatt Freundschaften zu schließen und den Nachbarn, die zuerst hocherfreut waren, daß wieder ein Roylott of Stoke Moran den alten Familienbesitz bewohnte, Besuche abzustatten, zog er sich in das Haus zurück und verließ es selten, es sei denn, um einen wilden Streit mit jedem, der ihm über den Weg lief, vom Zaun zu brechen. Ein gewalttätiges Temperament, das sich bis zur Raserei steigert, ist das Erbteil der männlichen Mitglieder der Familie, und im Fall meines Stiefvaters hat sich diese Anlage durch seinen langen Aufenthalt in den Tropen, glaube ich, stark ausgebildet. Es gab eine Reihe schändlicher Zänkereien, zwei davon endeten vorm Polizeirichter, und schließlich war er der Schrecken des Dorfes, und alle flohen, sobald er sich näherte, denn er ist ein äußerst kräftiger Mann und in seiner Wut gänzlich unkontrolliert.

Letzte Woche hat er den Hufschmied des Dorfes über ein Gitter in den Fluß geworfen, und ich konnte nur dadurch eine erneute öffentliche Bloßstellung verhindern, daß ich dem Opfer alles Geld anbot, das sich zusammenbringen ließ. Er hat überhaupt keine Freunde außer den umherziehenden Zigeunern; diesen Vagabunden erlaubt er, auf den paar Acre verwilderten Landes, das den Familienbesitz noch ausmacht, zu kampieren, und nimmt dafür ihre Gastfreundschaft entgegen, haust in ihren Zelten und zieht mit ihnen manchmal wochenlang umher. Er hegt auch eine Leidenschaft für Tiere aus Indien, die ihm auf briefliche Bestellung übersandt werden; gegenwärtig hält er einen Leoparden und einen Pavian, die frei auf seinem Land herumlaufen. Vor denen haben die Dorfbewohner fast soviel Angst wir vor ihrem Herrn.

Nach alledem können Sie sich wohl vorstellen, daß meine arme Schwester Julia und ich nicht viel Freude am Leben hatten. Kein Diener blieb bei uns, und über eine lange Zeit haben wir selber alle Arbeit im Haus verrichtet. Als meine arme Schwester Julia starb, war sie erst dreißig, aber ihr Haar hatte bereits zu ergrauen begonnen, genauso wie meines.«

»Ihre Schwester ist also tot?«

»Sie starb vor zwei Jahren, und über ihren Tod möchte ich mit Ihnen sprechen. Sie verstehen wohl, daß sich uns nach dem Leben, das ich Ihnen beschrieben habe, kaum Gelegenheit bot, Leute unseres Alters und unserer Kreise kennenzulernen. Doch wir haben eine Tante, Miss Honoria Westphail, eine unverheiratete Schwester meiner Mutter, die bei Harrow lebt, und die Dame durften wir von Zeit zu Zeit besuchen. Julia war Weihnachten vor zwei Jahren bei ihr, lernte dort einen

Marinemajor auf Halbsold kennen und verlobte sich mit ihm. Mein Stiefvater erfuhr von der Verlobung, als meine Schwester zurückkehrte, und erhob keine Einwände gegen eine Ehe; aber vierzehn Tage vor dem Termin, zu dem die Hochzeit festgesetzt war, geschah das Entsetzliche, das mich meiner einzigen Gefährtin beraubte.«

Sherlock Holmes lehnte im Sessel, die Augen waren geschlossen, der Kopf ruhte auf einem Kissen, aber jetzt öffnete er die Lider und sah seine Besucherin an.

»Bitte, seien Sie genau mit den Details«, sagte er.

»Das fällt mir leicht, denn jedes Ereignis dieser fürchterlichen Zeit hat sich mir ins Gedächtnis eingebrannt. Das Gutshaus ist, wie ich schon sagte, sehr alt, und von den Flügeln wird nur einer jetzt noch bewohnt. Die Schlafzimmer liegen im Erdgeschoß dieses Flügels und die Wohnzimmer im Hauptbau. Von den Schlafzimmern gehört Dr. Roylott das erste, meine Schwester bewohnte das zweite und ich das dritte. Zwischen den Räumen gibt es keine Verbindung, aber alle Türen führen auf denselben Korridor. Mache ich mich verständlich?«

»Völlig.«

»Die Fenster der drei Zimmer gehen zum Rasen hinaus. In der verhängnisvollen Nacht war Dr. Roylott früh in sein Zimmer gegangen, und wir wußten, daß er sich nicht zur Ruhe begeben hatte, denn meine Schwester wurde vom Geruch der starken indischen Zigarren belästigt, die er zu rauchen pflegt. Sie kam deshalb zu mir herüber, und wir saßen eine Weile beisammen und schwatzten über ihre bevorstehende Hochzeit. Um elf Uhr stand sie auf, um mich zu verlassen, aber an der Tür blieb sie stehen und sah mich an.

›Hast du jemals‹, sagte sie, ›mitten in der Nacht jemanden pfeifen hören?‹

›Nie‹, sagte ich.

›Und es ist auch nicht möglich, daß du es bist, die im Schlaf pfeift?‹

›Natürlich nicht. Aber warum?‹

›Weil ich während der letzten Nächte immer gegen drei Uhr morgens ein leises, klares Pfeifen gehört habe. Ich habe einen leichten Schlaf und bin davon aufgewacht. Ich weiß nicht, woher es kam — vielleicht aus dem nächsten Zimmer, vielleicht vom Rasen. Ich wollte nur fragen, ob du es auch gehört hast.‹

›Nein, das habe ich nicht. Es müssen die abscheulichen Zigeuner auf dem Feld sein.‹

›Wahrscheinlich. Und doch wundert es mich, daß du es nicht auch gehört hast, wenn es vom Rasen kommt.‹

›Ach, ich schlafe eben tiefer als du.‹

›Nun, es ist ohnehin nicht so wichtig.‹ Sie lächelte mir zu, schloß die Tür, und einige Augenblicke später hörte ich deutlich, wie sich der Schlüssel in ihrem Schloß drehte.

»Wirklich?« fragte Holmes. »Hatten Sie die Gewohnheit, sich nachts einzuschließen?«

»Das taten wir immer.«

»Und warum?«

»Ich glaube, ich habe doch erwähnt, daß der Doktor einen Leoparden und einen Pavian hält. Wir fühlten uns nicht sicher, wenn die Türen nicht abgeschlossen waren.«

»Stimmt, ja. Bitte setzen Sie Ihren Bericht fort.«

»In dieser Nacht fand ich keinen Schlaf. Ein unbestimmtes Gefühl von drohendem Unheil lastete auf mir. Meine Schwester und ich, Sie erinnern sich, waren Zwillinge, und Sie wissen, wie fein die Verbindungen solcher Seelen sind, die einander so nahestehen. Es war eine wilde Nacht. Draußen heulte der Wind, und der Regen schlug und spritzte gegen die Fenster. Plötzlich durchbrach der schauerliche Schrei einer entsetzten Frau das Toben des Sturms. Ich wußte: das war die Stimme meiner Schwester. Ich sprang aus dem Bett, warf mir einen Schal um und stürzte auf den Korridor. Als ich meine Tür öffnete, schien mir, ich hörte ein leises Pfeifen, so wie es mir meine Schwester beschrieben hatte, und wenig später folgte ein Klirren, so als ob Metall zu Boden fiel. Ich lief über den Gang und fand die Tür zum Zimmer meiner Schwester offen, sie schwang in den Angeln. Ich starrte sie an mit angstgeweiteten Augen und ahnte nicht, was sich als nächstes ereignen würde. Im Licht der Korridorlampe sah ich meine Schwester in der Tür erscheinen, ihr Gesicht war schreckensbleich, hilfesuchend tasteten die Hände, und sie schwankte hin und her wie ein Trunkenbold. Ich stürzte zu ihr hin und warf die Arme um sie, aber im selben Augenblick gaben ihre Knie nach, und sie fiel zu Boden. Sie wand sich wie in fürchterlichem Schmerz, und ihre Gliedmaßen zuckten qualvoll. Zuerst dachte ich, sie hätte mich nicht erkannt, aber als ich mich über sie beugte, schrie sie plötzlich mit einer Stimme, die ich nie vergessen werde: ›Mein Gott, Helen! Es war das Band! Das gefleckte Band!‹ Noch etwas wollte sie sagen, und sie stieß den Finger in die Luft in Richtung des Zimmers des Doktors, aber ein neuerlicher Anfall überkam sie, und ihr erstickten die Worte in der Kehle. Ich lief und rief laut nach meinem Stiefvater, der mir im Morgenmantel hastig entgegentrat. Aber als er bei ihr war, hatte sie das Bewußtsein verloren; er flößte ihr Kognak ein und schickte um medizinischen Beistand ins Dorf, doch alle Bemühungen waren vergebens. Sie sank langsam in sich zusammen und starb, ohne das Bewußtsein noch einmal zu erlangen. Das war das fürchterliche Ende meiner Schwester.«

»Einen Augenblick«, sagte Holmes. »Sind Sie sicher, daß Sie das Pfeifen und den metallischen Ton gehört haben? Könnten Sie das beschwören?«

»Der Coroner fragte mich beim Untersuchungstermin das gleiche. Ich stehe unter dem nachhaltigen Eindruck, beides gehört zu haben, und doch war bei dem Krachen des Unwetters und dem Knarren des alten Hauses eine Täuschung möglich.«

»War Ihre Schwester angezogen?«

»Nein, sie trug ihr Nachthemd. In der rechten Hand fand man das verkohlte Ende eines Streichholzes und in der linken eine Streichholzschachtel.«

»Das beweist, daß sie ein Holz angezündet und sich umgesehen hat, als das Beängstigende geschah. Das ist wichtig. Und zu welchem Schluß ist der Coroner gekommen?«

»Er untersuchte den Fall sehr sorgfältig, denn von Dr. Roylotts Benehmen weiß man seit langem in der ganzen County, aber es gelang ihm nicht, eine befriedigende Erklärung für die Todesursache zu finden. Meine Aussage klärte, daß Julia die Tür von innen verschlossen hatte und daß die Fenster durch die altmodischen Läden mit den starken Eisenstäben, die jede Nacht vorgelegt wurden, gesichert waren. Man hat die Wände sorgfältig überprüft, und es stellte sich heraus, daß sie rundherum ganz massiv sind, und auch den Fußboden untersuchte man gründlich und kam über ihn zum selben Ergebnis. Der Kamin ist zwar geräumig, aber vier große Schließklappen sperren ihn ab. So gilt es als sicher, daß meine Schwester ganz allein war, als ihr Ende sie ereilte. Außerdem waren keine Zeichen von Gewaltanwendung an ihrem Körper zu entdecken.«

»Was ist mit Gift?«

»Der Doktor untersuchte sie daraufhin, aber ohne Erfolg.«

»Woran, glauben Sie, ist die unglückliche Dame dann gestorben?«

»Ich glaube, sie starb an bloßem Schrecken, an einem Versagen der Nerven, wenn ich mir auch nicht vorstellen kann, was sie so in Furcht versetzt haben soll.«

»Waren die Zigeuner um jene Zeit auf dem Landbesitz?«

»Ja, es sind fast immer einige da.«

»Aha. Und worauf haben Sie aus der Erwähnung des Bandes geschlossen — auf ein getupftes Band?«

»Manchmal denke ich mir, daß sie im Delirium war, als sie so sprach, dann wieder stelle ich mir vor, daß sich diese Worte auf eine Bande von Menschen, vielleicht auf die Zigeuner, bezogen haben könnten, die auf dem Lande kampierten. Ich weiß nicht, vielleicht haben ihr die gepunkteten Taschentücher, die viele von ihnen auf dem Kopf tragen, die seltsame Wendung, die sie verwandte, eingegeben.«

Holmes schüttelte den Kopf, er war offensichtlich noch lange nicht zufriedengestellt.

»Das ist eine ganz heikle Sache«, sagte er. »Bitte, fahren Sie in Ihrer Erzählung fort.«

»Seitdem sind zwei Jahre vergangen, und bis vor kurzem war mein Leben einsamer denn je. Vor einem Monat hat mir dann ein lieber Freund, den ich schon viele Jahre kenne, die Ehre angetan, mich um meine Hand zu bitten. Sein Name ist Armitage. Percy Armitage, er ist der zweite Sohn von Mr. Armitage aus Crane Water bei Reading. Mein Stiefvater widersetzt sich der Partie nicht, und so werden wir im Frühjahr heiraten. Vor zwei Tagen nun ist im Westflügel mit einigen Reparaturen begonnen worden.

Man hat die Wand meines Schlafzimmers durchbrochen, so daß ich in das Zimmer meiner Schwester übersiedeln mußte, in dem sie starb, und in demselben Bett schlafen muß, in dem sie schlief. Stellen Sie sich meinen Schrecken vor, als ich gestern nacht, da ich wach lag und an ihr fürchterliches Schicksal dachte, plötzlich in der tiefen Stille das leise Pfeifen hörte, das der Vorbote ihres Todes war. Ich sprang aus dem Bett und entzündete die Lampe, aber ich konnte nichts im Zimmer entdecken. Ich war zu verstört, um wieder ins Bett zu gehen, und zog mich an, und sobald der Morgen graute, schlich ich mich hinaus, mietete im Wirtshaus ›Zur Krone‹ einen Dogcart und fuhr nach Leatherhead, wo ich heute früh den Zug genommen habe, mit dem einzigen Ziel, Sie zu sprechen und Sie um Ihren Rat zu bitten.«

»Daran haben Sie gut getan«, sagte mein Freund. »Aber haben Sie mir auch alles erzählt?«

»Ja, alles.«

»Das haben Sie nicht, Miss Stoner. Sie decken Ihren Stiefvater.«

»Wieso? Was meinen Sie damit?«

Statt einer Antwort schob Holmes unserer Besucherin die schwarze Spitzenkrause von der Hand zurück, die auf ihrem Knie lag. Fünf kleine bläuliche Flecken, die Abdrücke von vier Fingern und einem Daumen, waren in das weiße Gelenk eingedrückt.

»Man hat Sie grausam behandelt«, sagte Holmes.

Die Dame errötete tief und bedeckte die verletzte Hand wieder.

»Er ist ein harter Mann«, sagte sie, »und vielleicht weiß er kaum, wie stark er ist.«

Es folgte eine lange Pause. Holmes saß, das Kinn in die Hände gestützt, und starrte in das knisternde Feuer.

»Das ist eine sehr ernste Angelegenheit«, sagte er schließlich. »Es gibt tausend Einzelheiten, die ich wissen möchte, ehe ich den Kurs unseres Vorgehens festlege. Doch wir dürfen keinen Augenblick verlieren. Wenn wir heute noch nach Stoke Moran kämen, wäre es dann möglich, diese Zimmer zu besichtigen, ohne daß Ihr Stiefvater etwas merkt?«

»Wie es der Zufall will, hat er davon gesprochen, daß er heute in einer äußerst wichtigen Angelegenheit in die Stadt fahren müsse. Wahrscheinlich bleibt er den ganzen Tag weg, und nichts würde Sie stören. Wir haben jetzt wieder eine Haushälterin, aber sie ist alt und ein wenig schwachsinnig; ich könnte sie leicht fernhalten.«

»Ausgezeichnet. Sie haben nichts gegen diese kleine Reise, Watson?«

»Gewiß nichts.«

»Dann werden Dr. Watson und ich fahren. Wie halten Sie es?«

»Ich möchte noch ein paar Dinge erledigen, da ich nun einmal in der Stadt bin. Mit dem Zug um zwölf Uhr fahre ich zurück, damit ich rechtzeitig da bin, wenn Sie kommen.«

»Sie können uns zum frühen Nachmittag erwarten. Ich habe auch noch einige Kleinigkeiten zu tun. Möchten Sie warten und mit uns frühstücken?«

»Nein, ich muß gehen. Mir ist schon leichter ums Herz, seit ich Ihnen meine Sorgen anvertraut habe. Ich freue mich, Sie heute nachmittag wiederzusehen.« Sie ließ ihren dichten schwarzen Schleier herunter und ging leise aus dem Zimmer.

»Und was halten Sie von alledem, Watson?« fragte Holmes und lehnte sich tiefer in den Sessel.

»Es scheint mir eine sehr dunkle und schlimme Angelegenheit zu sein.«

»Wirklich, dunkel und schlimm.«

»Aber wenn das stimmt, was die Dame sagt, wenn also die Wände und der Fußboden unversehrt waren und durch die Tür, das Fenster und den Kamin niemand hinein konnte, dann muß ihre Schwester allein gewesen sein, als sie ihr geheimnisvolles Ende fand.«

»Was ist dann aber mit dem nächtlichen Pfeifen und den sehr seltsamen Worten der Sterbenden?«

»Das weiß ich nicht.«

»Wenn Sie es miteinander kombinieren: das Pfeifen in der Nacht, die Anwesenheit einer Zigeunerbande, die vertraut mit dem alten Doktor verkehrt, die Annahme — zu der wir allen Grund haben —, daß der Doktor ein Interesse daran besitzt, die Heirat seiner Stieftochter zu verhindern, das Band oder die Bande, diese Erwähnung der Sterbenden, schließlich den Umstand, daß Miss Stoner ein metallisches Klirren hörte, ein möglicherweise dadurch verursachtes Geräusch, daß eine der eisernen Stangen, die die Läden sichern, in ihre Halterung zurückfiel — also, ich glaube: das Geheimnis könnte im Rahmen dieser Momente gelöst werden.«

»Aber was taten dabei die Zigeuner?«

»Da kann ich mir nichts vorstellen.«

»Ich sehe sehr viele Einwände gegen solch eine Theorie.«

»Ich auch. Und genau aus dem Grunde fahren wir heute nach Stoke Moran. Ich möchte feststellen, ob die Einwände für die Theorie tödlich sind, oder ob sie sich durch Erklärungen aufheben. Aber was, zum Teufel, ist das?«

Der Ausruf entfuhr meinem Freund, weil plötzlich die Tür aufgestoßen wurde und ein riesiger Mann im Rahmen stand. Sein Aufzug zeigte eine seltsame Mischung von Standesgemäßem und Bäuerischem: ein schwarzer steifer Hut, ein Gehrock, hohe Gamaschen, eine Reitpeitsche, die er in der Hand schwang. Er war so lang, daß er tatsächlich den Türsturz streifte, und seine Breite schien die Öffnung von Seite zu Seite auszufüllen. Ein großes Gesicht, von tausend Runzeln gekerbt, von der Sonne gelb gebrannt und von allen üblen Leidenschaften gezeichnet, wandte sich von mir zu Holmes; durch die tiefliegenden gallgrünen Augen und die lange, dünne, fleischlose Nase sah es dem eines alten Raubvogels ähnlich.

»Wer ist Holmes?« fragte die Erscheinung.

»Das ist mein Name, Sir, aber Sie haben den Vortritt«, sagte mein Gefährte ruhig.

»Ich bin Dr. Grimesby Roylott of Stoke Moran.«

»Wirklich, Doktor«, sagte Holmes freundlich. »Nehmen Sie Platz.«

»Nichts dergleichen werde ich tun. Meine Stieftochter

ist hier gewesen. Ich bin ihr gefolgt. Was hat die Ihnen gesagt?«

»Es ist ein wenig kalt für die Jahreszeit«, sagte Holmes.

»Was hat sie Ihnen gesagt?« schrie der alte Mann wütend.

»Aber ich habe gehört, daß die Krokusse vielversprechend stehen«, fuhr mein Gefährte ungerührt fort.

»Ha! Sie wollen mich abfahren lassen, nicht wahr?« sagte unser neuer Besucher, trat einen Schritt vor und schwenkte die Reitpeitsche. »Ich kenne Sie, Sie Schurke! Ich habe schon von Ihnen gehört. Sie sind Holmes, der sich in alles einmischt.«

Mein Freund lächelte.

»Holmes, der Hansdampf in allen Gassen.«

Das Lächeln hellte sich auf.

»Holmes, das Mädchen für alles bei Scotland Yard.«

Holmes kicherte fröhlich. »Ihre Konversation ist äußerst unterhaltsam«, sagte er. »Wenn Sie gehen, schließen Sie die Tür, es zieht sehr.«

»Ich gehe, wenn ich meines gesagt habe. Wagen Sie nur ja nicht, sich in meine Angelegenheiten zu mischen. Ich weiß, daß Miss Stoner hier war — ich bin ihr nachgegangen. Es ist gefährlich, mir dumm zu kommen. Sehen Sie mal!« Er tat einen Schritt vorwärts, ergriff schnell das Schüreisen und bog es mit seinen riesigen braunen Händen.

»Passen Sie auf, daß Sie nicht in meinen Griff geraten«, knurrte er, warf das verbogene Schüreisen in den Kamin und ging steifbeinig aus dem Zimmer.

»Scheint ein liebenswürdiger Mensch zu sein«, sagte Holmes lachend. »Ich bin nicht ganz so massig, aber wenn er geblieben wäre, hätte ich ihm vielleicht gezeigt, daß mein Griff nicht sehr viel schwächer ist als seiner.« Im Sprechen hob er das Schüreisen auf und bog es mit einer plötzlichen Anstrengung gerade.

»Stellen Sie sich vor! Diese Unverschämtheit, mich mit der Polizei durcheinanderzubringen! Der Zwischenfall gibt unserer Untersuchung einen besonderen Pfiff; aber ich hoffe nur, daß unsere kleine Freundin ihre Unbedachtheit, sich von dem brutalen Kerl verfolgen zu lassen, nicht büßen muß. Und jetzt, Watson, werden wir Frühstück bestellen, und danach mache ich einen Spaziergang zu Doctors' Commons, wo ich einige für diesen Fall hilfreiche Daten zu erfahren hoffe.«

Es war fast ein Uhr, als Sherlock Holmes von seinem Ausflug zurückkehrte. In der Hand trug er ein blaues Stück Papier, das mit Notizen und Zahlen bedeckt war.

»Ich habe das Testament seiner verstorbenen Frau eingesehen«, sagte er. »Um hinter den genauen Sinn zu kommen, mußte ich den gegenwärtigen Wert der Geldanlagen ausrechnen, um die es im Letzten Willen geht. Die Gesamtbezüge, die zur Zeit des Todes der Frau etwas weniger als tausendeinhundert Pfund betrugen, sind durch den Verfall der Agrarpreise auf fast siebenhundertfünfzig Pfund gesunken. Jede der Töchter kann ab der Heirat eine Rente von zweihundertfünfzig Pfund für sich beanspruchen. So ist denn offensichtlich, daß für diesen Menschenfreund, hätten beide Mädchen geheiratet, nur eine sehr magere Portion übriggeblieben wäre, aber bereits im Fall der Heirat auch nur einer der Stieftöchter wäre er bereits zum finanziellen Krüppel geworden. Meine Morgenarbeit war nicht vergebens, da ich beweisen kann, daß er das stärkste Motiv hat, sich derartigen Bestrebungen in den Weg zu stellen. Das alles, Watson, ist viel zu ernst, als daß wir trödeln dürften, besonders da der alte Mann weiß, daß wir uns für seine Angelegenheiten interessieren. Wenn Sie also bereit sind, werden wir eine Droschke rufen und zur Waterloo-Station fahren. Ich wäre Ihnen sehr verbunden, wenn Sie Ihren Revolver einsteckten. Eine Eley No.2 ist ein ausgezeichnetes Argument bei Gentlemen, die Knoten in stählerne Schüreisen machen können. Der Revolver und eine Zahnbürste, denke ich, ist alles, was wir brauchen.«

Wir hatten das Glück, einen Zug nach Leatherhead zu bekommen; dort eingetroffen, mieteten wir von der Bahnhofsgaststätte aus ein Trap und fuhren vier oder fünf Meilen über Landwege durch das liebliche Surrey. Es war ein herrlicher Tag, die Sonne strahlte, und am Himmel standen Schäfchenwolken. Die Bäume und Hecken am Wegrand trieben ihr erstes Grün, und die Luft war geschwängert vom angenehmen Duft feuchter Erde. Ich wenigstens spürte den seltsamen Gegensatz zwischen dem süßen Versprechen des Frühlings und der düsteren Untersuchung, die uns aufgetragen war. Mein Freund saß, in tiefe Gedanken verstrickt, vorn im Trap, die Arme verschränkt und den Hut über die Augen gezogen; das Kinn war ihm auf die Brust gesunken. Dann aber straffte er sich plötzlich, tippte mir auf die Schulter und deutete hinweg über die Wiesen.

»Sehen Sie«, sagte er.

Ein stark bewaldeter Park zog einen sanften Hang hinan und verdichtete sich in der Höhe zu einem Hain: Dort oben ragten aus dem Gewirr der Äste die grauen Giebel und der hohe Firstbalken eines sehr alten Gutshauses.

»Stoke Moran«? fragte Holmes.

»Ja, Sir, das ist das Haus von Dr. Grimesby Roylott«, bestätigte der Kutscher.

»Da ist die Baustelle, zu der wir wollen«, sagte Holmes.

»Das Dorf liegt drüben«, sagte der Kutscher und deutete auf eine Ansammlung von Häusern linker Hand in einiger Entfernung. »Aber wenn Sie zum Gutshaus wollen, ist es kürzer, Sie steigen über den Zauntritt und folgen dem Weg durch die Felder. Sehen Sie, wo die Dame geht.«

»Und die Dame, glaube ich, ist Miss Stoner«, bemerkte Holmes und hielt die Hand über die Augen. »Ja, wir sollten tun, wie Sie uns raten.«

Wir stiegen aus, beglichen den Fahrpreis, und das Trap rasselte nach Leatherhead zurück.

»Das wollte ich«, sagte Holmes, als wir den Zauntritt überstiegen, »daß uns der Bursche für Architekten oder etwas Ähnliches hält. Vielleicht verhindert es Redereien. Guten Tag, Miss Stoner, Sie sehen, wir haben Wort gehalten.«

Unsere Klientin vom Morgen lief uns freudigen Gesichts entgegen. »Ich habe so sehr auf Sie gewartet«, rief sie und drückte uns herzlich die Hand. »Alles hat sich glänzend gefügt. Dr. Roylott ist in die Stadt gefahren, und ich halte es für unwahrscheinlich, daß er vor Abend zurückkommt.«

»Wir hatten das Vergnügen, die Bekanntschaft des Doktors zu machen«, sagte Holmes und skizzierte mit wenigen Worten, was sich zugetragen hatte. Miss Stoner erbleichte bis in die Lippen.

»Um Himmels willen!« rief sie. »Er hat mich verfolgt!«

»So scheint es.«

»Er ist derart geschickt, daß ich nie weiß, wann ich vor ihm sicher bin. Was wird er nur sagen, wenn er zurückkommt?«

»Er sollte sich vorsehen, denn er könnte gewahr werden, daß ihm ein Geschickterer auf der Spur ist. Sie müssen sich von heute nacht an einschließen. Wenn er gewalttätig wird, bringen wir Sie zu Ihrer Tante nach Harrow. Jetzt aber dürfen wir keine Zeit verlieren. Führen Sie uns sofort zu den Zimmern, die wir untersuchen wollen.«

Das Gebäude war aus grauem, nun mit Flechten

bedecktem Stein errichtet und bestand aus einem hohen Zentralbau und zwei Flügeln, die gekrümmt waren wie Scheren eines Krebses. In dem einen Flügel waren die Fensterscheiben zerbrochen und mit Brettern vernagelt, und das Dach hatte sich gesenkt — ein Bild des Verfalls. Der zentrale Teil befand sich in etwas besserem Zustand. Der rechte Flügel war vergleichsweise gut erhalten, und die Läden an den Fenstern und der blaue Rauch, der aus den Schornsteinen kräuselte, zeigten an, daß hier die Familie wohnte. An der hinteren Wand stand ein Gerüst, und das Mauerwerk war durchbrochen; doch zur Zeit unserer Ankunft waren keine Arbeiter zu sehen. Holmes ging langsam auf dem schlecht geschnittenen Rasen hin und her und betrachtete mit großer Aufmerksamkeit die Fenster.

»Dieses hier, nehme ich an, gehört zu dem Zimmer, in dem Sie zu schlafen pflegen, das in der Mitte zu dem Ihrer Schwester und das dem Hauptgebäude am nächsten gelegene zu dem von Dr. Roylott?«

»So ist es. Aber ich schlafe jetzt in dem mittleren.«

»Für die Dauer des Umbaus, wenn ich nicht irre. Übrigens scheinen Reparaturen an der hinteren Mauer nicht gar so nötig zu sein.«

»Es werden auch keine gemacht. Ich glaube, alles war nur ein Vorwand, um mich aus meinem Zimmer zu entfernen.«

»Ah, das ist ein Gedanke! Nun, dort auf der anderen Seite des schmalen Flügels befindet sich der Korridor, von dem aus man in die drei Zimmer gelangt. Er hat doch wohl auch Fenster?«

»Ja, aber nur kleine, zu eng, als daß jemand hindurch könnte.«

»Da Sie die Türen nachts zugesperrt halten, kommt man von dort also nicht hinein. Wären Sie nun so freundlich, in Ihr Zimmer zu gehen und die Läden zu schließen?«

Miss Stoner tat es, und Holmes, der zuvor den Raum durchs Fenster sorgfältig betrachtet hatte, versuchte auf jede Weise, die Läden mit Gewalt wieder zu öffnen, doch ohne Erfolg. Es gab keine Ritze, durch die man ein Messer schieben konnte, um die Sicherungsstange zu heben. Er untersuchte mit seiner Lupe die Angeln. Sie waren aus massivem Eisen und fest ins starke Mauerwerk eingelassen. »Hm«, brummte er und kratzte sich ziemlich ratlos am Kinn. »Meine Theorie stößt auf Schwierigkeiten. Niemand kann die Läden öffnen, wenn sie verriegelt sind. Nun, wir werden sehen, ob das Innere des Hauses Licht in die Sache bringt.«

Ein kleiner Seitengang führte in den weißgetünchten Korridor, von dem die drei Schlafzimmer abgingen. Holmes verzichtete darauf, das erste Zimmer zu untersuchen; so gingen wir sofort in das zweite, in dem Miss Stoner jetzt schlief und wo das Schicksal ihre Schwester ereilt hatte. Es war ein schlichter kleiner Raum mit einer niedrigen Decke und einem großen Kamin von der Art, wie man sie in alten Landhäusern findet. In einer Ecke stand eine braune Kommode, in einer anderen ein Bett mit weißer Decke und links neben dem Fenster ein Toilettentisch. Diese Gegenstände und zwei kleine Korbstühle waren das ganze Mobiliar, abgesehen von einem Wilton-Teppich inmitten des Zimmers. Die Bretter des Fußbodens und das Paneel waren aus brauner, wurmstichiger Eiche und so alt und verfärbt, daß sie aus der ursprünglichen Zeit des Hauses hätten stammen können. Holmes zog einen der Stühle in eine Ecke, und seine Blicke wanderten hin und her und auf und nieder und nahmen jede Einzelheit des Zimmers wahr.

»Womit steht das da in Verbindung?« fragte er schließlich und deutete auf einen dicken Klingelzug, der neben dem Bett hing und dessen Quaste jetzt auf dem Kopfkissen lag.

»Mit dem Zimmer der Haushälterin.«

»Er sieht neuer aus als die anderen Dinge.«

»Ja, die Glocke ist erst vor einigen Jahren angebracht worden.«

»Ich nehme an, Ihre Schwester hat das gewollt.«

»Nein, ich habe nie gehört, daß sie die Glocke benutzt hätte. Wir haben uns immer selber geholt, was wir brauchten.«

»Es scheint wirklich unnütz gewesen zu sein, einen so schönen Klingelzug hier anzubringen. Entschuldigen Sie mich ein paar Minuten, ich will meine Neugier hinsichtlich des Fußbodens befriedigen.«

Er warf sich nieder, die Lupe in der Hand, und kroch geschwind vor und zurück, genauestens die Ritzen zwischen den Brettern in Augenschein nehmend. Dieselbe Untersuchung stellte er am Paneel an. Schließlich ging er zum Bett und verbrachte einige Zeit damit, es anzustarren; dann schickte er seine Blicke die Wand hinauf und hinunter. Am Ende faßte er den Klingelzug und riß energisch an ihm.

»Das ist eine Attrappe«, sagte er.

»Schellt es nicht?«

»Nein, er hat nicht einmal eine Drahtverbindung. Das ist interessant. Sehen Sie doch: der Zug hängt an einem Haken, genau über dem kleinen Lüftungsloch.«

»Wie sinnlos! Das ist mir noch nie aufgefallen.«

»Sehr seltsam!« murmelte Holmes und zog wieder an dem Strang. »In diesem Zimmer gibt es einige äußerst ungewöhnliche Einrichtungen. Was für ein Narr muß zum Beispiel der Baumeister gewesen sein, daß er eine Entlüftung in ein anderes Zimmer geführt hat, da er mit gleichem Aufwand eine Verbindung zur frischen Luft von draußen hätte herstellen können.«

»Das Loch ist auch ziemlich neu.«

»Zur selben Zeit wie der Glockenzug angebracht«, bemerkte Holmes.

»Ja, damals wurden einige kleine Veränderungen vorgenommen.«

»Bemerkenswerte Veränderungen — die Attrappe eines Klingelzuges, eine Entlüftung, durch die keine Frischluft kommt. Mit Ihrer Erlaubnis, Miss Stoner, setzen wir unsere Untersuchung im nächsten Raum fort.«

Dr. Grimesby Roylotts Zimmer war größer als das seiner Stieftochter, aber ebenso karg eingerichtet. Ein Feldbett, ein kleines Holzregal voller Bücher, die sich hauptsächlich mit Technik befaßten, neben dem Bett ein Lehnsessel, an der Wand ein einfacher Holzstuhl, ein runder Tisch und ein großer eiserner Safe. Das waren die hauptsächlichen Dinge, die das Auge erfaßte. Holmes ging langsam umher und betrachtete alles mit höchstem Interesse.

»Was ist da drin?« fragte er und klopfte auf den Safe.

»Die Geschäftspapiere meines Stiefvaters.«

»Oh, Sie haben schon hineingeschaut?«

»Nur einmal, vor Jahren. Ich erinnere mich, daß er voller Papiere war.«

»Da ist zum Beispiel keine Katze drin?«

»Nein. Was für eine seltsame Idee.«

»Aber dann sehen Sie sich dies an!« Er hob eine Untertasse mit Milch hoch, die auf dem Safe stand.

»Nein, wir halten keine Katze. Aber es gibt einen Leoparden und einen Pavian.«

»Ach ja, natürlich! Ein Leopard ist ja auch eine große Katze, aber ich würde sagen, daß eine Untertasse voll Milch seine Bedürfnisse nicht so ganz befriedigt. Über einen Punkt möchte ich doch genau Bescheid wissen.« Er hockte sich vor den Holzstuhl und untersuchte den Sitz mit größter Aufmerksamkeit.

»Danke. Das hätten wir«, sagte er, erhob sich und steckte die Lupe in die Tasche. »Hallo, das ist aber interessant!«

Der Gegenstand, dem er sich nun widmete, war eine kurze Hundepeitsche, die am Bettpfosten hing. Sie war zusammengerollt und verknotet, als hätte der Mann aus der Peitschenschnur eine Schlinge machen wollen.

»Was halten Sie davon, Watson?«

»Es ist eine ganz gewöhnliche Hundepeitsche. Aber ich kann mir nicht denken, warum sie verknotet wurde.«

»Das ist nicht ganz das Übliche, nicht wahr? Ah ja, es ist schon eine verderbte Welt, und wenn ein schlauer Mann seine Gedanken aufs Verbrechen richtet, dann ist sie am bösesten. Ich glaube, Miss Stoner, ich habe genug gesehen. Wir gehen jetzt, mit Ihrer Erlaubnis, hinaus auf den Rasen.«

Das Gesicht meines Freundes war mir nie so streng vorgekommen, seine Stirn nie so finster wie in dem Augenblick, da wir den Schauplatz dieser Untersuchungen verließen. Wir gingen mehrere Male über den Rasen, und weder Miss Stoner noch ich wollten den Lauf seiner Gedanken unterbrechen. Schließlich riß er sich aus seinem Brüten.

»Es ist lebenswichtig, Miss Stoner«, sagte er, »daß Sie meine Anweisungen in allem befolgen.«

»Das werde ich ganz gewiß tun.«

»Die Sache ist zu ernst, als daß wir auch nur eine Sekunde zögern dürften. Ihr Leben kann von der Befolgung abhängen.«

»Ich versichere Ihnen, daß ich mich Ihnen ganz anvertraue.«

»Vor allem müssen wir, mein Freund und ich, die Nacht in Ihrem Zimmer verbringen.«

Miss Stoner und ich sahen ihn erstaunt an.

»Ja, es muß sein. Lassen Sie mich Ihnen erklären. Ist das dort drüben der Dorfgasthof?«

»Ja, das ist ›Die Krone‹.«

»Sehr gut. Kann man von da her Ihr Fenster sehen?«

»Gewiß.«

»Wenn Ihr Stiefvater nach Hause kommt, müssen Sie sich in Ihr Zimmer einschließen. Schützen Sie vor, Sie hätten Kopfschmerzen. Wenn Sie dann hören, daß er sich zur Ruhe begeben hat, öffnen Sie die Läden, lösen die Haspe und stellen als Signal für uns Ihre Lampe ins Fenster. Dann ziehen Sie sich mit allem, was Sie mitnehmen wollen, in das Zimmer zurück, in dem Sie sonst schlafen. Ich zweifle nicht, daß Sie es trotz der Reparaturvorkehrungen dort eine Nacht lang aushalten.«

»O ja, leicht.«

»Den Rest überlassen Sie uns.«

»Aber was wollen Sie tun?«

»Wir werden die Nacht in dem Zimmer verbringen und Nachforschungen über das Geräusch anstellen, das Sie beunruhigt hat.«

»Ich glaube, Mr. Holmes, Sie haben bereits einen Entschluß gefaßt«, sagte Miss Stoner und legte meinem Gefährten die Hand auf den Arm.

»Vielleicht.«

»Dann sagen Sie doch um Gottes willen, wodurch meine Schwester zu Tode gekommen ist.«

»Ich ziehe es vor, über eindeutigere Beweise zu verfügen, ehe ich spreche.«

»Sie könnten mir wenigstens sagen, ob ich recht damit habe, daß sie infolge eines plötzlichen Schrecks gestorben ist.«

»Das glaube ich nicht. Es gibt wahrscheinlich einen handgreiflicheren Grund. Und jetzt, Miss Stoner, müssen wir Sie verlassen, denn wenn Dr. Roylott zurückkehrt und uns hier sieht, war unsere Reise vergebens. Auf Wiedersehen, und seien Sie tapfer. Wenn Sie tun, was ich Ihnen gesagt habe, können Sie versichert sein, daß wir die Schwierigkeiten, die Sie bedrohen, bald vertreiben werden.«

Es war nicht schwierig für Sherlock Holmes und mich, ein Wohnzimmer und ein Schlafzimmer in der ›Krone‹ zu bekommen. Die Räume lagen im oberen Stock. Vom Fenster aus konnten wir das Tor zur Auffahrt und den bewohnten Flügel des Gutshauses von Stoke Moran überblicken. Es dämmerte schon, als wir Dr. Grimesby Roylott vorüberfahren sahen, seine riesige Gestalt überragte den neben ihm sitzenden kleinen Burschen, der ihn kutschierte. Dem Jungen fiel es ziemlich schwer, das massive eiserne Tor zu öffnen; wir hörten das heisere Gebrüll des Doktors und beobachteten, wie er ihm mit geballten Fäusten drohte. Das Trap fuhr ein, und Minuten später sahen wir das Licht in einem der Wohnzimmer aufflammen.

Wir saßen beisammen in der zunehmenden Dunkelheit.

»Wissen Sie, Watson«, sagte Holmes, »ich habe doch Bedenken, Sie heute nacht mitzunehmen. Es zeichnet sich deutlich ein Gefahrenmoment ab.«

»Wird meine Hilfe gebraucht?«

»Ihre Gegenwart könnte unendlich wertvoll sein.«

»Dann komme ich mit.«

»Das ist sehr freundlich von Ihnen.«

»Sie sprechen von Gefahr. Sie haben in dem Zimmer offenbar mehr gesehen, als mir aufgefallen ist.«

»Nein, aber ich denke, ich habe ein bißchen mehr geschlußfolgert. Ich sollte meinen, daß Sie all das auch gesehen haben, was mir aufgefallen ist.«

»Ich habe nichts Bemerkenswertes wahrgenommen außer dem Klingelzug, aber was der für einen Zweck erfüllen soll, ist, gestehe ich, mehr, als ich beantworten kann.«

»Sie haben doch die Entlüftungsöffnung bemerkt.«

»Ja, aber ich glaube, daß ein kleines Loch in der Wand zwischen zwei Zimmern nichts so Ungewöhnliches ist. Eine Ratte könnte sich kaum hindurchzwängen.«

»Ich wußte, daß wir so eine Öffnung finden würden, noch ehe wir nach Stoke Moran kamen.«

»Mein lieber Holmes!«

»Doch, wirklich. Denken Sie daran, daß Miss Stoner in ihrem Bericht erwähnte, ihre Schwester habe den Rauch von Dr. Roylotts Zigarren gerochen. Das legte natürlich sofort die Annahme nahe, es müsse eine Verbindung zwischen den beiden Zimmern geben. Sie konnte nur klein sein, denn sonst wäre sie dem Coroner bei der Untersuchung aufgefallen. Ich schloß auf eine Entlüftung.«

»Aber was soll sie schon Schlimmes bedeuten?«

»Nun, jedenfalls läßt sich ein seltsames Zusammentreffen von Tatsachen feststellen: man hat eine Entlüftungsöffnung gebrochen, einen Klingelzug angebracht, und eine Dame, die in dem Bett schläft, stirbt. Gibt Ihnen das nicht zu denken?«

»Ich sehe noch keinerlei Zusammenhang.«

»Haben Sie an dem Bett etwas Besonderes bemerkt?«

»Nein.«

»Es ist mit Klammern an den Fußboden geheftet. Haben Sie je ein Bett gesehen, das man auf solche Weise festgemacht hätte?«

»Das ist mir noch nicht vorgekommen.«

»Die Dame konnte ihr Bett nicht verrücken. Es blieb immer an diesem Platz unter dem Entlüftungsloch und dem Klingelzug — nennen wir das Ding ruhig so, obwohl es nie als Klingelzug gedacht war.«

»Holmes«, rief ich, »ich glaube, ich erkenne verschwommen, worauf Sie hinauswollen. Wir sind gerade zurechtgekommen, um ein ausgeklügeltes, schreckliches Verbrechen zu verhindern.«

»Ja, wirklich, ausgeklügelt und schrecklich. Wenn ein Arzt vom Weg abkommt, dann wird er ein König der Verbrecher. Er besitzt Kaltblütigkeit und Wissen.

Palmer und Prichard muß man den besten Köpfen auf dem Gebiet zurechnen. Dieser Mann geht sogar noch gründlicher zu Werk; doch ich denke, Watson, wir sind in der Lage, ihn an Gründlichkeit zu übertreffen. Gewiß werden wir genug Schreckliches erleben, ehe die Nacht herum ist. Deshalb sollten wir in Ruhe eine Pfeife genießen und unsere Gedanken für ein paar Stunden Erfreulicherem zuwenden.«

Gegen neun Uhr erlosch das Licht zwischen den Bäumen; im Gutshaus wurde es dunkel. Zwei Stunden vergingen quälend langsam, dann leuchtete plötzlich, Schlag elf, ein einzelnes helles Licht auf.

»Das ist das Signal für uns«, sagte Holmes und sprang auf die Füße, »es kommt vom mittleren Fenster.«

Bevor wir das Haus verließen, wechselte Holmes einige Worte mit dem Wirt, erklärte ihm, wir wollten einem Bekannten einen späten Besuch abstatten und würden möglicherweise die Nacht bei ihm verbringen. Dann standen wir auf der dunklen Straße; ein kalter Wind blies uns ins Gesicht. Ein einsames Licht flimmerte durch die Finsternis und führte uns hin zu unserem düsteren Abenteuer.

Es kostete wenig Mühe, in das Anwesen einzudringen; es waren genug Breschen in der alten Parkmauer. Unser Weg verlief unter Bäumen, dann lag vor uns der Rasen, den wir auch hinter uns brachten. Wir schickten uns gerade an, durch das Fenster ins Haus einzusteigen, da sprang aus einem Lorbeergebüsch etwas hervor, das wie ein gräßliches, mißgestaltes Kind aussah, und warf sich mit zuckenden Gliedern ins Gras; aber gleich darauf rannte es munter über den Rasen in das Dunkel.

»Mein Gott«, flüsterte ich, »haben Sie das gesehen?«

Für einen Augenblick war Holmes genauso erschrokken wie ich. In der Aufregung schloß sich seine Hand wie ein Schraubstock um meinen Arm. Doch bald brach er in leises Lachen aus und näherte seinen Mund meinem Ohr.

»Ein nettes Haus«, murmelte er, »das war der Pavian.«

Ich hatte die seltsamen Haustiere vergessen, die der Doktor bevorzugte. Da gab es ja auch noch den Leoparden; vielleicht hatten wir demnächst den auf den Schultern. Ich gestehe, ich fühlte mich erleichtert, als ich mich, nachdem ich, Holmes' Beispiel folgend, die Schuhe abgestreift hatte, im Schlafzimmer befand. Mein Gefährte schloß lautlos die Läden, stellte die Lampe auf den Tisch und sah sich in dem Raum um. Alles war wie am Tag. Er kroch zu mir heran, formte die Hände zu einem Trichter und flüsterte mir so leise, daß ich Mühe hatte, die Worte zu hören, ins Ohr: »Das geringste Geräusch ist verhängnisvoll für unseren Plan.«

Ich nickte zum Zeichen, daß ich ihn verstanden hatte.

»Wir müssen uns ohne Licht hinsetzen. Er würde es durch das Entlüftungsloch sehen.«

Ich nickte wieder.

»Schlafen Sie nicht ein; Ihr Leben könnte davon abhängen. Halten Sie die Pistole bereit für den Fall, daß wir sie brauchen. Ich setze mich neben das Bett. Setzen Sie sich auf den Stuhl.«

Ich zog meine Pistole und legte sie in Reichweite auf den Tisch.

Holmes hatte einen langen, dünnen Stock mitgebracht, den er neben sich auf das Bett legte. Dazu tat er eine Streichholzschachtel und einen Kerzenstummel. Dann drehte er die Lampe aus, und wir waren im Dunkeln.

Wie soll ich jemals diese schreckliche Nachtwache vergessen?

Ich vernahm keinen Laut, nicht einmal einen Atemzug, und doch wußte ich, daß mein Gefährte sich offenen Auges ein paar Fuß entfernt von mir in genau derselben Nervenanspannung befand wie ich. Die Läden schlossen den geringsten Lichtschein aus: wir warteten in völliger Finsternis. Von draußen drang dann und wann der Schrei eines Nachtvogels herein, und einmal hörten wir unter unserem Fenster ein langgezogenes, klageähnliches Mauzen, das uns sagte, daß der Leopard sich tatsächlich frei bewegte. Von weit her hörten wir einen tiefen Ton, wenn die Uhr der Pfarrkirche die Viertelstunden schlug.

Wie lange sie dauerten, diese Viertelstunden! Zwölf Uhr, ein Uhr, und dann zwei und drei, und immer noch harrten wir lautlos auf das, was geschehen sollte.

Plötzlich sahen wir es in dem Entlüftungsloch aufleuchten, aber das war nur ein flüchtiger Moment; es blieb ein Geruch nach brennendem Öl und erhitztem Metall. Im Nebenraum war eine verdunkelte Laterne angezündet worden. Ich hörte das Geräusch vorsichtiger Bewegungen, dann war wieder Ruhe, nur der Geruch verstärkte sich. Eine halbe Stunde saß ich gespannt lauschend da. Dann gab es auf einmal einen anderen Ton — sehr sanft, lieblich und so anhaltend, als entweiche aus einem Kessel Dampf. In dem Augenblick, da wir dies wahrnahmen, sprang Holmes hoch, riß ein Streichholz an und schlug mit seinem Stock rasend auf den Klingelzug ein.

»Sehen Sie, Watson,« schrie er, »sehen Sie es?«

Aber ich sah nichts. Holmes hatte das Streichholz angerissen, und ich hörte das leise, klare Pfeifen; die jäh aufleuchtende Flamme blendete meine übermüdeten Augen, so daß ich unmöglich ausmachen konnte, gegen was mein Freund so wild losdrosch. Ich erkannte nur, daß sein Gesicht totenblaß und vor Schreck und Ekel verzerrt war.

Er hatte das Schlagen eingestellt, beobachtete jedoch weiterhin das Entlüftungsloch, als der grauenvollste Schrei, den ich je gehört habe, die Stille der Nacht zerriß. Er wuchs und wuchs, ein heiserer Schrei, in dem sich

Schmerz und Angst und Wut mischten. Es wird behauptet, daß dieser Schrei die Leute im Dorf und im noch weiter entfernt gelegenen Pfarrhaus aus den Betten gerissen habe. Uns fuhr er kalt durchs Herz, und ich stand da und starrte Holmes an, und der starrte mich an, bis das letzte Echo verhallt war und wieder die Stille herrschte, aus der er sich erhoben hatte.

»Was mag das bedeuten?« stieß ich hervor.

»Das bedeutet: Es ist alles vorbei«, antwortete Holmes. »Und vielleicht ist es so das beste. Nehmen Sie Ihre Pistole. Wir gehen ins Zimmer von Dr. Roylott.«

Mit ernster Miene zündete er die Lampe an und ging über den Korridor voran. Zweimal klopfte er gegen die Tür, ohne Antwort zu bekommen. Dann drückte er die Klinke herunter und trat ein; ich folgte ihm auf den Fersen mit gezückter Pistole.

Uns bot sich ein ungewöhnlicher Anblick. Auf dem Tisch stand eine Laterne mit halb geöffneten Blenden. Sie warf einen Lichtstrahl auf den Safe, dessen Tür offenstand. Neben dem Tisch saß auf dem Holzstuhl Dr. Grimesby Roylott in einem langen grauen Morgenmantel, aus dem seine nackten Unterschenkel ragten; die Füße steckten in roten türkischen Pantoffeln. Quer über seinem Schoß lag die Hundepeitsche mit dem kurzen Griff und der langen Lasche, die uns am Tage aufgefallen war. Sein Kinn war hochgerissen, und die Augen starrten mit fürchterlichem Ausdruck gegen die Decke. Um die Stirn war sehr fest ein eigentümliches gelbes, bräunlich geflecktes Band geschlungen. Er rührte sich nicht, als wir eintraten, und gab auch keinen Laut von sich.

»Das Band! Das gefleckte Band!« flüsterte Holmes.

Ich trat einen Schritt vor. Im selben Moment bewegte sich der seltsame Kopfputz, und aus des Mannes Haar stieg der flache, rautenförmige Kopf und der geblähte Hals einer widerwärtigen Schlange.

»Es ist eine Sumpfotter!« schrie Holmes. »Die giftigste Schlange Indiens. Er ist innerhalb zehn Sekunden nach dem Biß gestorben. Gewalt fällt auf den zurück, der Gewalt anwendet, und der Ränkeschmied fällt in die Grube, die er dem anderen gegraben hat. Wir wollen die Kreatur in ihre Höhle zurückwerfen, und dann können wir Miss Stoner an einen Ort bringen, wo sie in Sicherheit sein wird. Anschließend lassen wir die Polizei wissen, was sich zugetragen hat.«

Während er sprach, nahm er die Hundepeitsche mit einer schnellen Bewegung vom Schoß des Toten, warf dem Reptil die Schlinge um den Hals, zog es so von seinem fürchterlichen Platz, warf es, wobei er es auf Armeslänge von sich hielt, in den eisernen Safe und schlug hinter ihm die Tür zu.

Das sind die wirklichen Geschehnisse um den Tod des Dr. Grimesby Roylott of Stoke Moran. Ich brauche die ohnehin über Gebühr in die Länge gezogene Erzählung nicht dadurch weiter hinzuziehen, daß ich berichte, wie wir der verschreckten jungen Frau die traurige Neuigkeit beibrachten, wie wir sie mit dem Morgenzug der Obhut ihrer gütigen Tante in Harrow übergaben und wie das Untersuchungsgericht nach schleppendem Verlauf zu dem Ergebnis kam, der Doktor habe sein Ende durch unvorsichtiges Spielen mit einem gefährlichen Haustier gefunden. Das Wenige, das es für mich noch aus dem Fall zu lernen gab, faßte Holmes zusammen, als wir am nächsten Tag zurückfuhren.

»Ich war«, sagte er, »zu völlig irrigen Schlußfolgerungen gekommen, was zeigt, mein lieber Watson, wie gefährlich es immer ist, wenn man von unzureichender Kenntnis der Tatsachen ausgeht. Die Anwesenheit der Zigeuner und die Erwähnung des Wortes Band oder Bande durch das unglückliche Mädchen, das ihr zweifelsohne ein entsetzter Blick auf die Erscheinung im

Licht eines Streichholzes eingegeben hat, sind dafür verantwortlich, daß ich auf eine ganz falsche Spur geriet. Ich kann für mich nur das Verdienst in Anspruch nehmen, sofort meine Position überdacht zu haben, nachdem mir klargeworden war, daß die dem Bewohner des Zimmers drohende Gefahr weder durchs Fenster noch durch die Tür kommen konnte. Meine Aufmerksamkeit wurde, wie ich Ihnen gegenüber schon bemerkte, schnell auf diese Entlüftungsöffnung und auf den Klingelzug, der über dem Bett hing, gelenkt. Die Entdeckungen, daß der Zug eine Attrappe war und daß man das Bett am Fußboden befestigt hatte, ließen in mir gleich den Verdacht aufsteigen, der Klingelzug diene als Brücke für etwas, das durch die Öffnung zum Bett gelangen sollte. Sofort kam mir der Gedanke an eine Schlange, und als ich ihn mit dem Wissen darum zusammenbrachte, daß der Doktor mit einem Vorrat an Tieren aus Indien versehen war, fühlte ich mich auf der richtigen Fährte. Die Idee, ein Gift zu verwenden, das wahrscheinlich durch chemische Untersuchungen nicht nachgewiesen werden kann, lag für einen schlauen, rücksichtslosen Mann, der eine fernöstliche Schulung durchgemacht hat, nahe. Auch die Raschheit, mit der ein solches Gift wirkt, bedeutete von seinem Standpunkt aus einen Vorteil. Es hätte wirklich eines scharfsichtigen Coroners bedurft, um die beiden kleinen dunklen Punkte zu entdecken, die die Giftzähne hinterlassen. Dann fiel mir das Pfeifen ein. Natürlich mußte er die Schlange zurückrufen, ehe sie, im Tageslicht vielleicht, von dem Opfer entdeckt wurde. Er hatte sie abgerichtet, zu ihm zurückzukehren, wenn er sie rief, wahrscheinlich mit Hilfe der Milch, die wir entdeckt haben. Er brauchte das Tier nur, wann immer es ihm beliebte, an die Entlüftungsöffnung zu bringen, und durfte gewiß sein, daß es den Klingelzug hinunterkroch und auf dem Bett landete. Die Bewohnerin mochte gebissen werden oder nicht, konnte vielleicht eine Woche lang Nacht für Nacht dem Anschlag entgehen, aber früher oder später mußte sie ihm zum Opfer fallen.

Zu diesen Schlüssen war ich gekommen, noch ehe ich sein Zimmer betreten hatte. Die Untersuchung seines Stuhls enthüllte mir, daß er die Angewohnheit besaß, auf ihn hinaufzusteigen, was er natürlich tun mußte, um an die Entlüftungsöffnung zu reichen. Ein Blick auf den Safe, die Untertasse mit Milch und die Schlinge in der Hundepeitsche schließlich genügten, jeden Zweifel, der noch geblieben sein mochte, zu zerstreuen. Das metallische Klirren, das Miss Stoner gehört hatte, rührte offenbar daher, daß ihr Stiefvater die Safetür hastig hinter der schrecklichen Insassin zuwarf. Sie wissen, was ich unternahm, um diese Version zu erhärten, nachdem ich mich für sie entschieden hatte. Ich hörte ebenso wie Sie die Kreatur zischen, machte sofort Licht und griff sie an.«

»Mit dem Ergebnis, daß sie durch die Öffnung zurückgetrieben wurde.«

»Und auch mit dem Ergebnis, daß sie, durch mein Einschreiten auf die andere Seite zurückgekehrt, sich gegen ihren Meister wandte. Einige meiner Stockschläge trafen und versetzten sie in einen Zustand, wo sie sich auf den ersten stürzte, den sie sah. So bin ich indirekt für Dr. Grimesby Roylotts Tod verantwortlich, aber ich kann nicht behaupten, daß es mir besonders schwer auf dem Gewissen lastet.«

Der Daumen des Ingenieurs

Unter all den Problemen, die meinem Freund während der Jahre unserer vertrauten Gemeinsamkeit zur Lösung angetragen wurden, gibt es nur zwei, die ich seiner Aufmerksamkeit empfohlen hatte, nämlich das um Mr. Hatherleys Daumen und jenes im Zusammenhang mit Colonel Warburtons Geistesstörung. Das letztere mag für einen scharfsinnigen und schöpferischen Beobachter ein trefflicher Tummelplatz gewesen sein, aber das andere war von Anfang an so seltsam und so dramatisch in den Einzelheiten, daß ein Bericht darüber wahrscheinlich eher lohnt, auch wenn es meinem Freund weniger Gelegenheit bot, seine deduktive Methode des Schlußfolgerns anzuwenden, mit der er so bemerkenswerte Ergebnisse erzielte. Die Geschichte ist, glaube ich, mehr als einmal durch die Zeitungen gegangen, aber im allgemeinen haben derartige Schilderungen eine weit geringere Wirkung, wenn sie, in eine halbe Kolumne gepreßt, im Druck erscheinen, als wenn die Tatsachen sich langsam vorm Auge des Lesers entwickeln, das Geheimnis sich allmählich klärt und jede neue Entdeckung eine Stufe darstellt, die zur vollen Wahrheit führt. Damals machten die Umstände großen Eindruck auf mich, und daß seitdem zwei Jahre vergangen sind, hat den Effekt kaum abgeschwächt.

Es war im Sommer des Jahres '89, nicht lange nach meiner Verehelichung, als sich die Ereignisse zutrugen, die ich hier zusammenfassen will. Ich betrieb wieder meine Privatpraxis und war aus Holmes' Wohnung in der Baker Street ausgezogen, besuchte ihn jedoch regelmäßig und konnte ihn manchmal sogar dazu überreden, seine bohèmehafte Lebensweise vorübergehend zu vergessen und uns zu besuchen. Meine Praxis hatte sich ständig vergrößert, und da ich zufällig nicht weit von Paddington Station entfernt wohnte, waren einige Eisenbahnbeamte meine Patienten. Einer von ihnen, ein Zugführer, den ich von einer schmerzhaften, hartnäkkigen Krankheit kuriert hatte, wurde nicht müde, meine Vorzüge anzupreisen und mir jeden Leidenden zuzuführen, den er dazu überreden konnte.

Eines Morgens, kurz vor sieben Uhr, wurde ich durch ein Klopfen an der Tür geweckt, und das Dienstmädchen meldete, zwei Männer seien vom Bahnhof herübergekommen und warteten im Sprechzimmer. Schnell zog ich mich an, denn ich wußte aus Erfahrung, daß von der Eisenbahn kommende Fälle selten unerheblich waren, und eilte nach unten. Ich war noch auf der Treppe, als mein alter Verbündeter, der Zugführer, aus dem Praxisraum trat und die Tür hinter sich schloß.

»Ich habe ihn gebracht«, flüsterte er und deutete mit dem Daumen über die Schulter. »Er ist in Ordnung.«

»Wer ist es denn?« fragte ich, denn seine Art ließ vermuten, er habe ein seltsames Geschöpf in meinem Zimmer eingesperrt.

»Ein neuer Patient«, flüsterte er. »Ich dachte, es wär besser, ich begleite ihn, dann kann er nicht ausreißen. Und jetzt ist er da, wohlbehalten. Ich muß aber weg, Doktor, hab meine Pflichten wie Sie.« Und fort war er, mein treuer Kunde, ohne mir Zeit für ein Dankeschön zu lassen.

Ich betrat mein Sprechzimmer und sah einen Herrn am Tisch sitzen. Er trug einen schlichten Anzug aus erikafarbenem Tweed; seine Tuchmütze lag auf meinen Büchern. Um eine Hand war ein durch und durch blutiges Taschentuch gewunden. Er war jung, nicht älter als fünfundzwanzig, würde ich sagen, und hatte ein kräftiges, männliches Gesicht; aber er wirkte sehr blaß und machte auf mich den Eindruck, als litte er unter einer tiefgehenden Erregung, die sich nur unter Aufbietung aller Geisteskräfte kontrollieren ließ.

»Es tut mir leid, daß ich Sie so früh 'raustrommele, Doktor«, sagte er. »Aber mir ist in der Nacht ein schwerer Unfall zugestoßen. Ich bin heute früh mit dem Zug angekommen, und als ich mich auf dem Bahnhof nach der Adresse eines Arztes erkundigte, hat mich ein hilfsbereiter Mann freundlicherweise hierhergebracht. Ich habe dem Dienstmädchen meine Karte gegeben, aber wie ich sehe, hat sie sie auf dem Tischchen liegenlassen.«

Ich nahm die Karte und warf einen Blick darauf. »Mr. Victor Hatherley, Ingenieur für Hydraulik, Victoria Street 16 A (3. Etage)«. Das waren Name, Titel und Adresse meines morgendlichen Besuchers. »Ich bedaure, daß Sie warten mußten«, sagte ich und setzte mich in meinen Bibliothekssessel. »Wenn ich Sie recht verstehe, kommen Sie geradewegs von einer Nachtfahrt, die an sich schon eine sehr eintönige Angelegenheit ist.«

»Oh, ich würde meine Nacht nicht als eintönig bezeichnen«, sagte er und lachte. Er lachte von Herzen, in hohen Tönen, lehnte sich zurück und hielt sich den Bauch. Meine ganze medizinische Witterung empörte sich gegen dieses Lachen.

»Hören Sie auf!« rief ich. »Nehmen Sie sich zusammen!« Und ich goß ihm Wasser aus einer Karaffe ein.

Es war jedoch sinnlos. Er steckte in einer jener hysterischen Phasen, die starke Naturen anfallen, wenn eine Krise überwunden wird. Bald kam er wieder zu sich, war sehr ermattet und beschämt.

»Ich habe einen Narren aus mir gemacht«, stieß er hervor.

»Aber nicht im geringsten. Trinken Sie das.« Ich goß einen Schuß Kognak in das Wasser, und allmählich färbten seine blutleeren Wangen sich wieder.

»Das tut gut!« sagte er. »Und würden Sie sich jetzt

meinem Daumen zuwenden, Doktor, oder vielmehr der Stelle, wo mein Daumen gesessen hat.«

Er entfernte das Taschentuch und hielt mir die Hand hin. Bei dem Anblick zuckte ich trotz meiner abgehärteten Nerven zusammen. Ich sah vier ausgestreckte Finger, und da, wo der Daumen sein sollte, war nur ein schrecklicher, rötlicher, schwammiger Fleck. Der Daumen war an der Wurzel abgehackt oder abgerissen.

»Lieber Himmel!« rief ich, »das ist eine fürchterliche Wunde. Sie müssen stark geblutet haben.«

»Ja, das stimmt. Als es geschah, fiel ich in Ohnmacht. Und mir scheint, ich war lange Zeit ohne Besinnung. Als ich wieder zu mir kam, blutete es noch immer, und so wand ich ein Taschentuch ganz fest um das Handgelenk und verband dann die Wunde kreuzweis.«

»Hervorragend! Sie hätten Chirurg werden sollen.«

»Auch der Blutdruck ist eine Frage der Hydraulik und fällt damit in mein Gebiet.«

»Dies wurde«, sagte ich, während ich die Wunde untersuchte, »von einem sehr schweren und scharfen Instrument verursacht.«

»Ich vermute, von einem Hackmesser.«

»Ein Unfall, nehme ich an.«

»Aber nein.«

»Was! Etwa ein mörderischer Anschlag?«

»Ein sehr mörderischer.«

»Sie erschrecken mich.«

Ich tupfte die Wunde ab, reinigte sie, richtete sie her; schließlich bedeckte ich sie mit einem Wattebausch und verband sie mit einer karbolgetränkten Binde. Er saß zurückgelehnt und gab keinen Laut von sich, wenn er sich auch von Zeit zu Zeit auf die Lippen biß.

»Wie fühlen Sie sich?« fragte ich, als ich fertig war.

»Ausgezeichnet! Nach Ihrem Kognak und Ihrem Verband komme ich mir wie neugeboren vor. Ich war sehr schwach, bin nun aber gut behandelt worden.«

»Vielleicht sollten Sie über die Sache nicht sprechen. Sie zerrt Ihnen offensichtlich an den Nerven.«

»O nein, jetzt nicht mehr. Ich werde meine Geschichte der Polizei erzählen. Aber unter uns: Hätte ich nicht als überzeugende Tatsache diese Wunde vorzuweisen, würde es mich überraschen, wenn die Polizisten meiner Aussage Glauben schenkten; denn sie ist außergewöhnlich, und ich habe nicht viel, womit ich sie stützen kann. Und selbst wenn sie mir glauben — die Hinweise, die ich geben kann, sind so unbestimmt, daß ich zweifle, ob sie dazu führen können, daß Gerechtigkeit waltet.«

»Ha!« rief ich, »wenn alles so problematisch ist und Sie eine Aufklärung wollen, möchte ich Ihnen sehr empfehlen, meinen Freund Mr. Sherlock Holmes aufzusuchen, ehe Sie zur Polizei gehen.«

»Ich habe schon von dem Mann gehört«, antwortete mein Besucher, »und ich wäre froh, wenn er die Sache in die Hand nähme, obgleich ich mich natürlich auch an die Polizei wenden muß. Würden Sie mich ihm empfehlen?«

»Ich werde etwas Besseres tun. Ich bringe Sie selber hin.«

»Ich wäre Ihnen außerordentlich verpflichtet.«

»Wir nehmen eine Droschke und fahren gemeinsam zu ihm. Wir werden gerade zurechtkommen, um ihm bei einem kleinen Frühstück Gesellschaft zu leisten. Sind Sie damit einverstanden?«

»Ich fühle mich nicht wohl, bis ich meine Geschichte erzählt habe.«

»Dann ruft mein Mädchen jetzt eine Droschke. Ich bin augenblicklich wieder bei Ihnen.« Ich stürzte die Treppe hinauf, erklärte meiner Frau kurz, worum es ging, und fünf Minuten später fuhr ich in einem Hansom mit meinem neuen Bekannten Richtung Baker Street.

Sherlock Holmes saß untätig, wie ich es erwartet hatte, im Morgenmantel in seinem Wohnzimmer, las die

Todesanzeigen in der ›Times‹ und rauchte die erste Vorfrühstückspfeife, die er mit allen vom vergangenen Tag übriggebliebenen, sorgsam gesammelten und auf einer Ecke des Kaminsimses getrockneten Tabakresten gestopft hatte. Er empfing uns mit ruhiger Heiterkeit, ließ auf Speck gebratene Eier kommen, und wir verzehrten gemeinsam das herzhafte Mahl. Als wir es beendet hatten, bat er unseren neuen Bekannten aufs Sofa, schob ihm ein Kissen unter den Kopf und stellte ihm ein Glas Kognak mit Wasser in Reichweite.

»Man erkennt leicht, daß Ihr Erlebnis nicht alltäglich war, Mr. Hatherley«, sagte er. »Bitte legen Sie sich hin und tun Sie ganz so, als ob Sie zu Hause wären. Sagen Sie uns, so viel Sie können, machen Sie eine Pause, wenn Sie müde sind, und kräftigen Sie sich mit einem bißchen Stimulanz.«

»Danke«, sagte mein Patient, »aber ich fühle mich wie neugeboren, seit ich vom Doktor verbunden worden bin, und ich glaube, Ihr Frühstück hat die Heilung vollendet. Ich werde sowenig wie möglich von Ihrer kostbaren Zeit in Anspruch nehmen und also sofort mit dem Bericht über meine eigenartigen Erlebnisse beginnen.«

Holmes saß in seinem großen Lehnsessel, mit schweren Lidern und dem matten Gesichtsausdruck, der seine Anspannung und Wißbegier verschleierte; ich hatte ihm gegenüber Platz genommen, und wir lauschten der seltsamen Geschichte, die der Besucher vor uns ausbreitete.

»Sie müssen wissen«, sagte er, »daß ich eine Waise und Junggeselle bin und allein in London zur Miete wohne. Von Beruf bin ich Ingenieur für Hydraulik und habe während meiner siebenjährigen Lehrzeit bei Venner and Matheson, der bekannten Firma in Greenwich, beträchtliche Erfahrungen sammeln können. Vor zwei Jahren, als ich meine Ausbildung hinter mich gebracht hatte und nach dem Tod meines Vaters zu einer hübschen Summe Geld gekommen war, beschloß ich, mich selbständig zu machen, und mietete Geschäftsräume in der Victoria Street.

Ich nehme an, daß jeder den Start in geschäftliche Selbständigkeit als mühsam empfindet. Ich erfuhr das besonders nachdrücklich. In zwei Jahren hatte ich drei Beratungen und bekam einen kleinen Auftrag, das war alles, was der Beruf mir eintrug. Mein Bruttoertrag belief sich auf siebenundzwanzig Pfund, zehn Schilling. Jeden Tag zwischen neun Uhr morgens und vier Uhr nachmittags saß ich in meinem kleinen Büro, bis mir der Mut sank und ich glaubte, daß ich nie ein richtiggehendes Geschäft haben würde.

Gestern aber, als ich eben das Büro verlassen wollte, trat mein Schreiber ein und sagte, ein Herr wolle mich in einer geschäftlichen Angelegenheit sprechen. Er überreichte mir auch eine Karte, auf der stand der Name: Colonel Lysander Stark. Der Colonel selbst folgte ihm auf dem Fuß, ein mittelgroßer, aber äußerst dünner Mann, ich glaube, ich habe nie einen dünneren gesehen. Das Gesicht war nur Nase und Kinn, und die Haut spannte straff über den Backenknochen. Doch schien diese Magerkeit sein natürlicher Zustand zu sein und nicht die Folge einer Krankheit, denn sein Auge war klar, sein Schritt energisch, sein Auftreten sicher. Er war einfach, aber ordentlich gekleidet, und sein Alter, schätzte ich, lag näher an vierzig als bei dreißig.

›Mr. Hatherley‹, sagte er mit leichtem deutschem Akzent, ›Sie sind mir empfohlen worden als ein Mann, der nicht nur tüchtig in seinem Beruf, sondern auch diskret und in der Lage ist, ein Geheimnis bei sich zu behalten.‹

Ich verbeugte mich und fühlte mich von der Art Anrede geschmeichelt wie jeder junge Mann. ›Dürfte ich wissen, wer mir ein so gutes Zeugnis ausgestellt hat?‹ fragte ich.

›Nun, vielleicht ist es besser, wenn ich Ihnen das im

Augenblick nicht sage. Aus derselben Quelle weiß ich, daß Sie keine Angehörigen haben und Junggeselle sind und allein in London leben.‹

›Das stimmt‹, sagte ich, ›aber Sie werden meine Bemerkung entschuldigen, daß ich nicht einsehe, was dies mit meiner beruflichen Eignung zu tun hat. Ich dachte, Sie wollten mich in einer beruflichen Angelegenheit sprechen.‹

›So ist es auch. Aber Sie werden noch gewahr werden, daß alles, was ich sage, zur Sache gehört. Ich habe einen geschäftlichen Auftrag für Sie, aber absolute Geheimhaltung ist vonnöten — *absolute* Geheimhaltung, verstehen Sie? Und die können wir natürlich eher von einem Mann erwarten, der allein ist, als von einem, der am Busen seiner Familie lebt.‹

›Wenn ich verspreche, ein Geheimnis für mich zu behalten‹, sagte ich, ›dann können Sie sich völlig darauf verlassen.‹

Er sah mich eindringlich an, als ich das sagte, und mir war, als sei ich noch nie einem so fragenden und mißtrauischen Blick begegnet.

›Sie versprechen es also‹, sagte er schließlich.

›Ja, ich verspreche es.‹

›Absolutes, völliges Schweigen, vorher, währenddem und danach? Kein Wort darüber, weder mündlich noch schriftlich!‹

›Ich habe Ihnen schon mein Wort gegeben.‹

›Sehr gut.‹ Er sprang plötzlich auf, schoß wie der Blitz durch das Zimmer und riß die Tür auf. Der Korridor war leer.

›In Ordnung‹, sagte er und kam zurück. ›Ich weiß, daß Schreiber manchmal neugierig sind, was die Angelegenheiten ihrer Chefs betrifft. Jetzt können wir in Sicherheit miteinander reden.‹ Er zog seinen Stuhl sehr nahe zu mir heran und musterte mich wieder mit fragenden, nachdenklichen Blicken.

Ein Gefühl des Abgestoßenseins und etwas wie Furcht stieg angesichts der seltsamen Grimasse des dürren Mannes in mir auf. Sogar die Aussicht, einen Klienten zu verlieren, konnte mich nicht davon abhalten, meine Ungeduld zu zeigen.

›Darf ich bitten, zum Geschäft zu kommen, Sir‹, sagte ich. ›Meine Zeit ist kostbar.‹ Der Himmel möge mir diese letzten Worte vergeben, aber sie kamen mir nun einmal über die Lippen.

›Was würden Sie zu fünfzig Guineas für eine Nacht Arbeit sagen?‹ fragte er.

›Das wäre herrlich.‹

›Ich sagte: eine Nacht Arbeit; eine Stunde wäre angebrachter. Ich möchte nur Ihr Urteil über eine hydraulische Presse, die nicht mehr funktioniert. Wenn Sie uns zeigen, was an ihr defekt ist, werden wir sie selber reparieren. Was meinen Sie zu solch einem Auftrag?‹

›Die Arbeit scheint leicht zu sein, und die Bezahlung ist großzügig.‹

›Genau. Wir möchten, daß Sie heute nacht kommen, mit dem letzten Zug.‹

›Wohin?‹

›Nach Eyford in Berkshire. Das ist ein kleiner Ort an der Grenze zu Oxfordshire, sieben Meilen entfernt von Reading. Es fährt ein Zug von Paddington Station, der ungefähr Viertel nach elf dort eintrifft.‹

›Das geht in Ordnung.‹

›Ich werde mit einem Wagen dasein, um Sie in Empfang zu nehmen.‹

›Dann ist also noch eine Wagenfahrt nötig?‹

›Ja, unser Haus liegt ziemlich weit draußen, gute sieben Meilen von Eyford entfernt.‹

›So werden wir kaum vor Mitternacht ankommen. Ich nehme an, dann geht kein Zug mehr zurück. Ich wäre gezwungen, über Nacht zu bleiben.‹

›Wir könnten Ihnen ohne Mühe ein Nachtlager bereiten.‹

›Es wäre mir trotzdem sehr unangenehm. Könnte ich nicht zu einer günstigeren Stunde kommen?‹

›Wir erachten es für das beste, wenn Sie spät kommen. Wir entschädigen einen jungen, unbekannten Mann für die Unbequemlichkeit durch ein Honorar, mit dem wir das Urteil einer Kapazität in Ihrem Beruf einholen könnten. Aber wenn Sie sich von dem Geschäft zurückziehen wollen — noch ist Zeit dazu.‹

Ich dachte an die fünfzig Guineas und wie nützlich sie mir sein konnten. ›Das will ich auf keinen Fall‹, sagte ich. ›Ich werde selbstverständlich Ihren Wünschen entsprechen. Es wäre mir nur lieb, wenn ich ein bißchen mehr darüber wüßte, was ich tun soll.‹

›Ganz recht. Es ist natürlich, daß das Geheimhaltungsversprechen, das wir Ihnen abverlangen, Ihre Neugier erregt. Ich möchte Sie nicht verpflichten, ehe ich nicht alles vor Ihnen offengelegt habe. Ich nehme an, wir sind hier vor Lauschern absolut sicher.‹

›Absolut.‹

›Dann also: zur Sache. Sie wissen wahrscheinlich, daß weißer Bolus ein wertvoller Rohstoff ist und daß er nur an ein, zwei Stellen in England gefunden wird.‹

›Ich habe davon gehört.‹

›Vor kurzem kaufte ich ein kleines — ein sehr kleines Anwesen zehn Meilen von Reading entfernt. Durch Glück entdeckte ich auf dem Grundstück ein Lager von weißem Bolus. Bei einer Prüfung stellte sich dann heraus, daß dieses Lager unerheblich ist, jedoch ein Bindeglied zwischen weiteren zwei Vorkommen darstellt, die viel größer sind, sich aber auf den Besitzungen der Nachbarn befinden. Die guten Leute wissen nicht im mindesten, daß in ihrem Boden etwas liegt, was so wertvoll wie Gold ist. Natürlich war ich interessiert, ihr Land zu kaufen, ehe sie seinen wirklichen Wert erkannten; aber unglücklicherweise besitze ich kein Kapital dazu. Ich zog einige Freunde ins Vertrauen, und sie schlugen vor, in aller Stille unser kleines Lager auszubeuten und auf diese Weise das Geld zusammenzubringen, das wir zum Kauf der benachbarten Felder brauchen. Das tun wir nun seit einiger Zeit, und um die Arbeit zu befördern, haben wir eine hydraulische Presse aufgebaut. Diese Presse, wie ich Ihnen schon erklärte, funktioniert nun nicht mehr, und wir hätten gern Ihren Rat in der Angelegenheit. Wir hüten unser Geheimnis eifersüchtig, und wenn bekannt würde, daß wir einen Ingenieur für Hydraulik in unserem kleinen Haus hatten, ginge gleich die Fragerei los, und wenn dann die Umstände herauskämen, hieße das, Abschied zu nehmen von der Chance, die angrenzenden Felder zu kaufen und unsere Pläne auszuführen. Deshalb habe ich Ihnen das Versprechen abverlangt, keiner Menschenseele zu sagen, daß Sie heute nacht nach Eyford fahren. Ich hoffe, ich habe mich verständlich gemacht.‹

›Ich konnte Ihnen folgen‹, sagte ich. ›Ich habe nur nicht recht verstanden, wie Ihnen eine hydraulische Presse beim Ausbeuten eines Vorkommens von weißem Bolus nützlich sein kann, der doch wohl wie Kies aus der Erde gegraben wird.‹

›Ah‹, sagte er leichthin, ›wir haben unsere besondere Methode. Wir pressen die Erde zu Würfeln, die wir wegbringen können, ohne daß man entdeckt, was da in Wirklichkeit gefördert wird. Aber das geht zu sehr ins Detail. Jetzt habe ich Sie ganz in die Sache einbezogen, Mr. Hatherley, und Ihnen damit bewiesen, wie sehr ich Ihnen vertraue.‹ Er stand auf und sagte: ›Ich erwarte Sie um elf Uhr fünfzehn in Eyford.‹

›Ich werde bestimmt dort sein.‹

›Und zu keinem ein Sterbenswort.‹ Er widmete mir einen letzten fragenden Blick und eilte aus dem Raum, nachdem er meine Hand mit einem kalten, feuchten Griff gedrückt hatte.

Nun, als ich endlich dazu kam, alles in Ruhe zu überdenken, war ich, wie Sie sich wohl vorstellen können, über diesen aus heiterem Himmel kommenden Auftrag sehr erstaunt. Auf der einen Seite freute ich mich natürlich, denn das Honorar betrug mindestens das Zehnfache dessen, was ich für meine Dienste gefordert hätte, und dieser eine Auftrag zog womöglich andere nach sich. Auf der anderen Seite hatten das Gesicht und das Benehmen des Mannes einen unangenehmen Eindruck auf mich gemacht, und ich fand, daß seine Erklärung mit dem weißen Bolus nicht ausreichte, die Notwendigkeit meines mitternächtlichen Kommens und seine übertriebene Besorgnis, ich könnte jemandem von dem Auftrag erzählen, zu begründen. Dennoch schlug ich alle Befürchtungen in den Wind, nahm ein kräftiges Abendbrot zu mir, fuhr zur Paddington-Station, bestieg den Zug und erfüllte die Vorschrift, den Mund zu halten, bis ins letzte.

In Reading mußte ich umsteigen, kam jedoch zum letzten Zug nach Eyford zurecht und traf auf dem kleinen, schlecht beleuchteten Bahnhof nach elf Uhr ein. Ich war der einzige Reisende, der dort ausstieg, und niemand stand auf dem Bahnhof außer einem verschlafenen Gepäckträger mit einer Laterne. Als ich durch die Sperre ging, sah ich meinen Bekannten vom Mittag im Dunkeln auf der gegenüberliegenden Seite warten. Wortlos nahm er mich beim Arm und beförderte mich eilends in einen Wagen, dessen Schlag bereits offenstand. Er zog links und rechts die Fenster hoch, klopfte gegen das Holz, und wir fuhren davon, so schnell das Pferd laufen konnte.«

»War es *ein* Pferd?« unterbrach Holmes.

»Ja, nur eins.«

»Haben Sie seine Farbe erkannt?«

»Ja, ich sah es im Licht der Laternen, als ich in den Wagen stieg. Es war kastanienbraun.«

»Sah es frisch oder müde aus?«

»Frisch und glatt.«

»Danke. Es tut mir leid, daß ich Sie unterbrochen habe. Bitte, setzen Sie Ihren äußerst interessanten Bericht fort.«

»Also, wir fuhren los, und wir waren mindestens eine Stunde unterwegs. Colonel Lysander Stark hatte gesagt, es seien nur sieben Meilen; aber nach der Strecke, die wir zurücklegten, und der Zeit, die wir brauchten, glaube ich, daß es fast zwölf gewesen sein müssen. Er saß die ganze Zeit schweigend neben mir, und immer, wenn ich zu ihm hinsah, bemerkte ich, wie er mich überaus eindringlich betrachtete. Die Landstraßen scheinen in diesem Teil der Welt nicht sehr gut zu sein, denn das Gefährt schwankte und rüttelte schrecklich. Ich versuchte aus dem Fenster zu schauen, um festzustellen, wo wir uns befanden, aber es hatte Milchglasscheiben, und so konnte ich nichts erkennen außer gelegentlich dem verschwommenen Lichtschein einer Lampe. Dann und wann machte ich auf gut Glück eine Bemerkung, um die Eintönigkeit der Reise zu brechen, aber der Colonel antwortete stets einsilbig, und die Unterhaltung versandete bald. Schließlich wurde das Gerumpel über die Landstraße vom sanften Knirschen eines Kieswegs abgelöst, und der Wagen kam zum Stehen. Colonel Lysander Stark sprang hinaus. Ich folgte ihm, und er zog mich eilends durch ein geöffnetes Tor. Wir stiegen also aus dem Wagen direkt in die Halle, so daß ich nicht auch nur den flüchtigsten Blick auf die Hausfront zu werfen vermochte. In dem Augenblick, da ich die Schwelle überschritten hatte, schlug die Tür hinter uns heftig ins Schloß, und ich hörte schwach ein Rasseln von Rädern: der Wagen fuhr davon.

Im Haus war es stockdunkel, und der Colonel tastete

nach Streichhölzern und murmelte etwas vor sich hin. Plötzlich wurde am anderen Ende der Halle eine Tür geöffnet, und eine lange goldene Lichtbahn schoß in unsere Richtung. Sie verbreiterte sich, und eine Frau erschien, in der Hand eine Lampe, die sie über den Kopf hielt. Sie schob das Gesicht vor und schaute nach uns aus. Ich konnte erkennen, daß sie schön war, und da das Licht auf ihr dunkles Kleid fiel, sah ich, daß es aus kostbarem Stoff gefertigt war. Sie sprach ein paar Worte in einer fremden Sprache, und am Tonfall stellte ich fest, daß sie etwas fragte. Als mein Gefährte mürrisch und kurz antwortete, zuckte sie so heftig zusammen, daß ihr die Lampe fast aus der Hand fiel. Colonel Stark trat auf sie zu, flüsterte ihr etwas ins Ohr und drängte sie zurück in den Raum, aus dem sie gekommen war. Als er sich mir wieder zuwandte, trug er die Lampe.

›Haben Sie die Freundlichkeit, einige Minuten in diesem Zimmer zu warten‹, sagte er und wies mich in einen kleinen, einfach möblierten Raum mit einem runden Tisch in der Mitte, auf dem mehrere deutsche Bücher lagen. Colonel Stark setzte die Lampe auf einem Harmonium neben der Tür ab. ›Es wird einen Augenblick dauern‹, sagte er und verschwand im Dunkeln.

Ich betrachtete die Bücher, und obwohl ich kein Deutsch kann, erkannte ich, daß es zwei wissenschaftliche Abhandlungen waren und die anderen Dichtungen enthielten. Ich ging zum Fenster, in der Hoffnung, einen Blick auf die Landschaft werfen zu können, aber ein Laden mit schweren Riegeln versperrte die Aussicht. Es war ein seltsam stilles Haus. Irgendwo im Gang tickte laut eine alte Uhr, sonst war es totenstill. Ein Gefühl unbestimmbaren Unbehagens breitete sich in mir aus. Wer waren diese deutschen Leute, und was taten sie hier in diesem befremdenden, abgelegenen Haus? Wo lag es überhaupt? Es war ungefähr zehn Meilen von Eyford entfernt, aber ob nach Norden, Süden, Osten oder

Westen, darüber hatte ich keine Vorstellung. Da aber Reading und möglicherweise andere Städte innerhalb des Radius lagen, war die Gegend vielleicht nicht gar so einsam. Doch war ich mir bei der absoluten Stille völlig sicher, daß ich mich auf dem Lande befand. Ich ging im Zimmer hin und her, summte leise eine Melodie und hatte das Gefühl, daß mir die fünfzig Guineas voll und ganz zuständen.

Plötzlich, ohne vorbereitendes Geräusch, tat sich die Zimmertür langsam auf. Im Rahmen stand die Frau, hinter ihr breitete sich das Dunkel der Halle, und das Licht der Lampe fiel auf ein lebhaftes, schönes Gesicht. Mit dem ersten Blick erkannte ich, daß sie vor Angst krank war, und diese Entdeckung ließ mein Herz erbeben. Sie hielt zitternd einen Finger hoch, um mir Schweigen zu bedeuten, und flüsterte einige Worte in gebrochenem Englisch, wobei sie in die Dunkelheit zurückblickte wie ein furchtsames Pferd.

›Ich würde gehen‹, sagte sie mit unverkennbarem Bemühen, ruhig zu sprechen. ›Ich würde gehen. Ich nicht würde hier bleiben. Das ist nicht gut für Sie zu tun.‹

›Aber Madam‹, sagte ich, ›ich habe noch nicht ausgeführt, weswegen ich hergekommen bin. Ich kann nicht gut weggehen, ohne die Maschine gesehen zu haben.‹

›Es lohnt nicht zu warten‹, fuhr sie fort. ›Sie können gehen durch die Tür. Keiner hindert.‹ Und dann, als sie sah, daß ich lächelte und den Kopf schüttelte, legte sie die Befangenheit ab und tat ein paar Schritte mit gefalteten Händen auf mich zu. ›Um Himmels willen!‹ flüsterte sie. ›Gehen Sie weg, ehe es zu spät ist.‹

Ich bin von Natur einigermaßen halsstarrig und, wenn sich mir ein Hindernis in den Weg stellt, desto geneigter, mich einzulassen. Ich dachte an meine fünfzig Guineas, an die beschwerliche Reise und an die unangenehme Nacht, die anscheinend vor mir lag. Sollte das alles nicht mehr zählen? Warum sollte ich mich davonstehlen, ohne meinen Auftrag erledigt und die Bezahlung erhalten zu haben? Die Frau war vielleicht, nach allem, was ich sah, von einer fixen Idee besessen. In mannhafter Haltung, obwohl ihre Aufführung mich tiefer erschüttert hatte, als ich mir eingestehen wollte, schüttelte ich stumm den Kopf und erklärte meine Absicht, zu bleiben, wo ich war. Sie wollte gerade ihre Bitte wiederholen, als wir Lärmen von Füßen auf der Treppe hörten. Sie lauschte einen Augenblick, warf die Arme in Verzweiflung hoch und verschwand so plötzlich und leise, wie sie gekommen war.

Die Ankömmlinge waren Colonel Lysander Stark und ein kleiner dicker Mann mit einer Schifferkrause, die aus den Falten seines Doppelkinns hervorwuchs. Er wurde mir als Mr. Ferguson vorgestellt.

›Mein Sekretär und Geschäftsführer‹, sagte der Colonel. ›Übrigens glaubte ich, die Tür beim Verlassen des Zimmers geschlossen zu haben. Hoffentlich hat Sie der Zug nicht gestört.‹

›Im Gegenteil‹, sagte ich. ›Ich habe die Tür selber geöffnet, weil ich mich ein bißchen eingeengt fühlte.‹

Wieder warf er mir einen mißtrauischen Blick zu. ›Vielleicht sollten wir jetzt zum Geschäft kommen‹, sagte er. ›Mr. Ferguson und ich werden Sie zu der Maschine bringen.‹

›Ich sollte wohl meinen Hut aufsetzen.‹

›O nein, sie befindet sich oben im Haus.‹

›Wie, schürfen Sie den weißen Bolus im Haus?‹

›Nein, nein, hier pressen wir ihn nur. Aber das sollte Sie nicht kümmern! Alles, was wir von Ihnen verlangen, ist, daß Sie die Maschine untersuchen und uns sagen, was an ihr kaputt ist.‹

Zusammen stiegen wir die Treppe hinauf, der Colonel mit der Lampe als erster, der fette Geschäftsführer und ich hinterher. Das alte Haus war ein wahres Labyrinth von Korridoren, Gängen, Wendeltreppen und schmalen, niedrigen Türen, deren Schwellen von Generationen sie überquerender Füße abgenutzt waren. Es gab keine Teppiche und keinerlei Möbel auf den oberen Etagen, der Stuck fiel von den Wänden, die Feuchtigkeit nistete mit krankhaft grünlichen Flecken in den Mauern. Ich versuchte mich so unbekümmert wie möglich zu bewegen, aber ich hatte die Warnungen der Dame, auch wenn ich sie nicht beachten mochte, nicht vergessen und hielt ein wachsames Auge auf meine Begleiter gerichtet. Ferguson schien ein schweigsamer, mürrischer Mann zu sein, aber aus den paar Worten, die ich gehört hatte, schloß ich, daß er wenigstens ein Landsmann war.

Colonel Stark hielt endlich vor einer niedrigen Tür und schloß sie auf. Dahinter lag ein kleiner viereckiger Raum, in den wir drei kaum zusammen hineinpaßten. Ferguson blieb draußen, und der Colonel führte mich hinein.

›Jetzt sind wir‹, sagte er, ›mitten in der hydraulischen Presse, und es wäre äußerst unangenehm für uns, wenn einer sie anstellte. Die Decke ist in Wirklichkeit die Unterseite der Stampe, und sie kommt mit dem Gewicht von mehreren Tonnen, die auf die Eisenplatte drücken, herunter. Draußen sind an den Seiten kleine Wassersäulen angebracht, die die Kraft auffangen, sie übertragen und vervielfältigen, nach Gesetzen, die Ihnen ja vertraut sind. Die Maschine funktioniert eigentlich zufriedenstellend, aber doch mit einiger Mühe, und sie hat ein bißchen an Kraft verloren. Seien Sie so freundlich, sie durchzusehen und uns zu sagen, was wir an ihr reparieren müssen.‹

Ich nahm ihm die Lampe aus der Hand und untersuchte die Maschine sehr gründlich. Sie war wirklich gigantisch und konnte einen ungeheuren Druck ausüben. Als ich nach draußen ging und den Steuerungshebel betätigte, hörte ich sofort an dem zischenden Geräusch, daß da ein Leck war, das einen Rückstrom des Wassers durch einen der seitlichen Zylinder bewirkte. Eine Prüfung ergab, daß eine der Gummidichtungen am Kopf der Pleuelstange geschrumpft war, so daß das Rohr, in dem sie sich bewegte, nicht mehr ganz ausgefüllt wurde. Darin lag offensichtlich der Grund für den Kraftverlust, und das machte ich meinen Begleitern klar, die meinen Bemerkungen sehr aufmerksam folgten und einige Fragen nach der Methode stellten, wie vorzugehen sei, um den Schaden zu beheben. Als ich ihnen das auseinandergesetzt hatte, ging ich noch einmal in die Kammer und sah mich gründlicher um, meine Neugier zu befriedigen. Nach dem ersten Blick lag für mich zutage, daß die Geschichte von dem weißen Bolus die reinste Erfindung sein mußte, denn es war widersinnig anzunehmen, daß eine so mächtige Maschine zu solch unangemessenem Zweck eingesetzt worden sein sollte. Die Wände bestanden aus Holz, doch der Boden war aus Eisen, und als ich ihn prüfte, entdeckte ich überall verkrustete metallische Ablagerungen. Ich hatte mich niedergebeugt und kratzte an dem Belag, um herauszubekommen, was das war, als ich einen gedämpften Ausruf in Deutsch hörte und das leichenähnliche Gesicht des Colonel auf mich gerichtet sah.

›Was machen Sie da?‹ fragte er.

Ich war ärgerlich, weil man mich mit einer so aufwendigen Geschichte, wie sie mir erzählt worden war, hereingelegt hatte. ›Ich bewundere gerade Ihren weißen Bolus‹, sagte ich. ›Ich denke, ich könnte Ihnen in bezug auf die Maschine besser raten, wenn ich genau wüßte, wozu sie gebraucht wird.‹

In derselben Sekunde, da die Worte heraus waren, bereute ich mein voreiliges Gerede. Das Gesicht des Colonels wurde hart, und ein Unheil verkündender Ausdruck trat in die grauen Augen.

›Sehr wohl‹, sagte er. ›Sie sollen alles über die Maschine erfahren.‹

Er trat einen Schritt zurück, schlug die kleine Tür zu und drehte den Schlüssel im Schloß. Ich stürzte vor und riß an der Klinke; aber die Tür war fest und gab unter meinen Tritten und Stößen nicht im mindesten nach.

›Hallo!‹ schrie ich. ›Hallo! Colonel! Lassen Sie mich 'raus!‹

Und dann hörte ich plötzlich in der Stille einen Laut, der mir das Blut gefrieren ließ. Es war das Klacken der Hebel und das Zischen des defekten Zylinders. Er hatte die Maschine in Gang gesetzt. Die Lampe stand noch auf dem Boden, wohin ich sie gestellt hatte, als ich die Ablagerungen prüfte. In ihrem Licht sah ich, wie die schwarze Decke auf mich zukam, langsam, ruckweise, aber — wie niemand besser wußte als ich — mit einer Kraft, die mich im Nu zu Brei zerquetschen mußte. Schreiend warf ich mich gegen die Tür und kratzte mit den Nägeln am Schloß. Ich flehte den Colonel an, mich herauszulassen, aber unbarmherzig übertönte das Klirren der Hebel meine Schreie. Die Decke war nur noch ein, zwei Fuß über meinem Kopf, und mit erhobenen Händen konnte ich ihre harte, rauhe Fläche fühlen. Dann schoß es mir durchs Hirn, daß der Todesschmerz davon abhängen würde, in welcher Stellung mich das Ende ereilte. Wenn ich mich auf den Bauch legte, würde die Last sich auf mein Rückgrat senken, und ich schauderte beim Gedanken an das furchtbare Knirschen. Vielleicht war es leichter, wenn ich auf dem Rükken lag — aber hatte ich die Nerven, dazuliegen und zu dem tödlichen schwarzen Schatten emporzusehen, der sich auf mich niedersenkte? Schon war es mir unmöglich, aufrecht zu stehen, als ich etwas bemerkte, das einen Hoffnungsstrom in mein Herz schickte.

Ich sagte schon, daß, obwohl Boden und Decke aus Eisen waren, die Wände aus Holz bestanden. Bei einem letzten schnellen Rundblick sah ich zwischen zwei Brettern eine schmale Ritze, durch die Licht fiel und die breiter und breiter wurde, bis ein Spalt im Paneel entstanden war. Einen Moment lang konnte ich es kaum fassen, daß es da wirklich eine Tür geben sollte, die vom Tod weg führte. Dann warf ich mich gegen die Wand, sie gab nach, und ich kam halb ohnmächtig auf der anderen Seite an. Das Paneel hatte sich hinter mir wieder geschlossen, und das Splittern der Lampe und ein paar Sekunden später das Getöse, mit dem die beiden Platten aufeinanderprallten, machten mir bewußt, wie nah ich am Tod vorbeigegangen war.

Ich kam zu mir, als jemand wild an meinem Handgelenk zerrte, und ich fand mich auf dem Steinboden eines Korridors wieder; eine Frau stand über mich gebeugt und zog mit der Linken an mir, in der rechten Hand hielt sie eine Kerze. Es war die gute Freundin, deren Warnung ich so töricht in den Wind geschlagen hatte.

›Schnell! Schnell!‹ schrie sie außer Atem. ›Jeden Moment sind sie hier. Sie merken, daß Sie nicht drin sind. Oh, verschwenden Sie nicht kostbare Zeit, schnell!‹

Diesmal wenigstens verachtete ich ihren Rat nicht. Ich taumelte hoch und rannte mit ihr den Korridor entlang und eine Wendeltreppe hinunter. Sie führte auf einen anderen breiten Gang. Gerade als wir den erreicht hatten, hörten wir das Geräusch laufender Füße und das Rufen zweier Stimmen — eine antwortete der anderen — aus dem Stockwerk, in dem wir uns befanden, und vom darunterliegenden Flur. Meine Begleiterin hielt an und schaute umher, als wüßte sie keinen Rat mehr. Dann riß sie eine Tür auf, die in ein Schlafzimmer führte, durch dessen Fenster hell der Mond schien. ›Es ist Ihre einzige Chance‹, sagte sie. ›Es ist hoch, aber vielleicht können Sie springen.‹

Während sie noch sprach, schien am anderen Ende des Ganges ein Licht auf, und ich sah die dünne Gestalt des

Colonel Lysander Stark heranstürmen. In der einen Hand hielt er eine Laterne, in der anderen etwas wie ein Metzgerbeil. Ich stürzte durchs Schlafzimmer, riß das Fenster auf und blickte hinaus. Wie ruhig und frisch und gesund der Garten im Mondlicht lag, es konnten nicht mehr als dreißig Fuß hinunter sein. Ich kletterte auf die Fensterbank, wartete aber mit dem Sprung, weil ich hören wollte, was sich zwischen meiner Retterin und dem mich verfolgenden Mörder entspinnen würde. Mißhandelte er sie, mußte ich ihr, bei aller Gefahr für mein eigenes Leben, zu Hilfe kommen. Der Gedanke war kaum aufgeblitzt, als er schon in der Tür stand und an ihr vorbei wollte. Aber sie warf die Arme um ihn und versuchte, ihn aufzuhalten.

›Fritz! Fritz!‹ rief sie auf Englisch, ›denk dran, was du mir beim letztenmal versprochen hast! Du hast gesagt, du tust es nie wieder. Er wird schweigen! Ja, sicher, er wird schweigen!‹

›Du bist verrückt, Elise!‹ schrie er und bemühte sich, von ihr freizukommen. ›Du wirst uns zugrunde richten. Er hat zuviel gesehen. Laß mich vorbei, sag ich!‹ Er schleuderte sie beiseite, rannte zum Fenster und schlug mit der schweren Waffe auf mich los. Ich hatte mich fallen lassen, hielt mich mit den Fingern an einer Kerbe im Fensterrahmen. Meine Hände lagen auf der Fensterbank, als die Schläge fielen. Ich fühlte einen dumpfen Schmerz, konnte nicht mehr fest greifen und stürzte in den Garten.

Der Fall hatte mich zwar durchgeschüttelt, aber ich war unverletzt geblieben; ich raffte mich zusammen und lief, so schnell ich konnte, durch die Büsche davon, denn ich hatte begriffen, daß ich noch lange nicht außer Gefahr war. Beim Laufen packte mich plötzlich fürchterlicher Schwindel und Übelkeit. Ich sah auf meine Hand, in der es schmerzhaft pochte, und wurde zum erstenmal gewahr, daß der Daumen abgehackt war und

Blut aus der Wunde strömte. Ich wollte mein Taschentuch um die Wunde binden, aber dann summte es mir in den Ohren, und augenblicks fiel ich in tödlicher Ohnmacht zwischen die Rosenbüsche.

Wie lange ich ohne Bewußtsein blieb, kann ich nicht sagen. Ich muß sehr lange gelegen haben, denn als ich wieder zu mir kam, war der Mond schon untergegangen, und die helle Morgensonne brach durch die Wolken. Meine Kleidung hatte sich mit Tau vollgesogen, und der Rockärmel war durchnäßt vom Blut der verletzten Hand. Das Stechen in der Wunde brachte mir sofort alle Einzelheiten des nächtlichen Abenteuers wieder zu Bewußtsein, und das Gefühl, daß ich auch jetzt noch nicht sicher sei vor meinen Verfolgern, jagte mich hoch. Als ich auf den Beinen stand und mich umschaute, stellte ich zu meinem Erstaunen fest, daß weder das Haus noch der Garten zu sehen waren. Ich hatte in einer Hecke nahe der Landstraße gelegen, und ein Stück unterhalb sah ich ein langgestrecktes Gebäude, das sich beim Näherkommen als ebender Bahnhof erwies, wo ich in der vorangegangenen Nacht ausgestiegen war. Wäre nicht die widerwärtige Wunde an meiner Hand gewesen, hätten alle Ereignisse der schrecklichen Stunden ein übler Traum sein können.

Benommen betrat ich den Bahnhof und fragte nach dem Morgenzug. In weniger als einer Stunde sollte einer nach Reading abgehen. Ich sah den Gepäckträger wieder, der bei meiner Ankunft dagewesen war. Ich fragte ihn, ob er jemals von Colonel Lysander Stark gehört habe. Der Name war ihm fremd. Hatte er in der vergangenen Nacht einen Wagen beobachtet, der mich erwartete? Nein, er hatte nichts gesehen. Gab es in der Nähe ein Polizeirevier? Das nächste lag drei Meilen entfernt.

Das war zu weit für mich, krank und schwach, wie ich mich fühlte. Ich beschloß, meine Geschichte der

Polizei zu erzählen, wenn ich wieder in der Stadt war. Kurz nach sechs traf ich in London ein, und ich ließ mir zuerst die Wunde verbinden. Der Doktor war dann so freundlich, mich hierher zu bringen. Ich lege meinen Fall in Ihre Hände, und ich werde genau tun, wozu Sie mir raten.«

Wir hatten dem außergewöhnlichen Bericht gelauscht und saßen danach eine Weile schweigend. Sherlock Holmes nahm aus dem Regal eine der dickleibigen Akten, in denen er seine Ausschnitte aufbewahrte.

»Hier ist eine Annonce, die Sie interessieren wird«, sagte er. »Vor ungefähr einem Jahr stand sie in allen Zeitungen. Hören Sie: ›Vermißt wird seit dem 9. ds. Mts. — Mr. Jeremiah Hayling, Ingenieur für Hydraulik, Alter 26 Jahre. Verließ seine Wohnung um zehn Uhr abends und wurde seitdem nicht mehr gesehen. Gekleidet ...‹ etc. etc. Ha! das, scheint mir, bezieht sich auf das vorletzte Mal, als der Colonel seine Maschine überholen lassen mußte.«

»Großer Gott!« rief mein Patient. »Jetzt ist klar, was die junge Frau meinte.«

»Zweifellos. Es liegt zutage, daß der Colonel ein kalter, rücksichtsloser Mensch ist, fest entschlossen, nichts zu dulden, was seinem Spielchen im Weg steht, wie diese aufs Ganze gehenden Seeräuber, die auf einem gekaperten Schiff keinen überleben lassen. Nun, jetzt ist jede Sekunde kostbar, und wir sollten, wenn Sie sich gut genug fühlen, zu Scotland Yard fahren, sozusagen als Auftakt unserer Reise nach Eyford.«

Ungefähr drei Stunden später saßen wir alle miteinander im Zug von Reading nach dem Dorf in Berkshire: Sherlock Holmes, der Ingenieur für Hydraulik, Inspektor Bradstreet von Scotland Yard, ein Polizist in Zivil und ich. Bradstreet hatte eine Generalstabskarte auf dem Sitz ausgebreitet und war eifrig mit Kompaß und Zirkel beschäftigt. Er schlug einen Kreis, in dessen Mittelpunkt Eyford lag.

»Das hätten wir«, sagte er. »Der Kreis hat einen Radius von zehn Meilen vom Dorf aus. Der Ort, den wir suchen, muß nahe der Linie liegen. Sie sagten doch zehn Meilen, Sir?«

»Eine Stunde zügiger Fahrt.«

»Und Sie nehmen an, man hat Sie den ganzen Weg wieder zurückgebracht, als Sie bewußtlos waren?«

»Es muß so gewesen sein. Ich erinnere mich auch undeutlich, daß ich hochgehoben und weggeschafft wurde.«

»Ich verstehe nur nicht«, sagte ich, »warum man Sie verschonte, als man Sie ohnmächtig im Garten fand. Vielleicht hat der Schurke sich von den Bitten der Frau erweichen lassen.«

»Das halte ich für unwahrscheinlich. Ich habe nie im Leben ein unerbittlicheres Gesicht gesehen.«

»Wir werden es bald erfahren«, sagte Bradstreet. »Ich habe den Kreis geschlagen, und nun möchte ich nur wissen, an welchem Punkt die Leute, die wir suchen, zu finden sind.«

»Ich glaube, ich könnte den Finger drauflegen«, sagte Holmes ruhig.

»Wirklich!« rief der Inspektor. »Sie haben schon Ihre Meinung gebildet? Dann los, wir werden sehen, wer mit Ihnen übereinstimmt. Ich sage, im Süden, denn dort ist es öder.«

»Und ich sage: im Osten«, bemerkte mein Patient.

»Ich bin für den Westen«, sagte der Polizist in Zivil. »Da liegen einige stille kleine Dörfer.«

»Und ich bin für den Norden«, ergänzte ich, »weil es da keine Hügel gibt; unser Freund sagte, er habe nicht bemerkt, daß der Wagen bergauf fuhr.«

»Nun«, sagte der Inspektor und lachte, »die Meinungen gehen ja ziemlich auseinander. Wir haben die

Windrose unter uns aufgeteilt. Wem geben Sie Ihre Stimme, Holmes?«

»Sie irren alle.«

»Aber *alle* können sich doch nicht irren.«

»O ja. Das ist mein Punkt.« Er setzte den Finger in die Mitte des Kreises. »Hier werden wir sie finden.«

»Aber was ist mit der Fahrt von zehn Meilen?« warf der Inspektor aufgeregt ein.

»Fünf hin, fünf zurück. Nichts ist einfacher. Sie sagten selbst, das Pferd sah frisch und glänzend aus, als Sie einstiegen. Wie sollte das möglich sein, wenn es schon zehn Meilen über schlechte Straßen hinter sich hatte?«

»Wirklich, es sieht ganz so aus, als hätte man diese List angewandt«, stellte Bradford nachdenklich fest. »Über die Art der Bande gibt es wohl keinen Zweifel mehr.«

»Überhaupt keinen«, sagte Holmes. »Es sind Falschmünzer großen Stils, und die Maschine benutzen sie, die Legierung zu pressen, die sie statt des Silbers verwenden.«

»Wir wissen schon einige Zeit, daß eine gerissene Bande am Werk ist«, sagte der Inspektor. »Sie haben Tausende Halbkronenstücke in Umlauf gebracht. Wir konnten ihre Spur bis Reading verfolgen, kamen aber nicht weiter, weil sie die Fährte auf eine Art und Weise verwischten, die darauf schließen läßt, daß sie sehr erfahrene Leute sind. Jetzt aber, nach diesem Zwischenfall, denke ich, es ist so gut wie sicher, daß wir sie fassen werden.«

Aber der Inspektor irrte, denn diesen Verbrechern war es nicht bestimmt, in die Hände der Justiz zu fallen. Als wir in den Bahnhof von Eyford einfuhren, sahen wir hinter einer nahegelegenen Baumgruppe eine gewaltige Rauchsäule aufsteigen. Sie hing wie eine riesige Straußenfeder über dem Land.

»Brennt da ein Haus?« fragte Bradstreet, als der Zug davongedampft war.

»Ja, Sir«, sagte der Stationsvorsteher.

»Wann ist der Brand ausgebrochen?«

»In der Nacht, wie ich hörte. Er ist immer heftiger geworden, und jetzt steht das ganze Haus in Flammen.«

»Wem gehört es?«

»Dr. Becher, einem Arzt.«

»Sagen Sie«, mischte sich der Ingenieur ein, »ist Dr. Becher Deutscher, sehr dünn und mit einer langen schmalen Nase?«

Der Stationsvorsteher lachte lauthals. »Nein, Sir, Dr. Becher ist Engländer, und im ganzen Sprengel gibt es keinen, der mehr unter der Weste hat als er. Aber bei ihm wohnt ein Gentleman, ein Patient, soviel ich weiß, der ist Ausländer. Dem würde eine deftige Portion Berkshire-Rindfleisch nicht schaden.«

Der Stationsvorsteher hatte noch nicht zu Ende gesprochen, als wir alle in Richtung des Feuers davonhasteten. Die Straße lief über einen niedrigen Hügel. Oben stand ein großes getünchtes Haus, das aus allen Ritzen und Fenstern Flammen spuckte, und im Vorgarten standen drei Feuerwehren, die vergebens versuchten, den Brand zu löschen.

»Das ist es!« rief Hatherley in heftiger Erregung. »Dort ist der Kiesweg, und da sind die Rosensträucher, in denen ich gelegen habe. Aus dem zweiten Fenster drüben bin ich gesprungen.«

»Wenigstens«, sagte Holmes, »haben Sie sich an ihnen gerächt. Es steht außer Frage, daß Ihre Öllampe die Ursache war; sie hat die hölzernen Wände in Brand gesetzt, als sie in der Presse zerdrückt wurde. Man war zu hitzig auf der Jagd nach Ihnen, und so hat man das Feuer um die Zeit noch nicht bemerkt. Halten Sie jetzt die Augen offen, ob Sie in der Menge Ihre Freunde von letzter Nacht entdecken. Aber ich fürchte sehr, sie sind schon mindestens einhundert Meilen weit von hier.«

Und Holmes' Befürchtung stellte sich als wahr heraus. Bis heute wurde nichts mehr von ihnen gehört, weder von der schönen Frau noch von dem finsteren Deutschen, noch von dem mürrischen Engländer. Früh am Morgen war ein Bauer einem schnell in Richtung Reading fahrenden Wagen begegnet, in dem einige Leute saßen und der mit ein paar sehr großen Kisten beladen war. Ab hier ging die Fährte der Flüchtigen verloren, und selbst Holmes' Scharfsinn gelang es nicht, auch nur den geringsten Anhalt für ihren Aufenthalt zu entdecken.

Die Feuerwehrleute waren verstört wegen der seltsamen Einrichtung, die sie im Haus vorfanden, und noch mehr wegen des frisch abgehackten Daumens auf einer Fensterbank in der ersten Etage. Gegen Abend hatten ihre Anstrengungen dann doch Erfolg, es gelang ihnen, die Flammen zu löschen. Aber das Dach war eingestürzt und das Haus so sehr zerstört, daß außer zwei verbogenen Zylindern und einigen Eisenrohren nichts von der Maschine, die unseren unglücklichen Bekannten so teuer zu stehen kam, übriggeblieben war. In einem Gartenhaus wurden große Mengen Nickel und Zinn entdeckt, aber keine Münzen, was vielleicht die großen Kisten auf dem Wagen erklärt, auf die schon hingewiesen wurde.

Wie unser Ingenieur für Hydraulik aus dem Garten zu der Stelle gekommen ist, an der er das Bewußtsein wiedererlangte, hätte für immer ein Geheimnis bleiben müssen, wäre da nicht die weiche Gartenerde gewesen, die eine sehr klare Geschichte erzählte. Offenbar hatten zwei Personen ihn weggetragen, die eine besaß bemerkenswert kleine Füße, die andere ungewöhnlich große. Danach war es höchstwahrscheinlich, daß der schweigsame Engländer, ein weniger rücksichtsloser oder mordlüsterner Mann als sein Kumpan, der Frau geholfen hatte, den Ohnmächtigen aus der Gefahrenzone zu bringen.

»Das«, sagte unser Ingenieur kläglich, als wir zur Rückfahrt nach London unsere Plätze eingenommen hatten, »war ein schönes Geschäft für mich! Ich habe meinen Daumen verloren, dazu ein Honorar von fünfzig Guineas. Und was habe ich gewonnen?«

»Erfahrung«, sagte Holmes lachend. »Und die kann indirekt von Wert sein. Sie brauchen sie nur in Worte zu fassen, und Sie werden für den Rest Ihres Lebens in dem Ruf stehen, ein äußerst unterhaltsamer Mensch zu sein.«

Der adlige Junggeselle

Die Hochzeit von Lord St. Simon und ihr seltsamer Ausgang ist längst nicht mehr Gegenstand des Interesses jener erhabenen Kreise, in denen der unglückliche Bräutigam verkehrt. Neue Skandale und deren pikantere Einzelheiten haben die Geschichte verdunkelt und den Klatsch von dem vier Jahre alten Drama abgezogen. Da es aber Grund gibt, anzunehmen, daß nie alle Details an die Öffentlichkeit gelangt sind, und weil mein Freund Sherlock Holmes beträchtlichen Anteil an der Aufklärung der Angelegenheiten hatte, glaube ich, ein Buch über die Denkwürdigkeiten seines Lebens ohne eine kleine Skizze dieser Episode wäre unvollständig.

Es war einige Wochen vor meiner eigenen Hochzeit, noch lebte ich mit Holmes zusammen in der Wohnung in der Baker Street, als mein Freund, von einem Nachmittagsbummel zurückgekehrt, einen Brief auf dem Tisch vorfand. Ich war den ganzen Tag im Zimmer geblieben, denn es hatte plötzlich zu regnen angefangen, ein heftiger Herbstwind wehte, und die Gewehrkugel, die zum Andenken an die Teilnahme am Afghanischen Feldzug noch in einer meiner Gliedmaßen steckte, pochte mit dumpfer Hartnäckigkeit. Ich lag im Lehnstuhl, die Beine auf einem zweiten Sessel, rings um mich ein Berg Zeitungen, doch schließlich, randvoll mit den Nachrichten vom Tage, hatte ich alles beiseite gelegt und mich träge ausgestreckt. Mein Blick hing an dem riesigen Wappen und dem Monogramm auf dem Briefumschlag, und ich fragte mich, wer wohl der adlige Korrespondent meines Freundes sein mochte.

»Da liegt eine vornehme Epistel«, bemerkte ich, als er eintrat. »Ihre Morgenpost kam, wenn ich mich recht erinnere, von einem Fischhändler und von einem Zollbeamten.«

»Ja, meine Briefe besitzen den Charme der Abwechslung«, antwortete er lächelnd, »und die von den bescheidenen Leuten sind gewöhnlich die interessanteren. Der hier sieht mir aus wie eine der unwillkommenen Einladungen zu einer Gesellschaft, die einen zur Langeweile oder zur Lüge zwingen.«

Er brach das Siegel und überflog den Inhalt.

»Aber nein, das könnte sich als interessant herausstellen.«

»Also keine Geselligkeit?«

»Nein, etwas ganz und gar Berufliches.«

»Und von einem adligen Klienten?«

»Von einem der Ranghöchsten in England.«

»Mein Lieber, ich gratuliere.«

»Ich versichere Ihnen, Watson, ohne Heuchelei: Die Stellung meines Klienten ist für mich von minderem Belang als sein Fall. Dabei ist es aber durchaus möglich, daß die Stellung in diesem neuen Auftrag eine Rolle spielt. Sie haben doch die letzten Zeitungen eifrig gelesen, stimmt's?«

»Es scheint so«, sagte ich kläglich und deutete auf den riesigen Packen in der Ecke. »Ich hatte sonst nichts zu tun.«

»Das fügt sich glücklich, denn da werden Sie vielleicht in der Lage sein, mir unter die Arme zu greifen. Ich habe nichts gelesen als die Nachrichten aus der Welt des Verbrechens und die Todesanzeigen. Letztere sind immer lehrreich. Aber wenn Sie die neuesten Ereignisse so gründlich verfolgt haben, müßten Sie doch auch etwas über Lord Simon und seine Vermählung gelesen haben.«

»O ja. Und mit größter Aufmerksamkeit.«

»Das ist gut. Der Brief kommt von Lord St. Simon. Ich werde ihn vorlesen, und zum Dank sehen Sie die

Zeitungen durch und zeigen mir alles, was sich auf die Angelegenheit bezieht. Im Brief steht folgendes:

›Mein lieber Mr. Sherlock Holmes,
Lord Backwater sagt mir, daß ich unbedingtes Vertrauen in Ihr Urteil und Ihre Diskretion setzen kann. Ich habe mich deshalb entschlossen, mich an Sie zu wenden und Sie hinsichtlich eines sehr schmerzlichen Ereignisses im Zusammenhang mit meiner Hochzeit um Rat zu bitten. Mr. Lestrade von Scotland Yard ist in der Sache schon tätig gewesen, aber er versichert mir, daß er keinen Einwand gegen eine Zusammenarbeit mit Ihnen hätte, ja sogar annehme, Sie könnten weiterhelfen. Ich werde heute nachmittag um vier Uhr bei Ihnen vorsprechen. Sollten Sie zu der Zeit andere Verpflichtungen haben, hoffe ich, Sie nennen mir einen neuen Termin, da diese Angelegenheit von höchster Wichtigkeit ist.

Ihr ergebener
Robert St. Simon‹

Der Brief wurde in Grosvenor Mansions geschrieben, und zwar mit einem Federkiel, und Seine Lordschaft hatte das Malheur, dabei einen Tintenfleck am rechten kleinen Finger abzubekommen«, stellte Holmes fest, indem er die Epistel wieder zusammenfaltete. »Er schreibt, vier Uhr. Jetzt ist es drei. In einer Stunde wird er hier sein. Also bleibt mir gerade noch Zeit, mich mit Ihrer Hilfe in der Angelegenheit umzutun. Sehen Sie die Zeitungen durch und ordnen Sie die Mitteilungen in zeitlicher Folge, während ich mich darum kümmere, wer unser Klient ist.« Er nahm einen rot eingebundenen Band aus einer Reihe von Nachschlagewerken auf dem Kaminsims. »Hier steht es«, sagte er, setzte sich und legte das aufgeschlagene Buch auf die Knie. »›Robert Walsingham de Vere St. Simon, zweiter Sohn des Duke of Balmoral‹ — hm! ›Wappen: Azur, drei Fußangeln über dunklem Querbalken. — Geboren 1846.‹ Er ist einundvierzig Jahre alt, also höchste Zeit für die Ehe. War Unterstaatssekretär für die Kolonien in einer der vergangenen Regierungen. Der Duke, sein Vater, war einmal Staatssekretär für Auswärtige Angelegenheiten. Sie haben Plantagenet-Blut in direkter Abstammung und durch die weibliche Linie Tudor-Blut. Ha! Nun, hier steht nicht viel Wissenswertes. Ich glaube, Watson, ich muß mich an Sie halten, wenn ich etwas Solideres erfahren will.«

»Mir bereitet es keine Schwierigkeiten, zu finden, was ich benötige«, sagte ich, »denn die Dinge liegen noch nicht weit zurück, und mir schienen sie bemerkenswert. Ich wollte mit Ihnen nicht über sie sprechen, da ich weiß, daß Sie mit einer Untersuchung beschäftigt sind und daß Sie es nicht mögen, wenn man Sie dann mit anderen Sachen belästigt.«

»Ach, Sie meinen das kleine Problem mit dem Möbelwagen vom Grosvenor Square. Das ist gelöst — schließlich war es von Anfang an durchschaubar. Bitte, informieren Sie mich über Ihre Auswahl aus den Zeitungen.«

»Das hier ist die erste Notiz, auf die ich gestoßen bin. Sie steht in den Gesellschaftsnachrichten der ›Morning Post‹ und stammt, wie Sie sehen, von vor ein paar Wochen. ›Eine Trauung wurde festgesetzt‹, heißt es da, ›zwischen Lord Robert St. Simon, zweitem Sohn des Duke of Balmoral, und Miss Hatty Doran, einziger Tochter des Aloysius Doran, Esq., aus San Francisco, Cal., USA. Sie wird, wenn das Gerücht zutrifft, in allernächster Zeit stattfinden.‹ Das ist alles.«

»Bitte, kurz und bündig«, bemerkte Holmes und streckte seine langen, dünnen Beine in Richtung Kamin.

»In einem der Gesellschaftsblätter derselben Woche ist das weiter ausgemalt. Aha, hier habe ich die Notiz.

›Bald wird der Ruf nach Schutzzöllen auf dem Heiratsmarkt laut werden, denn das gegenwärtig herrschende Freihandels-Prinzip scheint sich gewichtig gegen unser Landesprodukt auszuwirken. Die Führung der Adelsfamilien Großbritanniens geht allmählich in die Hände unserer schönen Cousinen von jenseits des Atlantik über. Letzte Woche wurde die Liste der Preise, die diese entzückenden Invasorinnen erringen, um einen bedeutenden erweitert. Lord St. Simon, der sich länger als zwanzig Jahre gegen die Pfeile des kleinen Gottes gefeit gezeigt hat, teilt uns nun seine bevorstehende Trauung mit Miss Hatty Doran mit, der Tochter eines kalifornischen Millionärs. Miss Doran, deren bezaubernde, auffallende Erscheinung große Aufmerksamkeit bei den Festen in Westbury House erregte, ist einziges Kind, und es heißt überall, daß ihre Mitgift sich auf eine beträchtliche Summe in den Sechsstelligen beläuft und daß in der Zukunft noch mehr zu erwarten sei. Da es ein offenes Geheimnis ist, daß der Duke of Balmoral in den letzten Jahren gezwungen war, seine Bilder zu verkaufen, und da Lord St. Simon, abgesehen von den kleinen Liegenschaften in Birchmoor, über eigenen Besitz nicht verfügt, liegt es auf der Hand, daß die kalifornische Erbin nicht alleinige Gewinnerin an der Verbindung sein wird, durch die sie die Befähigung erhält, den Übergang vom Stande einer republikanischen Dame zur Inhaberin eines britischen Titels leicht zu vollziehen.‹«

»Gibt es sonst noch etwas?« fragte Holmes gähnend.

»O ja, reichlich. Hier ist eine Notiz der ›Morning Post‹, in der es heißt, daß die Hochzeit in aller Stille abgehalten werden soll, und zwar in St. George am Hanover Square, nur ein halbes Dutzend intimer Freunde sei eingeladen, und die Gesellschaft werde sich von der Kirche zu dem Haus am Lancaster Square, das

Mr. Aloysius Doran gemietet hat, begeben. Zwei Tage später — also am letzten Mittwoch — gab es dann eine kurze Verlautbarung, daß die Hochzeit stattgefunden habe und daß das Paar die Flitterwochen in Lord Backwaters Sitz bei Petersfield verbringen wolle. Das ist alles, was vor dem Verschwinden der Braut erschien.«

»Vor dem ... was?« fragte Holmes und fuhr hoch.

»Dem Verschwinden der Lady.«

»Wann ist sie denn verschwunden?«

»Während des Hochzeitsfrühstücks.«

»Wirklich? Das ist interessanter, als zu erwarten, ganz dramatisch.«

»Ja, ich hatte auch den Eindruck, es sei ziemlich ungewöhnlich.«

»Sie verschwinden oft vor der Zeremonie und manchmal in den Flitterwochen. Doch an etwas so Übereiliges kann ich mich nicht erinnern. Bitte, erzählen Sie mir die Einzelheiten. Vielleicht können wir sie ein bißchen komplettieren.«

»Was vorliegt, wurde gestern durch einen einzigen Artikel in einer Morgenzeitung gebracht. Den werde ich Ihnen vorlesen. Er trägt die Überschrift: ›Ungewöhnliches Ereignis auf vornehmer Hochzeit.‹ Dann heißt es:

›Die Familie von Lord Robert St. Simon ist durch die eigenartigen und schmerzlichen Vorfälle am Tage seiner Hochzeit aufs äußerste bestürzt. Die Zeremonie wurde, wie gestern bereits kurz gemeldet, vollzogen; erst jetzt hingegen ist es möglich geworden, die seltsamen Gerüchte zu bestätigen, die sich so hartnäckig gehalten haben. Trotz der Versuche von Freunden, die Dinge zu vertuschen, blieb die öffentliche Aufmerksamkeit davon derart angezogen, daß wir den Betroffenen keinen guten Dienst erweisen, wenn wir etwas vernachlässigen, das Tagesgespräch geworden ist.

Bei der sehr stillen Zeremonie in St. George am Hanover Square waren nur der Vater der Braut, Mr. Aloysius Doran, der Duke of Balmoral, Lord Backwater, Lord Eustache und Lady Clara St. Simon (der jüngere Bruder und die Schwester des Bräutigams) und Lady Alicia Whittington zugegen. Die Gesellschaft begab sich anschließend zum Haus des Mr. Aloysius Doran am Lancaster Square, wo ein Frühstück bereitet war. Es scheint, als hätte es etwas Ärger mit einer Frau gegeben — ihr Name konnte nicht festgestellt werden —, die sich nach der Hochzeitsgesellschaft gewaltsam Einlaß in das Haus verschaffen wollte, indem sie behauptete, einen Anspruch auf Lord St. Simon zu haben. Erst nach einer peinlich langen Szene konnten der Butler und ein Diener sie hinauswerfen.

Die Braut, die glücklicherweise vor der unangenehmen Störung das Haus betreten hatte, saß mit den anderen beim Frühstück, als sie eine plötzliche Indisposition empfand und sich in ihr Zimmer zurückzog. Da ihre lange Abwesenheit zu Bemerkungen Anlaß gab, ging ihr Vater, nachzusehen, doch er erfuhr von der Zofe, sie sei nur für einen Augenblick im Zimmer gewesen, habe Mantel und Hut genommen und dann eilig fortgegangen. Ein Diener erklärte, eine so gekleidete Dame habe das Haus verlassen, er sei aber nicht auf den Gedanken gekommen, daß es seine Herrin war, da er sie in der Gesellschaft vermutete. Nachdem Mr. Aloysius das Verschwinden seiner Tochter festgestellt hatte, benachrichtigten er und der Bräutigam die Polizei, und es wurden energische Untersuchungen eingeleitet, die wahrscheinlich bald Licht in die ungewöhnliche Geschichte bringen werden. Bis zum späten Abend des gestrigen Tages sind allerdings noch keine Nachrichten über den Verbleib der vermißten Lady nach außen gedrungen. Es gibt Gerüchte über unehrliches Spiel, und es heißt, die Polizei habe die Verhaftung der Frau angeordnet, die den ärgerlichen Zwischenfall vorm Haus verursacht hatte, weil sie glaube, daß die Frau aus Eifersucht oder aus einem anderen Motiv möglicherweise in das sonderbare Verschwinden der Braut verwickelt sei.‹«

»Ist das alles?«

»Es gibt noch eine kleine Notiz in den Morgenzeitungen, aber da handelt es sich um eine Vermutung.«

»Und um welche?«

»Daß Miss Flora Millar, die Dame, die da gestört hat, wirklich verhaftet worden sei. Sie soll früher Tänzerin im ›Allegro‹ gewesen sein und außerdem den Bräutigam seit Jahren kennen. Sonst werden keine weiteren Einzelheiten mitgeteilt. Sie kennen nun den ganzen Fall — soweit er in der Presse bekanntgemacht wurde.«

»Es scheint ein äußerst interessanter Fall zu sein. Um nichts in der Welt möchte ich ihn missen. Aber es klingelt, Watson, und da die Uhr einige Minuten nach vier zeigt, hege ich keinen Zweifel, daß das unser adliger Klient ist. Lassen Sie sich nicht einfallen zu gehen; ich sähe es sehr gern, wenn ich einen Zeugen hätte, und sei es nur, daß er mein Gedächtnis unterstützt.«

»Lord Robert St. Simon«, verkündete unser junger Diener und stieß die Tür auf. Ein Gentleman trat herein. Er hatte ein angenehmes, intelligentes Gesicht mit kräftiger Nase. Er war bleich, um den Mund spielte eine gewisse Launenhaftigkeit, und er hatte das stete, offene Auge dessen, der gewohnt ist, daß seinen Befehlen Folge geleistet wird. Er gab sich energisch, doch vermittelte seine ganze Erscheinung einen unklaren Eindruck von Alter, denn er ging ein wenig gebeugt, und die Knie waren leicht gekrümmt. Auch sein Haar, das wir sahen, da er den Hut mit der hochgebogenen Krempe abnahm, ergraute schon an den Schläfen und war oben dünn. Was seine Kleidung anging, so war sie gewählt, fast stutzerhaft: hoher Kragen, schwarzer

Gehrock, weiße Weste, gelbe Handschuhe, Lackschuhe und helle Gamaschen. Er kam langsam ins Zimmer, wandte den Kopf von links nach rechts, und die Hand schwang die Schnur, an der sein goldenes Pincenez hing.

»Guten Tag, Lord St. Simon«, sagte Holmes, stand auf und verbeugte sich. »Bitte, setzen Sie sich in den Korbstuhl. Das ist mein Freund und Kollege Dr. Watson. Rücken Sie ein wenig zum Feuer, und wir werden die Angelegenheit durchsprechen.«

»Eine höchst peinliche Angelegenheit, wie Sie bald erkennen werden, Mr. Holmes. Ich bin zutiefst betroffen. Man sagte mir, Sie hätten bereits einige so delikate Fälle bearbeitet, Sir, wenn ich auch annehme, daß sie wohl nicht auf solch hohem gesellschaftlichem Niveau lagen.«

»Sie irren. Ich begebe mich hinunter.«

»Wie bitte?«

»Mein letzter Klient dieser Art war König.«

»Oh, wirklich! Das wußte ich nicht. Und welcher König?«

»Der König von Scandinavia.«

»Wie! War ihm seine Frau abhanden gekommen?«

»Sie werden verstehen«, sagte Holmes verbindlich, »daß ich den Affären meiner anderen Klienten die gleiche Diskretion zukommen lasse, die ich auch Ihnen verspreche.«

»Natürlich! Ganz recht! Ganz recht! Ich bitte um Entschuldigung. Was meinen Fall angeht, so bin ich bereit, Ihnen jede Information zu erteilen, die Sie brauchen, um sich eine Meinung zu bilden.«

»Danke. Ich bin im Bilde über das, was in den Zeitungen veröffentlicht wurde, mehr weiß ich nicht. Ich nehme an, das darf ich alles als richtig voraussetzen — diesen Artikel zum Beispiel, der sich mit dem Verschwinden der Braut befaßt.«

Lord St. Simon überflog ihn. »Ja, er stimmt soweit.«

»Aber es bedarf noch mancher Ergänzung, bevor man sich eine Meinung bilden kann. Ich denke, ich werde am besten an die von mir benötigten Fakten gelangen, wenn ich Sie befrage.«

»Bitte.«

»Wann sind Sie Miss Hatty Doran zum ersten Mal begegnet?«

»Vor einem Jahr. In San Francisco.«

»Sie bereisten die Staaten?«

»Ja.«

»Haben Sie sich damals verlobt?«

»Nein.«

»Aber Sie standen freundschaftlich zueinander?«

»Ihre Gesellschaft war mir angenehm, und sie bemerkte, daß sie mir angenehm war.«

»Ihr Vater ist sehr reich?«

»Es heißt, er sei der reichste Mann an der Pazifikküste.«

»Und wie hat er sein Geld verdient?«

»Durch Bergbau. Vor einigen Jahren besaß er noch nichts. Er stieß auf Gold, investierte es und kam mit großen Sprüngen voran.«

»Nun — was für einen Eindruck haben Sie vom Charakter der jungen Lady, Ihrer Frau?«

Der Edelmann schwenkte sein Pincenez ein wenig schneller und starrte ins Feuer. »Sie müssen verstehen, Mr. Holmes«, sagte er, »meine Frau war bereits zwanzig, als ihr Vater reich wurde. Sie ist frei in einem Schürferlager aufgewachsen, wanderte durch Wälder und Berge, so daß ihre Erziehung eher aus der Welt als von einem Schulmeister stammt. Sie ist das, was wir in England einen Wildfang nennen, eine eigenwillige Natur, ungebunden und frei, unbeleckt von jeder Art Tradition. Sie ist ungestüm — vulkanisch, hätte ich fast gesagt. Sie ist schnell entschlossen und setzt ihre Entschlüsse furchtlos in die Tat um. Auf der anderen Seite hätte ich ihr nicht den Namen gegeben, den zu tragen ich die Ehre habe«, (er ließ ein vornehmes Hüsteln hören), »wäre ich nicht überzeugt gewesen, daß sie im Grunde Adel besitzt. Ich glaube, sie ist zu heroischer Selbstaufopferung fähig und widerstrebt allem Unehrenhaften.«

»Haben Sie eine Fotografie von ihr?«

»Ich habe dies hier mitgebracht.« Er öffnete ein Medaillon und zeigte uns das Gesicht einer wunderschönen Frau. Es war keine Fotografie, sondern eine Miniatur auf Elfenbein, und der Künstler hatte die ganze Wirkung des prächtigen schwarzen Haars, der großen dunklen Augen und des vollkommenen Mundes eingefangen. Holmes betrachtete das Bild lange und ernst. Dann schloß er das Medaillon und reichte es Lord St. Simon zurück.

»Die junge Dame kam also nach London, und Sie erneuerten die Bekanntschaft?«

»Ja, ihr Vater brachte sie zur letzten Londoner Saison herüber. Ich traf sie einige Male, verlobte mich mit ihr und habe sie dann geheiratet.«

»Sie bringt, hörte ich, eine beträchtliche Mitgift ein.«

»Eine anständige Mitgift. Nicht mehr als in unserer Familie üblich.«

»Und die verbleibt selbstredend bei Ihnen, da die Trauung ein *fait accompli* ist?«

»In dieser Sache habe ich keine Nachforschungen angestellt.«

»Natürlich nicht. Sahen Sie Miss Doran am Tage vor der Hochzeit?«

»Ja.«

»War sie guter Dinge?«

»Sie war nie besser aufgelegt. Sie redete viel davon, was wir in Zukunft unternehmen sollten.«

»Wirklich. Das ist interessant. Und am Morgen des Hochzeitstages?«

»Sie war so fröhlich wie nur möglich — wenigstens bis zum Ende der Zeremonie.«

»Und dann haben Sie eine Wandlung an ihr beobachtet?«

»Nun, um die Wahrheit zu sagen, ich bemerkte, was mir zuvor nie aufgefallen war, daß sie ein wenig heftig sein kann. Der Zwischenfall war zu unbedeutend, so daß man ihn überhaupt übergehen könnte, und er hat keinen Einfluß auf den Fall.«

»Bitte, erzählen Sie ihn uns trotzdem.«

»Ach, es ist kindisch. Sie ließ ihr Bouquet fallen, als wir uns zur Sakristei begaben. Sie befand sich neben der ersten Bankreihe, und das Bouquet fiel ins Gestühl. Es gab eine kleine Verzögerung, aber der Gentleman, der dort saß, reichte ihr das Bouquet zurück, und es schien durch den Fall nicht gelitten zu haben. Doch als ich sie daraufhin ansprach, antwortete sie mir kurz angebunden, und im Wagen, auf dem Weg nach Hause, schien sie unvermindert erregt über diese Nichtigkeit.«

»So also war das. Sie sagten, es saß ein Gentleman dort in der Bank. Dann war also doch Öffentlichkeit zugegen?«

»Ja. Es ist unmöglich, sie ganz auszuschließen, da die Kirche jedem offensteht.«

»War dieser Gentleman nicht ein Freund Ihrer Frau?«

»Nein, nein! Ich nenne ihn nur aus Höflichkeit einen Gentleman. Er sah ganz gewöhnlich aus. Ich hätte ihn kaum bemerkt. Aber ich glaube, wir kommen ziemlich weit von der Sache ab.«

»Dann ist Lady St. Simon also in einer weniger heiteren Gemütsverfassung von der Trauung zurückgekehrt, als sie sie besaß, ehe sie aufbrach. Was tat sie, nachdem sie das Haus ihres Vaters wieder betreten hatte?«

»Ich sah, wie sie sich mit ihrer Zofe unterhielt.«

»Und wer ist die Zofe?«

»Sie heißt Alice. Eine Amerikanerin, sie kam mit ihr aus Kalifornien.«

»Ein Vertrauensverhältnis?«

»Ein bißchen zu vertraulich. Mir schien, ihre Herrin erlaubte zu viele Freiheiten. In Amerika sieht man so etwas natürlich mit anderen Augen.«

»Wie lange sprach sie mit dieser Alice?«

»Oh, ein paar Minuten. Ich hatte an anderes zu denken.«

»Sie hörten nicht, was gesagt wurde?«

»Lady St. Simon sagte etwas wie ›einen Anteil fordern‹. Solcher Slang ist ihr geläufig. Ich habe keine Ahnung, was sie meinte.«

»Der amerikanische Slang ist manchmal sehr bildhaft. Und was tat Ihre Frau nach dem Gespräch mit der Zofe?«

»Sie ging ins Frühstückszimmer.«

»An Ihrem Arm?«

»Nein, allein. In kleinen Dingen ist sie sehr unabhängig. Als wir dann ungefähr zehn Minuten gesessen hatten, stand sie schnell auf, murmelte einige Worte der Entschuldigung und verließ den Raum. Sie kam nicht zurück.«

»Aber die Zofe Alice bezeugt, daß sie in ihrem Zimmer war, einen Mantel über ihr Brautkleid warf, einen Hut aufsetzte und das Haus verließ.«

»Ganz recht. Und später wurde sie gesehen, wie sie mit Flora Millar in den Hyde Park ging, einer Frau, die jetzt in Gewahrsam sitzt. Am Morgen hatte sie in Mr. Dorans Haus eine Störung verursacht.«

»Ah ja. Ich würde gern etwas über die junge Dame erfahren und über Ihre Beziehungen zu ihr.«

Lord St. Simon zuckte die Schultern und hob die Brauen. »Einige Jahre waren wir freundschaftlich miteinander verbunden — sehr freundschaftlich, möchte ich sagen. Sie war angestellt im ›Allegro‹. Ich habe sie nicht ungenerös behandelt, sie hat keinen Grund, sich über mich zu beklagen. Aber Sie wissen ja, wie Frauen sind, Mr. Holmes. Flora ist ein liebes kleines Ding, aber äußerst hitzköpfig und mir sehr ergeben. Sie schrieb mir schreckliche Briefe, als sie erfuhr, daß ich heiraten wollte, und, um die Wahrheit zu sagen: ich wollte die Trauung in aller Stille vollziehen lassen, weil ich fürchtete, daß es einen Skandal in der Kirche geben könnte. Sie erschien vor Mr. Dorans Haus, als wir eben angekommen waren, und versuchte einzudringen, und dabei gebrauchte sie gegenüber meiner Frau sehr schmähende Ausdrücke und stieß sogar Drohungen aus; aber ich hatte Derartiges vorausgesehen und die Diener instruiert, die warfen sie bald hinaus. Sie beruhigte sich, als sie einsah, daß es keinen Sinn haben würde, einen Aufstand zu machen.«

»Hat Ihre Frau alles mit angehört?«

»Gott sei Dank nein.«

»Und später wurde sie zusammen mit dieser Frau gesehen?«

»Ja, und das ist es, was Mr. Lestrade von Scotland Yard so ernst stimmt. Man scheint zu glauben, Flora habe meine Frau hinausgelockt und ihr eine schreckliche Falle gestellt.«

»Nun, es wäre möglich.«

»Denken Sie das auch?«

»Ich sagte nicht, es sei wahrscheinlich. Aber halten Sie es für möglich?«

»Ich glaube, Flora könnte keiner Fliege etwas zuleide tun.«

»Dennoch. Eifersucht ist eine seltsame Macht, sie vermag den Charakter zu verändern. Bitte, sagen Sie mir, was für eine Theorie Sie haben hinsichtlich dessen, was geschah?«

»Nun, ich bin gekommen, damit eine Theorie gefunden wird, nicht, um eine vorzuschlagen. Ich habe alle Tatsachen vor Ihnen ausgebreitet. Da Sie jedoch fragen, kann ich sagen: Mir erscheint möglich, daß eine allgemeine Aufregung, das Bewußtsein, auf gesellschaftlichem Gebiet einen so ungeheuren Schritt nach vorn getan zu haben, bei meiner Frau eine kleine nervliche Verstörung ausgelöst hat.«

»Kurz: daß sie plötzlich wirr wurde.«

»Nun, wenn ich in Betracht ziehe, daß sie plötzlich den Rücken gekehrt hat — ich sage nicht mir, aber doch so vielem, das viele ohne Erfolg anstreben —, ja dann kann ich mir ihre Reaktion nicht anders erklären.«

»Das ist gewiß eine annehmbare Hypothese«, sagte Holmes lächelnd. »Und nun, Lord St. Simon, kann ich sagen, ich habe fast alle Daten, die ich benötige. Dürfte ich fragen, ob Sie am Frühstückstisch so saßen, daß Sie aus dem Fenster schauen konnten?«

»Wir sahen die gegenüberliegende Straßenseite und den Park.«

»Aha. Ich glaube, ich brauche Sie nicht länger aufzuhalten. Ich werde mit Ihnen in Verbindung bleiben.«

»Wird es Ihnen möglich sein, den Fall zu lösen?« fragte unser Klient, indem er sich erhob.

»Ich habe ihn gelöst.«

»Wie? Was sagten Sie?«

»Ich sagte, ich habe ihn gelöst.«

»Wo ist denn meine Frau?«

»Das ist ein Detail, das ich schnellstens liefern werde.«

Lord St. Simon schüttelte den Kopf. »Ich fürchte, daß es klügere Köpfe braucht als den Ihren oder den meinen«, bemerkte er, und mit einer vornehmen altmodischen Verbeugung verabschiedete er sich.

»Es war sehr freundlich von Lord St. Simon, meinen Kopf zu ehren, indem er ihn mit dem seinen auf eine Stufe stellte«, sagte Holmes lachend. »Ich will jetzt einen

Whisky mit Soda trinken und eine Zigarre rauchen nach all der Fragerei. Ich hatte meine Schlüsse über den Fall bereits gezogen, ehe unser Klient ins Zimmer trat.«

»Na, na, Holmes!«

»Ich besitze Aufzeichnungen über ähnliche Fälle, die allerdings nicht, wie ich schon festgestellt habe, gleichermaßen leicht durchschaubar waren. Alle meine Fragen dienten nur dazu, meine Mutmaßungen in Gewißheit zu verwandeln. Ein Beweis, der aus den konkreten Umständen erwächst, ist gelegentlich sehr überzeugend, wie wenn Sie eine Forelle in der Milch entdecken, um Thoreaus Beispiel zu zitieren.«

»Aber ich habe alles gehört, was Sie hörten.«

»Ohne jedoch die bereits vorliegenden Fälle zu kennen, die mir so gute Dienste leisten. Vor einigen Jahren gab es in Aberdeen ein Parallelbeispiel, und ein Jahr nach dem französisch-preußischen Krieg ereignete sich in München etwas sehr Ähnliches. Einer dieser Fälle ... Aber, hallo, da ist Lestrade! Guten Tag, Lestrade! Auf der Anrichte finden Sie ein Glas und in der Kiste Zigarren.«

Der Polizist erschien im Schmuck einer blauen Tuchjacke und gleichfarbener Krawatte und sah so ausgesprochen maritim aus; in der Hand trug er einen schwarzen Segeltuchbeutel. Nach kurzem Gruß setzte er sich und zündete sich eine von den angebotenen Zigarren an.

»Was gibt es?« fragte Holmes augenzwinkernd. »Sie sehen unzufrieden aus.«

»Ich bin unzufrieden. Und das geht aufs Konto dieses teuflischen Falls nach der Hochzeit von St. Simon. Ich weiß nicht, wo da vorn und hinten ist.«

»Wirklich? Sie überraschen mich.«

»Hat man denn auch je eine so verdrehte Sache gehört? Alle Fäden scheinen mir aus den Fingern zu gleiten. Den ganzen Tag befasse ich mich mit nichts anderem.«

»Und ganz naß sind Sie dabei geworden«, sagte Holmes und legte ihm die Hand auf den Ärmel der Seemannsjacke.

»Ich habe den Serpentine-Teich abgesucht.«

»Warum, um Gottes willen?«

»Um die Leiche von Lady St. Simon zu finden.«

Sherlock Holmes lehnte sich tief in den Sessel und lachte fröhlich.

»Haben Sie auch das Bassin auf dem Trafalgar Square abgesucht?«

»Wieso? Was meinen Sie damit?«

»Weil Sie im einen wie im anderen Tümpel gleiche Chance haben, die Lady zu finden.«

Lestrade warf meinem Gefährten einen ärgerlichen Blick zu. »Ich nehme an, Sie wissen schon alles«, knurrte er.

»Nun, ich habe zwar soeben erst die Tatsachen erfahren, aber meine Meinung steht bereits fest.«

»Tatsächlich! Dann denken sie also, daß der Serpentine-Teich keine Rolle in der Angelegenheit spielt?«

»Ich halte es für sehr unwahrscheinlich.«

»Dann könnten Sie vielleicht freundlicherweise erklären, wieso wir das hier da drin gefunden haben.« Er stülpte einen Beutel um und ließ ein seidenes Hochzeitskleid, ein Paar weiße Satinschuhe, einen Brautstrauß und einen Brautschleier — alles verfärbt und völlig durchnäßt — auf den Fußboden fallen. »So!« sagte er und legte einen neuen Ehering auf den Haufen, »nun haben Sie eine kleine Nuß zu knakken.«

»Ach, wirklich«, sagte mein Freund und blies blaue Rauchringe in die Luft. »Das haben Sie alles aus dem Serpentine-Teich gefischt?«

»Nein, das hat ein Parkwächter am Ufer entdeckt. Die Sachen wurden als Kleidung der Lady identifiziert, und ich glaube, daß der Leichnam nicht weit von dem Ort sein kann, wo man die Kleider fand.«

»Durch solch glänzendes Schlußfolgern kommt man dahin, daß jedermanns Leichnam in der Nähe seiner Garderobe zu finden sei. Bitte, sagen Sie mir, wohin Sie auf die Weise zu gelangen hoffen?«

»Zu einem Beweis, daß Miss Millar in das Verschwinden der Braut verwickelt sein muß.«

»Ich fürchte, das wird Ihnen schwerfallen.«

»Fürchten Sie das?« rief Lestrade ziemlich verbittert. »*Ich* fürchte, Holmes, daß Ihre Deduktionen und Schlußfolgerungen nicht sehr brauchbar sind. Innerhalb zwei Minuten haben Sie zwei Böcke geschossen. Dieses Kleid zieht Flora Millar in die Sache hinein.«

»Inwiefern?«

»In dem Kleid ist eine Tasche. In der Tasche ist ein Etui für Visitenkarten. In dem Etui befindet sich eine Mitteilung. Hier ist sie.« Er warf einen Zettel auf den Tisch. »Hören Sie: ›Wir treffen uns sofort, wenn alles erledigt ist. F. H. M.‹ Nun hatte ich gleich die Theorie, daß Flora Millar Lady St. Simon weggelockt hat und daß sie — mit Kumpanen, versteht sich — für das Verschwinden die Verantwortung trägt. Hier, unterzeichnet mit Flora Millars Initialen, haben wir nun die Nachricht, die der Lady zweifelsohne vor ihrem Hause zugespielt wurde und mit der man sie köderte.«

»Sehr gut, Lestrade«, sagte Holmes und lachte. »Das haben Sie wirklich gut gemacht. Zeigen Sie mal.« Er nahm das Stück Papier interesselos hin, aber sofort erregte es seine Aufmerksamkeit; ich hörte an einem leisen Schrei, daß es ihn zufriedenstellte. »Das hier ist wirklich wichtig«, sagte er.

»So, finden Sie?«

»Auf jeden Fall. Ich gratuliere Ihnen von Herzen.«

Lestrade erhob sich triumphierend und beugte sich über Holmes.

»Aber was machen Sie denn?« jammerte er los. »Sie betrachten ja die falsche Seite.«

»Im Gegenteil. Das ist die richtige Seite.«

»Die richtige Seite? Sind Sie verrückt? Auf der anderen steht die Nachricht, mit Bleistift geschrieben.«

»Und hier steht etwas, das wie ein Teil einer Hotelrechnung aussieht, und die interessiert mich sehr.«

»Das bedeutet gar nichts. Das habe ich als erstes gelesen«, sagte Lestrade. » ›4. Okt., Zimmer 8 Shilling, Frühstück 2 Shilling 6 Pence, Cocktail 1 Shilling, Lunch 2 Shilling 6 Pence, Glas Sherry 8 Pence.‹ Ich kann damit nichts anfangen.«

»Das glaube ich. Trotzdem ist sie sehr wichtig. Und was die Nachricht angeht: die ist auch wichtig, wenigstens die Initialen. Lassen Sie sich also noch einmal gratulieren.«

»Ich habe genug Zeit verschwendet«, sagte Lestrade und stand auf. »Ich bin für harte Arbeit und halte nichts davon, am Kamin zu sitzen und schöne Theorien auszuspinnen. Guten Tag, Mr. Holmes. Wir werden sehen, wer der Sache zuerst auf den Grund kommt.« Er sammelte die Kleidungsstücke zusammen, stopfte sie in den Beutel und ging zur Tür.

»Noch etwas, Lestrade«, sagte Holmes gedehnt, ehe sein Rivale verschwand. »Ich verrate Ihnen die richtige Lösung. Lady St. Simon ist eine Fiktion. Es gibt keine Lady St. Simon, und es hat nie eine gegeben.«

Lestrade sah meinen Gefährten traurig an. Dann wandte er sich zu mir, tippte dreimal mit dem Finger an seine Stirn, schüttelte schwermütig den Kopf und eilte davon.

Kaum hatte Lestrade die Tür geschlossen, als Holmes aufstand und den Mantel anzog. »Das hat etwas für sich, was der Bursche über harte Arbeit gesagt hat«, bemerkte er, »und so glaube ich, daß ich Sie für eine Weile Ihren Zeitungen überlassen muß.«

Es war kurz nach fünf Uhr, als Sherlock Holmes ging, aber ich kam nicht dazu, mich einsam zu fühlen; denn es war noch keine Stunde vorbei, als ein Delikatessenhändler mit einer sehr großen, flachen Kiste erschien. Er hatte einen Jungen mit, und die beiden leerten die Kiste und breiteten zu meinem wachsenden Staunen auf unserem bescheidenen Mahagonitisch ein ausgesprochen epikuräisches kleines Abendessen aus. Da gab es ein Paar kalte Waldschnepfen, einen Fasan, eine pâté de foie gras und dazu einige alte, spinnwebbedeckte Flaschen. Nachdem sie die Köstlichkeiten aufgetragen hatten, verschwanden die zwei wie Geister aus Tausendundeiner Nacht, ohne anderes erklärt zu haben, als daß dies hierher beordert und bezahlt worden sei.

Kurz vor neun Uhr kam Sherlock Holmes ins Zimmer. Seine Miene war ernst, aber in seinem Auge stand ein Leuchten, und daran erriet ich, daß seine Schlußfolgerungen ihn nicht getäuscht hatten.

»Der Abendbrottisch ist also schon gedeckt«, sagte er und rieb sich die Hände.

»Sie scheinen Gesellschaft zu erwarten. Man hat für fünf gedeckt.«

»Ja, ich habe eine Ahnung, Gäste könnten vorbeischauen«, sagte er. »Ich bin überrascht, daß Lord St. Simon noch nicht eingetroffen ist. Ha! ich glaube, ich höre seinen Schritt auf der Treppe.«

Es war wirklich unser Besucher vom Morgen; brüsk trat er ein. Sein Pincenez schwang heftiger denn je, und seine aristokratischen Züge wirkten schwer verstört.

»Hat meine Botschaft Sie also erreicht?« fragte Holmes.

»Ja. Ich muß gestehen, daß mich der Inhalt über die Maßen erstaunt hat. Besitzen Sie Beweise für das, was Sie behaupten?«

»Die besten.«

Lord St. Simon sank in einen Sessel und strich mit den Händen über die Stirn.

»Was wird der Duke sagen«, murmelte er, »daß einem der Familie solche Demütigung widerfuhr?«

»Es ist der reinste Glücksfall. Ich kann nicht gutheißen, daß Sie von Demütigung sprechen.«

»Ah, Sie betrachten diese Dinge von einem anderen Standpunkt aus.«

»Ich sehe nicht, wie jemandem Schuld zugeschoben werden könnte. Ich weiß nicht, wie die Lady anders hätte handeln sollen, wenn auch ihre plötzliche Art zweifellos zu bedauern ist. Sie hat keine Mutter, und so gab es niemanden, der sie in solch einer Krise hätte beraten können.«

»Es handelt sich um Geringschätzung, Geringschätzung vor aller Öffentlichkeit«, sagte Lord St. Simon und klopfte mit den Fingern auf den Tisch.

»Sie müssen gegen das arme Mädchen Nachsicht üben, das sich in einer so unerhörten Lage befand.«

»Ich werde keine Nachsicht üben. Ich bin wirklich zornig; man hat mich schändlich mißbraucht.«

»Ich glaube, es hat geklingelt«, sagte Holmes. »Ja, ich höre Schritte auf dem Treppenabsatz. Für den Fall, daß ich Sie nicht überreden kann, die Angelegenheit in einem milderen Licht zu sehen, habe ich jemanden bestellt, der vielleicht erfolgreicher als ich sein wird.« Er öffnete die Tür und ließ eine Dame und einen Herrn herein.

»Lord St. Simon«, sagte er, »erlauben Sie, daß ich Sie mit Mr. und Mrs. Francis Hay Moulton bekannt mache. Der Dame, denke ich, sind Sie bereits begegnet.«

Beim Anblick der Neuankömmlinge war unser Klient von seinem Platz aufgesprungen; er stand nun sehr gerade, die Augen niedergeschlagen und eine Hand in den Gehrock geschoben — ein Bild beleidigter Würde. Die Dame tat einen schnellen Schritt auf ihn zu und streckte ihm die Hand entgegen, aber er hob den Blick nicht. Vielleicht war das gut für seine Entschlossenheit, denn ihrem bittenden Gesicht war schwer zu widerstehen.

»Du bist zornig, Robert«, sagte sie. »Nun ja, du hast allen Grund dazu.«

»Bitte, keine Entschuldigung«, sagte Lord St. Simon bitter.

»Oh, ich weiß, daß ich dich wirklich schlecht behandelt habe und daß ich mit dir hätte sprechen müssen, ehe ich das Haus verließ. Aber ich war ganz durcheinander und wußte nicht, was ich tun oder sagen sollte, seit ich Frank wiedergesehen hatte. Ich wundere mich nur, daß ich nicht ohnmächtig vor dem Altar hingefallen bin.«

»Möchten Sie vielleicht, Mrs. Moulton, daß mein Freund und ich das Zimmer verlassen, während Sie Ihre Erklärung abgeben?«

»Wenn ich meine Meinung äußern dürfte«, sagte der fremde Herr, »ich finde, es hat in der Sache schon ein bißchen viel Geheimnistuerei gegeben. Ich für meinen Teil möchte, daß ganz Europa und Amerika die Wahrheit hören.« Er war ein kleiner, drahtiger, sehr lebhafter Mann, sonnengebräunt und mit scharfen Gesichtszügen.

»Dann will ich unsere Geschichte auf der Stelle erzählen«, sagte die Dame. »Frank und ich lernten uns im Jahre '81 in McQuires Camp kennen, nahe der Rockies, wo mein Vater eine Schürfstelle besaß. Wir verlobten uns. Aber dann stieß mein Vater eines Tages auf ein reiches Goldnest und machte ein Vermögen, während der arme Frank eine Schürfstelle besaß, die erschöpft war, und zu nichts kam. Je reicher Papa wurde, um so ärmer wurde Frank, so daß schließlich Pa nichts mehr von unserer Verbindung hören wollte und mich nach Frisco brachte. Frank gab aber nicht auf. Er folgte mir, und wir trafen uns, ohne daß Pa das geringste davon erfuhr. Er wäre nur wütend geworden, und so machten wir alles unter uns ab. Frank sagte, er würde es auch zu einem Vermögen bringen und seinen Anspruch auf mich erst dann erheben, wenn er genauso viel hätte wie Pa. Da versprach ich ihm, bis ans Ende der Zeit auf ihn zu warten, und schwor, keinen anderen zu heiraten, solange er lebte. ›Warum sollten wir dann nicht auf der Stelle heiraten‹, sagte er, ›so weiß ich, daß ich dich sicher habe, aber ich werde auf meinen Rechten als dein Mann nicht bestehen, bis ich wieder bei dir bin.‹ Nun, wir beredeten es, und er hatte alles so nett vorbereitet und auch schon einen Geistlichen mitgebracht, daß wir es sofort taten. Frank ging dann weg, sein Glück zu suchen, und ich ging zurück zu Pa.

Als nächstes erfuhr ich von Frank, er sei in Montana, und dann zog er auf Goldsuche nach Arizona; zuletzt hörte ich von ihm aus New Mexico. Danach las ich einen langen Zeitungsbericht über ein Goldschürferlager, in das Apachen eingefallen waren. Und Franks Name stand auf der Liste der Getöteten. Ich fiel in Ohnmacht und lag Monate sehr krank. Pa dachte, ich hätte die Schwindsucht, und schleppte mich zu den Ärzten von halb Frisco. Ein Jahr und länger kriegte ich keine Nachricht, so daß ich nicht daran zweifelte, daß Frank wirklich tot war. Dann kam Lord St. Simon nach Frisco, und dann fuhren wir nach London, und die Trauung wurde arrangiert, und Pa war sehr angetan. Aber ich fühlte die ganze Zeit, daß kein Mann der Welt würde den Platz einnehmen können, den ich meinem armen Frank eingeräumt hatte.

Dennoch wäre ich meinen Pflichten nachgekommen, wenn ich mit Lord St. Simon verheiratet gewesen wäre. Wir können unserer Liebe nicht befehlen, wohl aber unserem Tun. Ich ging mit ihm mit dem Vorsatz zum Altar, ihm eine so gute Frau zu sein, wie es mir nur möglich war. Aber Sie können sich vorstellen, was ich fühlte, als ich kurz vorm Altar zurückblickte und sah, wie Frank aus der ersten Bankreihe mich anschaute. Erst dachte ich, es sei sein Geist, aber auch als ich ein zweites Mal hinguckte, war er noch da, mit einer Frage in den Augen, als ob er wissen wollte, ob ich froh sei, ihn wiederzusehen, oder ob ich es bedauerte. Ich wundere mich jetzt noch, daß ich nicht umgefallen bin. Ich erinnere mich, daß sich alles um mich drehte und daß die Worte des Geistlichen mir wie das Summen einer Biene in den Ohren klangen. Ich wußte nicht, was ich tun sollte. Konnte ich die Zeremonie unterbrechen und eine Szene in der Kirche machen? Ich warf Frank wieder einen Blick zu, und er schien zu wissen, was ich dachte, denn er hob einen Finger an die Lippen, wie um mir zu bedeuten, ich sollte still sein. Dann sah ich, daß er etwas auf ein Stück Papier kritzelte, und ich wußte, er würde mir eine Nachricht zukommen lassen. Als ich beim Hinausgehen an seinem Platz war, ließ ich ihm mein Bouquet in den Schoß fallen, und er schob mir die Nachricht in die Hand, als er die Blumen zurückgab. Es war nur eine Zeile. Er bat mich, zu ihm zu kommen, wenn er das Zeichen gab. Natürlich zweifelte ich keine Sekunde, daß ich vor allem ihm verpflichtet bin, und beschloß, zu tun, was immer er verfügte.

Zu Hause erzählte ich alles meiner alten Zofe, die ihn aus Kalifornien kannte und ihn immer gut leiden mochte. Ich befahl ihr, niemandem etwas zu sagen. Sie packte für mich einige Sachen zusammen und legte mir den Mantel zurecht. Ich weiß, ich hätte mit Lord St. Simon sprechen müssen, aber das war furchtbar schwer vor seiner Mutter und all diesen vornehmen Leuten. Ich entschloß mich nur, davonzulaufen und es später zu erklären. Ich saß noch keine zehn Minuten am Tisch, als ich Frank draußen auf der anderen Straßenseite sah. Er winkte mir und ging dann in Richtung Park. Ich stahl mich fort, zog mich um und folgte ihm.

Eine Frau trat auf mich zu und erzählte mir etwas über Lord St. Simon — nach dem wenigen, das ich hörte, scheint es mir, als hätte auch er vor der Hochzeit ein kleines Geheimnis gehabt —, aber es gelang mir, von ihr loszukommen und Frank einzuholen. Wir stiegen in eine Droschke und fuhren zum Gordon Square, wo er Zimmer gemietet hatte, und das war dann meine wahre Hochzeit nach all den Jahren des Wartens. Frank war Gefangener der Apachen, konnte entfliehen, kam nach Frisco, erfuhr, daß ich ihn für tot aufgegeben hatte und nach England gereist war, folgte mir und machte mich ausgerechnet am Tage meiner zweiten Trauung ausfindig.«

»Ich hatte es in einer Zeitung gelesen«, erklärte der Amerikaner. »Da standen nur der Name und die Kirche, aber nicht, wo die Dame wohnte.«

»Wir besprachen, was wir tun sollten, Frank war für Offenheit, aber ich schämte mich so sehr, daß ich am liebsten verschwunden wäre, keinen wiedergesehen und Pa vielleicht einen kurzen Brief geschrieben hätte, um ihm mitzuteilen, daß ich am Leben war. Es war schrecklich für mich, an alle die Lords und Ladys zu denken, wie sie um den Frühstückstisch saßen und darauf warteten, daß ich zurückkehrte. So bündelte Frank meine Hochzeitssachen zusammen, damit man mich nicht entdecken sollte, und er warf alles an einen Ort, wo sie niemand finden konnte. Wahrscheinlich wären wir morgen nach Paris gereist, aber nun erschien heute abend dieser werte Herr, Mr. Holmes, bei uns — ich kann mir gar nicht vorstellen, wie er das angestellt hat —, und er machte uns sehr freundlich klar, daß ich falsch und Frank richtig dachte und wir uns beide mit der Heimlichtuerei ins Unrecht setzten. Er bot uns die Möglichkeit, mit Lord St. Simon allein zu sprechen, und da sind wir sofort hergekommen. Nun hast du alles erfahren, Robert, und es täte mir sehr leid, wenn ich dir

Schmerz bereitet habe, und ich hoffe, du denkst nicht allzu schlecht von mir.«

Lord St. Simon hatte keinesfalls seine steife Haltung aufgegeben, war aber, mit gerunzelter Stirn und zusammengepreßten Lippen, dem langen Bericht gefolgt.

»Entschuldigen Sie«, sagte er, »aber es ist nicht meine Gewohnheit, meine intimsten Angelegenheiten auf diese Weise öffentlich zu bereden.«

»Dann verzeihst du mir nicht? Du gibst mir zum Abschied nicht die Hand?«

»O gewiß, wenn es Ihnen Vergnügen macht.« Er hielt seine Hand hin und nahm kühl die, die sich ihm entgegenstreckte.

»Ich hatte gehofft«, gab Holmes zu verstehen, »daß Sie uns bei einem freundlichen Abendessen Gesellschaft leisten würden.«

»Ich glaube, da verlangen Sie ein bißchen zuviel«, erwiderte Seine Lordschaft. »Man kann mich dazu bringen, daß ich mich über die jüngsten Vorfälle beruhige, aber man kann kaum erwarten, daß ich sie vergnüglich finde. Mit Ihrer Erlaubnis wünsche ich Ihnen nun eine sehr gute Nacht.« Er machte vor uns allen eine feierliche Verbeugung und verließ steifbeinig das Zimmer.

»Ich rechne darauf, daß wenigstens Sie uns mit Ihrer Gesellschaft beehren«, sagte Sherlock Holmes. »Ich freue mich immer, wenn ich einen Amerikaner kennenlerne, Mr. Moulton, denn ich zähle zu jenen, die daran glauben, daß die Torheit eines Königs und die Unbesonnenheit eines Regenten in längst vergangenen Zeiten unsere Kinder nicht abhalten werden, eines Tages Bürger ein und desselben Landes unter einer Flagge zu sein, in der der Union Jack und die Stars and Stripes Platz haben.«

»Der Fall war interessant«, stellte Holmes fest, nachdem unsere Besucher gegangen waren, »denn durch ihn wird sehr deutlich, wie einfach die Erklärung einer Angelegenheit sein kann, die auf den ersten Blick unlösbar erscheint. Nichts konnte unlösbarer scheinen. Nichts ist natürlicher als die Abfolge der Ereignisse, wenn die junge Dame sie erzählt, und nichts befremdlicher als die Schlüsse, wenn man die Dinge sieht, zum Beispiel, mit den Augen des Mr. Lestrade von Scotland Yard.«

»Sie selber haben nicht geirrt?«

»Gleich anfangs sind mir zwei Tatsachen aufgefallen: daß die Dame sich ganz aus freien Stücken der Trauungszeremonie unterzogen hat und daß sie ihr Tun bereits bereute, als sie nur ein paar Minuten zu Hause war. Offensichtlich hatte sich im Verlaufe des Morgens etwas ereignet, das diesen Gesinnungswandel herbeiführte. Was für ein Ereignis mochte das gewesen sein? Draußen konnte sie mit niemandem gesprochen haben, denn sie befand sich in Begleitung des Bräutigams. Hatte sie aber jemanden gesehen? Wenn dem so war, dann mußte dieser Jemand aus Amerika gekommen sein, denn sie hatte erst eine so kurze Zeit in unserem Land zugebracht, daß kein Mensch sie derart tief beeindruckt haben konnte, daß sein bloßer Anblick sie bewog, ihre Pläne völlig über den Haufen zu werfen. Wie Sie sehen, hat uns ein Prozeß des Ausschließens auf den Gedanken gebracht, sie könnte einen Amerikaner gesehen haben. Aber wer war dieser Amerikaner, und aus welchem Grund mochte er soviel Einfluß auf sie besitzen? Es mußte ein Liebhaber sein, vielleicht ein Ehemann. Ihre frühen Frauenjahre, das wußte ich, waren in rauher Umgebung und unter seltsamen Bedingungen verlaufen. So weit war ich bereits, ehe ich Lord St. Simons Bericht hörte. Als er uns von dem Mann im Kirchengestühl erzählte, von der Veränderung im Verhalten der Braut, von dem so durchsichtigen Kunstgriff, eine Nachricht zu erhalten, indem man ein Bouquet fallen läßt, davon, daß sie sich zu der vertrauten

Zofe flüchtete, daß die sehr bezeichnende Redewendung ›einen Anteil fordern‹ fiel, die im Jargon der Goldminen soviel heißt wie etwas in Besitz nehmen, worauf man den älteren Anspruch hat — das alles machte mir die Situation absolut klar: Sie war mit einem Mann durchgegangen, und der Mann war entweder ein Liebhaber oder früherer Gatte, wobei mehr für letzteres sprach.«

»Und wie, um alles in der Welt, haben Sie die beiden entdeckt?«

»Das hätte schwierig werden können, aber unser Freund Lestrade hatte eine Nachricht in der Hand, deren Wert er nicht begriff. Die Initialen waren selbstverständlich höchst bedeutend, aber noch wertvoller fand ich, erfahren zu haben, daß der Mann in der letzten Woche seine Rechnung in einem der erlesensten Hotels von London beglichen hatte.«

»Woher schlossen Sie darauf, daß es ein erlesenes Hotel war?«

»Von den erlesenen Preisen. Acht Shilling für ein Bett und acht Pence für einen Sherry — das deutet auf eines der teuersten Hotels. Es gibt nicht viele in London, die solche Preise fordern. Im zweiten Hotel, in der Northumberland Avenue, erfuhr ich durch eine Prüfung des Gästebuchs, daß Francis H. Moulton, ein amerikanischer Gentleman, erst am Tage zuvor ausgezogen war, und als ich mir die ihn betreffenden Buchungen ansah, kam ich zu denselben Rechnungsposten, die auf der Quittung standen. Briefe an ihn sollten an die Adresse Gordon Square 226 nachgesandt werden. So fuhr ich dorthin, und ich hatte das Glück, das Liebespaar zu Hause anzutreffen; ich erdreistete mich, den beiden einige väterliche Ratschläge zu geben und ihnen klarzumachen, daß es in jeder Hinsicht besser sei, wenn sie ihren Stand offenlegten, vor der Allgemeinheit und vor Lord St. Simon im besonderen. Ich schlug ihnen vor, bei mir zusammenzukommen, und ich brachte auch, wie Sie erlebt haben, den Lord dazu, meine Einladung wahrzunehmen.«

»Aber mit wenig Erfolg«, stellte ich fest. »Lord St. Simons Betragen war nicht besonders huldvoll.«

»Ach, Watson«, sagte Holmes und lächelte, »vielleicht wären Sie auch nicht besonders huldvoll, wenn Sie sich nach allem Werben sofort nach der Heirat der Frau und eines Vermögens beraubt sähen. Ich glaube, wir sollten Lord St. Simon mit großer Nachsicht beurteilen und unserem Schicksal danken, daß wir wahrscheinlich nie in so eine Lage kommen werden. Rücken Sie näher mit Ihrem Sessel und geben Sie mir meine Geige; denn das einzige Problem, das uns noch zu lösen bleibt, ist, womit wir uns diese freudlosen Herbstabende vertreiben sollen.«

Die Beryll-Krone

»Holmes«, sagte ich, als ich eines Morgens im Erker stand und auf die Straße hinunterblickte, »da kommt ein Verrückter. Es ist eine Schande, daß seine Familie ihn allein aus dem Haus gehen läßt.«

Mein Freund erhob sich träge aus seinem Lehnstuhl und sah mir, die Hände in den Taschen seines Hausmantels, über die Schulter. Es war ein klarer, frischer Februarmorgen, und der tiefe Schnee vom Vortag bedeckte noch den Boden, glänzend in der Wintersonne. Auf der Straßenmitte hatte ihn der Verkehr in ein braunes, krümeliges Band verwandelt, aber an den Seiten und in den Haufen neben den Fußwegen lag er noch so weiß, wie er gefallen war. Das graue Pflaster hatte man gefegt und abgekratzt, doch da war es gefährlich glatt geworden, so daß weniger Leute als sonst die Straße bevölkerten. Aus Richtung der Metropolitan kam niemand außer dem Herrn, dessen exzentrisches Benehmen meine Aufmerksamkeit erregt hatte.

Es war ein Mann von ungefähr Fünfzig, groß, kräftig gebaut, beeindruckend, mit breitem, markigem Gesicht und einer gebieterischen Figur. Er trug dunkle, aber teure Kleidung, einen schwarzen Gehrock, einen glänzenden Hut, schmucke braune Gamaschen und eine gutgeschneiderte perlgraue Hose. Doch seine Bewegungen standen in widersinnigem Kontrast zur Würde der Kleider und der Gestalt: er ging schnell, vollführte manchmal kleine Sprünge, wie ein ermatteter Mensch, dem es ungewohnt ist, viel darauf zu geben, wie sich seine Beine bewegen. Im Laufen warf er gelegentlich die Hände hoch, wackelte mit dem Kopf und verzerrte das Gesicht auf die sonderlichste Weise.

»Was, um Himmels willen, ist mit ihm los?« fragte ich. »Er schaut aus nach den Hausnummern.«

»Ich glaube, er will zu uns«, sagte Holmes und rieb sich die Hände.

»Zu uns?«

»Ja, ich denke, er will uns um Rat fragen. Mir scheint, ich kenne die Symptome. Ha! habe ich es Ihnen nicht gesagt?« Während Holmes sprach, war der Mann keuchend und pustend vor unserer Tür angekommen und riß nun an der Glocke, daß das ganze Haus von ihrem Ton widerhallte.

Ein paar Sekunden später stand er bei uns im Zimmer, noch immer schnaufend und gestikulierend, aber in seinen Zügen lag so viel Leid und Verzweiflung, daß sich unser Lächeln sofort verzog und Schreck und Mitleid Platz machte. Zunächst brachte er kein Wort hervor, schwankend stand er da und riß sich an den Haaren wie einer, den es an die Grenzen des Verstandes getrieben hat. Dann machte er einen plötzlichen Satz und schlug mit dem Kopf so gewaltig gegen die Wand, daß wir uns beide auf ihn warfen und ihn in die Mitte des Zimmers zogen. Sherlock Holmes drückte ihn in den Lehnstuhl, setzte sich neben ihn, tätschelte ihm die Hand und redete in dem unbeschwerten, beruhigenden Ton auf ihn ein, den er so gut zu gebrauchen wußte.

»Sie sind gekommen, um mir Ihre Geschichte zu erzählen, nicht wahr?« sagte er. »Sie sind erschöpft vom schnellen Gehen. Bitte, warten Sie, bis Sie sich wieder erholt haben, und es wird mir eine Freude sein, einen Blick auf Ihr kleines Problem zu werfen, wenn Sie es vor mir ausbreiten.«

Der Mann saß schwer atmend eine Minute oder länger und kämpfte gegen seine Erregung an. Dann fuhr er sich mit dem Taschentuch über die Stirn, preßte die Lippen zusammen und wandte sich uns zu.

»Sie denken sicherlich, ich bin verrückt«, sagte er.

»Ich sehe, daß Sie große Sorgen haben«, entgegnete Holmes.

»Die habe ich, bei Gott, Sorgen, die genügen würden, mich um den Verstand zu bringen, so plötzlich und so furchtbar ist alles gekommen. Öffentliche Schande hätte ich ertragen können, obwohl ich ein Mann von makellosem Charakter bin. Persönlicher Kummer kann jeden ereilen, aber beides zusammen, und dazu auf so erschreckende Art und Weise, das hat ausgereicht, mich bis ins Innerste zu erschüttern. Außerdem bin ich nicht allein betroffen. Die Edelsten des Landes könnten betroffen werden, wenn es nicht gelingt, aus dieser gräßlichen Affäre herauszufinden.«

»Bitte, fassen Sie sich«, sagte Holmes, »und berichten Sie mir, wer Sie sind und was Ihnen zugestoßen ist.«

»Mein Name«, antwortete unser Besucher, »ist Ihren Ohren wahrscheinlich nicht fremd. Ich bin Alexander Holder vom Bankhaus Holder and Stevenson in der Threadneedle Street.«

Selbstverständlich kannten wir den Namen gut, es war der des Seniorpartners des zweitgrößten Bankkonzerns in der City. Was konnte nur geschehen sein, daß einer der vornehmsten Bürger Londons in diesen äußerst bedauernswerten Zustand geraten war? Wir warteten gespannt, bis er sich nach einer neuerlichen Anstrengung durchgerungen hatte, seine Geschichte zu erzählen.

»Ich spüre, daß Zeit wertvoll ist«, sagte er, »und darum bin ich gleich hergeeilt, als der Inspektor mir vorschlug, ich sollte mich Ihrer Mitarbeit versichern. Ich bin mit der Untergrundbahn bis Baker Street gefahren und habe den Rest des Weges zu Fuß zurückgelegt, denn die Droschken fahren bei dem Schnee zu langsam. Ich bin so außer Atem geraten, weil ich keine Übung besitze. Jetzt fühle ich mich besser, und ich werde Ihnen die Tatsachen so kurz und klar wie möglich darlegen.

Es ist Ihnen natürlich bekannt, daß ein erfolgreiches Bankgeschäft genausosehr davon abhängt, lohnende Investitionen zu tätigen, wie davon, Beziehungen auszuwerten und die Zahl der Einleger zu erhöhen. Eine unserer einträglichsten Arten, Geld arbeiten zu lassen, ist die Vergabe von Darlehen gegen absolute Sicherheit. Während der letzten Jahre haben wir in dieser Richtung viel unternommen, und es gibt eine Anzahl vornehmer Familien, denen wir große Summen gegen Sicherung durch Bilder, Bibliotheken, Tafelgeschirr zukommen ließen.

Gestern morgen saß ich in meinem Büro, als einer der Angestellten mir eine Visitenkarte hereinbrachte. Ich zuckte zusammen, als ich den Namen las, denn es war niemand anderer ... Nun, es ist vielleicht besser, wenn ich sogar Ihnen nur so viel sage, daß es ein Name war, den die ganze Welt kennt — einer der größten, vornehmsten, erhabensten von England: Ich war von der Ehre überwältigt und versucht, das auch zu sagen, aber mein Besucher kam sofort zum Geschäftlichen, wie jemand, der sich eilends einer widrigen Aufgabe entledigen möchte.

›Mr. Holder‹, sagte er, ›ich habe erfahren, daß Sie Geld verleihen.‹

›Die Firma tut das, wenn gute Sicherheiten vorhanden sind‹, antwortete ich.

›Es ist für mich von höchster Wichtigkeit‹, sagte er, ›daß ich sofort fünfzigtausend Pfund erhalte. Natürlich könnte ich eine so läppische Summe zehnmal bei meinen Freunden borgen, aber ich ziehe es vor, die Sache auf eine geschäftliche Grundlage zu stellen und das Geschäft selber durchzuführen. In meiner Position versteht man bald, daß es nicht klug ist, sich jemandem zu verpflichten.‹

›Für wie lange, wenn ich fragen darf, brauchen Sie die Summe?‹ erkundigte ich mich.

›Am nächsten Montag geht ein großer Betrag bei mir

ein, und dann werde ich Ihnen höchstwahrscheinlich zurückzahlen, was Sie mir vorgeschossen haben, mit den Zinsen, die Sie für angemessen halten. Aber es ist äußerst wichtig, daß ich das Geld sofort erhalte.‹

›Ich wäre glücklich, könnte ich das Geld ohne weitere Verhandlungen aus meinem Privatvermögen zahlen, wenn ich damit nicht überfordert wäre. Schließe ich das Geschäft aber im Namen der Firma ab, muß ich um meiner Partner willen sogar in Ihrem Fall darauf bestehen, daß alle geschäftlichen Vorsichten gewahrt werden.‹

›So wäre es auch mir am liebsten‹, sagte er und nahm einen viereckigen Schmuckkasten, den er neben den Stuhl gelegt hatte.

›Sie haben zweifellos von der Beryll-Krone gehört?‹

›Eines der wertvollsten National-Besitztümer des Empire‹, sagte ich.

›Ganz recht.‹ Er öffnete den Kasten, und da lag auf weichem, fleischfarbenem Samt das herrliche Juwel, von dem er gesprochen hatte. ›Neununddreißig sehr große Berylle‹, sagte er, ›und der Wert der Goldfassung ist unschätzbar. Die niedrigste Schätzung würde den Wert der Krone mit dem Doppelten der Summe veranschlagen, um die ich gebeten habe. Ich bin bereit, sie Ihnen als Sicherheit für das Darlehen zu übergeben.‹

Ich nahm den Kasten mit dem kostbaren Inhalt in die Hand und blickte in ziemlicher Bestürzung zu meinem erlauchten Kunden auf.

›Zweifeln Sie den Wert an?‹ fragte er.

›Nicht im mindesten. Ich zweifle nur ...‹

›Ob es schicklich ist, das Stück aus der Hand zu geben. Darüber können Sie sich beruhigen. So etwas fiele mir nicht im Traum ein, wenn ich nicht absolut gewiß wäre, es in vier Tagen zurückfordern zu können. Alles ist nur eine Formsache. Reicht Ihnen die Sicherheit?‹

›Völlig.‹

›Sie wissen, Mr. Holder, daß ich Ihnen hiermit einen tiefen Beweis des Vertrauens gebe, das ich, nach allem, was ich von Ihnen erfahren habe, in Sie setze. Ich bin nicht nur auf Ihre Diskretion angewiesen, damit kein Klatsch um die Sache entsteht, sondern besonders darauf, daß die Krone unter allen nur möglichen Sicherheitsvorkehrungen aufbewahrt wird, denn — das brauche ich wohl nicht zu betonen — es gäbe einen großen Skandal in der Öffentlichkeit, wenn sie Schaden erlitte. Eine Beschädigung wäre fast so schlimm wie Verlust, denn es lassen sich auf der ganzen Welt keine Berylle finden, die diesen gleichen, und es wäre unmöglich, sie zu ersetzen. Ich überlasse sie Ihnen mit allem Vertrauen, das ich aufbringen kann, und werde sie am Montagmorgen wieder abholen.‹

Da ich merkte, daß mein Kunde es eilig hatte, wieder zu gehen, sagte ich nichts mehr, sondern rief nach dem Kassierer und erteilte die Anweisung, fünfzigtausend Pfund in Noten auszuzahlen. Als ich allein war und den Kasten mit dem kostbaren Inhalt vor mir auf dem Tisch stehen sah, war ich zu nichts anderem imstande, als mit einiger Besorgnis an die Verantwortung zu denken, die ich mir aufgebürdet hatte. Da es sich um ein nationales Besitztum handelte, würde es ohne Zweifel einen furchtbaren Skandal verursachen, wenn ihm ein Unglück widerführe. Ich bedauerte schon, die Krone beliehen zu haben. Wie auch immer, es war zu spät, den Handel rückgängig zu machen, und so schloß ich den Kasten in meinen privaten Safe und wandte mich meiner Arbeit zu.

Am Abend hielt ich es dann für unbedacht, einen so kostbaren Gegenstand in meinem Büro zu lassen. Banksafes werden nicht erst seit heute erbrochen, und warum sollte der meine davor sicher sein? Wenn das geschehen sollte, geriete ich in eine schreckliche Lage. Deshalb entschied ich mich, in den nächsten Tagen den Kasten stets mit mir zu nehmen, nach Hause und ins Büro, so daß er nie außerhalb meiner Reichweite war. Ich rief eine Droschke und ließ mich zu meinem Haus in Streatham fahren, das Geschmeide war bei mir, und ich atmete erst wieder freier, nachdem ich es in der Kommode meines Ankleidezimmers eingeschlossen hatte.

Nun ein Wort zu meinem Haushalt, Mr. Holmes, denn ich möchte, daß Sie meine Lage von Grund auf verstehen. Mein Diener und mein Page schlafen außer Haus und können ganz aus dem Spiel bleiben. Ich habe drei Dienstmädchen, die schon eine Reihe von Jahren bei mir sind; ihre absolute Vertrauenswürdigkeit steht über allem Zweifel. Ein weiteres Mädchen, Lucy Parr, die zweite Aufwärterin, befindet sich erst seit einigen Monaten bei mir in Dienst. Sie ist mit einem ausgezeichneten Zeugnis angetreten, und ich war immer zufrieden mit ihr. Sie ist ein sehr schönes Mädchen und zieht Bewunderer an, die manchmal um das Haus wimmeln. Das ist der einzige Nachteil, den wir an ihr finden konnten, glauben aber übrigens, daß sie ein durch und durch anständiges Mädchen ist.

Soviel zu meiner Dienerschaft. Meine Familie selbst ist so klein, daß es nicht viel Zeit in Anspruch nehmen wird, sie vorzustellen. Ich bin Witwer und besitze nur einen Sohn, Arthur. Er hat mich enttäuscht, Mr. Holmes, tief enttäuscht. Dafür trage zweifellos ich die Verantwortung. Man sagt, ich hätte ihn verwöhnt, und sehr wahrscheinlich stimmt das. Als meine gute Frau starb, war er das einzige, dem ich meine Liebe schenken konnte. Ich ertrug es nicht, daß das Lächeln auch nur für eine Sekunde aus seinem Gesicht wich. Nie habe ich ihm einen Wunsch unerfüllt gelassen. Vielleicht wäre es für uns beide besser gewesen, wenn ich ihn strenger angefaßt hätte, aber ich habe das Beste gewollt.

Natürlicherweise gingen meine Pläne dahin, ihn zu meinem Nachfolger in der Bank zu machen, aber er hatte keinen Sinn fürs Geschäftliche. Er ist ungezügelt, unzuverlässig, und — um die Wahrheit zu sagen — ich konnte ihm den Umgang mit großen Summen Geldes nicht anvertrauen. In jungen Jahren wurde er Mitglied eines aristokratischen Clubs und, da er sehr charmant ist, intimer Freund von Männern mit dicken Brieftaschen und kostspieligen Gewohnheiten. Er lernte hoch spielen und Geld auf den Rennplätzen vergeuden, und es kam dahin, daß er wieder und wieder mich bitten mußte, ihm einen Vorschuß auf seine Bezüge zu geben, damit er seine Ehrenschulden bezahlen konnte. Mehr als einmal hat er versucht, sich aus der für ihn so gefährlichen Gesellschaft zu lösen, aber immer war der Einfluß seines Freundes, Sir George Burnwell, stark genug, ihn zurückzuziehen.

Und ich brauche mich wirklich nicht zu wundern, daß ein Mann wie Sir George Burnwell Einfluß auf meinen Sohn gewinnen konnte; denn er hat ihn öfter mit nach Hause gebracht, und ich selbst vermochte kaum, seinem Charme zu widerstehen. Er ist älter als Arthur, ein Mann von Welt bis in die Fingerspitzen, einer, der überall gewesen ist, alles gesehen hat, ein brillanter Unterhalter, und er ist ein schöner Mann. Doch wenn ich mit kühlem Kopf an ihn denke, entfernt vom Zauber seiner Gegenwart, und mich an seine zynischen Reden erinnere, an den Ausdruck, den ich in seinen Augen entdeckte, bin ich davon überzeugt, daß man ihm gründlich mißtrauen sollte. So denke ich, und so denkt auch meine kleine Mary, die mit dem Scharfblick einer Frau den wahren Charakter zu enthüllen versteht.

Nun bleibt nur noch, sie zu beschreiben. Sie ist meine Nichte, doch ich habe sie adoptiert, als mein Bruder vor fünf Jahren starb und sie allein in der Welt stand. Seitdem sehe ich sie als meine Tochter an. Sie ist der

Sonnenschein meines Hauses — süß, liebevoll, schön, eine wunderbare Hausherrin und Haushälterin, dabei feinfühlig, ruhig und zart, wie nur eine Frau sein kann. Sie ist meine rechte Hand. Ich weiß nicht, was ich ohne sie anfangen sollte. Nur in einem hat sie sich gegen meinen Wunsch gestellt. Zweimal hat mein Sohn sie gebeten, ihn zu heiraten, denn er liebt sie von Herzen, aber jedesmal hat sie ihn abgewiesen. Ich glaube, wenn ihn jemand auf den rechten Weg hätte zurückführen können, dann wäre sie es gewesen, eine Heirat mit ihr hätte sein ganzes Leben verändert. Aber nun ist es leider zu spät — für immer zu spät.

Jetzt, Mr. Holmes, kennen Sie die Menschen, die unter meinem Dach leben, und ich kann mit meiner unglückseligen Geschichte fortfahren.

Als wir an jenem Abend im Salon nach dem Dinner Kaffee tranken, erzählte ich Arthur und Mary von meinem Erlebnis und von dem Schatz, den wir beherbergten. Nur den Namen des Kunden behielt ich für mich. Lucy Parr, die den Kaffee serviert hatte, war schon aus dem Zimmer gegangen — dessen bin ich gewiß, aber ich kann nicht beschwören, daß die Tür nicht offenstand. Mary und Arthur zeigten sich sehr interessiert und wollten die berühmte Krone sehen. Aber ich hielt es für besser, sie nicht aus dem Versteck zu holen.

›Wohin hast du sie getan?‹ fragte Arthur.

›In die Kommode.‹

›Na, dann bete ich zu Gott, daß hier heute nacht nicht eingebrochen wird‹, sagte er.

›Die Kommode ist abgeschlossen‹, sagte ich.

›Oh, da paßt doch jeder alte Schlüssel. Als ich noch ein Junge war, habe ich sie selber mit dem Schlüssel vom Schrank in der Rumpelkammer aufbekommen.‹

Er redet oft unbesonnen, so daß ich mir kaum Gedanken über das machte, was er sagte.

An dem Abend folgte er mir in mein Zimmer, und sein Gesicht war sehr ernst.

›Hör mal, Papa‹, sagte er mit niedergeschlagenem Blick, ›kannst du mir zweihundert Pfund geben?‹

›Nein, das kann ich nicht‹, antwortete ich heftig. ›Ich war in Geldsachen dir gegenüber immer viel zu großzügig.‹

›Du warst immer sehr freundlich‹, sagte er. ›Aber ich muß das Geld haben, oder ich kann mich im Club nicht mehr sehen lassen.‹

›Das wäre überhaupt das beste‹, rief ich.

›Ja, schon, aber du willst doch wohl nicht, daß ich in Unehren ausscheide‹, sagte er. ›Ich könnte die Schande nicht ertragen. Irgendwie muß ich das Geld beschaffen, und wenn du es mir nicht geben willst, muß ich auf andere Weise dranzukommen suchen.‹

Ich war sehr zornig, denn das war die dritte Forderung, die er innerhalb des Monats an mich richtete. ›Keinen Penny bekommst du von mir‹, rief ich, woraufhin er sich verbeugte und wortlos ging.

Als er aus dem Zimmer war, schloß ich die Kommode auf, vergewisserte mich, daß mein Schatz noch da war, und sperrte sie wieder zu. Dann machte ich einen Gang durch das Haus, um mich zu überzeugen, ob alles für die Nacht seine Ordnung hatte. Das ist eine Pflicht, die ich gewöhnlich Mary versehen lasse, aber an diesem Abend, dachte ich mir, sollte ich sie selber übernehmen. Als ich die Treppe hinunterstieg, bemerkte ich Mary, wie sie das Seitenfenster der Halle zuklappte und verriegelte.

›Hör mal, Papa‹, sagte sie, und sie schien mir ein wenig verstört, ›hattest du Lucy für heute abend Ausgang gegeben?‹

›Gewiß nicht.‹

›Sie ist gerade eben durch die Hintertür hereingekommen. Sie war bestimmt am Zaun, um sich mit jemandem zu treffen. Das finde ich ziemlich gefährlich, und es sollte aufhören!‹

›Sprich morgen mit ihr darüber, oder ich tue es, wenn du nicht magst. Bist du sicher, daß alles verschlossen ist?‹

›Ganz sicher, Papa.‹

›Dann, gute Nacht!‹ Ich küßte sie und ging in mein Schlafzimmer. Bald bin ich dann eingeschlafen.

Es ist mein Bestreben, Mr. Holmes, Ihnen alles zu erzählen, was nur irgend Bedeutung für den Fall haben könnte, und, bitte, fragen Sie mich, wenn ich Ihnen etwas nicht klar genug mache.«

»Ihre Darstellung ist äußerst klar.«

»Ich komme jetzt zu einem Teil der Geschichte, in dem ich besonders klar sein möchte. Ich habe keinen sehr tiefen Schlaf, und den Sorgen, die mich bewegten, ist es zweifellos zuzuschreiben, daß ich noch unruhiger schlief als sonst. Gegen zwei Uhr morgens wurde ich durch ein Geräusch im Haus wach. Als ich meine Sinne ganz beisammen hatte, konnte ich nichts mehr hören, doch blieb der Eindruck, als sei irgendwo ein Fenster sacht geschlossen worden. Ich lag da und horchte angespannt. Plötzlich vernahm ich zu meinem Entsetzen aus dem Nebenzimmer deutlich leise Schritte. Zitternd vor Angst schlüpfte ich aus dem Bett und öffnete behutsam die Tür zu meinem Ankleidezimmer.

›Arthur‹, schrie ich, ›du Schuft! Du Dieb! Du getraust dich, die Krone anzufassen?‹

Ich hatte die Gaslampe mit halber Stärke brennen lassen, und in ihrem Schein stand mein unglücklicher Sohn, nur mit Hemd und Hose bekleidet, und hielt die Krone in der Hand. Mir schien, er drehte sie oder wollte sie mit aller Gewalt verbiegen. Bei meinem Schrei ließ er sie fallen und wurde totenblaß. Ich hob sie auf und untersuchte sie. Eine der goldenen Zacken mit drei Beryllen fehlte.

›Du Lump!‹ stieß ich hervor, vor Wut außer mir. ›Du hast sie zerstört! Du hast mich für immer entehrt! Wo sind die gestohlenen Steine?‹

›Gestohlen?‹

›Ja, du Dieb!‹ brüllte ich und packte ihn bei der Schulter.

›Da fehlen keine. Es können keine fehlen‹, sagte er.

›Drei fehlen. Und du weißt, wo sie sind. Muß ich dich außer Dieb auch noch Lügner nennen? Habe ich nicht gesehen, daß du noch ein Stück abbrechen wolltest?‹

›Du hast mich genug beschimpft‹, sagte er, ›und ich dulde das nicht länger. Ich sage kein Wort mehr zu der Sache, da du mich beleidigt hast. Ich werde morgen früh dein Haus verlassen und meiner Wege gehen.‹

›Die Polizei wird dich hier 'rausbringen!‹ rief ich, halb verrückt vor Kummer und Wut. ›Ich lasse die Angelegenheit bis auf den Grund klären.‹

›Von mir wirst du nichts erfahren‹, sagte er mit einer Leidenschaft, die ich an ihm nicht vermutet hätte. ›Wenn du die Polizei rufst, soll sie selber herausfinden, was geschehen ist.‹

Zu diesem Zeitpunkt war das ganze Haus wach, denn ich hatte meine Stimme im Zorn erhoben. Mary war die erste, die in mein Zimmer stürzte, und als sie Krone und Arthurs Gesicht sah, wußte sie alles. Sie stieß einen Schrei aus und fiel bewußtlos zu Boden. Ich schickte das Hausmädchen nach der Polizei und legte die Nachforschungen sofort in deren Hände. Als der Inspektor und ein Konstabler gerade ins Haus kamen, fragte mich Arthur, ob ich ihn des Diebstahls bezichtigen wolle. Ich antwortete, das sei jetzt keine private Angelegenheit mehr, sondern eine öffentliche, da es sich bei der zerstörten Krone um ein nationales Besitztum handele. Ich war entschlossen, dem Gesetz in allem freien Lauf zu lassen.

›Du willst mich doch wenigstens nicht sofort verhaften lassen‹, sagte er. ›Es wäre dein Vorteil und meiner, wenn ich für fünf Minuten aus dem Haus gehen könnte.‹

›Damit du fliehen kannst und vielleicht versteckst, was du gestohlen hast‹, sagte ich. Dann wurde mir die schreckliche Lage bewußt, in der ich mich befand, und ich flehte ihn an, zu bedenken, daß nicht nur meine Ehre auf dem Spiel stehe, sondern auch die eines Mannes, der viel wichtiger sei als ich, daß er durch sein Handeln einen Skandal heraufbeschwöre, der die Nation erschüttern könne. Das alles ließe sich abwenden, wenn er mir verriete, was er mit den drei fehlenden Steinen gemacht habe.

›Du mußt den Tatsachen ins Gesicht sehen‹, sagte ich. ›Du bist auf frischer Tat ertappt worden, und ein Geständnis würde deine Schuld nicht verabscheuenswürdiger machen. Wenn du das in deinen Kräften Stehende versuchst, den Schaden wiedergutzumachen, indem du uns sagst, wo die Berylle sind, dann soll alles vergeben und vergessen sein.‹

›Spar dein Vergeben für die auf, die darum bitten‹, sagte er und wandte sich mit einem verächtlichen Lachen ab. Ich begriff, daß er zu verhärtet war, um sich durch ein Wort von mir beeinflussen zu lassen. Es gab nur einen Ausweg. Ich rief den Inspektor herein, und der nahm ihn in Haft. Sofort wurde alles durchsucht, nicht nur er, sondern auch sein Zimmer und jeder Ort im Hause, wo er die Edelsteine versteckt haben konnte. Aber es fand sich keine Spur, und der nichtsnutzige Junge tat den Mund nicht auf, trotz allen Zuredens und Drohens. Heute morgen hat man ihn in eine Zelle gesperrt, und ich, nachdem ich alle polizeilichen Formalitäten hinter mich gebracht hatte, bin zu Ihnen geeilt, um Sie inständig zu bitten, Ihr ganzes Können aufzubieten, damit die Angelegenheit geklärt wird. Die Polizei hat offen zugegeben, daß sie zum gegenwärtigen

Zeitpunkt nicht weiterkäme. Die Kosten für Ihre Ausgaben begrenze ich nicht, ich zahle, soviel Sie für nötig halten. Ich habe schon eine Belohnung von tausend Pfund ausgesetzt. Mein Gott, was soll ich tun! In einer Nacht habe ich meine Ehre, die Edelsteine und den Sohn verloren. Oh, was soll ich tun?«

Er legte die Hände an die Schläfen und schwankte hin und her, dabei summend wie ein Kind, dessen Kummer alle Worte übersteigt.

Sherlock Holmes saß einige Minuten lang schweigend, die Stirn in Falten gelegt und das Auge starr auf das Feuer gerichtet.

»Empfangen Sie viel Besuch?« fragte er.

»Keinen, außer dem meines Partners und dessen Familie und geiegentlich Freunde von Arthur. Letzthin war Sir George Brunwell ein paarmal da. Sonst niemand, glaube ich.«

»Gehen Sie oft in Gesellschaft?«

»Arthur geht. Mary und ich bleiben zu Hause. Wir machen uns beide nichts daraus.«

»Das ist ungewöhnlich bei einem jungen Mädchen.«

»Sie ist ein stiller Mensch. Außerdem ist sie nicht mehr sehr jung. Sie ist vierundzwanzig.«

»Nach dem, was Sie uns erzählten, scheint die Sache auch ihr einen Schock versetzt zu haben.«

»Einen fürchterlichen! Sie ist sogar betroffener als ich.«

»Und Sie beide hegen keinen Zweifel an der Schuld Ihres Sohnes?«

»Wie sollten wir, da ich ihn doch, die Krone in den Händen, mit eigenen Augen gesehen habe?«

»Das kann ich kaum als einen überzeugenden Beweis anerkennen. War die Krone sonst irgendwie beschädigt?«

»Ja, sie war verbogen.«

»Ist Ihnen der Gedanke gekommen, daß er versucht haben könnte, sie wieder geradezubiegen?«

»Gott lohne es Ihnen. Sie tun für meinen Sohn und

mich, was Ihnen möglich erscheint. Aber es ist eine zu schwere Aufgabe. Was hatte er denn überhaupt da zu suchen? Wenn er in guter Absicht gekommen wäre, warum sagt er es dann nicht?«

»Das ist die Frage. Aber wenn er schuldig ist, warum hat er keine Lüge erfunden? Sein Schweigen scheint mir in beide Richtungen zu weisen. Es gibt in diesem Fall verschiedene ungewöhnliche Umstände. Was hält die Polizei von dem Geräusch, das Sie aufgeweckt hat?«

»Man nimmt an, Arthur könnte es verursacht haben, als er die Tür seines Schlafzimmers schloß.«

»Recht so! Tatsächlich wird ja keiner, der auf ein Verbrechen ausgeht, die Tür hinter sich zuschlagen, damit das ganze Haus wach wird. Was sagt man zu dem Verschwinden der Edelsteine?«

»Die Polizisten klopfen noch die Korridorverkleidungen ab und durchstöbern das Mobiliar in der Hoffnung, sie zu finden.«

»Haben sie daran gedacht, außerhalb des Hauses zu suchen?«

»Ja, sie haben außerordentliche Tatkraft an den Tag gelegt. Der ganze Garten ist Stück für Stück durchforscht worden.«

»Nun«, sagte Holmes, »ist Ihnen, mein lieber Herr, denn nicht klar, daß die Angelegenheit viel tiefer reicht, als Sie und die Polizei anfangs angenommen haben? Ihnen schien das ein einfacher Fall; mir kommt er höchst kompliziert vor. Überlegen Sie einmal, was Ihre Erklärung einschließt. Sie gehen davon aus, Ihr Sohn schlich sich aus dem Bett, betrat — ein großes Wagnis — Ihr Ankleidezimmer, öffnete die Kommode, holte die Krone heraus, brach mit Gewalt ein Stück von ihr ab, ging irgendwohin, um drei von den neununddreißig Steinen zu verstecken, und zwar so geschickt, daß keiner sie findet, und kehrte dann mit den restlichen sechsunddreißig in das Zimmer zurück, sich der Gefahr aussetzend, entdeckt zu werden. Ich frage Sie: Ist eine solche Theorie haltbar?«

»Aber welche andere Erklärung gibt es?« rief der Bankier, von Verzweiflung bewegt. »Wenn er unschuldig ist, warum sagt er es denn nicht?«

»Das herauszufinden ist unsere Aufgabe«, erwiderte Holmes. »Wenn es Ihnen genehm ist, Mr. Holder, begeben wir uns gemeinsam nach Streatham und werden eine Stunde darauf verwenden, die Einzelheiten ein bißchen näher zu betrachten.«

Mein Freund wünschte dringend, daß ich die Expedition begleitete, und ich willigte gern ein, da die Geschichte, die wir gehört hatten, meine Neugier und mein Mitgefühl aufgewühlt hatte. Ich gebe zu, daß für mich die Schuld des Sohnes genauso feststand wie für seinen unglücklichen Vater; dennoch setzte ich mein Vertrauen in Holmes' Urteil und fühlte, es müsse einen Grund zur Hoffnung geben, solange er mit der dargebotenen Erklärung unzufrieden war. Auf dem ganzen Weg zu dem südlichen Vorort sprach er kein Wort; er saß, das Kinn auf der Brust, den Hut über die Augen geschoben, in tiefes Denken versunken. Unser Klient schien angesichts des Hoffnungsschimmers wieder Mut gefaßt zu haben; er begann sogar ein flüchtiges Gespräch mit mir über seine Geschäftsangelegenheiten. Nach einer kurzen Bahnfahrt und einem noch kürzeren Spaziergang erreichten wir Fairbank, die bescheidene Residenz des großen Bankiers.

Fairbank war ein recht großes, viereckiges Haus aus weißem Stein. Es lag ein Stück abseits der Straße. Durch einen schneebedeckten Rasen zog sich eine zweispurige Auffahrt zu den zwei großen eisernen Toren hin, die das Anwesen abschlossen. Zur Rechten wucherte ein Gebüsch, aus dem ein schmaler Pfad kam, der weiter zwischen sauber geschnittenen Hecken zum Lieferanteneingang führte. Ein Weg auf der linken Seite lief in

Richtung der Ställe, gehörte aber nicht zum Anwesen, sondern war der Öffentlichkeit zugänglich, wenn auch wenig benutzt. Holmes ließ uns vor der Tür stehen und schritt langsam um das Haus herum, an der Vorderfront entlang, über den Lieferantenpfad und durch den dahinter liegenden Garten zum Stallweg. Das dauerte so lange, daß Mr. Holder und ich uns inzwischen in den Salon begaben, um vorm Feuer seine Rückkunft zu erwarten. Wir saßen und schwiegen, da öffnete sich die Tür, und eine junge Dame trat ein. Sie war etwa mittelgroß und schlank, hatte dunkles Haar und Augen, die im Kontrast zu der tiefen Blässe ihrer Haut noch einen Schein dunkler wirkten. Ich glaube, ich habe nie wieder ein weibliches Gesicht von solcher Totenblässe gesehen. Auch ihre Lippen waren blutleer, und die Augen waren vom Weinen gerötet. Wie sie lautlos in den Raum kam, beeindruckte sie mich durch ihren Kummer mehr als der Bankier am Morgen, und das überraschte mich besonders deshalb, weil sie dem Anschein nach einen starken Charakter und eine große Fähigkeit zur Selbstbeherrschung besaß. Sie beachtete meine Gegenwart nicht, sondern ging geradewegs auf ihren Onkel zu und strich ihm zärtlich über den Kopf.

»Hast du Anweisung gegeben, daß man Arthur freiläßt, Papa?« fragte sie.

»Nein, nein, mein Mädchen. Die Sache muß gründlich geklärt werden.«

»Aber ich bin gewiß, daß er unschuldig ist. Du weißt, wie sicher der weibliche Instinkt urteilt. Ich weiß, er hat kein Unrecht begangen. Es wird dir leid tun, daß du so streng gehandelt hast.«

»Warum schweigt er denn, wenn er unschuldig ist?«

»Wer weiß? Vielleicht, weil er wütend darüber ist, daß du ihn verdächtigt hast.«

»Wie sollte ich ihn nicht verdächtigen, da ich ihn doch mit der Krone in der Hand sah?«

»Er hat sie nur genommen, um sie zu betrachten. Ach, glaub mir doch, er ist unschuldig. Gib die Sache auf und sag nichts mehr gegen ihn. Der Gedanke, daß unser lieber Arthur im Gefängnis sitzt, ist so schrecklich.«

»Ich gebe nicht auf, ehe die Steine gefunden sind, Mary. Deine Zuneigung zu Arthur macht dich für die fürchterlichen Konsequenzen blind, denen ich mich gegenübersehe. Anstatt es unter den Teppich zu kehren, habe ich einen Herrn aus London mitgebracht, der alles gründlich untersuchen wird.«

»Diesen Herrn?« fragte sie, indem sie mich anschaute.

»Seinen Freund. Er wollte allein sein. Er ist draußen auf dem Stallweg.«

»Auf dem Stallweg?« Sie hob die dunklen Brauen. »Was hofft er dort zu entdecken? Ah, da kommt er, glaube ich. — Ich vertraue Ihnen, Sir, daß Sie beweisen können, was ich als die Wahrheit fühle: Mein Vetter Arthur trägt an dem Verbrechen keine Schuld.«

»Ich teile ganz Ihre Meinung und vertraue mit Ihnen darauf, daß wir es beweisen können«, bemerkte Holmes und trat zurück auf die Fußmatte, um sich den Schnee von den Schuhen zu klopfen. »Ich nehme an, ich habe die Ehre, mit Miss Mary Holder zu sprechen. Dürfte ich Ihnen einige Fragen stellen?«

»Bitte, Sir, wenn ich damit helfen kann, die entsetzliche Geschichte aufzuklären.«

»Sie haben in der Nacht nichts gehört?«

»Nichts, bis mein Onkel laut zu sprechen anfing. Das hörte ich, und daraufhin ging ich hinunter.«

»Sie hatten am Abend die Türen und die Fenster geschlossen. Waren die Fenster verriegelt?«

»Ja.«

»Waren sie heute morgen noch alle verriegelt?«

»Ja.«

»Eines Ihrer Mädchen hat einen Liebsten? Sie erwähnten gestern abend Ihrem Onkel gegenüber, daß sie vorm Haus gewesen sei und sich mit ihm getroffen habe?«

»Ja. Es handelt sich um das Mädchen, das im Salon serviert und vielleicht die Bemerkungen meines Onkels über die Krone mit angehört hat.«

»Ich verstehe. Sie folgerten, daß sie hinausgegangen sein könnte, um ihrem Liebsten das zu erzählen, und daß die beiden dabei möglicherweise den Einbruch geplant hätten.«

»Wozu sollen nur diese vagen Theorien gut sein?« rief der Bankier ungeduldig. »Ich erzählte Ihnen doch bereits, daß ich Arthur mit der Krone in Händen sah.«

»Ein Momentchen, Mr. Holder. Wir müssen so weit zurückgehen. Also, zu dem Mädchen, Miss Holder: Sie sahen, wie sie durch die Küchentür wieder ins Haus kam, nehme ich an?«

»Ja. Als ich prüfen wollte, ob dort abgeschlossen war, schlüpfte sie herein. Ich habe im Dunkeln auch den Mann gesehen.«

»Sie kennen ihn?«

»O ja, es ist der Händler, der uns das Gemüse liefert. Er heißt Francis Prosper.«

»Stand er«, fragte Holmes, »links von der Tür auf dem Pfad, also ein Stück weg, daß man von da die Tür nicht hätte öffnen können?«

»Ja, etwa so.«

»Und ist es ein Mann mit einem Holzbein?«

Etwas wie Furcht sprang plötzlich in die ausdrucksvollen schwarzen Augen der Dame. »Sie sind der reine Hellseher«, sagte sie. »Woher wissen Sie das?« Sie lächelte. Aber in Holmes' schmales, eifriges Gesicht trat kein erwiderndes Lächeln.

»Ich wäre dankbar, wenn ich jetzt nach oben gehen könnte«, sagte er. »Ich möchte wohl auch noch einmal das Haus von draußen absuchen. Vielleicht werfe ich aber erst einen Blick auf die Fenster dieses Raumes, ehe ich weitergehe.«

Schnell schritt er von Fenster zu Fenster und hielt sich nur länger bei dem großen auf, von dem aus man den Stallweg sah. Dieses öffnete er und betrachtete die Fensterbank gründlich durch seine starke Lupe.

»Nun können wir hinaufgehen«, sagte er schließlich.

Der Ankleideraum des Bankiers war eine einfach möblierte Kammer mit einem grauen Teppich, einer ausladenden Kommode und einem hohen Spiegel. Holmes schaute sich zuerst die Kommode an und untersuchte das Schloß genau.

»Welcher Schlüssel wurde benutzt?« fragte er.

»Der, den mein Sohn erwähnt hatte, der vom Schrank in der Rumpelkammer.«

»Haben Sie ihn hier?«

»Er liegt dort auf dem Toilettentisch.«

Holmes sperrte die Kommode auf.

»Ein geräuschloses Schloß«, sagte er. »Kein Wunder, daß Sie nicht aufgewacht sind. Ich nehme an, dieser Kasten enthält die Krone. Wir müssen einen Blick auf sie werfen.« Er öffnete das Etui, holte das Diadem heraus und legte es auf den Tisch. Es war ein großartiges Werk der Goldschmiedekunst, und die sechsunddreißig Steine waren die schönsten, die ich je gesehen habe. An einer Stelle zeigte der obere Saum unregelmäßige Scharten: dort war die Zacke mit drei Edelsteinen abgebrochen.

»Hier, Mr. Holder«, sagte Holmes, »diese Zacke entspricht der auf so unglückliche Weise abhanden gekommenen. Dürfte ich bitten, daß Sie sie abbrechen?«

Der Bankier fuhr entsetzt zurück. »Nicht im Traum würde ich mich das getrauen«, sagte er.

»Dann werde ich es tun.« Holmes legte alle Kraft in den Versuch, blieb aber ohne Erfolg. »Ich habe gespürt, wie das Material ein bißchen nachgab«, sagte er, »doch obwohl ich äußerst starke Finger habe, würde es mich viel Zeit kosten, ein Stück abzubrechen. Ein durchschnittlicher Mensch hätte überhaupt keinen Erfolg. Und außerdem hätte es gekracht wie von einem Pistolenschuß. Wollen Sie mir erzählen, daß ein solcher Vorfall nur ein paar Yard von Ihrem Bett passiert ist, und Sie sind nicht aufgewacht?«

»Ich weiß nicht, was ich von alledem halten soll. Für mich liegt das völlig im Dunkeln.«

»Vielleicht hellt es sich auf, wenn wir voranschreiten. Was meinen Sie, Miss Holder?«

»Ich gestehe, daß ich die Verwirrung meines Onkels teile.«

»Trug Ihr Sohn Schuhe oder Pantoffeln, als Sie ihn überraschten?«

»Er hatte nichts an als Hemd und Hose.«

»Danke. Bei diesen Nachforschungen begünstigt uns das Glück wirklich außerordentlich, und es wird nur unser eigener Fehler sein, wenn wir die Sache nicht aufklären. Mit Ihrer Erlaubnis, Mr. Holder, werde ich meine Untersuchungen nun draußen fortsetzen.«

Er wünschte allein zu gehen, denn unnötige Fußspuren würden, so erklärte er, seine Aufgabe erschweren. Er arbeitete eine Stunde oder etwas länger, die Schuhe voller Schnee und das Gesicht wie immer unergründlich.

»Ich denke, ich habe jetzt alles gesehen, was es zu sehen gibt, Mr. Holder. Ich werde Ihnen am meisten nützen, wenn ich in meine Wohnung zurückkehre.«

»Aber die Steine, Mr. Holmes? Wo sind sie?«

»Das kann ich nicht sagen.«

Der Bankier rang die Hände. »Ich sehe sie nie wieder!« rief er. »Und mein Sohn? Machen Sie mir Hoffnungen?«

»Meine Ansicht hat sich in keiner Weise geändert.«

»Was war das denn nur, um Himmels willen, für eine

Geschichte, die sich letzte Nacht in meinem Hause abgespielt hat?«

»Wenn Sie morgen bei mir in der Baker Street vorsprechen wollen, zwischen neun und zehn, dann werde ich mich glücklich schätzen, alles in meinen Kräften Stehende zu tun, damit sie verständlicher wird. Ich verstand Sie doch recht so, daß ich *carte blanche* habe, daß ich unter der Voraussetzung, ich bringe die Edelsteine zurück, über eine nicht begrenzte Summe verfügen kann?«

»Ich würde mein Vermögen hergeben, wenn ich sie wiederbekäme.«

»Sehr schön. Ich kümmere mich inzwischen weiter um die Sache. Auf Wiedersehen. Es ist durchaus möglich, daß ich vor Abend noch einmal herkomme.«

Ich begriff, daß mein Gefährte ein Resultat erreicht hatte, obwohl ich mir auch im entferntesten nicht vorstellen konnte, worin seine Schlüsse bestehen konnten. Auf unserem Weg nach Hause versuchte ich mehrere Male, ihn zu Äußerungen zu bewegen, aber er wich immer in andere Themen aus, und so gab ich meine Anstrengungen schließlich verzweifelt auf. Es war noch nicht drei, als wir unsere Wohnung betraten. Er eilte in sein Schlafzimmer und war wenige Minuten später wieder unten, in der Kleidung eines Penners. Mit dem hochgestellten Kragen der speckigen, verschlissenen Jacke, der roten Krawatte und den abgetragenen Schuhen bot er ein vollendetes Exemplar dieser Sorte Mensch dar.

»Ich glaube, so geht es«, sagte er, indem er sich im Spiegel musterte. »Ich wünschte nur, Sie könnten mit mir kommen, Watson, aber ich fürchte, das ist unmöglich. Vielleicht bin ich auf dem richtigen Gleis, vielleicht jage ich auch einem Irrlicht hinterher — jedenfalls werde ich bald wissen, womit ich es zu tun habe. Ich hoffe in ein paar Stunden zurück zu sein.« Er schnitt sich ein Stück vom Rindfleischbraten herunter, der auf der Anrichte stand, packte es zwischen zwei Brotscheiben, stopfte diese primitive Mahlzeit in die Jakkentasche und startete zu seiner Expedition.

Ich hatte gerade meinen Tee getrunken, als er wiederkam, offensichtlich bester Laune, einen alten Gummizugstiefel in der Hand. Er warf den Stiefel in die Ecke und goß sich eine Tasse Tee ein.

»Ich schaue im Vorbeigehen nur kurz einmal herein«, sagte er. »Ich muß gleich weiter.«

»Wohin?«

»Ach, nur hinaus nach West End. Es kann diesmal länger dauern. Warten Sie nicht auf mich, im Falle, daß es spät wird.«

»Wie kommen Sie voran?«

»So la-la. Ich kann nicht klagen. Ich bin eben noch einmal in Streatham gewesen, habe aber im Haus nicht mehr vorgesprochen. Es ist ein reizendes kleines Problem, und ich möchte es um nichts in der Welt missen. Aber nun sollte ich nicht hier herumsitzen und schwatzen, sondern schauen, daß ich diese meinem Ruf abträglichen Kleider vom Leib kriege und mich wieder in mein höchst respektables Selbst verwandle.«

Ich spürte an seiner Art, daß er zufriedener war, als er mit Worten allein ausdrücken konnte. Er blinzelte mir zu, und auf seinen hageren Wangen lag sogar ein Anflug von Rot. Er eilte nach oben, und einige Minuten später hörte ich die Tür der Halle zufallen, was mir verriet, daß er wieder auf der Jagd war.

Ich wartete bis Mitternacht, und er erschien nicht; so zog ich mich in mein Zimmer zurück. Es war nicht ungewöhnlich, daß er Tage und Nächte hintereinander fortblieb, wenn er eine heiße Spur gefunden hatte, weshalb mich auch seine Verspätung an jenem Abend nicht überraschte. Ich weiß nicht, wann er dann zu Hause eingetroffen ist, jedenfalls saß er, als ich frühstücken wollte, am Tisch, die Kaffeetasse in der einen, die Zeitung in der anderen Hand, so frisch und schmuck wie nur möglich.

»Entschuldigen Sie, Watson, daß ich ohne Sie angefangen habe«, sagte er. »Aber Sie erinnern sich: Ich habe eine ziemlich frühe Verabredung mit unserem Klienten.«

»Es ist schon nach neun«, antwortete ich, »und es würde mich nicht überraschen, wenn er das wäre. Ich glaube, ich habe es klingeln hören.«

Es war wirklich unser Freund, der Financier. Die Wandlung, die er durchgemacht hatte, erschreckte mich. Sein Gesicht, sonst breit und massig, sah verkniffen und eingefallen aus, und sein Haar war mindestens um einen Schimmer weißer geworden. Bekümmert und wie betäubt trat er ins Zimmer und bot einen schmerzlicheren Anblick als bei seiner Raserei am Morgen zuvor. Er ließ sich in den Lehnstuhl fallen, den ich ihm unterschob.

»Ich weiß nicht, was ich verbrochen habe, daß ich so hart geprüft werde«, sagte er. »Noch vor zwei Tagen war ich ein glücklicher Mann, ohne Sorgen, und alles gedieh mir. Jetzt bin ich einem einsamen, entehrten Alter anheimgegeben. Ein Unglück folgt dem anderen auf dem Fuße. Meine Nichte Mary hat mich verlassen.«

»Sie verlassen?«

»Ja. Heute morgen fand ich ihr Bett unberührt, sie war nicht in ihrem Zimmer, und in der Halle lag ein Brief für mich. Gestern abend hatte ich aus Gram, nicht im Zorn, zu ihr gesagt, daß vielleicht alles gut geworden wäre, wenn sie meinen Sohn geheiratet hätte. Mag sein, es war gedankenlos von mir, so zu sprechen. Auf die Bemerkung spielt sie in ihrem Brief an: ›Mein liebster Onkel, ich fühle, daß ich Dir Verdruß bereitet habe und daß dieses schreckliche Unglück nie über Dich gekommen wäre, wenn ich anders gehandelt hätte. Mit diesem Gedanken im Kopf kann ich nie wieder in

Deinem Haus glücklich sein. Sorge Dich nicht um meine Zukunft, denn sie ist gesichert. Und vor allem: Such nicht nach mir, das wäre vertane Mühe und würde mir zudem einen schlechten Dienst erweisen. Im Leben wie im Tod bleibe ich immer Deine Dich liebende MARY.‹

Was kann sie mit dem Brief nur meinen, Mr. Holmes? Glauben Sie, daß man auf Selbstmord schließen muß?«

»Nein, nein, auf nichts der Art. Vielleicht ist es die bestmögliche Lösung. Ich bin überzeugt, daß Sie sich dem Ende Ihres Kummers nähern, Mr. Holder.«

»Ha! das sagen Sie! Haben Sie etwas in Erfahrung gebracht, Mr. Holmes? Sie haben etwas erfahren! Wo sind die Steine?«

»Würden Sie tausend Pfund pro Stück für einen zu teuren Preis halten?«

»Ich würde zehntausend zahlen!«

»So viel ist nicht nötig. Mit dreitausend wäre die Angelegenheit abgemacht. Und dann denke ich noch an eine kleine Belohnung. Haben Sie Ihr Scheckbuch bei sich? Hier ist ein Federhalter. Am besten schreiben Sie gleich einen Scheck über viertausend Pfund aus.«

Verwirrten Gesichts tat der Bankier, was Holmes forderte. Mein Freund ging an sein Schreibpult, entnahm ihm ein dreieckiges, mit drei Steinen besetztes Stück Gold und warf es auf den Tisch.

Mit einem Freudenschrei griff unser Klient danach.

»Sie haben es!« keuchte er. »Ich bin gerettet! Ich bin gerettet!«

Der Ausdruck seiner Freude war so leidenschaftlich, wie es der seines Kummers gewesen war. Er drückte die wiedergefundenen Juwelen ans Herz.

»Sie schulden noch etwas, Mr. Holder«, sagte Holmes ziemlich streng.

Sofort nahm er den Federhalter wieder auf. »Nennen Sie den Betrag, ich werde ihn zahlen.«

»Nein, ich meine nicht mich. Sie schulden dem edlen Burschen, Ihrem Sohn, eine demütige Bitte um Verzeihung. Er hat sich in dieser Sache auf eine Weise verhalten, die mich stolz machte, wenn mein eigener Sohn, sollte ich je einen haben, handelte wie er.«

»Dann war es nicht Arthur, der die Steine stahl?«

»Ich sagte es Ihnen schon gestern und wiederhole es heute: Er war es nicht.«

»Sind Sie sicher? Dann wollen wir zu ihm eilen und ihn wissen lassen, daß die Wahrheit bekannt geworden ist.«

»Er weiß es schon. Als ich alles geklärt hatte, sprach ich mit ihm, und da er mir die Geschichte nicht erzählen wollte, erzählte ich sie ihm, woraufhin er zugab, daß ich recht hatte, und er mir einige wenige Einzelheiten, die mir nicht ganz klar erschienen, erläuterte. Die Neuigkeiten, die Sie ihm heute bringen können, werden ihn zum Sprechen bewegen.«

»Um Himmels willen, sagen Sie mir, worum es sich bei dem außerordentlichen Geschehnis handelt.«

»Ich werde es tun, und ich werde Ihnen auch die Schritte zeigen, die mich ans Ziel gebracht haben. Lassen Sie mich zuerst mitteilen, was mir zu sagen und Ihnen zu hören am schwersten fällt. Es gab ein Einvernehmen zwischen Sir George Burnwell und Ihrer Nichte Mary. Sie sind gemeinsam geflohen.«

»Meine Mary? Unmöglich!«

»Es ist leider mehr als möglich, es ist sicher. Weder Sie noch Ihr Sohn kannten den wahren Charakter dieses Mannes, als Sie ihn in den Kreis Ihrer Familie aufnahmen. Er ist einer der gefährlichsten Männer in England — ein heruntergekommener Spieler, ein zu allem entschlossener Schurke, ein Mensch ohne Herz und Gewissen. Ihre Nichte wußte nichts von solchen Männern. Als er ihr seine Liebesschwüre vorsäuselte, wie er es schon bei hundert Frauen zuvor getan hatte, schmeichelte sie sich, allein sein Herz bewegt zu haben. Der Teufel mag wissen, was er ihr gesagt hat, jedenfalls wurde sie schließlich sein Werkzeug. Sie traf ihn fast jeden Abend.«

»Ich kann es, will es nicht glauben!« rief der Bankier mit aschfarbenem Gesicht.

»Ich werde jetzt berichten, was sich in jener Nacht vor Ihrem Haus zugetragen hat. Ihre Nichte schlich sich hinunter, als sie annahm, Sie seien zu Bett gegangen, und sprach mit ihrem Liebhaber durch das Fenster, das auf den Weg zum Stall hinausgeht. Seine Füße haben sich, als er dort stand, in den Schnee eingedrückt. Sie erzählte ihm von der Krone. Seine verrückte Gier nach Gold entzündete sich an der Neuigkeit, und er machte sich Mary gefügig. Ich zweifle nicht daran, daß sie Sie liebte, aber es gibt Frauen, in denen die Liebe zum Liebhaber jede andere Liebe löscht, und ich nehme an, sie war eine von dieser Sorte. Sie hatte seine Anweisungen kaum zu Ende gehört, als sie Sie die Treppen hinunterkommen sah, woraufhin sie eilends das Fenster schloß und Ihnen von der Eskapade des Dienstmädchens mit ihrem holzbeinigen Liebsten erzählte, die übrigens stimmt.

Arthur, Ihr Sohn, ging nach der Unterredung mit Ihnen zu Bett, aber er schlief schlecht wegen des Unbehagens, das ihm seine Schulden im Club bereiteten. Mitten in der Nacht hörte er einen leisen Schritt vor seiner Tür. Er stand auf, und als er hinausschaute, sah er mit Erstaunen seine Kusine über den Korridor schleichen und in Ihrem Ankleidezimmer verschwinden. Starr vor Überraschung zog sich der Junge ein paar Kleidungsstücke an und wartete, was aus der befremdlichen Angelegenheit werden würde. Sie kam wieder aus dem Zimmer, und im Licht der Korridorlampe sah Ihr Sohn, daß sie die kostbare Krone in Händen hielt. Sie stieg die Treppe hinab, und er, von Entsetzen gepackt, rannte los und versteckte sich hinter einem Vorhang neben der Tür Ihres Zimmers, von wo aus er beobachten konnte, was sich in der Halle abspielte. Er sah, wie sie lautlos das Fenster öffnete, die Krone jemandem ins Dunkel hinausreichte, das Fenster wieder schloß und dann in ihr Zimmer zurückeilte, wobei sie ganz nahe an dem Vorhang vorbeikam, hinter dem verborgen er stand.

Solange sie sich auf dem Schauplatz befand, konnte er nichts unternehmen, er hätte denn die Frau, die er liebte, aufs schrecklichste bloßstellen müssen. Aber in dem Augenblick, da sie abgetreten war, kam ihm zu Bewußtsein, wie das Unglück Sie niederschmettern würde und wie wichtig es war, es zu verhindern. Er stürzte nach unten, barfüßig, wie er war, riß das Fenster auf, sprang in den Schnee und rannte den Weg hinunter, wo er im Mondlicht eine dunkle Gestalt ausgemacht hatte. Sir George Burnwell versuchte zu entkommen, aber Arthur warf sich auf ihn. Bei dem Kampf, der nun entbrannte, zog Ihr Junge auf der einen Seite und sein Gegner auf der anderen Seite an der Krone. Im Handgemenge erwischte Ihr Sohn Sir George Burnwell und fügte ihm eine Wunde über dem Auge zu. Dann gab es ein plötzliches Knacken, und Ihr Sohn hielt die Krone allein in Händen. Er jagte zurück, kletterte durchs Fenster, verschloß es und stieg zu Ihrem Zimmer hinauf. Er hatte entdeckt, daß die Krone beim Kampf verbogen worden war und wollte sie richten. Da erschienen Sie auf der Szene.«

»Ist es die Möglichkeit!« stieß der Bankier hervor.

»Sie entfachten seinen Zorn, weil Sie ihn in dem Moment beschimpften, da er den wärmsten Dank verdient zu haben glaubte. Er konnte den wahren Stand der Dinge nicht erklären, ohne einen Menschen, der allerdings am wenigsten seine Rücksicht verdiente, zu verraten. Er entschied sich jedenfalls für Ritterlichkeit und wahrte Marys Geheimnis.«

»Deshalb schrie sie auf und fiel in Ohnmacht, als sie die Krone erblickte!« rief Mr. Holder. »O mein Gott, was bin ich für ein blinder Narr gewesen! Und dann seine Frage, ob er das Haus für fünf Minuten verlassen dürfe! Der Junge wollte nachsehen, ob er das fehlende Stück auf dem Kampfplatz finden konnte! Welch grausames Unrecht habe ich ihm zugefügt!«

»Als wir zu Ihnen kamen«, fuhr Holmes fort, »ging ich sofort vorsichtig ums Haus herum, um festzustellen, ob es Spuren im Schnee gab, die mich weiterbringen konnten. Ich wußte, daß seit dem vergangenen Abend kein neuer Schnee gefallen war, auch, daß strenger Frost geherrscht hatte, was für die Bewahrung von Abdrücken nützlich ist. Ich ging den Lieferantenweg ab, fand dort jedoch alles zertrampelt und unerkennbar. Aber an der Küchentür mußte eine Frau gestanden und sich mit einem Mann unterhalten haben, der dem runden Abdruck nach ein Holzbein haben mußte. Ich konnte sogar sagen, daß die beiden gestört worden waren, denn die Frau war schnell zur Tür zurückgelaufen, darauf wiesen die tiefen Abdrücke der Spitzen und die leichten der Absätze hin, während unser Mann mit dem Holzbein noch ein Weilchen gewartet und sich dann erst entfernt hat. Ich dachte sogleich an das Dienstmädchen und ihren Schatz, von denen Sie mir bereits erzählt hatten, und das stellte sich als richtig heraus. Ich ging im Garten umher, fand aber nichts als zufällige Spuren, die kreuz und quer liefen und von denen ich annahm, sie stammten von den Polizisten; aber als ich vor dem Weg zu den Ställen stand, fand ich dort eine sehr lange und verworrene Geschichte in den Schnee geschrieben.

Es gab die Spur eines Mannes, der Stiefel getragen hatte, und eine andere, die, das bemerkte ich erfreut, von einem Barfüßigen herrührte. Ich erkannte nach dem, was Sie mir berichtet hatten, daß es sich um Ihren Sohn handeln mußte. Der erste Mann war hin und zurück gegangen, der andere war schnell gelaufen und mußte, da seine Spur manchmal über den Stiefelabdrücken lag, nach dem anderen dorthin gelangt sein. Ich verfolgte die Spuren bis zum Fenster der Halle. Der Bestiefelte hatte da beim Warten den ganzen Schnee zertrampelt. Dann ging ich hundert Yards oder etwas mehr den Weg in Richtung Straße ab. Dabei entdeckte ich die Stelle, wo sich der Bestiefelte umgedreht hatte, und dort war der Schnee so zerstampft, als ob ein Kampf stattgefunden habe. Ich entdeckte auch ein paar Blutstropfen, die meine Annahme bestätigten. Der Bestiefelte war schließlich den Weg hinuntergelaufen, und noch ein Blutfleck bestätigte mir, daß er es war, der die Wunde davongetragen hatte. Auf der Landstraße, die er erreichte, stellte ich fest, daß das Pflaster gesäubert worden war, so daß ich keine weiteren Beweise finden konnte.

Nach dem Betreten des Hauses untersuchte ich, wie Sie sich erinnern werden, die Bank und den Rahmen des Fensters in der Halle mit der Lupe, und dabei fiel mir auf, daß jemand hinausgeklettert war. Und ich entdeckte den Umriß eines nassen Fußes, der nach innen wies. Nun konnte ich beginnen, mir ein Bild zu machen von dem, was sich ereignet hatte. Ein Mann wartet vor dem Fenster, jemand bringt ihm die Krone. Die Tat ist von Ihrem Sohn beobachtet worden. Er verfolgt den Dieb, kämpft mit ihm, beide ziehen an der Krone, und unter ihren vereinten Kräften wird sie beschädigt, was jeder für sich allein nicht hätte bewirken können. Ihrem Sohn gelang es, mit der Beute zurückzukehren, aber er hatte ein Stück in der Hand seines Gegners lassen müssen. Soweit war ich mir klar. Es blieb die Frage: Wer ist der Mann, und wer hat ihm die Krone gebracht?

Es ist eine meiner Maximen: Was übrigbleibt, wenn man das Unmögliche ausgeschlossen hat, muß die Wahrheit sein, so unwahrscheinlich sie sich auch ausnehmen mag. Da ich nun wußte, daß Sie es nicht waren, der die Krone hintrug, blieben nur die Dienstmädchen und Ihre Nichte übrig. Aber wenn es die Dienstmädchen waren, warum ließ sich ihretwegen Ihr Sohn beschuldigen? Für so etwas gab es keinen stichhaltigen Grund. Aber daß er seine Kusine liebte, erschien mir als eine ausgezeichnete Erklärung, ihr Geheimnis bei sich zu behalten — um so eher, als es ein entehrendes Geheimnis war. Als ich mich dann daran erinnerte, daß Sie Ihre Nichte an dem Fenster hatten stehen sehen und daß sie in Ohnmacht gefallen war, als sie die Krone erblickte, wurde aus meiner Vermutung Gewißheit.

Und wer mochte ihr Verbündeter sein? Offenbar ein Liebhaber, denn wer sonst hätte die Liebe und die Dankbarkeit, die sie sicherlich für Sie hegte, aufwiegen können? Ich wußte, daß Sie selten aus dem Haus gingen und daß der Kreis Ihrer Freunde sehr klein war. Aber zu ihm gehörte Sir George Burnwell. Ich hatte schon früher von ihm gehört und von dem schlechten Ruf, den er sich in bezug auf Frauen erworben hatte. Er mußte der Mann sein, der in den Stiefeln erschienen war und der die fehlenden Edelsteine zurückhielt. Obgleich er wußte, daß Arthur ihn entdeckt hatte, konnte er sich einreden, er sei sicher, da der nichts verlauten lassen konnte, ohne daß es auch die eigene Familie kompromittierte.

Nun, Sie können sich mit einiger Vorstellungskraft ausmalen, was ich als nächstes unternahm. Ich ging in der Verkleidung eines Penners zum Haus von Sir George, schloß Bekanntschaft mit dessen Diener und erfuhr, daß sein Herr sich in der vergangenen Nacht am Kopf verletzt hatte. Schließlich gelang es mir noch, für sechs Schilling ein Paar seiner abgelegten Schuhe zu kaufen, und ich stellte fest, daß sie genau in die Spuren paßten.«

»Gestern abend habe ich einen schlecht gekleideten Vagabunden auf dem Weg zu den Ställen gesehen«, sagte Mr. Holder.

»Genau. Das war ich. Und da wußte ich, daß ich meinen Mann gefunden hatte. Ich ging nach Hause und wechselte die Kleidung. Nun mußte ich eine delikate Rolle spielen, denn eine Anklage sollte, um einen Skandal abzuwenden, vermieden werden, und ich dachte, ein so schlauer Schurke würde wissen, daß unsere Hände gebunden sind. Ich traf mich mit ihm. Erst leugnete er natürlich alles. Doch als ich ihm dann jede Einzelheit des Geschehens vorstellte, versuchte er es mit Toben und riß einen Totschläger von der Wand. Ich war mir klar, mit wem ich es zu tun hatte, und hielt ihm die Pistole vor den Kopf, ehe er zuschlagen konnte. Das machte ihn ein bißchen vernünftiger. Ich sagte ihm, wir würden Geld für die Steine zahlen — tausend Pfund für jeden. Dieses Angebot löste bei ihm die ersten Anzeichen von Kummer aus. ›Verdammt‹, sagte er, ›ich habe sie alle drei verkauft, für sechshundert!‹ Ich versprach, keinen Strafantrag zu stellen, und erreichte so, daß er mir die Adresse des Käufers verriet. Nun fuhr ich dorthin, und nach vielem Schachern bekam ich unsere Steine für tausend Pfund je Stück. Dann sah ich noch nach Ihrem Sohn, erzählte ihm, daß alles in Ordnung sei, und ging schließlich gegen zwei Uhr morgens ins Bett, nach einem, wie ich es nennen möchte, wirklich harten Tagewerk.«

»Nach einem Tagewerk, das England vor einem großen öffentlichen Skandal bewahrt hat«, sagte der Bankier und erhob sich. »Sir, ich finde keine Worte, Ihnen zu danken, aber Sie sollen mich nicht undankbar finden, nach dem, was Sie für mich getan haben. Ihre Kunstfertigkeit übertrifft wirklich alles, was ich von Ihnen gehört hatte. Und jetzt muß ich schnell zu meinem lieben Jungen und ihn um Verzeihung für das Unrecht bitten, das ich ihm angetan habe. Was Sie mir von der armen Mary erzählten, geht mir zu Herzen. Selbst Sie mit Ihrer Kunstfertigkeit können mir nicht sagen, wo sie ist.«

»Ich glaube, wir können mit Sicherheit sagen«, erwiderte Holmes, »daß sie da ist, wo Sir George Burnwell ist. Und auch das ist gewiß: Welche Sünden sie immer begangen haben mag, sie werden bald eine mehr als ausreichende Strafe nach sich ziehen.«

Das Haus ›Zu den Blutbuchen‹

»Für Leute, welche die Kunst um ihrer selbst willen lieben«, bemerkte Holmes und warf die Annoncenseite des ›Daily Telegraph‹ beiseite, »wird sie oft mit ihren unwichtigsten und schwächlichsten Inhalten zur Quelle des lebhaftesten Vergnügens. Ich meinerseits beobachte mit Vergnügen, Watson, daß Sie diese Wahrheit insoweit begriffen haben, als Sie für die kleinen Berichte, die Sie die Freundlichkeit haben, aufzuzeichnen, und die Sie, das sei hinzugefügt, gelegentlich ausschmücken, den Vorzug nicht so sehr der Vielzahl der *causes célèbres* und Sensationsfälle, in denen ich mitspielte, geben, sondern eher die in sich trivialen Vorkommnisse mitteilen, die Ihnen bessere Möglichkeiten zur Darstellung meines Spezialgebiets, des Deduzierens und logischen Synthetisierens, einräumen.«

»Und doch«, sagte ich lächelnd, »kann ich mich nicht von der Anklage der Sensationsschreiberei losgesprochen sehen, die gegen meine Berichte erhoben wurde.«

»Sie sind vielleicht zu weit gegangen«, bemerkte er, nahm ein Stückchen glühender Holzkohle mit der Feuerzange auf und setzte damit den Tabak in der langen Kirschholzpfeife in Brand, die für gewöhnlich den Platz der Tonpfeife einnahm, wenn ihm der Sinn eher nach Disput als nach Meditation stand. »Sie sind vielleicht zu weit gegangen, indem Sie versuchten, Farbe und Leben in die Berichte zu bringen, anstatt sich auf die Aufgabe zu beschränken, den strengen Schluß von der Ursache zur Wirkung darzulegen, was das einzig Wesentliche an der Sache ist.«

»Mir scheint, in dieser Hinsicht habe ich Ihnen immer

volle Gerechtigkeit widerfahren lassen«, bemerkte ich ziemlich kalt, denn ich fühlte mich von seiner Ichbezogenheit abgestoßen, etwas, das mir schon oft als ein starker Faktor in dem außergewöhnlichen Charakter meines Freundes aufgefallen war.

»Nein, ich sage das nicht aus Selbstsucht oder Eigendünkel«, erwiderte er und beantwortete so wie meist eher meine Gedanken als meine Worte. »Wenn ich volle Gerechtigkeit für meine Kunst fordere, so nur, weil sie eine unpersönliche Sache ist — etwas, das jenseits meiner Person liegt. Verbrechen ist alltäglich. Logik ist selten. Deshalb sollten Sie lieber bei der Logik als beim Verbrechen verweilen. Sie haben, was eine Folge von Lehrbeispielen hätte sein können, zu einer Serie von Geschichten degradiert.«

Es war ein kalter Morgen im Vorfrühling, und wir saßen nach dem Frühstück vor einem Holzfeuer in dem alten Zimmer in der Baker Street. Dichter Nebel braute zwischen den Zeilen schwärzlicher Häuser, und die gegenüberliegenden Fenster wirkten durch die lastenden Schwaden wie dunkle, gestaltlose Flecken. Unser Gaslicht beschien das weiße Tischtuch und ließ Porzellan und Metall aufschimmern — das Geschirr war noch nicht abgeräumt. Sherlock Holmes war den ganzen Morgen über schweigsam gewesen, hatte lange vertieft in den Anzeigenseiten gelesen, doch seine Suche schließlich aufgegeben und mir dann in nicht gerade freundlicher Laune eine Lektion über meine literarischen Unzulänglichkeiten gehalten.

»Außerdem«, warf er nach einer langen Pause hin, in der er nur an seiner langen Pfeife gepafft und in das Feuer geblickt hatte, »kann man Sie wirklich nicht wegen Sensationslust tadeln, denn unter den Fällen, denen Sie freundlicherweise Ihr Interesse zuwandten, sind eine ganze Reihe Vorkommnisse, die vom gesetzlichen Standpunkt gar nicht Verbrechen genannt werden können. Die unbedeutende Angelegenheit, in der ich versuchte, dem König von Bohemia zu helfen, die bemerkenswerten Erlebnisse der Miss Mary Sutherland, das Problem des Mannes mit dem schiefen Mund und die Sache, die dem adligen Junggesellen widerfuhr, all das lag innerhalb der Gesetzesgrenzen. Aber ich fürchte, daß Sie, indem Sie die Sensationen vermieden, der Trivialität nahegekommen sind.«

»Das mag das Ergebnis sein«, antwortete ich. »Aber die Methoden, an die ich mich halte, sind neu und interessant.«

»Pah, mein lieber Junge, was schert sich die Öffentlichkeit, die unachtsame breite Öffentlichkeit, die kaum einen Weber am Zahn oder einen Komponisten am Daumen erkennt, um die feineren Grade von Analyse und Deduktion! Aber wirklich: Wenn Sie trivial sind, so kann ich nicht Sie dafür verantwortlich machen, denn die Tage der großen Fälle sind dahin. Der Mensch, zumindest der verbrecherische Mensch, hat Unternehmungsgeist und Originalität zur Gänze eingebüßt. Was meine eigene kleine Praxis angeht, so scheint sie zu einer Agentur für das Auffinden verlorener Bleistifte und für Ratschläge an junge Damen aus den Mädchenpensionaten zu schrumpfen. Ich denke, ich habe die tiefste Stufe erreicht. Die Nachricht, die ich heute morgen erhielt, markiert, glaube ich, den Nullpunkt. Lesen Sie!«

Er warf mir einen zerknitterten Brief zu.

Das Schreiben war am vorangegangenen Abend am Montague Place abgeschickt worden und hatte folgenden Inhalt:

›Lieber Mr. Holmes,
Mir liegt sehr daran, Ihren Rat in der Frage einzuholen, ob ich eine mir angebotene Stellung als Gouvernante antreten soll oder nicht. Ich werde morgen halb elf zu

Ihnen kommen, wenn Sie es nicht als Belästigung empfinden.

Mit Hochachtung
Violet Hunter.‹

»Kennen Sie die junge Dame?« fragte ich.

»Nein.«

»Es ist halb elf.«

»Ja, und ich zweifle nicht, daß sie jetzt da klingelt.«

»Vielleicht wird die Angelegenheit viel interessanter, als Sie denken. Sie erinnern sich, die Affäre mit dem blauen Karfunkel sah anfangs nur nach einer Laune aus und entwickelte sich dann doch zu einer ernsthaften Untersuchung. Vielleicht ist es jetzt auch so.«

»Nun, hoffen wir es! Aber unsere Zweifel werden bald behoben sein, denn hier, wenn ich nicht irre, ist schon die fragliche Person.«

Indem wurde die Tür geöffnet, und eine junge Dame betrat das Zimmer. Sie war einfach, aber geschmackvoll gekleidet, hatte ein offenes, lebhaftes Gesicht, das gefleckt war wie das Ei eines Regenpfeifers, und wirkte in ihrem Auftreten entschieden wie alle Frauen, die ihren eigenen Weg durch die Welt gehen.

»Sie werden mir sicher die Belästigung verzeihen«, sagte sie, als mein Gefährte sich zu ihrer Begrüßung erhob, »aber mir ist ein sehr seltsames Erlebnis begegnet, und da ich keine Eltern und Verwandte besitze, die ich um Rat fragen könnte, dachte ich mir, Sie wären vielleicht freundlicherweise bereit, mir zu sagen, wie ich mich verhalten soll.«

»Bitte, setzen Sie sich, Miss Hunter. Ich schätze mich glücklich, das in meinen Kräften Stehende für Sie tun zu können.«

Mir fiel auf, daß Holmes vom Auftreten und der Redeweise seiner neuen Klientin beeindruckt war. Er betrachtete sie forschend und sammelte sich dann, um ihrer Geschichte zuzuhören, indem er die Lider senkte und die Fingerspitzen gegeneinanderlegte.

»Ich war fünf Jahre lang Gouvernante in der Familie von Colonel Spence Munro«, sagte sie. »Doch vor zwei Monaten folgte der Colonel einem Ruf nach Halifax in Nova Scotia und nahm seine Kinder mit nach Amerika, so daß ich ohne Anstellung dastand. Ich annoncierte und beantwortete Annoncen, aber ohne Erfolg. Die kleine Summe, die ich gespart hatte, ging dem Ende zu, und ich wußte nicht mehr, was ich machen sollte.

In West End gibt es eine bekannte Agentur zur Vermittlung von Gouvernanten, sie heißt Westaway. Dort sprach ich jede Woche einmal vor, um zu hören, ob ein Angebot eingegangen sei, das mir zusagte. Westaway ist der Name des Firmengründers, aber geleitet wird das Unternehmen von Miss Stoper. Sie sitzt in ihrem kleinen Büro, und die Damen, die eine Anstellung suchen, warten im Vorzimmer und werden einzeln hereingerufen. Dann sieht sie in ihren Unterlagen nach, ob Passendes vorhanden ist.

Nun, als ich letzte Woche hinging, wurde ich wie üblich in das kleine Büro gewiesen, aber Miss Stoper war nicht allein. Ein erstaunlich dicker Mann mit großem, schwerem Kinn, das in Falten bis zur Kehle hinunterreichte, und einem Gesicht, das immer lächelte, saß neben ihr und sah sich sehr ernst die eintretenden Damen an. Kaum war ich im Zimmer, sprang er fast vom Stuhl hoch und wandte sich an Miss Stoper.

›Das ist die Richtige‹, sagte er. ›Ich könnte nichts Besseres finden. Hervorragend! Hervorragend!‹ Er schien ganz aus dem Häuschen und rieb sich munter die Hände. Er sah so gemütlich aus, daß es eine Freude war, ihn anzuschauen.

›Sie suchen eine Stellung, Miss?‹ fragte er.

›Ja, Sir.‹

›Als Gouvernante?‹

›Ja, Sir.‹

›Und welches Gehalt verlangen Sie?‹

›Auf meiner letzten Stelle, bei Colonel Spence Munro, habe ich vier Pfund im Monat bekommen.‹

›Ts, ts! Schäbig, einfach schäbig!‹ rief er und warf die Hände in die Luft, als kochte er vor Leidenschaft. ›Wie kann man eine solch schandbare Summe einer so anziehenden und gebildeten Dame anbieten!‹

›Meine Bildung, Sir, ist möglicherweise weniger umfassend, als Sie annehmen‹, sagte ich. ›Ein bißchen Französisch, ein bißchen Deutsch, Musik, Zeichnen ...‹

›Ts, ts! Darum geht es nicht‹, rief er. ›Die Frage ist: Haben Sie das Betragen und die Haltung einer Dame, oder haben Sie es nicht. Darum handelt sich's, auf eine einfache Formel gebracht. Wenn Sie es nicht haben, taugen Sie nicht, ein Kind aufzuziehen, das eines Tages möglicherweise eine erhebliche Rolle in der Geschichte des Landes spielen wird. Aber wenn Sie's haben, wie könnte ein Gentleman dann von Ihnen verlangen, daß Sie so weit hinabsteigen, ein Gehalt zu akzeptieren, das unter einer dreistelligen Zahl liegt? Bei mir, Madam, würde sich Ihr Gehalt auf einhundert Pfund im Jahr belaufen.‹

Können Sie sich vorstellen, Mr. Holmes, daß ich, hilflos wie ich war, das Angebot zu schön fand, um wahr zu sein? Der Gentleman — vielleicht weil er meine ungläubige Miene sah — öffnete seine Brieftasche und nahm eine Banknote heraus.

›Ich bin es gewohnt‹, sagte er und lächelte höchst freundlich, wobei sich seine Augen in den weißen Polstern des Gesichts zu glänzenden Schlitzen zusammenzogen, ›meinen jungen Damen die Hälfte des Gehalts im voraus zu zahlen, damit sie die kleinen Ausgaben für die Anreise und die Garderobe bestreiten können.‹

Mir schien, als wäre mir niemals ein so bezaubernder und aufmerksamer Mann begegnet. Da ich bei den Händlern schon Schulden hatte, bedeutete der Vorschuß für mich eine große Hilfe. Und doch fand ich das ganze Geschäft etwas ungewöhnlich, so daß in mir der Wunsch wach wurde, ein wenig mehr zu wissen, ehe ich mich verpflichtete.

›Dürfte ich erfahren, Sir, wo Sie wohnen?‹ fragte ich.

›Hampshire. Bezauberndes Bauernhaus. ›Blutbuchen‹ heißt es, liegt fünf Meilen von Winchester entfernt. Auf dem Lande, wo es am schönsten ist, das herrlichste alte Anwesen.‹

›Und meine Pflichten, Sir? Ich wüßte gern, worin sie bestehen.‹

›Ein Kind, ein lieber kleiner Wildfang. Oh, wenn Sie ihn sehen könnten, wie er Küchenschaben mit dem Pantoffel totschlägt. Klatsch! Klatsch! Klatsch! drei, ehe man blinzeln kann.‹ Er lehnte sich zurück und lachte, aber schließlich kamen seine Augen wieder zum Vorschein.

Ich war ein wenig erschrocken darüber, wie das Kind sich amüsierte, aber das Lachen des Vaters verführte mich zu der Annahme, daß er möglicherweise scherzte.

›Meine einzige Aufgabe wäre demnach‹, fragte ich, ›mich eines einzelnen Kindes anzunehmen?‹

›Nein, nein, nicht die einzige, meine verehrte junge Dame‹, rief er. ›Es wäre auch Ihre Pflicht — die würde Ihnen aber wohl schon Ihr Taktgefühl eingeben —, allen kleinen Befehlen nachzukommen, die meine Frau Ihnen erteilt, vorausgesetzt immer, daß es sich um Befehle handelt, denen eine Dame mit Anstand nachkommen kann. Sehen Sie irgendwelche Schwierigkeiten?‹

›Ich wäre glücklich, mich nützlich machen zu können.‹

›Recht so. Nehmen wir zum Beispiel die Kleidung. Wir haben einen ziemlich ausgefallenen Geschmack, müssen Sie wissen — wir sind etwas eigenartig, aber freundlich. Würden Sie etwas gegen eine kleine Laune einwenden, wenn Sie Kleider tragen sollten, die wir Ihnen geben?‹

›Nein‹, sagte ich reichlich erstaunt.

›Oder würden Sie Anstoß nehmen, wenn wir Sie bäten, mal hier, mal dort Platz zu nehmen?‹

›O nein.‹

›Und würden Sie Ihr Haar kurz schneiden, ehe Sie bei uns anfangen?‹

Ich traute meinen Ohren kaum. Wie Sie vielleicht schon bemerkt haben, Mr. Holmes, habe ich recht üppig gewachsenes Haar mit eigentümlich kastanienbraunem Farbton. Man hat es kunstvoll genannt. Ich dachte einfach nicht daran, es ohne weiteres zu opfern.

›Ich fürchte, das ist ganz unmöglich‹, sagte ich.

Er hatte mich aus den kleinen Augen voll Eifer beobachtet, und ich sah, wie sich sein Gesicht verdüsterte, als ich ihn abschlägig beschied.

›Ich fürchte, das ist sehr wichtig‹, sagte er. ›Es handelt sich um eine Grille meiner Frau, Madam, und Frauengrillen muß man beachten. Sie würden sich also nicht die Haare abschneiden lassen?‹

›Nein, Sir, das könnte ich wirklich nicht‹, antwortete ich fest.

›Nun gut. Damit wäre die Angelegenheit erledigt. Schade, denn in anderer Hinsicht wären Sie sehr geeignet. Unter diesen Umständen, Miss Stoper, möchte ich mir noch einige Ihrer jungen Damen ansehen.‹

Die Vermittlerin hatte sich die ganze Zeit über mit Papieren beschäftigt und kein Wort an den Herrn oder an mich gerichtet. Jetzt aber sah sie mich so ärgerlich an, daß mir unwillkürlich der Verdacht kam, ihr könnte durch meine Ablehnung ein gutes Geschäft entgangen sein.

›Soll Ihr Name auf meiner Liste bleiben?‹ fragte sie.

›Wenn Sie so freundlich wären, Miss Stoper?‹

›Nun, das scheint mir ziemlich überflüssig zu sein, da Sie die hervorragendsten Angebote in solcher Weise ablehnen‹, sagte sie spitz. ›Sie können kaum erwarten, daß wir uns anstrengen, noch ein solches Angebot für Sie zu finden.‹ Sie schlug einen Gong, der auf dem Tisch stand, und ich wurde vom Diener hinausgeführt.

Nun, Mr. Holmes, als ich nach Hause kam und wenig im Schrank vorfand, dafür aber zwei, drei Rechnungen auf dem Tisch, fragte ich mich doch, ob ich mich nicht sehr töricht verhalten hatte. Wenn diese Leute auch seltsame Launen an den Tag legten und Gehorsamkeit in den außergewöhnlichsten Dingen verlangten, so waren sie doch wenigstens bereit, sich ihre Marotten etwas kosten zu lassen. Nicht viele Gouvernanten in England bekommen hundert Pfund im Jahr. Und außerdem: Was nützt mir mein Haar? Viele Leute verändern sich zu ihrem Vorteil, indem sie ihr Haar kurz tragen, und vielleicht sollte ich es auch versuchen. Am nächsten Tag war ich geneigt, anzunehmen, ich hätte einen Fehler gemacht, und am darauffolgenden war ich mir dessen sicher. Ich war schon entschlossen, meinen Stolz zu überwinden und bei der Agentur nachzufragen, ob die Stelle noch frei sei, als ich diesen Brief von dem Gentleman persönlich bekam. Ich lese ihn einmal vor:

Zu den Blutbuchen bei Winchester

Liebe Miss Hunter,

Miss Stoper war so freundlich, mir Ihre Adresse zu geben, und nun schreibe ich, weil ich wissen möchte, ob Sie sich Ihren Entschluß noch einmal überlegt haben. Meiner Frau liegt sehr daran, daß Sie zu uns kommen, denn sie war von meiner Beschreibung Ihrer Person höchst beeindruckt. Wir sind bereit, 30 Pfund im Quartal, also 120 Pfund jährlich, zu zahlen, um Sie für die kleinen Ungelegenheiten zu entschädigen, die unsere Laune Ihnen vielleicht bereiten könnte. Sie sind wirklich nicht sehr ausgefallen. Meine Frau liebt ein bestimmtes Blau und hätte es gern, wenn Sie ein Kleid der Farbe morgens im Haus trügen. Sie brauchen keines zu kaufen, da wir eins besitzen, das meiner lieben Tochter Alice (lebt jetzt in Philadelphia) gehört und das Ihnen, glaube ich, gut passen dürfte. Was unseren Wunsch angeht, daß Sie nicht immer am selben Platz sitzen, sondern ihn des öfteren wechseln und sich auf eine ebenfalls angeordnete Art unterhalten sollen, so wird Ihnen das nicht sehr lästig fallen. Was nun Ihr Haar betrifft: Es ist zweifellos schade, es abzuschneiden — ich selbst habe es bewundert während unseres kurzen Gesprächs —, aber ich fürchte doch, ich muß auf dieser Bedingung bestehen, und hoffe, das erhöhte Gehalt kann Sie für den Verlust entschädigen. Ihre Pflichten hinsichtlich des Kindes sind sehr leicht zu erfüllen. Bitte, versuchen Sie zu kommen. Ich werde Sie mit einem Dogcart in Winchester erwarten. Schreiben Sie mir, welchen Zug Sie nehmen. Ihr ergebener

Jephro Rucastle

Das ist der Brief, den ich soeben erhalten habe, und ich bin entschlossen, das Angebot anzunehmen. Aber ich habe mir gedacht, daß es gut wäre, Ihnen die Angelegenheit zu unterbreiten, ehe ich den letzten Schritt tue.«

»Nun, Miss Hunter, wenn Sie sich entschlossen haben, ist die Frage doch gelöst«, sagte Holmes lächelnd.

»Aber können Sie mir denn nicht zur Ablehnung raten?«

»Ich gestehe, es scheint mir eine Situation, in der ich meine Schwester nicht gern sähe.«

»Was bedeutet das alles, Mr. Holmes?«

»Ich habe nichts Konkretes in der Hand. Ich kann

Ihnen nichts sagen. Vielleicht haben Sie sich schon eine Meinung gebildet.«

»Ich sehe nur eine mögliche Erklärung. Mr. Rucastle scheint ein sehr freundlicher, gutmütiger Mann zu sein. Vielleicht leidet seine Frau an einer Geisteskrankheit, und er will das vertuschen, um sie nicht in eine Anstalt bringen zu müssen, und gibt ihren Marotten nach, damit es nicht zu einem Ausbruch der Krankheit kommt?«

»Das ist eine mögliche Erklärung und, wie die Dinge liegen, die wahrscheinlichste. Aber auf keinen Fall wird es wohl ein angenehmes Haus für eine junge Dame sein.«

»Das Geld, Mr. Holmes, das Geld!«

»Ja, die Bezahlung ist wirklich gut — zu gut. Das ist es, was mich stutzig macht. Warum sollte Ihnen jemand einhundertzwanzig Pfund im Jahr für etwas zahlen, das er auch für vierzig Pfund haben könnte? Dahinter muß ein triftiger Grund stecken.«

»Ich dachte mir, wenn ich Ihnen die Umstände auseinandersetze, würden Sie verstehen, warum ich Ihre Hilfe brauche. Ich würde mich sehr gestärkt fühlen, wenn Sie hinter mir stünden.«

»Oh, dieses Gefühl dürfen Sie getrost haben. Ich möchte Ihnen versichern, daß Ihr kleines Problem das Interessanteste zu sein scheint, was mir in den letzten Monaten begegnet ist. Einige Züge sind ausgesprochen ungewöhnlich. Wenn Sie Zweifel befallen oder in Gefahr geraten ...«

»Gefahr! Welche Art Gefahr sehen Sie voraus?«

Holmes wiegte den Kopf. »Es wäre keine Gefahr mehr, wenn wir es bestimmen könnten«, sagte er. »Auf ein Telegramm hin würde ich jederzeit zu Ihnen kommen, Tag oder Nacht.«

»Das genügt mir.« Sie erhob sich entschlossen, und alle Furcht war aus ihrem Gesicht geschwunden.

»Nun kann ich ganz beruhigt nach Hampshire reisen.

Ich werde Mr. Rucastle sofort schreiben, mein armes Haar heute abend noch opfern und morgen nach Winchester fahren.« Mit ein paar Dankesworten an Holmes wünschte sie uns eine gute Nacht und ging ihrer Wege.

»Wenigstens«, sagte ich, und ich hörte noch ihren schnellen, festen Schritt auf der Treppe, »scheint sie eine junge Dame zu sein, die sehr gut auf sich selber aufpassen kann.«

»Und das wird auch nötig sein«, sagte Holmes bedeutungsschwer. »Ich müßte mich sehr irren, wenn wir nicht Nachricht von ihr bekämen, ehe noch allzu viele Tage vergangen sind.«

Es dauerte nicht lange, und die Voraussage meines Freundes sollte sich erfüllen. Zwei Wochen gingen ins Land, und immer wieder richteten sich meine Gedanken auf sie, und ich fragte mich, in welche seltsame Seitengasse menschlicher Erfahrung sich diese einsame Frau wohl verlaufen haben mochte. Das ungewöhnliche Gehalt, die eigenartigen Bedingungen, die leicht erfüllbaren Pflichten — alles deutete auf etwas Abnormales, wenn ich auch nicht beurteilen konnte, ob es sich um eine Grille oder um ein Komplott handelte, ob der Mann ein Menschenfreund oder ein Schurke war. Was Holmes anging, saß er oft für eine halbe Stunde mit gerunzelter Stirn geistesabwesend da, aber er fegte die Angelegenheit mit einer Handbewegung beiseite, wenn ich davon anfing. »Tatsachen! Tatsachen! Tatsachen!« rief er ungeduldig. »Ich kann nicht Ziegelsteine ohne Lehm backen.« Aber er schloß dann immer mit der Bemerkung, daß er seiner Schwester nie erlaubt hätte, eine solche Stellung anzutreten.

Das Telegramm, das wir schließlich erhielten, kam eines späten Abends, gerade als ich daran dachte, ins Bett zu gehen, und Holmes sich zu einem der nächtlichen Experimente niederließ, deren er häufig frönte: wenn ich ihn spät verließ, saß er über eine Retorte oder ein Reagenzglas gebeugt, und in der gleichen Stellung fand ich ihn am Morgen vor, wenn ich zum Frühstück herunterkam.

Er öffnete das gelbe Kuvert und warf mir das Telegramm zu, nachdem er es gelesen hatte.

»Sehen Sie im Bradshaw nach den Zügen«, sagte er und wandte sich wieder den chemischen Studien zu.

Die Nachricht war kurz und dringlich.

›Bitte, morgen mittag im Hotel Schwarzer Schwan in Winchester sein. Unbedingt kommen. Bin ratlos. Hunter‹, lautete sie.

Holmes sah auf. »Fahren Sie mit mir?« fragte er.

»Ich möchte schon.«

»Dann schauen Sie nach den Abfahrzeiten.«

»Halb zehn fährt ein Zug«, sagte ich, als ich in meinem Bradshaw nachgeschlagen hatte. »Er kommt elf Uhr dreißig in Winchester an.«

»Das paßt genau. Dann sollte ich vielleicht meine Aceton-Analyse zurückstellen, da wir morgen früh frisch sein müssen.«

Am nächsten Tag waren wir gegen elf Uhr unterwegs nach der alten englischen Kapitale. Holmes hatte sich gleich in die Morgenzeitungen vergraben, aber nachdem wir die Grenze zu Hampshire passiert hatten, warf er sie beiseite und begann die Landschaft zu bewundern.

Es war ein vollkommener Frühlingstag, über einen blauen Himmel zogen weiße Schäfchenwolken von West nach Ost. Die Sonne schien hell, und in der Luft lag etwas Heiteres, das die Entschlußkraft stärkte. Bis hin zu den welligen Hügeln um Aldershot lugten überall graue Dächer von Farmhäusern aus dem frischen Laubgrün.

»Sieht das nicht herrlich aus?« rief ich mit all der Begeisterung des Menschen, der geradewegs aus den Nebeln der Baker Street kam.

Aber Holmes schüttelte ernst den Kopf.

»Sie wissen, Watson«, sagte er, »daß ein Fluch auf einem Geist wie dem meinen liegt: er muß alles mit Bezug auf die spezielle Sache sehen. Sie schauen auf diese hingestreuten Häuser und sind beeindruckt von ihrer Schönheit. Ich sehe sie, und das einzige, woran ich dabei denke, ist die Einsamkeit, in der jemand ungestraft ein Verbrechen begehen könnte.«

»Gott im Himmel!« rief ich. »Wer dächte bei diesen netten alten Anwesen an Verbrechen!«

»Sie erfüllen mich immer mit einem gewissen Entsetzen. Ich glaube daran, Watson, und dieser Glaube gründet sich auf Erfahrung, daß die gemeinsten und elendesten Gassen Londons kein scheußlicheres Sündenregister aufweisen als dieser fröhliche und herrliche Landstrich.«

»Sie entsetzen mich.«

»Der Grund liegt auf der Hand. Der Druck der öffentlichen Meinung bewirkt in der Stadt, was das Gesetz nicht schaffen kann. Es gibt keine Gasse, die so heruntergekommen wäre, daß der Schrei eines gequälten Kindes oder das Opfer eines betrunkenen Schlägers nicht Sympathie und Entrüstung bei den Nachbarn hervorriefen. Und dann ist dort die Justizmaschinerie so nah, daß ein Wort der Klage sie in Gang setzen kann, und von dem Verbrechen zum Kittchen ist es nur ein Schritt. Aber sehen Sie sich diese einsamen Häuser an, von Feldern umgeben und in der Mehrzahl von armen, unwissenden Menschen bewohnt, die das Gesetz kaum kennen. Denken Sie an die Taten voll höllischer Grausamkeit, an die verborgenen Laster, die hier jahrein, jahraus regieren können, ohne daß andere davon erfahren. Wäre die Dame, die uns um Beistand bittet, nach Winchester gezogen, hätte ich um sie keine Angst zu haben brauchen. Es sind die fünf Meilen flachen Landes, die Gefahr bringen. Dennoch scheint klar zu sein, daß sie nicht persönlich bedroht ist.«

»Das nehme ich auch an. Wenn sie nach Winchester kommen kann, um uns zu treffen, wäre es ihr auch möglich, zu fliehen.«

»Ganz recht. Sie ist im Besitz ihrer Freiheit.«

»Aber worum kann es sich dann handeln? Haben Sie keine Erklärung?«

»Ich habe mir sieben verschiedene Erklärungen ausgedacht, von denen jede die Tatsachen, die wir kennen, einbefaßt. Aber welche von ihnen richtig ist, läßt sich nur durch die Neuigkeiten entscheiden, die uns zweifellos erwarten. Ah, da ist der Turm der Kathedrale, und bald werden wir wissen, was uns Miss Hunter erzählen möchte.«

Der ›Schwarze Schwan‹ war ein Wirtshaus in der High Street nahe dem Bahnhof. Es besaß einen guten Ruf. Die junge Dame wartete auf uns. Sie hatte einen kleinen Raum gemietet, und der Lunch für uns stand schon auf dem Tisch.

»Ich bin so froh, daß Sie gekommen sind«, sagte sie ernst, »es ist so freundlich von Ihnen. Ich wußte wirklich nicht, was ich anderes tun sollte. Ihr Rat wird für mich von unschätzbarem Wert sein.«

»Bitte, erzählen Sie uns, was Ihnen zugestoßen ist.«

»Das werde ich, und ich muß mich beeilen, denn ich habe Mr. Rucastle versprochen, vor drei zurück zu sein. Er hat mir heute früh die Erlaubnis gegeben, in die Stadt zu fahren, obwohl er den Grund dafür nicht kannte.«

»Berichten Sie uns alles der Reihe nach.«

Holmes streckte seine langen, dünnen Beine zum Kaminfeuer und war so bereit zuzuhören.

»Zuerst muß ich betonen, daß ich aufs Ganze gesehen von Mr. und Mrs. Rucastle nicht schlecht behandelt werde. Es ist nur recht und billig, das zu sagen. Aber ich verstehe sie nicht, und ich habe ein ungutes Gefühl.«

»Was verstehen Sie nicht?«

»Warum sie sich so aufführen. Doch ich werde Ihnen alles berichten, wie es sich zugetragen hat. Als ich ankam, erwartete mich Mr. Rucastle hier, und er fuhr mich mit seinem Dogcart nach seinem Haus ›Zu den Blutbuchen‹. Das Anwesen ist, wie er gesagt hatte, schön gelegen, aber selber ist es nicht schön, ein großes, viereckiges Gebäude, dessen Tünche von Nebel und Regen fleckig geworden ist. An drei Seiten reicht Wald dicht heran, vor der vierten liegt ein Feld, das zu einer Landstraße, die nach Southampton führt, hin abfällt. Die Straße verläuft in einem Bogen und ist ungefähr hundert Yard von der Hausfront entfernt. Das Feld gehört zum Anwesen, aber die Wälder sind Lord Southertons Jagdgehege. Eine Gruppe Blutbuchen gleich vor der Halle hat dem Gut den Namen gegeben.

Ich wurde also von meinem Dienstherrn, der freundlich wie immer war, dort hingefahren, und am Abend stellte er mich seiner Frau und dem Kind vor. Die Annahme, die wir in Ihrer Wohnung in der Baker Street für wahrscheinlich hielten, trifft nicht zu. Mrs. Rucastle ist nicht geisteskrank. Sie ist eine stille, blaßgesichtige Frau, viel jünger als ihr Mann, nicht älter als dreißig, während er bestimmt fünfundvierzig sein dürfte. Aus ihrer Unterhaltung hörte ich heraus, daß sie erst sieben Jahre verheiratet sind, er Witwer war und jene Tochter, die jetzt in Philadelphia lebt, aus seiner ersten Ehe stammt. Mr. Rucastle erzählte mir im Vertrauen, sie hätte das Haus aus grundloser Abneigung gegen die Stiefmutter verlassen. Da die Tochter etwa zwanzig sein dürfte, kann ich mir vorstellen, daß ihr Verhältnis zu der jungen Frau ihres Vaters nicht erquicklich war.

Mrs. Rucastle kam mir farblos vor, sowohl geistig als auch körperlich. Sie machte auf mich keinen günstigen Eindruck noch das Gegenteil davon. Sie ist einfach ein Nichts. Ich sah sofort, daß sie ihrem Mann und ihrem

Sohn leidenschaftlich zugetan ist. Ihre hellen grauen Augen wandern zwischen ihnen hin und her, sie liest ihnen alles vom Gesicht ab und kommt ihren Wünschen, wenn möglich, zuvor. Er ist freundlich zu ihr in seiner plumpen, lärmenden Art, und ganz allgemein bieten sie das Bild eines glücklichen Paars. Und doch hat sie heimlichen Kummer, diese Frau. Oft sitzt sie in tiefen Gedanken und sieht sehr traurig aus. Mehr als einmal habe ich sie in Tränen überrascht. Manchmal dachte ich, daß es die Art ihres Sohnes sei, die sie bedrückte, denn mir ist noch nie ein so verwöhntes und bösartiges kleines Geschöpf begegnet. Er ist klein für sein Alter, die Größe des Kopfes steht in keinem Verhältnis zum Körper. Sein ganzes Leben scheint sich zwischen wilden Gefühlsausbrüchen und düsterem Schmollen abzuspielen. Kreaturen, die schwächer sind als er, Schmerz zuzufügen ist offensichtlich sein einziger Begriff von Vergnügen, und er legt ein bemerkenswertes Talent im Fangen von Mäusen, jungen Vögeln und Insekten an den Tag. Aber ich sollte nicht über den Jungen sprechen, Mr. Holmes, denn er hat mit meiner Geschichte wenig zu tun.«

»Ich bin für alle Einzelheiten dankbar«, bemerkte mein Freund, »ob sie Ihnen wichtig vorkommen mögen oder nicht.«

»Ich werde versuchen, nichts Wichtiges wegzulassen. Das Unangenehme an diesem Haushalt, das mir sofort auffiel, sind das Äußere und das Benehmen der Bediensteten. Sie haben zwei, einen Mann mit seiner Frau. Toller, so heißt er, ist ein roher, ungeschlachter Mann, hat graues Haar und einen Backenbart und riecht ständig nach Schnaps. Zweimal war er, solange ich dort bin, völlig betrunken, und doch schien Mr. Rucastle nicht Notiz davon zu nehmen. Die Frau ist eine sehr große, starke Person mit einem mürrischen Gesicht, schweigsam wie Mrs. Rucastle, aber noch viel weniger liebenswürdig als sie. Sie sind ein äußerst unangenehmes

Pärchen, aber glücklicherweise verbringe ich die meiste Zeit in meinem Zimmer und in dem des Kindes; beide Räume liegen in einer Ecke des Hauses nebeneinander.

Nach meiner Ankunft in ›Blutbuchen‹ hatte ich zwei ruhige Tage. Am dritten Tag kam Mrs. Rucastle kurz nach dem Frühstück noch einmal herunter und flüsterte mit ihrem Mann.

›O ja‹, sagte er dann, und zu mir gewandt: ›Wir danken Ihnen sehr, Miss Hunter, daß Sie auf unsere Launen insoweit eingegangen sind, als Sie sich das Haar haben kurz schneiden lassen. Ich versichere Ihnen, Sie haben dadurch nicht das kleinste bißchen in Ihrer Erscheinung eingebüßt. Nun wollen wir sehen, wie Ihnen das blaue Kleid steht. Sie finden es auf Ihrem Bett, und wenn Sie die Freundlichkeit hätten, es anzuziehen, wären wir Ihnen sehr verbunden.‹

Das Kleid, das da auf mich wartete, hat einen besonderen blauen Farbton. Es ist aus hervorragendem Material gefertigt, einer Art Wollstoff, aber man konnte deutlich sehen, daß es schon getragen war. Es hätte nicht besser passen können, wenn es für mich genäht worden wäre. Als sie mich in dem Kleid erblickten, drückten Mr. und Mrs. Rucastle ein Entzücken aus, das mir gänzlich unangemessen schien. Sie erwarteten mich im Salon — das ist ein sehr großer Raum mit drei bis zum Boden reichenden Fenstern, der über die ganze Vorderfront des Hauses geht. Nahe dem Mittelfenster war ein Stuhl aufgestellt, mit der Lehne zum Fenster. Da mußte ich mich hinsetzen, und dann begann Mr. Rucastle vor mir auf und ab zu gehen, und er erzählte mir die lustigsten Geschichten, die ich je gehört habe. Sie können sich nicht vorstellen, wie komisch er wirkte, und ich lachte, bis ich ganz erschöpft war. Mrs. Rucastle hingegen, die anscheinend keinen Sinn für Humor hat, saß da, die Hände im Schoß, mit bekümmertem Gesicht.

Nach ungefähr einer Stunde stellte Mr. Rucastle unvermittelt fest, es sei Zeit, sich den Pflichten des Tages zu widmen, und ich sollte das Kleid wechseln und zu dem kleinen Edward ins Kinderzimmer gehen.

Zwei Tage später fand die gleiche Vorstellung unter genau denselben Umständen statt. Wieder legte ich das Kleid an, wieder saß ich mit dem Rücken zum Fenster, und wieder lachte ich herzhaft über fröhliche Geschichten, von denen mein Herr einen riesigen Vorrat zu haben scheint und die er unnachahmlich vorträgt. Dann gab er mir einen Schmöker, schob den Stuhl ein wenig seitlich, so daß mein Schatten nicht auf die Seiten fiel, und bat mich, ihm laut vorzulesen. Ich begann irgendwo in einem Kapitel, las zehn Minuten lang, und mitten im Satz befahl er mir, aufzuhören und mich umzuziehen.

Sie können sich wohl vorstellen, Mr. Holmes, wie neugierig ich wurde, was diese merkwürdige Aufführung bedeuten mochte. Die beiden achteten immer sehr darauf, daß ich das Gesicht vom Fenster abgewandt hielt, und ich verzehrte mich in dem Verlangen, zu erfahren, was sich hinter meinem Rücken abspielte. Zuerst hielt ich es für unmöglich, das herauszubekommen, doch bald fand ich ein Mittel. Mein Handspiegel war zerbrochen, und mir kam der glückliche Einfall, ein Stückchen von dem Glas im Taschentuch zu verbergen. Bei der nächsten Gelegenheit führte ich mitten im Lachen das Taschentuch an die Augen und konnte mit dem kleinen Trick alles sehen, was es hinter mir gab. Ich gestehe, ich wurde enttäuscht. Da war nichts.

Wenigstens nach meinem ersten Eindruck. Auf den zweiten Blick nahm ich jedoch auf der Landstraße nach Southampton einen Mann wahr, klein, mit Bart, in einem grauen Anzug, der zu mir herüberzublicken schien. Die Landstraße ist ein wichtiger Verkehrsweg und immer bevölkert. Doch dieser Mann lehnte am

Zaun, der unser Feld einfaßt, und blickte ernst herüber. Ich ließ das Taschentuch sinken und fing auf, daß Mrs. Rucastle mich forschend ansah. Sie sagte nichts, aber ich bin davon überzeugt, sie ahnte, daß ich einen Spiegel in der Hand gehalten und bemerkt hatte, was hinter mir war. Sie erhob sich sofort.

›Jephro‹, sagte sie, ›da steht ein unverschämter Bursche auf der Landstraße. Er starrt Miss Hunter an.‹

›Ein Freund von Ihnen, Miss Hunter?‹ fragte er.

›Nein, ich kenne niemanden in dieser Gegend.‹

›Wie unverschämt der sich benimmt! Bitte, drehen Sie sich um und winken Sie ihm, zu verschwinden.‹

›Wäre es nicht besser, keine Notiz von ihm zu nehmen?‹

›Nein, nein, er wird sonst immer wieder hier herumlungern. Bitte, drehen Sie sich um und winken Sie, daß er gehen soll.‹

Ich tat, wie mir geheißen, und im selben Augenblick ließ Mrs. Rucastle die Jalousie herunter. Das war vor einer Woche, und seither habe ich nicht wieder am Fenster gesessen, noch habe ich das blaue Kleid getragen, noch den Mann auf der Landstraße gesehen.«

»Bitte, fahren Sie fort«, sagte Holmes. »Ihre Erzählung verspricht höchst interessant zu werden.«

»Sie finden sie wohl ziemlich zusammenhanglos, fürchte ich, und vielleicht gibt es auch wenig Beziehung zwischen den verschiedenen Ereignissen, von denen ich spreche. An meinem allerersten Tag in ›Blutbuchen‹ führte mich Mr. Rucastle zu einem Nebengebäude, das in der Nähe des Küchenausgangs steht. Als wir dicht davor waren, hörte ich das Rasseln einer Kette und Geräusche wie von einem großen Tier, das sich hin und her bewegt.

›Sehen Sie mal hier durch!‹ sagte Mr. Rucastle und wies mir eine Ritze zwischen zwei Bohlen. ›Ist das nicht ein Prachtkerl?‹

Ich sah durch den Spalt und gewahrte zwei glühende Augen und den Umriß einer Gestalt, die mit der Dunkelheit fast verschwamm.

›Sie brauchen keine Angst zu haben‹, sagte mein Dienstherr und lachte, weil ich zusammengezuckt war. ›Das ist nur Carlo, meine Bulldogge. Ich sage, meine Bulldogge, doch in Wirklichkeit ist der alte Toller der einzige, der mit ihm anstellen kann, was er will. Wir füttern ihn einmal am Tag, und dann auch nicht allzu reichlich, so daß er immer scharf ist wie Senf. Jede Nacht läßt Toller ihn los, und gnade Gott dem Eindringling, der seine Reißzähne zu spüren bekommt. Setzen Sie um Himmels willen nachts nie, aus welchem Grunde auch immer, den Fuß über die Schwelle, denn nicht weniger als Ihr Leben steht auf dem Spiel.‹

Er hat die Warnung nicht nur so dahingesagt. In der übernächsten Nacht blickte ich gegen zwei Uhr zufällig aus dem Fenster meines Schlafzimmers, es war eine herrliche Mondnacht, und der Rasen vorm Haus lag silberübergossen fast wie in Tageshelle unter mir. Ich stand da, gebannt von der friedlichen Schönheit der Szene, und sah dann plötzlich, wie sich etwas zwischen den Blutbuchen bewegte. Als das Wesen in den Mondschein hinaustrat, erkannte ich, was es war: ein riesiger Hund, groß wie ein Kalb, gelbbraun, mit hängender Wamme, schwarzer Schnauze und starken vorspringenden Knochen. Langsam ging er über den Rasen und verschwand am anderen Ende wieder im Schatten. Der fürchterliche schweigende Wächter machte mein Herz erbeben, wie es keinem Einbrecher gelungen wäre.

Und nun muß ich Ihnen von einem sehr seltsamen Erlebnis berichten. Ich hatte mir, wie Sie wissen, in London das Haar abschneiden lassen. Es lag in einer großen Rolle zuunterst in meinem Koffer. Eines Abends, als das Kind im Bett war, vergnügte ich mich damit, die Möbel meines Zimmers näher zu betrachten und meine Habseligkeiten zu ordnen. Es gibt da eine alte Kommode. Ihre beiden oberen Schubladen bekam ich auf, aber die unterste war abgeschlossen. Die beiden oberen hatte ich mit meiner Wäsche vollgepackt, und da noch viel zu verstauen blieb, verdroß es mich natürlich, daß ich die dritte Schublade nicht benutzen konnte. Mir kam der Gedanke, daß sie vielleicht aus Versehen abgesperrt worden sei; ich nahm mein Schlüsselbund und versuchte sie zu öffnen. Der erste Schlüssel paßte genau, und ich zog den Kasten auf. Darin lag nur eine einzige Sache, aber ich bin sicher, daß Sie nie erraten, um was es sich handelte. Es war meine Haarrolle.

Ich nahm das Haar heraus und untersuchte es. Es hatte genau die Farbe und Dichte. Aber dann drängte sich mir die Unmöglichkeit der Angelegenheit auf. Wie konnte mein Haar in der verschlossenen Schublade liegen? Mit zitternden Händen öffnete ich meinen Koffer, tat den Inhalt heraus, und da lag mein Haar. Ich hängte beide Flechten nebeneinander, und ich versichere Ihnen: sie waren absolut gleich. Ist das nicht außergewöhnlich? In meiner Verwirrung konnte ich mir nicht erklären, was das bedeuten mochte. Ich legte das fremde Haar in die Schublade zurück und sagte den Rucastles nichts von der Entdeckung, da ich mich schuldig fühlte, eine verschlossene Schublade aufgemacht zu haben.

Ich bin eine gute Beobachterin, wie Sie vielleicht schon bemerkt haben, und bald hatte ich mir den Plan des ganzen Hauses eingeprägt. Ein Flügel ist überhaupt nicht bewohnt. Eine Tür gegenüber dem Zimmer der Tollers führt dort hinein, aber sie bleibt immer abgeschlossen. Dennoch begegnete ich eines Tages, als ich die Treppe hinaufstieg, Mr. Rucastle, als er mit Schlüsseln in der Hand aus dieser Tür kam, sein Gesicht hatte einen so fremden Ausdruck, daß er dem runden, jovialen Mann, den ich kannte, gar nicht mehr ähnelte. Die

Wangen waren hochrot, die Stirn gerunzelt, und die Schläfenadern waren vor Wut geschwollen. Er schloß die Tür und stürzte ohne Wort und Blick an mir vorüber.

Das weckte meine Neugier, und als ich mit meinem Pflegling im Gelände spazierenging, schlenderte ich zu einer Stelle, von wo aus ich die Fenster dieses Hausteils sehen konnte. Vier lagen nebeneinander, drei waren einfach schmutzig, während man vorm vierten die Läden zugeschlagen hatte. Die Räume waren offensichtlich unbewohnt. Ich ging auf und nieder und warf wie zufällig Blicke auf die Fenster; da trat Mr. Rucastle vors Haus, fröhlich und leutselig wie immer.

›Ah!‹ sagte er, ›Sie müssen mich nicht für ungezogen halten, wenn ich wortlos an Ihnen vorbeiging, meine liebe junge Dame. Ich hatte den Kopf voller Geschäftsangelegenheiten.‹

Ich versicherte ihm, ich fühlte mich nicht beleidigt. ›Übrigens‹, sagte ich, ›scheint es, daß Sie da oben eine ganze Flucht Extrazimmer haben, bei einem der Fenster sind die Läden vorgelegt.‹

›Eines meiner Steckenpferde ist die Fotografie‹, sagte er. ›Dort habe ich mir eine Dunkelkammer eingerichtet. Aber, du lieber Himmel, nun stellt sich ja heraus, daß Sie offenbar eine genau beobachtende junge Dame sind. Wer hätte das gedacht? Wer hätte das jemals gedacht?‹ Er sprach in heiterem Ton, aber in seinen Augen war keine Heiterkeit, als er mich anblickte. In ihnen sah ich Mißtrauen und Ärger, keine Heiterkeit.

Nun, Mr. Holmes, von dem Augenblick an, da ich begriffen hatte, daß es um die Zimmerflucht etwas gab, das ich nicht wissen sollte, war ich Feuer und Flamme, sie zu erkunden. Nicht die reine Neugier trieb mich, obwohl auch sie mitbeteiligt war. Eher empfand ich etwas wie Pflicht — so als ob es gut wäre, wenn ich zu jenen Zimmern vordringen könnte. Man spricht von weiblichem Instinkt — vielleicht war es weiblicher Instinkt, der mir das Gefühl eingab. Wie dem auch sei, es war vorhanden, und ich spähte scharf nach einer Gelegenheit, durch die verbotene Tür gehen zu können. Die Chance bot sich mir gestern. Ich muß für Sie noch ergänzen, daß Toller und seine Frau sich manchmal in den leerstehenden Zimmern zu schaffen machen, und einmal sah ich, wie er einen schwarzen Leinensack hineintrug. In den letzten Tagen hat er viel getrunken, und gestern abend war er sehr betrunken, und als ich die Treppe hinaufstieg, steckte der Schlüssel in der Tür. Ich zweifle nicht daran, daß er es war, der ihn steckenließ. Mr. und Mrs. Rucastle saßen beide unten, das Kind war bei ihnen, und so schien es mir eine ausgezeichnete Möglichkeit. Vorsichtig drehte ich den Schlüssel im Schloß, öffnete und schlüpfte hinein.

Vor mir lag ein kurzer Korridor, untapeziert, ohne Möbel, der sich nach einer rechtwinkligen Biegung fortsetzte. Dort fand ich nebeneinander drei Türen, und die erste und die dritte standen offen. Die Zimmer waren leer und verstaubt und machten einen freudlosen Eindruck. Das eine besaß zwei, das andere ein Fenster, und alle waren so schmutzig, daß das abendliche Licht nur düster einfiel. Die mittlere Tür war verschlossen und überdies durch in Eisen eingelassene Stangen gesichert, die an einem Ende in einem eingemauerten Ring steckten und am anderen Ende mit starker Schnur befestigt waren. Im Schloß steckte kein Schlüssel. Diese verbarrikadierte Tür mußte zu dem Zimmer mit den vorgelegten Läden gehören, das war mir klar, und doch meinte ich nach dem schwachen Schimmer, der durch eine Ritze nicht weit überm Fußboden drang, daß es drinnen nicht völlig dunkel sein könne. Offenbar gibt es ein Deckenfenster, durch das Licht hereinfällt. Als ich vor der unheilvollen Tür stand und überlegte, welches Geheimnis sie bergen mochte, hörte ich plötzlich aus dem Zimmer Schritte und bemerkte am Spalt unten in der Tür, durch den der schwache Schimmer fiel, daß sich ein Schatten vor und zurück bewegte. Ein wilder, unbeherrschbarer Schrecken erfaßte mich, als ich dies sah, Mr. Holmes. Mit einem Mal versagten meine überspannten Nerven den Dienst, und ich rannte davon, rannte, als wäre hinter mir eine fürchterliche Hand, die nach meinem Kleidersaum griff. Ich jagte über den Korridor, durch die Tür und geradewegs in die Arme von Mr. Rucastle, der draußen wartete.

›So‹, sagte er lächelnd, ›Sie waren das also. Ich dachte es mir, als ich die Tür offen sah.‹

›Oh, ich habe solche Angst!‹ keuchte ich.

›Meine liebe junge Dame! Meine liebe junge Dame!‹ — Sie können sich nicht vorstellen, wie schmeichelnd und beruhigend er tat — ›Und was hat Sie so erschreckt, meine liebe junge Dame?‹

Aber seine Stimme war ein bißchen zu sanft. Er übertrieb. Ich war ihm gegenüber sofort auf der Hut.

›Es war dumm von mir, in den unbewohnten Flügel hineinzugehen‹, antwortete ich. ›In der Dunkelheit war es so einsam und unheimlich, daß mir bange wurde und ich schnell die Flucht ergriff. Oh, es ist grauenhaft still da drinnen.‹

›Nur still?‹ sagte er und beobachtete mich scharf.

›Was denken Sie von mir?‹ antwortete ich.

›Und was denken Sie, warum ich die Tür abschließe?‹

›Das weiß ich gewiß nicht.‹

›Um Leute, die da drin nichts verloren haben, herauszuhalten. Verstehen Sie?‹ Noch immer lächelte er in der liebenswürdigsten Weise.

›Wenn ich gewußt hätte...‹

›Nun, jetzt wissen Sie. Und wenn Sie jemals wieder den Fuß über diese Schwelle setzen sollten ...‹, augenblicklich verhärtete sich sein Lächeln zu einem wütenden Grinsen, und er starrte mich mit einer dämonischen Grimasse an, ›dann werfe ich Sie der Bulldogge vor.‹

Ich war so entsetzt, daß ich nicht sagen kann, was ich dann tat. Ich nehme an, ich bin an ihm vorbei zu meinem Zimmer gerannt. Ich fand mich, am ganzen Leibe zitternd, auf meinem Bett wieder. Dann dachte ich an Sie, Mr. Holmes. Mir war, als könnte ich ohne Ihren Beistand dort nicht länger leben. Ich hatte Angst vor dem Haus, dem Mann, der Frau, den Bediensteten, sogar vor dem Kind. Sie waren mir alle schrecklich geworden. Ich dachte, daß es gut werden würde, wenn ich Sie dazu bringen könnte, hierherzukommen. Natürlich hätte ich fliehen können, aber meine Neugier ist fast so groß wie meine Furcht. Bald hatte ich mich entschieden: Ich wollte Ihnen ein Telegramm schicken. Ich setzte meinen Hut auf, zog den Mantel an und ging zur Post, die sich ungefähr eine halbe Meile vom Haus entfernt befindet. Als ich zurückkehrte, fühlte ich mich erleichtert. Eine fürchterliche Ungewißheit erfaßte mich jedoch kurz vor dem Hause bei dem Gedanken, daß der Hund umherstreichen könnte; aber dann fiel mir ein, daß Toller sich bis zur Bewußtlosigkeit betrunken hatte und er der einzige war, der mit der Bestie umgehen konnte und es wagen durfte, sie loszulassen. Ich schlüpfte ins Haus und lag die halbe Nacht wach vor Freude bei der Vorstellung, daß Sie kommen würden. Es bereitete mir keine Schwierigkeiten, heute vormittag nach Winchester zu kommen, aber ich muß vor drei wieder zurück sein, denn Mr. und Mrs. Rucastle machen heute abend einen Besuch und werden erst spät wiederkommen, dann muß ich auf das Kind aufpassen. Jetzt habe ich Ihnen meine Abenteuer erzählt, Mr. Holmes, und ich wäre froh, wenn Sie mir erklären könnten, was das alles bedeuten mag, und besonders, wie ich mich verhalten soll.«

Gefesselt hatten Holmes und ich der außergewöhnlichen Geschichte gelauscht. Jetzt erhob sich mein

Freund, ging im Zimmer auf und ab, die Hände in den Taschen. Sein Gesicht war tiefernst.

»Ist Toller noch betrunken?« fragte er.

»Ja. Ich habe gehört, wie seine Frau zu Mrs. Rucastle sagte, mit ihm sei nichts anzufangen.«

»Das ist gut. Und die Rucastles gehen heute abend aus?«

»Ja.«

»Gibt es im Haus einen Keller mit starkem Schloß?«

»Ja, den Weinkeller.«

»Sie scheinen mir in der Angelegenheit als kluges und verständiges Mädchen gehandelt zu haben, Miss Hunter. Glauben Sie, Sie könnten noch eine Tat vollbringen? Ich würde Sie nicht darum bitten, wenn ich Sie nicht für eine ganz außergewöhnliche Frau hielte.«

»Ich will es versuchen. Worum handelt es sich?«

»Wir, mein Freund und ich, werden uns um sieben Uhr am Haus ›Zu den Blutbuchen‹ einfinden. Zu der Zeit sind die Rucastles nicht mehr da, und Toller wird, so hoffe ich, noch unzurechnungsfähig sein. Es bleibt also nur Mrs. Toller, die Alarm schlagen könnte. Wenn es Ihnen gelänge, sie mit irgendeinem Auftrag in den Keller zu schicken und sie dort dann einzusperren, würde das uns die Dinge erheblich erleichtern.«

»Ich werde es tun.«

»Ausgezeichnet! Dann wollen wir in die Affäre einmal gründlich hineinleuchten. Ich halte eigentlich nur eine Erklärung möglich: Man hat Sie dorthin gelockt, damit Sie die Rolle einer anderen spielen, und diese andere ist in dem Raum eingesperrt. In der Frage, um wen es sich bei der Gefangenen handelt, habe ich keinen Zweifel: Es muß Alice Rucastle sein, wenn ich mir den Namen richtig gemerkt habe, von der es heißt, sie lebe in Amerika. Sie wurden ausgewählt, weil Sie ihr in Größe und Gestalt ähneln und die gleiche Haarfarbe besitzen. Ihr hat man das Haar abgeschnitten, sehr wahrscheinlich wegen einer Krankheit, die sie durchmachte, darum mußte sie ihr Haar opfern. Durch einen seltsamen Zufall sind Sie auf die Flechte gestoßen. Der Mann auf der Landstraße ist ein Freund des Mädchens — vielleicht der Verlobte —, und da Sie ihr Kleid trugen und überhaupt aussahen wie sie, überzeugte ihn Ihr Lachen, wann immer er Sie sah, und dann Ihre abweisende Geste davon, daß Miss Rucastle vollkommen glücklich sei und seine Aufmerksamkeit nicht mehr wünsche. Der Hund wird nachts losgelassen, um ihn an dem Versuch zu hindern, mit ihr in Verbindung zu treten. Soweit scheint alles ziemlich klar. Die ernsteste Frage in dem Fall ist die Geisteshaltung des Kindes.«

»Was in aller Welt hat das damit zu tun?« warf ich ein.

»Mein lieber Watson, Sie als Mann der Medizin bringen unausgesetzt Licht in die Fragen nach der möglichen Entwicklung von Kindern, indem Sie deren Eltern genau beobachten. Sehen Sie denn nicht, daß die Umkehrung der Methode genauso wichtig ist? Neulich erst habe ich einen ersten Einblick in den Charakter eines Elternpaares dadurch gewonnen, indem ich die Kinder beobachtete. Der Junge hier neigt zur Grausamkeit, nur weil er grausam sein will, und ob er in dem Punkt nach seinem lächelnden Vater geraten ist, wie ich vermute, oder nach seiner Mutter, es bedeutet gleich viel Elend für das arme Mädchen, das sich in der Gewalt der Leute befindet.«

»Ich bin sicher, es verhält sich, wie Sie sagen«, rief unsere Klientin. »Jetzt fallen mir tausend Dinge ein, die darauf hindeuten, daß Sie den Nagel auf den Kopf getroffen haben. Oh, wir dürfen keine Sekunde verlieren! Wir müssen dem armen Geschöpf helfen!«

»Wir müssen uns umsichtig verhalten, denn wir haben es mit einem sehr schlauen Mann zu tun. Vor sieben Uhr können wir nichts ausrichten. Um die Zeit sind wir bei

Ihnen, und dann wird es nicht mehr lange dauern, bis das Rätsel gelöst ist.«

Wir hielten Wort und fanden uns Punkt sieben Uhr am Haus ›Zu den Blutbuchen‹ ein. Unseren Trap hatten wir bei einer Gaststätte am Weg stehenlassen. Die Gruppe der Bäume mit ihren dunklen Blättern, die in der untergehenden Sonne wie poliertes Metall glänzten, wäre zum Erkennen des Hauses ausreichend gewesen, selbst wenn Miss Hunter nicht lächelnd vor der Tür gestanden hätte.

»Ist es Ihnen gelungen?«

Von irgendwo unten drang lautes Klopfen zu uns.

»Das ist Mrs. Toller im Keller«, sagte sie. »Ihr Mann liegt in der Küche schnarchend auf einer Pferdedecke. Hier sind die Schlüssel, Duplikate von denen an Mr. Rucastles Bund.«

»Das haben Sie wirklich gut gemacht!« rief Holmes begeistert. »Zeigen Sie uns den Weg, dann werden wir bald den Schluß der dunklen Geschichte erleben.«

Wir stiegen die Treppe hinauf, öffneten die Tür, durchschritten den Korridor und standen vor der Barrikade, die Miss Hunter uns beschrieben hatte. Holmes kappte das Seil und schob die Stangen beiseite. Dann probierte er es mit den verschiedenen Schlüsseln, aber ohne Erfolg. Von innen gab es keinen Laut, und Holmes' Stirn umwölkte sich wegen der Stille.

»Ich hoffe, wir kommen nicht zu spät«, sagte er. »Ich denke, Miss Hunter, es wäre besser, wenn nur Watson und ich hineingingen. Nun, Watson, stemmen Sie die Schulter dagegen. Es wäre doch gelacht, wenn wir uns nicht Zutritt verschaffen könnten.«

Die Tür war alt und morsch. Sie gab unter unseren vereinten Anstrengungen sofort nach. Zusammen stürzten wir in das Zimmer. Es war leer bis auf ein Feldbett, einen kleinen Tisch und einen Korb voller Wäsche. Das Deckenfenster stand offen. Die Gefangene war weg.

»Hier hat eine Schurkerei stattgefunden«, sagte Holmes. »Der Bursche hat Miss Hunters Vorhaben geahnt und sein Opfer fortgeschleppt.«

»Aber wie?«

»Durch das Deckenfenster. Wir werden bald wissen, wie er es angestellt hat.«

Er schwang sich durch das Fenster aufs Dach. »Ha! ich habe es!« rief er. »Hier am Efeu lehnt eine lange Leiter. So hat er es gemacht.«

»Aber das ist unmöglich!« rief Miss Hunter. »Die Leiter stand noch nicht da, als die Rucastles fortgingen.«

»Er ist dafür zurückgekommen. Ich sage Ihnen doch, wir haben es mit einem schlauen und gefährlichen Mann zu tun. Es sollte mich nicht wundern, wenn er das ist, dessen Schritt ich von der Treppe höre. Ich denke, Watson, es wäre gut, Sie hielten Ihre Pistole bereit.«

Die Worte waren kaum aus seinem Mund, als ein Mann in der Zimmertür erschien, ein sehr fetter, plumper Mann mit einem schweren Stock in der Hand. Miss Hunter schrie auf und wich vor seinem Anblick rückwärts zur Wand, aber Sherlock Holmes sprang vor und stellte ihn.

»Sie Schurke«, sagte er, »wo ist Ihre Tochter?«

Der fette Mann ließ den Blick durchs Zimmer schweifen und sah dann hoch zu dem offenen Deckenfenster.

»Das frage ich Euch«, kreischte er, »Ihr Diebe! Spione und Diebe! Habe ich Euch erwischt! Ihr seid in meiner Gewalt! Euch werde ich's zeigen!« Er drehte sich um und polterte, so schnell er konnte, die Treppe hinunter.

»Er holt den Hund!« rief Miss Hunter.

»Ich habe eine Pistole«, sagte ich.

»Wir schließen besser die Haustür«, rief Holmes, und wir stürzten die Treppe hinunter. Kaum waren wir in der Halle, als wir das Gebell eines Hundes und gleich darauf einen Todesschrei und einen schrecklich würgenden Laut vernahmen, der scheußlich anzuhören war. Ein älterer Mann mit rotem Gesicht und schlotternden Gliedern taumelte aus einer Seitentür.

»Mein Gott!« rief er, »jemand hat den Hund losgemacht. Er hat zwei Tage nichts zu fressen bekommen. Schnell, schnell, oder es ist zu spät.«

Holmes und ich stürzten hinaus und um die Hausecke, Toller folgte uns auf den Fersen. Da stand die riesige ausgehungerte Bestie, die schwarze Schnauze in Rucastles Kehle verbissen. Der Mann wand sich am Boden und schrie. Ich sprang vor, schoß dem Hund in den Kopf, und er fiel um, die weißen scharfen Zähne hielten noch immer die Fettpolster des Halses. Mit großer Mühe konnten wir die beiden voneinander trennen. Wir trugen den Mann, der lebte, sich aber in einem schrecklich zerfetzten Zustand befand, ins Haus. Im Salon legten wir ihn aufs Sofa, und nachdem wir den ernüchterten Toller mit der Nachricht zur Frau des Hauses geschickt hatten, tat ich, was ich vermochte, die Schmerzen des Verletzten zu lindern. Wir waren alle um ihn versammelt, als die Tür aufging und eine große, hagere Frau ins Zimmer trat.

»Mrs. Toller!« rief Miss Hunter.

»Ja, Miss. Mr. Rucastle hat mich 'rausgeholt, ehe er nach oben ging. Ach, Miss, es ist jammerschade, daß Sie mir nicht gesagt haben, was Sie tun wollten, denn ich hätte Ihnen sagen können, daß Sie sich vergebens Mühe machen.«

»So!« sagte Holmes und sah sie scharf an, »demnach ist es klar, daß Mrs. Toller mehr in dieser Angelegenheit weiß als sonst jemand.«

»Ja, Sir, so ist es, und ich will alles erzählen, was ich weiß.«

»Dann setzen Sie sich, bitte, und lassen uns Ihre Geschichte hören, denn es gibt da Punkte, in denen ich, wie ich gestehen muß, noch im Dunkeln tappe.«

»Ich erzähle Ihnen gleich alles«, sagte sie, »und ich hätt es schon früher getan, wenn ich aus dem Keller gekommen wäre. Wenn es eine Untersuchung durch die Polizei gibt, dann erinnern Sie sich daran, daß ich diejenige war, die Ihrer Freundin beigestanden hat und die auch die Freundin von Miss Alice war.

Sie fühlte sich nicht mehr glücklich zu Haus, die Miss Alice, von der Zeit an, wo ihr Vater wieder geheiratet hat. Sie wurde geringschätzig behandelt und hatte überhaupt nichts zu sagen; aber richtig dreckig ist es ihr nie gegangen, bis sie dann bei einer Freundin Mr. Fowler kennengelernt hat. Soviel ich weiß, hatte Miss Alice durch das Testament ihrer Mutter ihr eigenes Vermögen, aber sie war so ruhig und so geduldig, wirklich!, daß sie nie ein Wort davon gesagt hat und alles Mr. Rucastle überließ. Er wußte, er hatte sie sicher. Aber dann sah es so aus, als wenn ein Ehemann auftauchen könnte, der alles verlangen würde, was ihm vom Gesetz her zustand, und da hat der Vater gedacht, es wär Zeit, einen Riegel vorzuschieben. Er wollte, sie sollte unterschreiben, daß er ihr Geld weiter behalten konnte, ob sie nun heiratete oder nicht. Als sie nicht wollte, hat er ihr so zugesetzt, daß sie Nervenfieber bekam und sechs Wochen auf den Tod dalag. Dann wurde es schließlich wieder besser mit ihr, aber sie war nur noch ein Schatten ihrer selbst, und ihr schönes Haar war auch abgeschnitten. Doch das hat den jungen Mann nicht abgeschreckt, er war ihr treu, wie ein Mann nur sein kann.«

»Ah«, sagte Holmes, »ich glaube, das, was Sie uns freundlicherweise erzählt haben, klärt die Angelegenheit ziemlich, und ich kann den Rest allein ableiten. Mr. Rucastle, nehme ich an, griff dann zu dem Mittel, sie einzusperren.«

»Ja, Sir.«

»Und er ließ Miss Hunter aus London kommen, um die unangenehme Beharrlichkeit des Mr. Fowler zu brechen.«

»Genauso, Sir.«

»Aber Mr. Fowler war ausdauernd, wie ein guter Seemann sein soll, er belagerte das Haus, traf sich mit Ihnen und machte Ihnen durch gewisse Argumente — goldhaltige oder andere — klar, daß Ihre Interessen mit den seinen übereinstimmen.«

»Mr. Fowler ist ein sehr freundlicher und freigebiger Gentleman«, sagte Mrs. Toller heiter.

»Und auf diese Weise konnte er es einrichten, daß sich Ihr Mann nicht über Mangel an Alkohol zu beklagen brauchte und eine Leiter dastand, als die Herrschaft das Haus verlassen hatte.«

»Sie haben's begriffen, Sir, genau so ist es passiert.«

»Wir müssen uns bei Ihnen entschuldigen, Mrs. Toller«, sagte Holmes, »denn Sie haben aufgeklärt, was noch rätselhaft war. Und da kommen der Landarzt und Mrs. Rucastle. Ich denke, Watson, wir begleiten Miss Hunter nach Winchester, zumal mir unser *locus standi* nun ziemlich zweifelhaft geworden zu sein scheint.«

Und so war denn das Geheimnis des düsteren Hauses mit den Blutbuchen vor der Tür gelüftet. Mr. Rucastle überlebte, blieb aber ein gebrochener Mann, der nur mit der Hilfe seiner ihm ergebenen Frau existieren konnte. Sie wohnen noch mit ihren alten Dienstboten zusammen, die wahrscheinlich so viel über Rucastles früheres Leben wissen, daß er es schwierig findet, sich von ihnen zu trennen.

Mr. Fowler und Miss Rucastle heirateten mit Sondererlaubnis am Tag nach ihrer Flucht in Southampton, und der Mann bekleidet nun ein Regierungsamt auf der Insel Mauritius. Was Miss Violet Hunter angeht, so hat Holmes — eher zu meiner Enttäuschung — an ihr kein Interesse mehr bekundet, nachdem das Problem, in dessen Mittelpunkt sie stand, gelöst war. Sie ist jetzt Vorsteherin einer Schule in Walsall, wo ihr meines Wissens bemerkenswerter Erfolg zuteil geworden ist.

Anmerkungen

Ein Skandal in Bohemia

38 *›Späte Rache‹:* deutscher Titel des Romans ›A Study in Scarlet‹, 1887, von Arthur Conan Doyle, in dem Sherlock Holmes zum ersten Mal auftrat.

43 *Brougham:* geschlossener, zweirädriger, meist als Einspänner gefahrener Zweisitzer, benannt nach dem englischen Politiker Henry Peter Brougham (1778–1868).

meinen Boswell: Anspielung auf den schottischen Journalisten und Schriftsteller James Boswell (1740–1795), der die Standardbiographie über den Schriftsteller und Lexikographen Samuel Johnson verfaßte, deren besonderer Wert in der getreuen Registrierung der von Johnson geführten Gespräche liegt.

49 *carte blanche:* frz., weiße Karte; unbeschränkte Vollmacht bzw. Handlungsfreiheit.

Kabinettformat: älteres fotografisches Bildformat (Bildgröße 10 cm × 13,7 cm).

51 *Chubbschloß:* ein nach dem englischen Konstrukteur Charles Chubb benanntes Sicherheitsschloß mit mehreren Zuhaltungen.

52 *Halb-und-Halb:* Mischgetränk aus Ale und Porter.

Inner Temple: Name einer vornehmen Londoner Juristenvereinigung, der auf das Stadtviertel im Umkreis ihrer mit Schul-, Geschäfts- und Wohnhäusern bebauten Liegenschaften übertragen wurde.

53 *Hansom:* zweirädrige Kutsche mit Verdeck und hinter den Sitzplätzen erhöht angebrachtem Kutschbock.

57 *Nonkonformisten-Geistlichen:* Geistlicher einer Religionsgemeinschaft, die der anglikanischen Staatskirche nicht zuhört.

Mr. John Hare: eigtl. John Fairs (1844–1921), Londoner Theaterdirektor und bedeutender Charakterdarsteller, war besonders für seine Rollen berühmt, in denen er alte Männer verkörperte.

65 *Esq.:* engl., Esquire; ein Adelstitel, der im 19. Jh. zu-

nehmend als dem Namen nachgestellter Höflichkeitstitel verwendet wurde.

67 *née:* frz., geborene; vor dem Mädchennamen einer Frau.

Die Liga der rothaarigen Männer

71 *Prinz-Albert-Kette:* schmückende Uhrkette, wie sie Prinz Albert, Gemahl der Königin Victoria, trug und die danach in Mode kam.

72 *den strengen Gesetzen Ihres Bundes:* Die Mitglieder des Freimaurerbundes waren zur Geheimhaltung der Erkennungszeichen und der Kultusriten verpflichtet.

›Omne ignotum pro magnifice‹: lat., Alles Unbekannte schafft Ruhm.

80 *Pro-Patria-Papier:* Markenpapier mit ›Pro-Patria‹-Wasserzeichen.

85 *Sarasate,* Pablo (1844—1908): weltweit gefeierter spanischer Violinvirtuose.

90 *Rubber:* engl., Doppelpartie bei Bridge und Whist.

94 *partie carrée:* frz., Kartenspiel zu viert.

99 *›L'homme c'est rien — l'œuvre c'est tout‹:* frz., Der Mensch ist nichts — das Werk ist alles.

Ein Fall von Identität

103 *affaire du cœur:* frz., Angelegenheit des Herzens.

114 *Pincenez:* Klemmer, Kneifer.

115 *Harris-Tweed:* eine in der Stadt Harris auf der Insel Lewis/Hebriden hergestellte Stoffart.

117 *dénouement:* frz., Aufdeckung, Entscheidung; hier wie im Drama: Lösung des Knotens.

118 *Voilà tout!:* frz., Das ist alles!

124 *Hafis:* persischer Lyriker des 14. Jh.

Das Rätsel im Boscombe-Valley

125 *Das Militärleben in Afghanistan:* Den verstreuten Mitteilungen über das Vorleben der Figur zu entnehmen, schloß sich an das Medizinstudium eine Zeit als Militärarzt in der Britisch-Indischen Armee an, in die deren zweiter Eroberungskrieg gegen Afghanistan (1878—1880) fiel.

129 *Sitzung des Schwurgerichts:* Die englischen Schwurgerichte (Assizes) tagen periodisch.

131 *Jury des Coroners:* In England obliegt dem Coroner, einem Angehörigen der staatlichen Justiz, die Voruntersuchung von Fällen plötzlich und unter verdächtigen Umständen eingetretenen Todes und die Entscheidung darüber, ob es sich um Mord, Selbstmord oder Unfall handelt. Dem Coroner ist ein Gremium vereidigter Mitarbeiter beigegeben.

135 *outré:* frz., Übertriebenes.

145 *détour:* frz., Umweg.

148 *Nous verrons:* frz., Wir werden sehen.

154 *Claim:* Bezeichnung für den angemeldeten Anspruch auf ein Stück Staatsland, gebräuchlich besonders in den Goldgräbergebieten Australiens und Amerikas.

157 *Baxters Worte:* Richard Baxter (1615—1691), englischer presbyterianischer Prediger und theologischer Schriftsteller.

Fünf Apfelsinenkerne

162 *Zur Zeit des Krieges:* Gemeint ist der nordamerikanische Bürgerkrieg (Sezessionskrieg), der 1861 bis 1865 von der Union gegen die sich abspaltenden sklavenhaltenden Südstaaten geführt und gewonnen wurde.

162 *Jackson's Armee:* Thomas Jonathan Jackson (1824—1863) war Befehlshaber der Truppen der Südstaaten in Virginia.
Hood, John Bell (1831—1879): General der Südstaatenarmee im Sezessionskrieg, konnte 1864 trotz tapferer Verteidigung Atlantas den Vormarsch der kräftemäßig überlegenen Unionsarmee unter General William T. Sherman in Georgia nicht verhindern.
Lee, Robert Edward (1807—1870): Oberbefehlshaber der Südstaatenarmee, die nach anfänglichen Erfolgen am 9. 4. 1865 eine entscheidende Niederlage erlitt (Räumung der Stadt Richmond) und kapitulieren mußte.
Politik der Republikaner: Gegen Ende des nordamerikanischen Bürgerkrieges wurden die vom Kongreß gefaßten Beschlüsse zur Aufhebung der Sklaverei und der Herstellung der formalen Gleichberechtigung der afroamerikanischen Bürger durch Präsident Lincoln öffentlich verkündet.

163 *Backgammon:* ein Brettspiel mit Würfeln und Steinen, das seinerzeit in England sehr beliebt war.

167 *Carpet-bag-Politiker:* in der Zeit nach dem Bürgerkrieg in den Südstaaten verbreiteter Spottname für umherreisende Agitatoren aus dem Norden, die versuchten, die Afroamerikaner zur Wahrung ihrer verfassungsmäßigen Rechte anzuhalten.

173 *›Das Zeichen der Vier‹:* deutscher Titel des 1890 erschienenen zweiten Sherlock-Holmes-Romans von Arthur Conan Doyle, ›The Sign of Four‹.

Cuvier, Georges Baron de (1769—1832): französischer Naturforscher mit besonderen Verdiensten auf dem Gebiet der vergleichenden Anatomie; nach dem von ihm aufgestellten Gesetz von der Korrelation (gegenseitigen Abhängigkeit) läßt sich vom Bau eines der Organe auf den der anderen desselben Körpers schließen.

177 *Ku Klux Klan:* Der 1867 in Nordkarolina entstandene Geheimbund sammelte die Anhänger der Sklaverei und alle der Union und der Republikanischen Partei feindlich Gesonnenen in den Südstaaten. Die Anhänger, durch Eid und unter Androhung der Todesstrafe zu strengster Geheimhaltung verpflichtet, terrorisierten vor allem die Afroamerikaner und ihre Beschützer. Die Praktizierung des 1871 vom Kongreß beschlossenen Anti-Ku-Klux-Klan-Gesetzes dämmte die Aktivitäten vorübergehend ein.

181 *Lloyd's Register:* Die vom englischen Seeversicherungsverband New Lloyd's gegründete Schiffsklassifikationsgesellschaft ›Lloyd's Register of British and Foreign Shipping‹ nahm nach umfassenden Merkmalen die Beurteilung der Seetüchtigkeit von Schiffen vor; sie erfaßte auch die Bewegungsdaten.

die Goodwins: Goodwin Sands, zwei gefährliche Sandbänke vor der Küste Kents.

183 *Äquinoktialstürme:* veralteter Begriff für die zur Zeit der Tagundnachtgleiche besonders in Bereichen subtropischer Meere auftretenden, zumeist von Schauern und Gewittern begleiteten Stürme.

Der Mann mit dem schiefen Mund

184 *D. D.:* engl., Doctor of Divinity, Doktor der Theologie.
de Quincey's Beschreibung: Anspielung auf die autobiographischen ›Bekenntnisse eines englischen Opiumessers‹ (›Confessions of an English Opium Eater‹), 1822, des englischen Schriftstellers und Journalisten Thomas de Quincey (1785–1859).
Laudanum: alter Name für Opium oder opiumhaltige Zubereitungen.
190 *Laskar:* ostindischer Matrose.
Dogcart: leichter, zweirädriger Einspänner.
200 *mousseline-de-soie:* frz., Seidenmusselin.
207 *Gladstone:* lederner, kleiner Reisekoffer für das Handgepäck; benannt nach W. E. Gladstone, dem bedeutendsten Vertreter der englischen Liberalen Partei im 19. Jh.
212 *Reskript:* lat., schriftlicher amtlicher Bescheid.

Der blaue Karfunkel

229 *disjecta membra:* lat., zerstreute Glieder.
234 *Gänse à 7 s. 6 d.:* Gänse zum Preis von je sieben Shilling sechs Pence.
239 *Pentonville:* Gefängnis in London.

Das gefleckte Band

248 *in den Tagen der Regentschaft:* Gemeint sind die Jahre von 1811 bis 1820, in denen der Prince of Wales, nachmaliger König Georg IV., an Stelle des geisteskranken Georg III. die Regierungsgeschäfte versah.
249 *bengalische Artillerie:* Truppenteil der Armee von Britisch-Indien.
260 *Doctors' Commons:* berufsständisches Ehrengericht.
261 *Trap:* leichte, zweirädrige Kutsche.
264 *Wilton-Teppich:* eine nach dem Herstellungsort Wilton, England, benannte Teppichart aus Plüsch oder Velour.
271 *Palmer,* William (1824–1856): englischer Chirurg; erwarb sich zweifelhaften Ruhm als ›Rugeley Giftmischer‹ durch die Ermordung seiner Frau, seines Bruders und seines Freundes, in deren Geldbesitz er sich bringen wollte; wurde

am 14. 6. 1856 nach aufsehenerregendem Prozeß hingerichtet.
Prichard, James Cowles (1786—1848): englischer Arzt, definierte den Begriff der moralischen Geistesstörung (psychopathische Persönlichkeit) als Krankheitserscheinung, wurde 1845 zum Kommissar für Heil- und Pflegeanstalten ernannt.

Der Daumen des Ingenieurs

287 *Bolus:* fette Tonerde; als keramischer Grundstoff wurden vom Altertum bis in die Neuzeit vor allem die roten, braunen und gelben Vorkommen genutzt, der weiße, eigentlich graufarbene Bolus kam als Kitt und in der Heilkunde als blutstillendes Mittel zur Anwendung.

Der adlige Junggeselle

316 *zur letzten Londoner Saison:* in den Monaten Mai bis Juli in London stattfindende Ballsaison.
fait accompli: frz., vollendete Tatsache.
325 *pâté de foie gras:* frz., Gänseleberpastete.
331 *die Torheit eines Königs und die Unbesonnenheit eines Regenten:* wahrscheinlich eine Anspielung auf die Kriegshandlungen Englands gegen die Vereinigten Staaten von Amerika in der Zeit von 1812 bis 1814.

Die Beryll-Krone

335 *Metropolitan:* neben ›Underground‹ eine verbreitete Bezeichnung für die in den sechziger und siebziger Jahren des 19. Jh. in London angelegten Untergrundbahnen.

Das Haus ›Zu den Blutbuchen‹

368 *causes célèbres:* frz., ungewöhnliche Kriminalfälle.
380 *Bradshaw:* Kursbuch für alle in Großbritannien verkehrenden Personenzüge; nach dem Drucker George Bradshaw benannt.
400 *locus standi:* lat., juristisches Recht, gehört zu werden; hier: Aufenthalt.

Inhalt

ISBN 3-378-00240-9

Gustav Kiepenheuer Verlag
Leipzig und Weimar
Dritte Auflage
Lizenz Nr. 396/265/47/88 LSV 7324
Gesamtherstellung: Grafischer Großbetrieb
Völkerfreundschaft Dresden
Schrift: Garamond Antiqua
Reihengestaltung: Gerhard Bunke
Printed in the German Democratic Republic
Bestell-Nr. 788 381 6
00680